KB142737

여행자의 책

여행자의 책

폴 서루
이용현 옮김

책읽는수요일

차례

폴 서루에게 여행이란 자신의 몸으로 이 세계의 크기를 가늠하는 일이었다. 그것도 대부분 혼자서. 그 일을 극단까지 밀어붙이면 결국 우리는 삶과 대면하게 된다. 그저 혼자서 걷고 또 걸었을 뿐인데, 느닷없는, 예기치 못한, 삶과의 만남. 그것이야말로 여행의 본질이다. 그러나 위대한 여행가들과 작가들이 남긴 문장들을 뽑아 이 한 권의 책을 엮으며 그는 자신의 여행이 외로운 것이 아니었다는 결론에 이르렀다. 낯선 땅에서 혼자 남았을 때 읽으면 위안이 되는 문장들이 가득하다. 실용적이지만, 어떤 의미에서는 영적이다.

_김연수

나는 빈손으로 여행하는 것을 좋아한다. 각종 도구와 무거운 짐들로부터 자유로워져 오갈 데 없는 나그네 신세가 되는 느낌에 흠뻑 젖어든다. 행복한 고통과 서글픈 자유와 눈부신 슬픔. 폴 서루의 책을 읽으며 나는 또다시 그런 행복한 나그네가 된 기분이었다. 나는 유럽의 야간열차를 타고 차창 밖의 풍경을 물끄러미 바라보는 듯한 달콤한 착시를 느낀다. 그의 글은 여행의 기쁨뿐 아니라 슬픔과 실망과 고생까지도 넉넉하게 담아내고 있다. 그는 홀로 떠나는 여행의 고독한 해방감을 누구보다도 잘 알고 있는 듯하다. 여행을 통해 나는 점점 다른 사람이 되어간다고 느끼기도 하고 진짜 나 자신에 가까워지는 것 같기도 하다. 분명한 것은 평소의 익숙한 나는 어디론가 훌쩍 사라져버린다는 것이다. 여행을 통해 나는 보다 강인해지고 예민해지며 용감해진다. 폴 서루는 평범한 여행을 철학적 사유의 대상으로 격상시켜 여행을 통해 우리가 진정으로 배워야 할 인생의 지혜를 깨우쳐준다.

_정여울

폴 서루 이래로 몇몇 작가가 비슷한 여행기를 썼지만, 날카로운 관찰력과 신랄하고 유쾌한 문장에서 그를 따를 이가 없었다. 나는 지금까지 살아오며 '예사롭지 않은 사람'을 몇 번인가 만났는데, 폴 서루는 의심할 여지 없이 그런 사람 가운데 하나이다.

_무라카미 하루키

우리 시대 가장 위대한 여행 작가가 시대를 초월하여 빛나는 여행 문학의 세계로 안
내한다.

_USA 투데이

사금을 채취하듯이, 여행 문학의 고전과 현대 작품들 속에서 보석들을 골라냈다.

_샌프란시스코 크로니클

이 책은 앞으로 나올 여행서들을 평가하는 기준이 될 것이다.

_옵서버

여행 문학의 거장이 자신의 책과 그가 사랑하는 작가들의 책에서 고르고 고른 빛나
는 문장들.

_퍼블리셔스 위클리

여행서의 정수. 훌쩍 떠나고 싶게 만드는 책이다.

_크리스천 사이언스 모니터

최고의 여행 작가들의 리스트가 있다면, 폴 서루의 이름은 단연 맨 위에 있을 것이다.

_애틀랜틱

여행에 관련된 사소한 정보, 인용문, 경구, 조언 들을 선별해 한 권에 담았다.

_커커스 리뷰

그곳을 향한
그리움

어린 시절 나는 집을 떠나 어디론가 멀리 가고 싶은 동경을 품고 살았다. 어서 빨리 홀로 길을 떠나고 싶었다. 그것은 나에게 하늘을 나는 것과도 같은 이미지로 다가왔다. 당시에 나는 '여행'이라는 단어를 머릿속에 떠올리지도 않았다. 또 암암리에 나의 지속적인 소망으로 자리 잡은 '탈바꿈 transformation'이라는 단어를 떠올리지도 않았다. 나는 그저 먼 곳에서 새로운 자아와 새로운 흥밋거리를 찾고 싶었을 뿐이다. 내게 어딘가 다른 곳의 중요성은 신념과도 같은 것이었다. 다른 곳이란 내가 있고 싶은 장소였다. 그곳으로 떠나기엔 너무 어렸기에, 나는 자유에 대한 환상을 품은 채 그곳에 관한 책들을 읽었다. 그렇게 책은 나의 길이 되었다. 그 뒤 그곳으로 떠나기에 충분한 나이가 되었을 때, 내가 여행한 길들은 내 책의 집요한 주제가 되었다. 그리고 가장 열정적인 여행자가 가장 열정적인 독자이자 작가이기도 하다는 사실을 깨닫게 되었다. 이 책은 이런 깨달음의 산물이다.

내가 보기에 여행에 대한 동경은 지극히 인간적인 것이다. 그것은 움직이고 싶은 욕망, 호기심을 채우거나 두려움을 가라앉히고 싶은 욕망, 자신의 생활환경을 변화시키고 싶은 욕망, 이방인이 되고 싶은 욕망, 친구를 사귀고 싶은 욕망, 이국적인 풍경을 경험하며 미지의 것을 기꺼이 마주하고 싶은 욕망, 하잘것없는 자기애에 사로잡혀 비극적인 또는 희극적인 결말을 맞이하는 사람들의 증인이 되고 싶은 욕망이다. 체호프는 말했다. "고독이 두려우면 결혼하지 마라." 나는 이렇게 말하고 싶다. "고독이 두려우면 여행하지 마라." 우리는 여행에 대한 글 속에서 고독의 효과를 찾아볼 수 있다. 고독은 때로 애처롭기도 하지만 더 자주는 우리를 풍요롭게 하며, 가끔은 예기치 않은 깨달음을 가져다주기도 한다.

여행하는 삶을 살아오면서 나는 사람들에게서 매우 불쾌하고 지나치게 단순화된 질문을 받곤 했다. "당신이 가장 좋아하는 여행기는 무엇인가요?" 이런 질문에 대해 도대체 어떻게 대답해야 할까? 나는 거의 50년 동안 집을 떠나 있었고 40년 이상 나의 여행담을 글로 써왔다. 어린 시절 아버지가 침대 옆에서 읽어준 첫 번째 책 중 하나는 『돈 펜들러: 메인 주의 산에서 길을 잃다Donn Fendler: Lost on a Mountain in Maine』였다. 1930년대의 구전 이야기인 이 책은 열두 살 소년 돈이 메인 주에서 가장 높은 커타딘Katahdin 산에서 어떻게 8일 동안 생존할 수 있었는지를 묘사하고 있다. 돈은 고통에 시달렸지만 마침내 숲을 빠져나왔다. 이 책은 내게 황야에서 생존하는 법을 가르쳐주었다. 기본적인 교훈은 다음과 같았다. "강이나 시내를 따라갈 때는 늘 물이 흐르는 방향으로 가라." 그 뒤 나는 많은 여행기를 읽었고 남극을 제외한 모든 대륙을 여행했다. 그리고 10여 권의 여행기와 수백 편의 에세이를 썼다. 하지만 높은 산에서 안전하게 내려온 어린 돈의 이야기는 내게 늘 새로운 영감의 원천이 되어주었다.

여행담은 세계에서 가장 오래된 이야기이다. 세상을 방랑하다 돌아온 사람이 불 주변에 모여든 사람들에게 "내가 뭘 봤냐면 말이야"라며 해주는 이야기……. 여행자는 더 넓은 세상에 대해, 낯설고 신기한, 때로는 충격적인 동물이나 사람들에 대해 이야기하곤 했다. "그들도 우리와 똑같았어!" 혹은 "그들은 우리와 전혀 달랐어!" 이렇게 여행자의 이야기는 늘 보고의 성격을 띤다. 그리고 이것은 소설처럼 허구적인 이야기의 기원이기도 하다. 왜냐하면 여행자는 졸고 있는 사람들에게 생기를 북돋우려고 자신의 경험을 부풀리기도 하고 없는 얘기를 꾸며내기도 했을 테니 말이다. 영어로 쓰인 첫 번째 소설은 실제로 이렇게 탄생했다. 대니얼 디포Daniel Defoe의 『로빈슨 크루소Robinson Crusoe』(1719)는 스코틀랜드의 선원이었던 알렉산더 셀커크Alexander Selkirk의 실제 표류 경험에 근거한 것이었다. 물론 디포는 셀커크의 이야기를 부풀렸다. 그는 셀커크가 태평양의 외딴섬에서 지낸 4년 반을 카리브 해의 섬에서 보낸 28년으로 바꾸었다. 그는 또한 프라이데이Friday라는 하인과 식인종, 열대지방의 이국적인 것들을 덧붙였다.

이야기꾼의 의도는 언제나 듣는 사람이 자신의 이야기에 사로잡히도록 하는 것이며, 그의 눈을 반짝이도록 만드는 것이다. 『햄릿Hamlet』의 서두에서, 햄릿의 아버지 유령이 한 말은 여행 작가의 이런 의도를 이상적으로 묘사하고 있다.

> 가볍디가벼운 한마디로 네 영혼을
> 갈기갈기 찢어놓고, 젊은 피를 얼게 하며,
> 네 두 눈을 궤도 이탈한 별처럼 만들고,
> 땋아서 묶어놓은 머리채를 풀어놓고,
> 머리카락 한 올 한 올을 세울 수 있으리라.

실제로 대다수 여행기는 일화이거나 재미있거나 교훈적이나 익살맞거나 허풍을 떨거나 영웅담을 흉내 낸다. 또 때로는 머리털을 쭈뼛하게 만들기도 하고, 호기심에 경고를 보내기도 한다. 어쨌든 이것들은 모두 여행에서 마주치는 가장 인간적인 모습들이다.

한때는 방문객에게 콜럼버스나 크루소가 경험했을 발견의 짜릿한 전율을 선사하는 장소가 지구 곳곳에 있었다. 그러나 내가 방랑하는 삶을 살아오는 동안에, 여행은 그 성격이 바뀌었다. 속도와 효율의 측면에서뿐 아니라, 이제는 세계 곳곳이 서로 낯설지 않게 연결되어 있기 때문이다. 인터넷으로 모든 곳을 살펴볼 수 있다는 자만은 굳이 힘들여 여행할 필요가 없다는 오만한 망상을 낳았다. 그러나 세계에는 아직도 덜 알려지고 직접 찾아갈 가치가 있는 장소들이 많다.

나는 어른이 되어 멀고 외딴 장소들을 홀로 여행하면서, 세계와 나 자신에 대해 많은 것을 배웠다. 여행의 낯선 느낌과 기쁨, 해방감과 진실……. 그리고 고독은 집에 머무는 자에겐 시련일지 모르지만, 여행하는 자에겐 꼭 필요한 조건이다. 영국의 시인 필립 라킨Philip Larkin이 「다른 곳의 중요성The Importance of Elsewhere」이란 시에서 말한 것처럼, 여행의 낯선 느낌이란 의미 있는 것이다.

프로이트는 꿈속에서 여행하는 것을 죽음의 상징으로 해석했다. 여행, 즉 미지의 세계에 발을 들여놓는 시도가 위험할 수 있으며, 심지어 치명적일 수 있다는 것은 프로이트에게 너무나도 당연한 것이었다. 왜냐하면 그는 그 자신의 진단에 따르면 '여행공포증Reiseangst'에 시달렸기 때문이었다. 이따금 그는 기차를 놓칠까 봐 두 시간 일찍 역으로 나가곤 했다. 그러나 기차가 플랫폼에 나타나면 그는 대개 공황 상태에 빠졌다. 『정신분석 입문』에서 그는 다음과 같이 썼다. "꿈속에서 죽음은 떠나는 것으로, 기차 여행으로 대체된다."

나의 경험은 그렇지 않았다. 나의 가장 행복했던 여행의 나날들은 기차에 앉아 있던 경험과 연관되어 있다. 여행을 하다 보면 종종 불쾌할 때가 있긴 하다. 그러나 그것은 고통과는 다른 것이다. 여행은 언제나 정신적 도전이다. 게다가 가장 힘든 순간에조차도 여행은 우리에게 깨달음을 줄 수 있다.

여행의 기쁨, 그리고 그것에 대한 글들이 이 모음집의 주제이다. 물론 여행의 고통도 일부 포함될 것이다. 그러나 기억 속의 고통은 서정적인 향수를 자아내기도 한다. 나는 여기에 인용된 몇몇 책들을 다시 읽어보면서 절실하게 깨달았다. 그것들은 실로 지난 시대의 낭만이자 드라마였다.

여행자들의 꿈과 환희, 나 또는 다른 사람들의 관찰과 통찰이 담긴 이 책은 내가 수십 년에 걸쳐 여행기들을 읽고 또 세계 곳곳을 돌아다닌 경험에 기초하고 있다. 이 책은 여행 안내서이자 실용서, 문집이자 편람, 독서 목록이자 회상록으로도 간주될 수 있을 것이다.

여행은 흔히 인생에 대한 은유로 사용된다. 그래서 여행의 단순한 개념에 대해 말하고자 했던 많은 여행자들은 뜻하지 않게 철학적인, 심지어 형이상학적인 무언가를 이야기하게 되었다. "이 길을 가려거든 이 길이 되어라"라는 부처님의 말씀처럼, 여행에 관해 이야기하는 이 책이 삶과 사색을 이야기하는 책으로 읽히기 바란다.

이 책에 인용된 폴 서루의
작품들

『유라시아 횡단 기행The Great Railway Bazaar』(1975)

『낡은 파타고니아 특급The Old Patagonian Express』(1979)

『바다에 면한 왕국The Kingdom by the Sea』(1983)

『바다 괴물들을 지닌 일출Sunrise with Seamonsters』(1985)

『중국 기행Riding the Iron Rooster』(1988)

『지구의 끝으로To the Ends of the Earth』(1990)

『오세아니아의 행복한 섬들The Happy Isles of Oceania』(1992)

『헤라클레스의 원주The Pillars of Hercules』(1995)

『신선한 공기의 마니아Fresh Air Fiend』(2000)

『아프리카 방랑Dark Star Safari』(2002)

『동방의 별로 가는 유령기차Ghost Train to the Eastern Star』(2008)

『세계의 끝World's End』(1982)

일러두기   1. 폴 서루의 작품을 인용한 경우 저자명을 따로 표기하지 않았다.
2. 인용된 작품 중 국내에 소개된 책은 번역된 제목으로 표기하였다.
3. 이 책의 후주는 모두 옮긴이 주이다.

1.

여행이란
무엇인가

여행의
충동

누구나 이동의 절대적 필요성을 느낀다. 그것도 특정 방향으로 가고
자 하는 필요성을. 따라서 이것은 이중의 필요성이다. 일단 움직여야
하고 또 어디로 갈지를 알아야 한다.

_ D. H. 로렌스D. H. Lawrence, 『바다와 사르디니아Sea and Sardinia』(1921)

향수병은 잘 알려진 고통스러운 느낌이다. 그러나 내가 느끼는 고통
은 덜 알려진 것이다. 그것은 '타향병'이라고 부를 만한 것이다. 눈이
녹고 황새가 다시 찾아들고 첫 증기선이 출발하면, 나는 여행의 충
동에 시달린다.

_ 한스 크리스티안 안데르센Hans Christian Andersen의 편지(1856),

엔스 안데르센Jens Andersen의 『한스 크리스티안 안데르센』(2005)에서 인용

길은
인생이다

낡고 찌그러진 여행 가방들이 길 위에 수북이 쌓였다. 우리는 더 먼 길을 가야 했다. 그러나 문제될 것은 없었다. 길이 곧 인생이므로.

_ 잭 케루악Jack Kerouac, 『길 위에서On the Road』(1958)

그러나 돌투성이 평지에서 거기까지 온 길을 뒤돌아보는 것은 그 길을 따라 걷는 것과 전혀 다르다. 관점은 여행을 떠나야 비로소 변화한다. 길이 아주 갑자기, 전혀 예상치 못하게, 변명의 여지도 없이 아주 단호하게 방향을 틀거나 급경사로 바뀔 때, 비로소 우리는 다른 곳에서는 볼 수 없었던 그 모든 것들을 보게 된다.

_ 제임스 볼드윈James Baldwin[1], 『산 위에 가서 말하라Go Tell It on the Mountain』(1953)

오랫동안 떠난 당신은 다른 사람으로 돌아온다. 당신은 결코 갔던 길을 되돌아오지 않는다.

_ 『아프리카 방랑』

여행 중에 경험하는 가슴 아픈 한 가지, 여러 면에서 가장 내 마음을 울리는 것은 평범한 삶을 살아가는 사람들의 모습이다. 특히 일을 하고 있거나 가족과 함께 있는 사람들, 제복을 입은 사람들, 이런저런 짐을 싣고 가는 사람들, 또는 장을 보거나 돈을 내고 있는 사람들의 모습이다.

_『헤라클레스의 원주』

여행은 마음의 상태이다. 내가 지금 어디에 있는지, 얼마나 이국적인 곳에 있는지와는 아무 관련이 없다. 여행은 거의 전적으로 내적인 경험이다.

_『신선한 공기의 마니아』

이국적인, 그러나 반드시 기이할 필요는 없는 꿈이란 우리에게 없는 것, 그래서 우리가 갈망하는 것들에 대한 꿈이다. 이국적인 것들의 세계란 언제나 젊은이들 또는 나이를 초월한 이들이 사는 오래된 세계이며, 시간은 그곳에 멈춰 있다.

_『바다 괴물들을 지닌 일출』

때로는 여행이 정반대의 것이 될 때, 그것이 여행의 방법이 되기도 한다. 사람들은 차를 타고 달리고 또 달리다가 무의미한 어느 곳에서 멈춰 어슬렁거린다. 의식적인 결정을 내리는 대신에 그냥 차를 멈추는 것이다.

_『동방의 별로 가는 유령 기차』

여행이 무엇이든 그것은 꿈꾸고 기억하는 기회이기도 하다. 낯선 풍경 속에 앉아 있으면, 그동안 무시무시하게 여겨졌던 온갖 사람들이 나를 찾아온다. 때로는 낯선 침대에서 악몽을 꾸기도 하고, 수년 동안 한 번도 생각한 적이 없는 사건들을 머릿속에 다시 떠올리기도 한다. 그러나 거리에서 들려오는 소음 때문에, 혹은 재스민의 강렬한 향기 때문에, 우리는 이것을 다시 잊는 것인지도 모른다.

_『신선한 공기의 마니아』

때때로 여행은 자학이며 슬픈 기쁨이다. 낯설고 그림처럼 뚜렷하게 섬뜩한 장소에 도착하는 것은 여행자가 누리는 기쁨 중 하나이다.

_『헤라클레스의 원주』

인생의 다른 경험들도 그렇듯이, 여행에서도 한 번으로 족할 때가 많다.

_『헤라클레스의 원주』

여행을 하다 보면 나를 붙잡으려 하고 부모처럼 굴면서 나를 비판하는 사람들을 만나기도 한다. 그러나 그들에게 등을 돌리고, 굳이 설명할 필요도 없이 떠날 수 있는 것은 여행의 또 다른 즐거움이다.

_『바다에 면한 왕국』

여행은 날아가는 것, 차별 없이 추구하는 것이다.

_『유라시아 횡단 기행』

모든 여행은 순환적이다. …… 장대한 여행이란 영감을 얻고 집으로
돌아가는 길일 뿐이다.

_『유라시아 횡단 기행』

어떤 곳이 낙원이라는 명성을 얻게 되면 이내 지옥으로 바뀐다는 사
실은 공리에 가깝다.

_『오세아니아의 행복한 섬』

내가 방금 도착한 장소에 대해 어느 누구도 이야기한 적이 없다는 것,
바로 이 감정 때문에 나는 여행을 하고 싶어 한다. 이것은 내가 어디
론가 떠나는 가장 큰 이유 중 하나이다.

_『헤라클레스의 원주』

여행을 하는 커다란 이유 중 하나는 자신이 가장 행복했던 곳을 그대
로 구현한 장소를 발견하고 싶기 때문일 것이다. 이상화된 고향, 다시
말해 완벽한 기억을 찾고 싶기 때문일 것이다.

_『신선한 공기의 마니아』

낯선 사람들이 내게 어디로 가냐고 물으면 나는 종종 "아무 데도"라고 답했다. 막연함은 습관이 될 수 있으며 여행은 일종의 게으름이 될 수 있다.

_『낡은 파타고니아 특급』

여행에는 삶을 바꿔놓는 마술적 가능성이 있다. 어떤 장소에 흠딱 빠져 그곳에서 새 삶을 시작하고, 다시는 집으로 돌아가지 않을 수도 있기 때문이다.

_『동방의 별로 가는 유령 기차』

무언가를 추구하고 있다는 것은 여행이 선사하는 행복하고 건전한 망상 중 하나이다.

_『동방의 별로 가는 유령 기차』

나는 이집트 저지대에 도착해 남쪽으로 향하며 평소처럼 여행의 감흥에 빠져 있었다. 그림 같은 풍경을 바랐고 비참함을 기대했으며 섬뜩한 것을 기다리며 긴장감을 풀지 않았다. 행복은 생각할 수도 없었다. 물론 행복은 바람직한 것이지만 여행자에겐 진부한 주제일 뿐이다. 때문에 아프리카는 장기간 여행에 안성맞춤인 곳으로 보였다.

_『아프리카 방랑』

여행 중의 발명은 호르헤 루이스 보르헤스Jorge Luis Borges가 「기쁨La dicha」이라는 시에서 아름답게 표현한 견해와도 같다. 우리가 세상과 마주할 때 "모든 것은 처음으로 생겨난다." "여성을 끌어안는 남자는 모두가 아담이며" "어둠 속에서 성냥을 켜는 사람은 모두가 불을 발명하고 있다"라고 한 것처럼, 스핑크스를 처음으로 보는 사람은 모두가 그것을 새롭게 보고 있다. "사막에서 나는 방금 조각된 젊은 스핑크스를 보았다. …… 모든 것은 처음으로, 그러나 영원히 생겨난다."

_『아프리카 방랑』

여행은 살면서 경험하는 가장 슬픈 기쁨 중 하나이다.

_ 슈타엘 부인Madame de Staël, 『코린느 혹은 이탈리아Corinne, ou l'Italie』(1807)

여행의 두 가지 역설

내가 가슴속에 품고 있는 향수병은 야릇한 감정이다. 미국인에게 이것은 롤러코스터나 주크박스처럼 자연스러운 국민성의 일부이다. 이것은 단순히 자신이 태어난 고향에 대한 그리움이 아니다. 이것은 야누스의 얼굴을 하고 있다. 우리는 익숙한 것에 대한 향수와 낯설고 이국적인 것에 대한 욕구 사이에서 방황한다. 그리고 가끔 우리는 전혀 모르는 곳에 대해 향수병을 앓는다.

_ 카슨 매컬러스Carson McCullers, 「미국인들이여, 고향을 보라Look Homeward, Americans」,

『보그Vogue』(1940)

모든 사람들의 마음속에는 크든 작든 두 힘 사이의 갈등이 존재한다. 하나는 은밀한 자유에 대한 갈망이고 다른 하나는 넓은 장소로 나아 가려는 충동이다. 하나는 내향성, 다시 말해 왕성한 사고와 환상의 내 면세계로 향한 관심이고 다른 하나는 외향성, 다시 말해 사람들과 구 체적인 가치들이 존재하는 바깥 세계로 향한 관심이다.

_ 블라디미르 나보코프Vladimir Nabokov, 『러시아 문학 강의Lectures on Russian Literature』(1982)

혼자 하는
여행

졸거나 무관심한 사람은 홀로 여행하는 데 적합하지 않다. 왜냐하면 깨어 있고 주의 깊다는 것이 큰 도움이 될 때가 아주 많기 때문이다.

_ 프랜시스 골턴 경Sir Francis Galton, 『여행의 기술The Art of Travel』(1855)

최상의 여행은 혼자 하는 여행이다. 보고 조사하고 평가하기 위해 여 행자는 홀로여야 하고 또 홀가분해야 한다. 여행자에게 타인은 방해가 될 수 있다. 타인은 자신의 두서없는 인상들을 여행자에게 밀어 넣기 때문이다. 말동무가 될 만한 사람들은 여행자의 견해에 방해가 될 것이다. 반면에 지루한 사람들은 "이것 봐, 비가 내리네" 또는 "여기 나무가 굉장히 많은데" 같은 허튼소리로 침묵을 망치고 주의를 흩뜨릴 것이다.

다른 사람들이 곁에 있으면 사물을 분명히 보고 똑바로 생각하기가 쉽지 않다. 중요한 것은 다소 진부하더라도 자신의 감정에 비추어 특별하고 흥미로운 비전을 포착하기 위한 고독의 투명함이다.

_ 『낡은 파타고니아 특급』

최고의 여행을 위해서는 단절이 반드시 필요하다. 지금 있는 곳에 집중하라. 집에 돌아갈 채비를 하지 마라. 어떤 일거리도 떠맡지 마라. 연락 두절의 상태로 있어라. 떨어져 있어라. 당신이 어디에 있는지, 당신과 어떻게 접촉할 수 있는지 사람들이 모른다는 것은 좋은 일이다. 당신이 지금 있는 곳만을 생각하라. 이것이 여행의 이론이다.

_ 『동방의 별로 가는 유령 기차』

여행은 사라지는 것, 홀로 좁은 지형을 따라 세상에서 자취를 감추는 행위이다.

_ 『낡은 파타고니아 특급』

여행에서 중요한 것은 홀로 도착하는 것, 유령처럼, 해 질 녘 낯선 지방에, 불이 휘한 중심지 대신에 뒷문으로, 대도시에서 수백 마일 떨어진 나무가 울창한 시골에, 주민들이 이방인을 본 적이 별로 없지만 친절히 맞이해주는 곳에, 그러나 주민들이 방문객을 다리 달린 돈으로 보지 않는 곳에 도착하는 것이다. 거의 아무런 계획도 없이 두메산골에 도착하는 것은 해방의 사건이다. 이것은 무계획적으로 우연히 다른 행성을 방문하는 것과도 같으며, 엄숙한 발견의 순간이 될 수도 있다.

_『동방의 별로 가는 유령 기차』

최고의 여행기들에는 모든 흥미진진한 페이지에 '혼자'라는 단어가 배경 무늬처럼 은은하면서도 지워지지 않게 새겨져 있다. 이 자만심, 내가 보고할 수 있다는 생각, 내가 책을 쓰기로 계획했다는 것이 나를 불편하게 만들었다. 혼자, 혼자. 이것은 성공의 증거와도 같았다. 이 고독한 조건에 도달하기 위해 나는 아주 멀리 멀리 여행한 것이었다.

_『낡은 파타고니아 특급』

내가 여행한 태평양 섬사람들 사이에는 고독이라는 개념이 없었다. 그렇다고 해서 그들이 불행하거나 정신적으로 타락한 것은 아니었다. 그들은 소일거리로 책을 읽는 것을 그리 즐기지 않았다. 우리가 혼자 책을 읽을 때와 같은 이유로 책을 읽지는 않았다는 얘기이다. 그들은 문맹이 아니었으며 학교도 많았다. 그들은 남들과 떨어져 홀로 지내는 사람, 오두막에서 멀리 떨어져 홀로 해변을 걷거나 홀로 책을 읽고 있는 사람은 '무수musu', 즉 깊은 우울에 빠져 있다는 것을, 그래서 살인이나 자살을, 어쩌면 둘 다를 생각하고 있다는 것을 경험적으로 알고 있었다.

_『오세아니아의 행복한 섬들』

모든 여행자는 늙은 여자, 이제는 쭈글쭈글해진 미녀와도 같다. 낯선 나라는 이방인을 유혹한 뒤 차버리고 조롱한다. 이방인의 일요일은 지옥과도 같았다.

_『세계의 끝』

익명성

누구와도 말을 하지 않은 날에는 체중이 10킬로그램 이상은 줄어든 것처럼 느껴졌다. 그리고 이틀 연속 말을 하지 않은 날에는 내가 사라져버릴 것 같은 두려움에 빠졌다. 침묵은 나를 투명인간처럼 느껴지게 만들었다. 그렇지만 익명으로 남는 것은, 그런 상태로 흥미로운 장소를 여행하는 것은 떨쳐버릴 수 없는 유혹이다. 그것은 중독이다.

_『바다에 면한 왕국』

나이 든 여행자는 보통 눈에 잘 띄지 않는다. 그러나 눈에 띄지 않는다는 것은 눈에 잘 띄는 것보다 훨씬 유용한 것이다.

_『동방의 별로 가는 유령 기차』

여행은 종종 우정을 강화하고 우정을 친밀함으로 바꾼다. 그러나 이것은 기차를 잡아타려는 사람에게는 치명적이다. 나는 낯선 사람들을 잘 대할 수 있었지만 친구들을 대할 때는 주의가 필요했고, 내가 눈에 띄는 것처럼 느껴졌다. 그것보다는 고독한 익명성 속에서 여행하는 것이, 구레나룻을 만지작거리고 파이프를 뻐끔거리며 새벽에 배를 타고 마을을 벗어나는 것이 더 쉬웠다.

_『낡은 파타고니아 특급』

여행자의
자만

여행자가 갖게 되는 한 가지 자만은 미지의 곳으로 가고 있다는 생각이다. 최고의 여행은 어둠 속으로 뛰어드는 것이다. 만일 목적지가 익숙하고 호의적인 곳이라면 무슨 이유로 그곳에 가겠는가?

_『아프리카 방랑』

여행자의 또 다른 자만은 야만이 뭔가 독특하고 이국적인 것이라고, 세상을 돌아다니다 보면 어디 구석진 산간벽지에서 발견하게 될 무언가라고 생각하는 것이다. 이렇게 외진 곳으로 가보면 정말로 그래 보이긴 한다. 그곳의 잔인무도한 정부가 여행자를 최악의 곤경에 빠뜨릴 것 같은 느낌이 얼핏 들기 때문이다. 그러나 부끄럽게도 얼마 뒤면 고국 정부가 지지하고 적극 고용하는 사람들과 그들이 전혀 다르지 않다는 것을 깨닫게 된다. 대량살인이 여전히 연례행사처럼 벌어진다는 사실을 외면하는 위선적인 사람들에게는 캄보디아, 르완다, 다르푸르Darfur², 티베트, 버마(미얀마) 등지를 보라고 말하고 싶다. "결코 다시는"이 아니라 "다시 또 다시"가 더 진실한 외침이다.

_『동방의 별로 가는 유령 기차』

여행자의 또 다른 자만은 자신이 본 것을 아무도 보지 않을 것이라고 생각하는 것이다. 자신이 지나간 길로 풍경을 대체하고 자신이 겪은 사건만을 중요하다 여긴다. 이 점에서 여행자는 착각하고 있음에 틀림없다. 그러나 이런 착각이 전혀 없다면 여행자는 아무 데도 가지 않을 것이다.

_『바다에 면한 왕국』

낯선
사람들

여행이란 낯선 사람들 사이에서 사는 것이다. 그들 특유의 악취와 고약한 향수를 맡으면서, 그들의 음식을 먹으면서, 그들의 인생에 대해 듣고 그들의 의견을 참아내면서, 때로는 말도 통하지 않으면서, 불확실한 목적지를 향해 늘 이동하면서, 계속 바뀌는 여행 일정을 짜면서, 혼자 자면서, 갈 곳을 즉흥적으로 정하는 것이다.

_『동방의 별로 가는 유령 기차』

대부분의 여행은, 특히 보람 있는 여행은 낯선 사람들의 호의에 의존할 것을, 모르는 사람들의 손에 자신을 맡기고 목숨을 담보로 그들을 신뢰할 것을 요구한다.

_『동방의 별로 가는 유령 기차』

도시와 여행

긴 여행의 한 가지 함정은 여행자가 큰 도시를 작게 보는 경향이 있다는 점이다. 이것은 여행자가 악의가 있거나 경솔하기 때문이 아니라, 자기 마음의 평화를 위해 그렇게 하는 것이다.

_『중국 기행』

내가 생각하는 이상적인 여행은 그냥 바로 오지로 가는 것이다. 왜냐하면 대다수 큰 도시들은 몹시 더럽고 혼잡하기 때문이다. 반면에 오지에는 텐트 칠 곳이 어딘가 있게 마련이다.

_『신선한 공기의 마니아』

큰 도시들은 내게 도착지처럼 보인다. 여행자를 벽으로 둘러싸며 멈추게 하는 곳, 거대한 건물들이 여행자에게 "이제 도착했습니다"라고 속삭이는 종점의 의미 외에 아무것도 없는 곳처럼 보인다.

_『헤라클레스의 원주』

"아테네는 네 시간짜리 도시야"라고 누군가 말했다. 이렇게 시간으로 평가하는 것은 내게 도시를 판단하는 유용한 지표로 보였다.

_『헤라클레스의 원주』

모험

모험적인 여행은 아주 먼 목적지를 암시하는 듯하지만, 가까운 목적지가 더 두려울 수도 있다. 왜냐하면 당신이 신뢰하는 사람들이 당신에게 경고한 집 근처의 장소보다 더 무서운 곳은 없기 때문이다.

_『신선한 공기의 마니아』

내게 최고의 여행은 언제나 어느 정도의 침범을 포함하고 있다. 위험은 여행자에게 도전이자 초대이다. 모험을 파는 것은 여행 산업의 한 주제가 되었으며, 여행은 전리품이 되었다.

_『신선한 공기의 마니아』

여행과
낙관주의

해외로 나간다면서 고작 해변에서 바다나 응시하는 것은 가엾은 사람들이 할 짓이다. 반면에 여행자는 모두 낙관주의자라고 나는 생각했다. 여행은 일종의 움직이는 낙관주의 그 자체이다.

_『바다에 면한 왕국』

여행은, 그 움직임은 희망을 암시하는 것이다. 절망은 안락의자이다. 절망은 무관심이며 흐릿하고 호기심 없는 눈빛이다. 내 생각에 여행자란 본질적으로 낙관주의자이다. 그렇지 않다면 아무 데도 가지 않을 테니까 말이다.

_『신선한 공기의 마니아』

여행은 목적지에 도달하려는 것을 멈추고 자신의 삶과 구별할 수 없게 될 때, 가장 보람찬 것이 된다.

_『동방의 별로 가는 유령 기차』

여행과 전통

시골은 도시보다 빈곤을 더 잘 견딘다. 그리고 시골의 가난은 거의 그
림처럼 보일 수 있다.

_『헤라클레스의 원주』

모든 장소는, 그곳이 어디든 무엇이든 상관없이 방문할 가치가 있다.
그러나 방문객이 뜸하고 사람들이 여전히 전통적인 삶을 살고 있는
장소가 내게는 가장 가치 있어 보였다. 왜냐하면 이런 곳은 가장 응집
된 곳이기 때문이다. 이런 곳은 해독 가능했고, 거의 언제나 나를 고
양시키는 것처럼 느껴졌다.

_『헤라클레스의 원주』

여행하면서 현지의 예식을 관찰하는 것은 중요하다. 그 까닭은 예식
의 애매모호한 신성함 때문이 아니라, 예식의 동작이 거기에 관여하
는 사람들의 내면 상태와 미묘한 의례를 드러내기 때문이다.

_『동방의 별로 가는 유령 기차』

여행과 정치

살아 있는 한 정치가의 동상이 하나 이상 서 있는 나라는 불행으로
치닫고 있는 나라이다.

_『헤라클레스의 원주』

부정한 정치가들이 고급 양복을 입고 다니는 나라에서 가장 훌륭한
사람들은 엉덩이를 다 드러내놓고 다닌다.

_『아프리카 방랑』

관광은 독재에 아주 적합한 것이다. 정치적으로 볼 때 중국은 독재
치하에 있음에 틀림없다. 관광객은 이곳저곳을 방문해 명승지를 구
경한다. 그리고 볼 것을 다 보면 지체 없이 떠난다. 반면에 비관광객
은 미적미적 머물면서 박물관에도 가지 않고, 거북한 질문을 해대며
사람들에게 경각심과 절망감을 불어넣기 때문에 추방되어야 한다.

_『중국 기행』

여행과
포르노

한 나라의 포르노가 그 나라의 잠재의식을 엿볼 수 있게 해준다는 것

에는 의심의 여지가 없다. 그 나라의 결혼과 연애 풍습뿐만 아니라, 내면적 삶과 환상, 죄의식과 열정, 심지어 양육 방식까지도 엿볼 수 있다. 그것이 모두 진실은 아니지만, 거기에는 특히 그 나라 남성들에 관한 많은 단서와 경고가 들어 있다.

_『헤라클레스의 원주』

여행과
풍경

풍경은 거기 있는 사물들의 이름을 알 때 다르게 보인다. 반면에 이름이 없어 보이는 풍경은 지극히 황량하고 이질적으로 보일 수 있다.

_『신선한 공기의 마니아』

자연의 풍경에서 침묵을 발견하기란 매우 드문 일이다. 거기에는 적어도 늘 바람이 불고 있다. 나무와 풀잎이 바스락거리고 벌레들이 윙윙대며 새들이 깍깍대고 박쥐들이 찍찍거린다. 바다에서 침묵이란, 진정한 침묵이란 거의 미지의 것이다. 그러나 여기 팔라우Palau[3]의 바위섬들에서 보낸 마지막 날에는 물결 소리조차 없었으며, 공기는 정지해 있었다. 벌레 소리도 새 소리도 들리지 않았다. 큰 박쥐들은 아무 소리도 내지 않고 날개를 움직이며 높이 날았다. 세상은 커다란 방처럼 단순하면서도 경이로워 보였다.

_『신선한 공기의 마니아』

아프리카는 일견 불완전하고 텅 비어 보이지만, 여행자가 개인적인 신화를 창조하고 속죄와 구원의 환상에, 고통과 힘의 멜로드라마에 빠질 수 있는 장소이다. 여행자는 상처를 동여매고 굶주린 자에게 음식을 주면서, 피난민을 추적하고 값비싼 랜드로버로 긴 여행을 할 수 있다. 또한 고정관념들을 재창조하고, 심지어 창조와 파괴의 우주 역사 전체를 되풀이할 수도 있다. 때문에 많은 여행자들은 아프리카를 53개의 나라가 아니라 고통받는 단 하나의 풍경으로 보는 경향이 있다.

_『아프리카 방랑』

소설을 쓰는 것과 가장 비슷한 일은 낯선 풍경 속을 여행하는 것이다.

_『바다 괴물들을 지닌 일출』

시간 낭비로서의
여행

여행은 바보의 낙원이다. 첫 번째 여행에서 우리는 장소들이 별로 차이기 없다는 것을 발견한다. 집에서 나는 꿈을 꾸면서 나폴리나 로마에 가면 아름다움에 취해 슬픔을 잊을 수 있겠다고 생각한다. 나는 트렁크에 짐을 싸고 친구들과 포옹한 뒤 배에 몸을 싣는다. 그리고 마침내 나폴리에서 깨어난다. 그러나 내 곁에는 엄연한 사실이, 내가 도망치려 했던 슬픈 자아가 냉혹하게 그대로 남아 있다. 나는 바티칸과 궁전들을 찾는다. 풍경과 암시 들에 취한 척한다. 그러나 나는 취하지 않는다. 나의 거인은 내가 가는 곳마다 나를 따라다닌다.

_ 랠프 월도 에머슨Ralph Waldo Emerson[4], 『자기 신뢰Self_ Reliance』(1841)

그는 여행이 단지 시간 낭비라고 느꼈다. 왜냐하면 상상력이 실제 경험으로 이루어진 비속한 현실의 아주 적절한 대용품을 줄 수 있다고 믿었기 때문이었다. …… 예컨대 어떤 사람은 불 옆에 앉아서 장기간의 모험적인 항해를 할 수 있다. 필요하다면 그는 먼 나라들에서의 여행을 묘사한 책을 대강 훑어봄으로써, 그의 나태하거나 완고한 마음을 달랜다.

_ 조리스 카를 위스망스Joris-Karl Huysmans[5], 『거꾸로A rebours』(1884)

보통 여행자들은 대담하다고 생각된다. 그러나 우리의 죄스러운 비밀은 여행이 지상에서 시간을 보내는 가장 게으른 방법 가운데 하나라는 것이다. 여행은 뼛속까지 게으른 일이며, 교묘하고 빈둥거리는 회피이다. 다른 사람들의 사생활을 침범하면서 우리의 뚜렷한 부재에 주의를 기울이게 하고, 방랑하는 식객으로서 아주 불쾌한 사람이 되는 것이다.

_『동방의 별로 가는 유령 기차』

관음증 환자로서의
여행자

여행자는 낭만적인 관음증 환자 중에서도 가장 탐욕스러운 사람이다. 그리고 여행자의 인격 속 꼭꼭 숨겨진 부분에는 허영과 건방짐, 거의 병적이라고 할 수 있는 허언증이 있다. 여행자의 최악의 악몽이 비밀경찰이나 주술사, 말라리아가 아니라, 다른 여행자와 만나는 일인 이유가 바로 여기에 있다.

그러나 호기심도 있다. 심지어 가장 소심한 환상가들도 때때로 그들의 환상을 수행하는 만족을 필요로 한다. 그리고 때때로 신속히 떠나야만 한다. 무단침입은 어떤 이들에게는 즐거움이다. 게으름에 대해서는 다음과 같은 말이 있다. "목적 없는 기쁨이야말로 순수한 기쁨이다."

_『동방의 별로 가는 유령 기차』

침입으로서의
여행

> 호기심 많은 사람들이 자기와는 아무 관계도 없는 온갖 장소를 기웃거리고 이리저리 망쳐놓은 채 빠져나온다는 것은 잘 알려진 사실이다. 이 이야기(『암흑의 핵심』)와 또 하나의 이야기는 …… 내가 정말로 아무런 권리도 없는 아프리카의 중심부에서 가지고 온 약탈품들로 이루어져 있다.
>
> _ 조지프 콘래드Joseph Conrad[6], 『젊음, 암흑의 핵심, 테테르의 종말Youth, Heart of Darkness, The End of the Tether』(1902)의 '작가노트'

변화로서의
여행

> 여행은 편견, 완고함, 편협함에 치명타를 날린다. 그래서 많은 사람들은 단지 이런 이유 때문에라도 여행이 몹시 필요하다. 인간과 사물에 대한 광범위하고 건전하며 너그러운 견해는 일생 동안 지구의 한 작은 구석에서 무기력하게 지내는 것으로는 얻을 수 없다.
>
> _ 마크 트웨인Mark Twain, 『마크 트웨인 여행기Innocents Abroad』(1869)

이동 중에 남자나 여자의 내부에서 일어나는 변화가 있다. 그 가장 과장된 것은 배 위에서 전체 인격이 변화할 때 볼 수 있다.

_ 존 스타인벡John Steinbeck, 1960년 6월의 편지, 『스타인벡: 편지 속의 삶Steinbeck: A Life in Letters』(1975)

아르헨티나 땅에 다시 한 번 발을 디딘 순간, 이 메모들을 적은 사람은 죽은 셈이다. 이 글을 수정하고 다듬는 사람은 더 이상 내가 아니다. 적어도 예전의 내가 아니다. 우리의 위대한 아메리카 대륙을 방랑하는 동안 나는 생각보다 더 많이 변화했다.

_ 에르네스토 '체' 게바라Ernesto "Che" Guevara의 「모터사이클 다이어리The Motorcycle Diaries」, 존 리 앤더슨Jon Lee Anderson의 『체Che』(2010) 중에서

여행자의
자격

여행자는 사람들의 눈에 그 본연의 모습으로 비쳐야만 한다. 하느님의 천국에 살 가치가 있는 사람이어야만 한다. 그리고 종교 없이도 살수 있어야 한다. 그는 닳아빠진 셔츠를 입었지만 순수한 인간의 심장을 가졌으며 오래 고통받은 사람이다. 비록 길이 해악으로 가득 차 있다고 할지라도, 그는 세계의 끝까지 여행할지도 모른다.

_ C. M. 다우티C. M. Doughty[7]의 『아라비아 사막에서의 여행Travels in Arabia Deserta』(1888)

여행함으로써
겸손해진다

쿠축Kuchuk(에스나Esna[8]의 매춘부이자 댄서)에게 돌아가기 위해 너와 나는 그녀를 생각하고 있다. 그러나 확실히 그녀는 우리를 생각하고 있지 않다. 그녀의 소파에 눕는 영예를 허락받았던 이 대단히 흥미로운 여행가는 많은 다른 사람들처럼, 그녀의 기억으로부터 완전히 사라져 버렸다. 아! 여행함으로써 겸손해진다. 당신은 자신이 세계에서 얼마나 작은 장소를 차지하고 있는지를 알게 된다.

_ 귀스타브 플로베르Gustave Flaubert, 『이집트에서의 플로베르Flaubert in Egypt』(1972)

여행에 대한
글쓰기

문학은 다른 사람들의 불행으로 만들어진다. 많은 여행기는 저자들의 단조로운 행운 덕에 실패하고 만다.

_ V. S. 프리쳇V. S. Pritchett[9], 『에세이 전서Complete Essays』(1991)

처음엔 우스꽝스러울 수밖에 없는 여행기는 저널리즘으로 시작해 소설로 바뀌곤 한다. 코다마Kodama[10] 열차가 제 시간에 도착하듯, 여행기는 자서전이 되어버린다. …… 낯선 도시의 익명의 호텔 방은 사람을 고백하고 싶은 상태로 만든다.

_『유라시아 횡단 기행』

여행기와 소설의 차이는 눈에 보이는 것을 기록하는 것과 상상으로 아는 것을 발견하는 것의 차이이다.

_『유라시아 횡단 기행』

인간적인 어떤 것이 기록될 때, 훌륭한 여행기가 탄생한다.

_『지구의 끝으로』

여행기가 어떤 것이든 소설을 쓰는 것과는 확연히 다르다. 소설은 긴밀한 집중력과 강렬한 상상력을 요구하는데, 거의 마술이라고 할 수 있는 신념의 도약을 요구한다. 그러나 나는 여행기가 내 왼손의 작업이었다는 것을 발견했다. 그리고 여행기를 쓴다는 것은 여행이라는 행위처럼 교묘했다. 여행기는 건강, 힘, 확신을 필요로 했다.

_『지구의 끝으로』

그 여행 중에 무언가 잘못됐다는 것은 행운이었다. 잘못을 범한다는 것은 여행담의 본질이다.

_『중국 기행』

우리가 우주여행이나 달 탐험에 대해 여전히 무지한 이유 중 하나는 어떤 우주비행사도 글로 그의 경험을 전달할 수 없었기 때문이다. 달에는 멜빌[11]이 없었고, 심지어 업다이크[12]도 없었다.

_『신선한 공기의 마니아』

우편 버스, 늦게 출발하는 추운 기차, 혹은 로렌스의 도보 여행은 참된 여행기들을 산출한 그 위대하고 힘든 전통 속에 있다. 그 전통이란 모든 것을 천천히 파악하는 눈, 연기 자욱한 여관 부엌에서 보통 사람들을 관찰할 시간을 갖게 만든 아픈 발을 가리킨다.

_ 앤서니 버지스Anthony Burgess[13], 『로렌스와 이탈리아Lawrence and Italy』(1972)의 서문

헨리 밀러Henry Miller[14]의 『마로우시의 거상Colossus of Marousi』은 여행기의 모든 일반적인 오명, 즉 거짓된 강렬함, 어떤 도시에서 단지 두 시간만 보내고 그 '영혼'을 발견하려는 경향, 택시 운전사들과의 대화에 관한 따분한 묘사로 이루어져 있다.

_ 조지 오웰George Orwell, 1942년 12월 4일자 주간 『트리뷴Tribune』, 『오웰 전집Orwell: Complete Works』(1968)에서 재인용

여행의
속도

나는 개가 걷는 속도로 여행했을 때 내가 최고의 여행을 했다는 사
실을 깨달았다.

_ 가드너 맥케이Gardner Mckay[15], 『지도 없는 여정Journey Without a Map』(2009)

시간
여행

최고의 여행은 시간 밖에 존재하는 것처럼 보인다. 마치 여행한 햇수
를 우리의 삶에서 제하지 않는 것처럼.

_『동방의 별로 가는 유령 기차』

여행은 많은 경우에 시간에 대한 실험이다. 제3세계 나라들에서 나는
내가 과거로 떨어진 것처럼 느꼈다. 그리고 나는 어디에서든 결코 무
시간성이라는 관념을 받아들이지 않았다. 대부분의 나라들은 특별한
연도들을 갖고 있다. 터키에서는 1952년, 말레이시아에서는 1937년,
아프가니스탄에서는 1910년, 볼리비아에서는 1949년이었다. 소련에
서는 20년 전이었고, 노르웨이에서는 10년 전, 프랑스에서는 5년 전
이었다. 호주에서는 늘 작년이었고 일본에서는 다음 주였다. 영국과

미국은 현재였다. 그러나 현재는 미래를 포함한다.

_『바다에 면한 왕국』

거의 항상 에고로부터 탈출하려는 시도로 보이는 여행은 사실 그 반대라는 것이 내 견해이다. 어떤 것도 낯선 풍경이나 외국의 문화만큼 우리를 집중하게 만들고 기억을 불러일으키지는 않는다. 낭만주의자들이 생각하는 것과는 달리, 이국적인 장소에서 자신을 잃어버리는 것은 불가능하다. 그보다는 강렬한 향수를 경험하거나, 인생의 보다 이른 시기를 떠올리거나, 자신이 저지른 심각한 잘못과 명료하게 마주할 가능성이 높다. 그러나 이러한 일은 그 이국적인 현재를 배제하고는 발생하지 않는다. 경험의 총체를 생생하고 때때로 스릴 있게 만드는 것은 현재와 과거를 나란히 같이 놓을 때이다.

_『오세아니아의 행복한 섬들』

참된 여행은 떠나 있음의 생생하거나 공허한 휴식기 그 이상이다. 최고의 여행은 단순한 기차 여행이나 심지어 기차 여행의 모음이 아니라, 보다 길고 복잡한 어떤 것이다. 그것은 4차원에 대한 경험이며, 멈춤과 출발, 지루한 시간이다. 또한 병과 회복의 마법이며, 서두르고는 기다려야 한다. 행복은 가끔씩 발생하는 보상으로서 갑자기 나타난다.

_『동방의 별로 가는 유령 기차』

분란은 좋은
기회이다

국가적 위기, 정치적 격변은 여행자에게 다시없는 기회이자 선물이다. 분란이 있을 때만큼 이방인에게 어떤 장소가 자신을 적나라하게 드러내는 때는 없다. 보통 그렇듯 위기가 이해될 수 없다고 할지라도, 위기는 드라마를 낳고 여행자를 증인으로 변신케 한다.

_『동방의 별로 가는 유령 기차』

여행과
사랑

만일 누군가가 사랑받고 자유롭게 느끼며 세계를 다소간 알게 된다면, 여행은 보다 단순하고 보다 행복해진다.

_『동방의 별로 가는 유령 기차』

이해하고 싶다면 냄새를
맡아라

키플링[16]의 재능은 사람들로 하여금 보게 하는 것이다. 올바른 생각의 첫 번째 조건은 올바른 감각이며, 외국을 이해하는 첫 번째 조건은 그 나라의 냄새를 맡는 것이다.

_ T. S. 엘리엇T. S. Eliot, 『키플링 시선집A Choice of Kipling's Verse』(1943)

연애로서의
여행

모든 진정한 연애가 그 나라 말을 거의 모르고 어디로 가는지도 모르지만, 매혹적인 어둠으로 더 깊이 끄는 외국으로의 여행처럼 느껴진다면, 모든 외국 여행도 연애가 될 수 있다. 거기서 우리는 자신이 누구이며 누구와 사랑에 빠졌는지를 골똘히 생각한다. …… 모든 훌륭한 여행은 사랑과 마찬가지로 자기 자신으로부터 옮겨져 공포와 경이의 한가운데에 놓이는 것이다.

_ 피코 아이어Pico Iyer[17], 「우리는 왜 여행하는가Why We Travel」, 『살롱Salon』(2000)

관광객과
여행자

관광객은 중세에 순례자가 그랬던 것처럼, 우리 문명에 속한 풍경의 일부이다.

_ V. S. 프리쳇, 『스페인 기질The Spanish Temper』(1954)

그는 자신을 관광객이라고 생각하지 않았다. 그는 여행자였다. 그는 그 차이가 부분적으로는 시간의 차이라고 설명하곤 했다. 관광객이 일반적으로 몇 주 후나 몇 달 후에 집으로 서둘러서 되돌아가는 반면, 여행자는 한 장소나 그다음 장소에 똑같이 속해 있다. 여행자는 몇 년에 걸쳐 지구의 한 부분에서 다른 부분으로 천천히 움직인다.

_ 폴 볼스Paul Bowles[18], 『셸터링 스카이The Sheltering Sky』(1949)

관광객은 자신이 어디에 와 있는지 모르고, 여행자는 자신이 어디로 갈지를 모른다.

_『오세아니아의 행복한 섬들』

뭄바이에서 관광객은 사원이나 박물관에 있었겠지만 나는 빈민가에 있었다.

_『동방의 별로 가는 유령 기차』

관광은 진짜 게으른 사람을 즐겁게 하는 행위이다. 왜냐하면 관광은 고대를 유심히 들여다보고 엿듣는 학문과 매우 비슷해 보이기 때문이다.

_『유라시아 횡단 기행』

관광은 시간을 보내는 방법이었지만 …… 그것은 가상의 발명에 크게 의존하는 행위였다. 마치 모든 배우들이 도망가버린 무대 위에서 자신만의 연극을 연습하는 것과 같은.

_『유라시아 횡단 기행』

관광은 여행의 미심쩍은 측면 중 하나이다. …… 관광은 모든 권태와 순례의 의식을 갖고 있지만, 어떤 정신적 이익도 없다.

_『바다 괴물들을 지닌 일출』

비가 와서 휴가를 망쳤다는 건 바보들이나 하는 말이다.

_『지구의 끝으로』

여행은 휴가가 아니며, 대개는 휴식의 정반대이다.

_『낡은 파타고니아 특급』

외국인에게 한 나라의 즐거움만큼 당혹스러운 것은 없다.

_『바다에 면한 왕국』

사치는 관찰의 적이며, 당신이 아무것도 의식하지 않는다는 좋은 기분을 불러일으키는, 비용이 많이 드는 탐닉이다. 사치는 우리를 망치고 어린애 취급하며 우리가 세계를 아는 것을 막는다. 이것이 사치의 목적이다. 또한 이것은 호화 유람선들이나 값비싼 호텔들이 마치 다른 별에서 온 것 같은 어리석은 사람들로 가득 차 있는 이유이다. 나의 경험에 의하면 부자들은 결코 경청하지 않는다. 또한 그들은 비싼 생활비에 대해 끊임없이 투덜댄다. 실제로 부자들은 대개 자신이 가난하다고 불평했다.

_『동방의 별로 가는 유령 기차』

세계에서 가장 시대에 뒤떨어진 나라들이 비행기 여행을 통해 관광객을 유치하려 한다는 것은 거의 명백하다. 관광은 정적인 사회에서 가장 활발하게 추구되며, 대개 기동력 있는 부자들이 기동력 없는 가난한 사람들에게 저지르는 분별없고 서툰 방문이다.

_『낡은 파타고니아 특급』

관광객들은 그들이 편안한 한 거의 무엇이든 믿을 것이다.

_『오세아니아의 행복한 섬들』

사람이 큰돈을 벌고 나면 좋지 않은 청취자가 되고, 참을성 없는 관광객이 된다.

_『헤라클레스의 원주』

그녀는 광고와 탤컴파우더를 뿌려놓은 듯 하얗고 긴 백사장을 통해 그들의 여행을 보았다. 백사장에 부는 열대의 산들바람이 야자수와 그녀의 머리칼을 흔들었다. 그러나 그는 금지된 음식과 낭비된 시간, 엄청난 비용의 관점에서 그들의 여행을 보았다.

_ 블라디미르 나보코프, 『로라의 원형The Original of Laura』(2009)

출발

집을 떠나며 놀랄 만한 것은 아무것도 없다. 그러나 친근한 장소들이 창문에 획 나타났다 사라지고 과거의 일부가 될 때, 천천히 슬픔이 몰려온다. 시간이 눈에 보이게 되고, 풍경이 움직이는 대로 시간도 움직인다. 나는 기차가 달리는 동안 매 초가 지나가는 것을 보았다. 기차는 나를 침울하게 만드는 속도로 건물들을 똑딱거리며 달렸다.

_『낡은 파타고니아 특급』

의미 있는 출발에 나쁜 날씨보다 적합한 것은 없다.

_『동방의 별로 가는 유령 기차』

국경

버섯과 똥 무더기의 관계는 많은 불평등한 나라들의 국경에 존재
한다.

_『낡은 파타고니아 특급』

교통정리를 하는 작은 경찰관처럼, 나라가 작을수록 비자를 받거나
국경을 넘을 때 더 야단법석을 떠는 법이다.

_『헤라클레스의 원주』

강은 적절한 국경선이다. 물은 중립이고, 그 자연스러운 굽이굽이에
서 자연의 경계선은 신이 역사하신 것처럼 보인다.

_『낡은 파타고니아 특급』

강 너머를 보면서 나는 내가 다른 대륙, 다른 나라, 다른 세계 쪽을 보
고 있다는 것을 깨달았다. 거기에는 소리들이 있었다. 음악, 그리고
음악만이 아니라 날카로운 목소리와 차들의 경적 소리도 들렸다. 국
경은 실재했다. 그곳 사람들은 다르게 일을 한다. 열심히 살핀 끝에
나는 맥주 간판의 네온 불빛을 통해 나무들을 볼 수 있었고, 교통 체
증과 음악의 출처를 볼 수 있었다. 인적은 없었지만 승용차와 트럭 들
이 증거였다. 이러한 것들을 넘어 누에보 라레도Nuevo Laredo라는 멕시

코의 도시를 지나면, 라틴 아메리카의 밤에 출몰하는 특징 없고 검은 색을 띤 비탈이 서 있었다.

_『낡은 파타고니아 특급』

도보로 아프리카의 국경을 넘은 일이 없는 사람은 그 나라에 들어간 적이 없는 것이다. 왜냐하면 수도의 공항은 단지 신뢰를 얻기 위한 속 임수일 뿐이기 때문이다. 그러나 그 나라의 가장자리에 있는 먼 국경 은 이 나라의 중심을 이루는 현실이다.

_『아프리카 방랑』

비행기
여행

비행기 여행에 대해 할 말은 거의 없다. 언급할 만한 것은 무엇이든 끔찍하다. 그래서 좋은 비행은 부정적 요소들을 통해 정의된다. 가령 공중 납치되지 않았고, 충돌하지 않았고, 토하지 않았고, 늦지 않았 고, 음식 때문에 속이 메스껍지 않았다는 것 등등. 그러한 일에 감사 함을 느낀다. 그 감사함은 마음이 텅 비는 안도감을 가져다준다. 이것 은 적절한 말이다. 왜냐하면 비행기 승객은 시간 여행자이기 때문이 다. 여행자는 살균제 냄새가 나는, 카펫이 깔린 통 모양의 기체로 기어들어간다. 집으로 가기 위해 혹은 떠나기 위해 안전벨트를 맨다. 시간은 축소되거나 어떤 경우에는 뒤틀린다. 그는 하나의 시간대를 떠나 다른 시간대에서 나타난다. 그리고 그는 기체에 발을 들여 놓자마자, 앞좌석 때문에 무릎을 움츠리며 불편할 정도로 곧추세운다. 출발할 때부터 그의 마음은 도착에만 초점을 맞춘다. 그가 어떤 감각이라도 갖고 있다면 그렇다는 것이다. 만일 그가 창문 밖을 내다본다면, 구름층의 툰드라 이외에는 아무것도 보지 못할 것이다. 그리고 그 위로는 빈 우주 공간이 있다. 시간은 놀라울 정도로 맹목적이다. 볼 것은 아무것도 없다. 이것이 그토록 많은 사람들이 비행기 타는 것을 좋아하지 않는 이유이다. 그들은 이렇게 말한다. "내가 정말로 하고 싶은 것은 이 플라스틱으로 된 점보제트기를 잊고, 세 개의 돛대가 있는 배를 얻어 머리에 바람을 맞으며 선미 갑판에 서 있는 것이다."

_『낡은 파타고니아 특급』

비행기는 우리의 활기를 떨어뜨리고 둔감하게 만든다. 우리는 갑옷을 입은 연인들처럼 제한된다.

_『낡은 파타고니아 특급』

비행기는 시간과 공간의 뒤틀림이다. 그리고 당신은 몸수색을 당한다.

_『동방의 별로 가는 유령 기차』

비행기 여행은 대단히 단순하며 짜증스럽고 불안을 일으킨다. 비행기 여행은 마치 치과에 가는 것과 같다. 심지어 의자도 말이다.

_『신선한 공기의 마니아』

기차를 타고 가는 여정은 여행이다. 그 밖의 탈것들, 특히 비행기를 타고 가는 과정은 그저 이동일 뿐이다. 여행은 비행기가 착륙할 때에야 비로소 시작된다.

_『유라시아 횡단 기행』

귀환

어떤 종류의 여행이든 돌아가서 인상을 검증한다는 훌륭한 주장이 있다. 혹시 그 장소에 대해 다소 성급하게 판단을 내리지는 않았을까? 혹시 그곳을 적절한 달에 보았을까? 날씨의 무언가가 당신의 성질을 누그러뜨렸을 수도 있지 않을까? 어쨌든 여행이란 순간을 포착하는 일이다. 그리고 그것은 개인적인 일이다. 심지어 내가 당신과 함께 여행한다고 해도, 당신의 여행은 나의 여행이 아닐 것이다.

_『중국 기행』

여행은 다른 상태로의 이행이고, 가장 좋은 것은 집으로부터 출발이 시작되는 여정이다. 나는 어떤 장소에 낙하산으로 하강하는 것을 싫어했다. 나는 한 장소를 다른 장소와 연결할 수 있어야 했다. 대개 내가 여행에 대해 가졌던 문제 중 하나는 익숙한 곳에서 낯선 곳으로 너무나 신속하게 이동할 수 있다는 편리함이었다. 뉴욕의 회사원은 달로켓을 타고 하룻밤 만에 입을 헤벌리고 고릴라들을 보기 위해 자신을 아프리카의 한가운데에 갖다 놓을 수 있었다. 이것은 단지 이국적인 것을 느끼는 방식일 뿐이었다. 다른 방식은 천천히 가며 국경을 넘어, 철조망을 지나 가방과 여권을 가지고 황급하게 뛰는 것이었다. 이 방식은 이쪽과 저쪽 사이에는 관련이 있고, 여행담은 저쪽과 돌아옴에 대한 이야기라는 것을 상기시키는 최고의 방식이었다.

_『아프리카 방랑』

여행의 가장 큰 보상 중 하나는 가족, 오랜 친구들, 친숙한 장소들, 집의 안락한 편의시설, 자신의 침대 등을 재확인하는 고향으로의 귀환이다.

_『오세아니아의 행복한 섬들』

2.

세계의
중심

『오세아니아의 행복한 섬들』을 준비하며 여행할 때, 나는 이스터 섬Easter Island[1] 또는 라파 누이Rapa Nui에서 야영을 하고 카약을 탔다. 그때 섬 주민 한 명이 내게 말했다. "여기가 피토pito 예요." "그래요?" 하고 내가 대답했다. '피토'는 배꼽을 의미하는 하와이어 '피코piko'와 같은 어족의 단어였다. 그 주민은 이렇게 덧붙였다. "테 피토 테 헤누아Te Pito te Henua." '세계의 배꼽' 이란 뜻이었다.

어쩌면 이 이름은 가장 가까운 육지로부터 3,200킬로미터나 떨어진 차가운 대양 한가운데에 놓인, 바람이 휘몰아치는 작은 바위에 대해 사람들이 품었던 망상에 불과할지도 모른다. 그러나 또 다른 설에 따르면 이 이름은 이 섬에서 한 아기가 태어난 것과 관련이 있다. 라파 누이 주민들의 조상은 길 안내자이자 이곳의 발견자였던 호투 마투아Hotu-Matua였다. 그리고 그가 카누를 타고 처음으로 데려온 여성이 이곳에서 아이를 낳았다. 당시에 그 아이의 탯줄을 자른 의례는 이 섬에서 행해진 최초의 의례였을 것이다. 그 시기는 논쟁의 여지가 많지만 대략 서기 500년경으로 추정된다. 여기까지 배를 타고 오는 데 필요한 카누의 제작과 항해 기술을 고려하면 놀라울 정도로 이른 시기임에 틀림없다. 이 섬에 대한 상세한 민속학적 연구인『테 피토 테 헤누아』라는 책을 쓴 톰슨W. J. Thomson에 따르면, 이 이름은 호투 마투아가 섬에 도착했을 때 붙인 것이라고 한다. 멀리서 보면 라나 라라쿠Rana Raraku 사화산의 분화구, 텅 빈 바다에 있는 헐벗은 바윗덩어리는 확실히 돌로 굳어진 배꼽의 모습을 하고 있다.

　　　『헤라클레스의 석주들The Pillars of Hercules』을 준비하며 그리스의 델피Delphi를 방랑할 때였다. 안내인은 내게 한 바위를 가리키며 엄숙한 목소리로 바로 이것이 '세계의 배꼽'인 옴팔로스Omphalos라고 말했다. 나는 이 일을 계기로 자신들의 마을이나 소도시를 세계의 중심이라고 여기는 믿음에 대해 생각하게 되었다. 나는 보스턴 출신이고 어린 시절부터 보스턴이 '중심hub'이라는 말을 들어왔는데, 이 말은 주로『보스턴 글로브Boston Globe』의 머리기사에서 많이 사용되었다. 여기서 '중심'은 '우주의 중심'을 줄인 표현이었다. 이 과장된 표현은 올리버 웬델 홈스Oliver Wendell Holmes의 『아침 식사 테이블의 독재자The Autocrat of the Breakfast-Table』에 등장하는 한 보스턴 사람이 "보스턴 청사는 태양계의 중심이다"라고 말한 데서 유래했다. 이런 과장법은 해롭지 않은 자만심의 표현이라고 할 수 있다. 다음은 지구의 또 다른 배꼽들의 목록이다.

중국

중국인들은 자신들의 나라를 쫑꾸오中國, 즉 세계의 중심을 뜻하는 중앙의 왕국이라고 불렀고 지금도 여전히 그렇게 부른다.

아리조나Arizona

피마Pima군郡의 사사베Sasabe 근처에는 바보퀴바리Baboquivari라는 산봉우리가 있다. 토호노 오오덤Tohono O'odham[2] 사람들은 이 산을 세계의 배꼽으로 여겼다. 이들에 따르면 대홍수로 불어났던 물이 빠진 후에, 이 산에서 인간들이 출현해 전 세계로 퍼졌다고 한다.

페루의
쿠스코

이 지역의 창조 신화에서 퀘추아Quechua어로 '코스코Qosqo'는 '세계의 배꼽'을 뜻한다. 잉카 사람들은 쿠스코Cuzco[3]를 세계의 중심으로 여겼다.

예루살렘

'가장 먼'이라는 의미를 지닌 알 아크사Al Aqsa 사원은 이곳이 세계의 배꼽이라는 믿음을 반영해 둥근 지붕의 형태를 띠고 있다.

사우디아라비아의
메카Mecca

이슬람에서 가장 신성한 장소인 카바Kaaba는 세계의 배꼽이라고
도 불린다. 한 이슬람 경전은 다음과 같이 가르쳤다. "알라가 천체와 지구를
창조하기 40년 전에, 카바는 물에 떠 있는 메마른 점이었다. 그리고 이 점으
로부터 세계가 생겨났다."(리브카 고넨Rivka Gonen의 『논란거리가 된 신성함Contested
Holiness』에서 인용)

멕시코

멕시코의 파츠쿠아로Pátzcuaro 호수에 있는 파칸다Pacanda 섬은 세계
의 배꼽이라고 주장해왔다.

콜롬비아

자신들이 '인류의 형'이라고 생각하는 아르후아코Arhuaco와 코기
Kogi 민족들은 산타마르타Santa Marta의 시에라 네바다Sierra Nevada 산맥을 세계의

중심이라고 부른다.

페로 제도

페로 제도Faroe Islands의 수도 토르샤븐Tórshavn의 가장 유명한 작가 윌리엄 하이네센William Heinesen은 토르샤븐을 세계의 배꼽이라고 부르곤 했다. 아마도 그의 열정적인 국수주의가 그를 이런 망상에 빠지게 만들었을 것이다. 그는 덴마크어로 글을 썼지만 페로어로 말했다.

태국의
아유타야

아유타야Ayutthaya는 한때(1350~1767) 시암Siam 왕국의 수도였다. 1448년 보롬트릴로카나스Boromtrilokanath 왕이 이곳에 건립한 왓 프라 시 산 펫 Wat Phra Si San Phet 사원은 세계의 중심으로 불렸다.

인도의
보드 가야

보드 가야Bodh Gaya 는 부처가 깨달음을 얻을 때 앉아 있던 장소로 '금강의 옥좌'를 뜻하는 바즈라사나Vajrasana라고 불린다. 이곳 사람들의 믿음에 따르면, 우주가 최종적으로 파괴될 때 이곳이 마지막으로 사라진다고 한다. 또한 우주가 다시 시작될 때 이곳이 가장 먼저 다시 생겨난다고 한다.

러시아의
페름

　　9,000명의 페름Perm 시민들은 인터넷 투표를 통해, 지구의 배꼽으로 명명된 한 장소에 기념비를 건립하기로 결정했다.

3.

기차 여행의
즐거움

기차만큼 자세한 관찰을 유발하는 운송 수단은 없을 것이다. 비행기 여행에 대한 문학은 존재하지 않으며 버스 여행에 대한 문학도 그리 많지 않다. 그에 비해 유람선은 주로 사회적 관찰을 자극한다. 반면에 기차는 누구든 그 안에서 마음 내키는 대로 자고 먹을 수 있을 뿐만 아니라 글을 쓸 수도 있기 때문에 효율적이다. 지나치는 풍경과 기차 자체가 깊은 인상을 남긴다. 비행기 여행은 늘 똑같지만 기차 여행은 언제나 새롭다. 기차로 여행하는 사람들은 대개 사귀기가 쉽고 말하기를 좋아하며 사회적 편견으로부터 자유로운 편이다. 아마도 그렇기 때문에 잘 돌아다니는 것일지도 모른다. 심리학자들은 이런 사람을 가리켜 '얽매이지 않는untethered' 사람이라고 일컫는다. 기차에서 만나는 이런 낯선 사람은 최고의 이야기꾼이자 최고의 청취자이다.

본선을 이용한
기차 여행

> 기차 안에서는 무엇이든 가능하다. 맛있는 식사, 떠들썩한 술잔치, 카드 놀이하는 사람들의 방문, 음모, 숙면, 러시아 단편 소설들처럼 구성된 이방인들의 독백 등 무엇이든 가능하다. 심지어 내리려는 충동조차도 가능하다.
>
> _『유라시아 횡단 기행』

> 여행에서 해 질 녘 기차에 올라 춥고 떠들썩한 도시에서 침대칸 문을 닫고는, 아침에 새로운 위도에 도착하리라는 것을 예감하는 것보다 멋진 일은 없는 것 같다. 나는 남쪽을 향해 달리는 특급열차 안에서 자는 사람을 위해, 뭐든 남겨놓아야겠다고 생각했다.
>
> _『낡은 파타고니아 특급』

재즈의 반은 철도 음악이며, 기차의 운동과 소음은 재즈의 리듬을 갖고 있다. 이것은 전혀 놀라운 일이 아니다. 재즈의 시대는 또한 철도의 시대이기도 했기 때문이다. 음악가들은 기차로 여행하거나, 그렇지 않으면 아예 여행을 하지 않았고, 약동하는 템포, 덜컹거리는 소리, 쓸쓸한 휘파람 소리가 노래들 속으로 들어왔다. 노선이 지나가는 철도 주변의 소도시들도 노래들 속으로 들어왔다. 달리 어떻게 조플린Joplin[1]이나 캔자스 시티가 가사에 쓰일 수 있었겠는가?

_『낡은 파타고니아 특급』

노인들이 젊은이들에게 그렇게 보이는 것처럼, 유령들은 언제나 목적 없는 장거리 여행이 주는 색다른 즐거움을 누리고 있다. 절반의 속력으로 달리는 완행열차를 타고 늑장을 부리면서.

_『동방의 별로 가는 유령 기차』

어떤 열악한 기차도 목적지에 충분히 빨리 도착하지 않는 것처럼, 어떤 훌륭한 기차도 충분히 멀리 가지 못한다.

_『낡은 파타고니아 특급』

나는 열차들에 계급의 낙인이 찍혀 있다는 것을 알 만큼 라틴 아메리카에 오래 있었다. 단지 가난뱅이들, 절름발이들, 맨발로 다니는 사람들, 반쯤 돈 촌놈들만이 기차를 타고, 또는 기차에 대해 뭔가를 알았다. 이러한 이유로 라틴 아메리카에서의 기차 여행은 이 대륙의 비참함과 멋진 풍경에 대한 훌륭한 입문이었다.

_『낡은 파타고니아 특급』

여행에서의 커다란 도전은 멋진 외국의 도시에 도착하는 것이 아니라, 출발 문제를 해결하는 것, 비행기를 타지 않고 벗어날 방법을 찾는 것이다. 버스는 대개 끔찍하고 버스 정류장은 도둑, 소매치기, 협박꾼, 엉터리 약장수, 강도 들의 소굴이다. 렌터카는 편리하지만 거의 항상 바가지를 씌운다. 게다가 누가 운전기사의 해설을 듣고 싶어 하는가? 기차는 여전히 가장 이상적이다. 가서 올라타라.

_『동방의 별로 가는 유령 기차』

영국에서 세인트 어스St. Erth로부터 세인트 아이브스St. Ives까지 가는 세 대의 객차로 된 작은 지선支線 기차를 타는 것보다 더한 즐거움은 별로 없다. 그리고 내가 지선 기차를 탔다는 데는 의문의 여지가 없었다. 왜냐하면 철로 가까이에서 자란 나무들의 가지가 창문에 스치는 것은 이 기차에서만 그러하기 때문이다. 지선 기차들은 보통 숲을 통과했다. 창문에서 들리는 소리, 즉 가지들이 대걸레와 빗자루처럼 유리를 쓰는 소리로 어떤 기차인지 아는 것이 가능했다. 당신은 눈을 감고도 그것이 지선 기차임을 알게 된다.

_『바다에 면한 왕국』

기차 마니아들의 향수는 위험하다. 과거를 그리워하고, 낡은 기차를 장난감으로 바꿀 수 있을 때보다 더 행복해할 수가 없기 때문이다.

_『바다에 면한 왕국』

나는 카이로 기차역에 얽힌 가장 멋진 이야기를 직접 목격한 사람으로부터 들었다. 저명인사에 대한 것이 아니라, 3등석 차표 줄에 서서 오랫동안 기다려야 했던 사람에 대한 이야기이다. 그는 화가 나서 안절부절못하며 창가로 와서는 차장에게 다음과 같이 말했다. "당신 내가 누군지 알아?" 차장은 그를 위아래로 훑어보며 조금의 망설임도 없이 말했다. "낡아빠진 옷에 수박을 안고 엘 민야El Minya까지 가는 3등석 차표를 가진 당신이 누구긴 누구야."

_『아프리카 방랑』

기차는 운송 수단이 아니라 그 지방의 일부이며 일종의 장소이다.

_『중국 기행』

기차는 최소한의 위험으로 최대한의 기회를 제공한다.

_『유라시아 횡단 기행』

어린 시절 이래 나는 보스턴과 메인 주의 기차 소리가 들릴 만한 곳에 살았다. 그러나 나는 기차가 지나가는 소리를 거의 듣지 못했고 타기를 원하지도 않았다. 경적소리는 유혹하듯 노래한다. 철로는 매혹적인 잡화시장 같고, 어떤 풍경이 펼쳐져 있든 땅 높이에 따라 뱀처럼 기어간다. 기차는 기분 좋은 속도로 달리며 결코 음료를 쏟게 하지 않는다. 기차는 끔찍한 장소에서도 여행자를 안심시킬 수 있다. 비행기에서 추락에 대한 불안으로 땀을 흘리거나, 장거리 버스에서 가스에 의한 구토 증세를 느끼거나, 자동차에서 교통 체증에 시달리는 것과는 전혀 다르다. 기차가 크고 안락하다면 목적지조차 필요하지 않다. 구석 자리로 충분하다. 당신은 계속 이동 중인 상태에 머무르며, 선로에 올라앉은 채, 결코 도착하지도 않고 그래야 한다고 느끼지도 못하는 여행자 중 한 명이 될 수도 있다.

_『유라시아 횡단 기행』

기차는 떠나기보다는 출발한다. 그리고 풍경을 더 멋지게 보이게 하기 위해 속도를 맞추고, 가로지르는 땅을 확대시킨다.

_ 윌리엄 가디스William Gaddis[2], 『인식The Recognitions』(1957)

기차 안에서의
대화

기차 안에서 사람들과 나누었던 많은 다른 것들처럼, 나는 공유된 여정, 식당차의 안락함, 다시는 서로 만날 수 없을 것이라는 확실한 인식으로부터 쉽게 솔직한 대화를 끌어냈다.

_『유라시아 횡단 기행』

침대차의 낭만

침대차와 관련된 낭만은 그 극단적인 사적 자유로부터 온다. 침대차는 전진하면서도 고정된 벽장의 이점을 갖고 있다. 이 움직이는 침실에서 행해지고 있는 어떤 드라마든지 창문을 지나가는 풍경에 의해 고조된다. 언덕들의 구릉, 산들의 경이, 시끄러운 철교, 노란 등불들 아래 서 있는 사람들의 감상적인 광경 등. 연속적인 비전으로서의 여행이라는 관념과 구부러진 지구를 가로지르는 장대한 여행이 가져오는 추억의 연속적인 이미지들은 오로지 기차 안에서만 가능하다. 오로지 기차 안에서만 하늘이나 바다의 왜곡된 공허함이 없다. 기차는 거주를 허용하는 운송 수단이다. 식당차 안에서의 저녁보다 더 멋진 것은 없다.

_『유라시아 횡단 기행』

내 눈에 침대는 구상과 실행 면에서 완벽한 것이다. 침대는 이동하는 암흑의 밤 속 작은 녹색 구멍이며, 단단한 세계 속 부드러운 토끼 사육장이다.

_ E. B. 화이트E. B. White,[3] 「진보와 변화Progress and Change」, 『한 인간의 고기One Man's Meat』 (1944)

기차는 문화를
대표한다

태국의 국철은 편안하며 엄격하게 운행된다. 최근에 나는 동남아시아의 기차 여행에 대해 충분히 알게 되었는데, 그 뒤로는 냉방 장치가 된 침대차들을 피하게 됐다. 이 침대차들은 얼어붙을 정도로 춥고, 나무로 된 침대차의 장점들을 갖고 있지 않다. 후자는 커다란 침대와 샤워실을 구비하고 있다. 이 기차말고는 침대칸에 돌로 된 높은 단지가 있는 기차는 세계의 어떤 곳에도 없다. 저녁 식사 전에 벌거벗은 채로 서서 이 단지에서 물을 퍼내어 씻을 수도 있다.

태국의 기차에는 그 옆면에 윤을 낸 용이 새겨진 샤워 단지가 있다. 스리랑카 기차에는 불교승들을 위한 차량이 있고, 인도의 기차에는 채식 식당이 있고, 차량들은 6개의 등급으로 되어 있다. 이란의 기차에는 기도를 위한 깔개가 있고, 말레이시아의 기차에는 국수를 파는 매점이 있고, 베트남의 기차는 기관차가 방탄유리로 되어 있다. 러시아 기차의 모든 차량에는 사모바르가 있다. 기차의 설비나 승객들뿐 아니라 철로변의 시장도 그 사회를 완벽하게 대표한다. 따라서 기차에 탄다는 것은 그 나라의 국민성과 맞부딪히는 일이기도 하다.

_『유라시아 횡단 기행』

몇 년 전에 나는 기차가 얼마나 정확하게 어떤 나라의 문화를 대표하는지에 대해 주목하게 되었다. 좋지 않은 평판에 시달리는 나라는 좋지 않은 평판에 시달리는 기차들을 갖고 있다. 일본처럼 자랑스러울 만큼 효율적인 국가는 철로 위의 차량들에도 반영된다. 인도에는 희망이 있다. 왜냐하면 기차는 일부 인도인들이 모는 원시적인 사륜차보다는 훨씬 중요한 것으로 고려되기 때문이다. 나는 식당차들이 한 나라의 문화를 가장 잘 대표한다는 것을 발견했다(식당차가 없는 나라는 고려 밖이지만). 말레이시아 기차의 국수를 파는 매점, 시베리아 횡단 열차의 보르시borscht[4]와 불친절한 태도, '날아다니는 스코틀랜드인The Flying Scotsman'이라고 불리는 기차[5]의 훈제 청어와 튀긴 빵 등이 그러하다. 전국 철도 여객 공사의 '레이크 쇼어 리미티드Lake Shore Limited' 기차 안에서 나는 아침 식사 메뉴를 음미했다. 블러디 메리나 스크루드라이버 같은 칵테일도 주문할 수 있다는 것을 알았다. 내 체내에 보드카를 주입하는 것을 '아침의 활력제'라고 불렀다. 아침 시간에 독한 술을 주문할 수 있는 기차는 이것 말고는 세계 어디에도 없다.

_『낡은 파타고니아 특급』

특별한
기차 여행

태국에서의 서머싯 몸Somerest Maugham : 기차역에서 느낄 수 있는 것

기차는 아유타야에 도착했다. 나는 기차역을 보는 것으로 이 역사적인 장소에 대한 호기심을 충족시킨 것에 만족했다. 과학자가 넓적다리뼈로 선사시대 동물을 재구성할 수 있다면, 어째서 작가는 기차 정거장에서 그가 원하는 만큼의 많은 느낌들을 얻을 수 없겠는가? 펜실베이니아의 정거장에는 뉴욕의 모든 신비가 있고, 빅토리아 역에는 음울하고 사람을 지치게 하는 런던의 광대함이 있다.

_『응접실의 신사The Gentleman in the Parlour』(1930)

유고슬라비아로 가는 도중의 레베카 웨스트Rebecca West[6]

"여보. 나는 지금 당신이 휴가를 여기서 지내도록 해서 정말 불편하게 만든 것을 알아요. 당신이 유고슬라비아에 정말로 오고 싶지 않았다는 걸 알아요. 그러나 당신이 거기 도착하면 우리의 이 여행이 왜 중요한지를 알게 될 거예요. 그래서 우리는 지금 부활절에 여행하는 거예요. 일단 우리가 유고슬라비아에 도착하면 모든 게 명백해질 거예요."

그러나 아무 응답도 없었다. 내 남편은 자러 가버렸다. 아마 그러했다. 나는 이 기차가 모든 것이 명료해지는 나라로 우리를 데려가고 있

다고 확신할 수가 없었다. 이 나라에서 삶의 방식은 너무나 정직해서
어떤 미혹도 없었다.

_『검은 양과 회색 매Black Lamb and Gray Falcon』(1941)

봄베이에서 캘커타까지 가는 동안 고생한 장 콕토Jean Cocteau

참아주기 힘든 짐꾼들은 추가적인 팁을 요구했다. 해결사[콕토의 연인
인 마르셀 킬Marcel Khill]는 그들을 위협했다. 그들은 도망가는가 싶더니,
되돌아와서 식당차의 유리창에 얼굴을 밀착시켰다. 식당차가 너무
좁아서 탁자 양쪽에 놓인 좌석에 겨우 앉을 수 있을 뿐이었다.

나는 이토록 심한 더위가 존재하고 사람들이 이토록 저주받은 지대
에서 살 수 있다는 것을 알지 못했다. 기차는 출발했고 이동하며 나
는 책[7]의 첫머리에서 킴Kim이 올라탄 낡은 대포들을 알아볼 수 있었
다[사족으로, 잠자마Zamzama[8]라고 불리는 대포는 실제로 라호르Lahore에 있다].
인도의 타는 듯한 열기는 유리, 금속, 차체를 뜨겁게 달구었다. 그 끈
끈한 접착용 풀을 연속으로 채찍질하는 것처럼 돌아가는 전기 환풍
기에도 불구하고, 몸 상태가 좋지 않다고 느낄 때까지 대기의 온도
는 올라갔다.

이러한 고통에 아랑곳하지 않고 우리는 창문을 열어놓은 채로 뒀다.
우리는 꾸벅꾸벅 졸았고 회색 껍질이 잔뜩 묻은 채 깨어났다. 그리
고 우리의 입, 귀, 폐, 머리털은 우리의 여행을 따라다니는 재들로 가

득 찼다. …… 아무것도 움직이지 않았다. 옥수수, 논, 진흙 속의 마을,
이 지옥의 저주받은 영혼들의 농사일. 청록색의 푸르고 검은 어치류
의 새들, 간혹 보이던 멋진 그림자들을 지닌 향기로운 코코넛 야자수
들이 다시 나타나기 시작했다. 때때로 히말라야 삼목이 정의의 사막
에 홀로 서 있었다.

정거장들. 아랫단이 느슨하게 늘어진 와이셔츠들. 우산들. 노동자들
은 씻고 자신들의 주먹으로 마사지했다. 그런 뒤 그들은 아마포로 만
든 긴 겉옷을 꽉 밟고 세게 쥐어짰다. 그리고 짐을 진 짐승 같은 여인
들의 끝없는 행렬. 어린이들에게 인도되는 맹인 남성들. 더위는 한결
견딜 만해지는 중이다. 밤에는 거의 서늘했다. 불타는 지옥은 내일이
면 배가될 것이다.

_ 『나의 첫 번째 여행Mon Premier Voyage』(1937)

집을 떠나는 귀스타브 플로베르: "모든 정거장에서 나는 내리려고 했다"

노장Nogent에서 파리까지 가는 길이란 참! 나는 창문들을 닫았다(열
차의 객실에는 나뿐이었다). 나는 손수건을 물고 울었다. 잠시 후 나는 나
자신의 목소리를 듣고 정신을 차렸고, 그리고 나서 다시 흐느껴 울기
시작했다. 일순 머리가 너무 어질어질해서 두려워졌다. "진정해. 진
정해." 나는 창문을 열었다. 안개를 후광처럼 두른 달이 웅덩이들 속
에서 빛나고 있었다. 추웠다. 나는 어머니를, 울음으로 찌푸려진 그녀

의 얼굴과 축 처진 그녀의 입 가장자리를 생각했다.

몽트로Montereau에서 나는 정거장 안의 음식점으로 가서 럼주를 서너 잔 마셨다. 잊으려고 애쓰는 것이 아니라 어떤 것이든 하려고 했다. 그런 뒤 다시 비참한 기분이 되었다. 나는 돌아가려고 생각했다(모든 정거장에서 나는 내리려고 했다. 겁쟁이가 된다는 두려움만이 나를 제지했다). 나는 울면서 외제니의 목소리를 상상했다. "부인! 귀스타브예요!" 나는 즉시 어머니에게 이 굉장한 기쁨을 줄 수 있었다. 그것은 전적으로 내게 달렸다. 나는 이 생각으로 자신을 달랬다. 피곤했지만 그런 생각은 나를 편안하게 했다.

_『이집트에서의 플로베르』(1972)

1909년의 블라디미르 나보코프: "기차와 도시 사이의 비공식적인 접촉"

우리가 독일의 어떤 소도시를 지나갈 때 기차는 속도를 늦추었다. 기차가 집들의 정면과 가게의 표시를 거의 스쳐 지나갈 때, 나는 이중의 흥분을 느끼곤 했다. 종착역에서는 이러한 흥분을 맛볼 수 없었다. 나는 장난감 같은 전차들이 지나가고 보리수들이 손짓하는 도시를 바라봤다. 벽돌담들은 열차 객실에 들어와 거울들과 어울리고, 복도 쪽 창문들을 가득 채웠다. 기차와 도시의 이러한 비공식적인 접촉은 일종의 스릴이었다. 또 다른 스릴은, 길고 낭만적인 적갈색 기차 차량들을 보기 위해, 내가 상상하기에 내가 이동하는 대로 따라 이동하는 행인들의 자리에 나를 두는 것이었다. 객차를 서로 연결하는 막들은 박쥐 날개처럼 검었고, 금속 글자는 낮게 뜬 태양 아래 구릿빛으로 빛났다. 기차는 서두르지 않고 주요 도로를 가로지르는 철교를 지났다. 그리고 나서 모든 창문들이 갑작스럽게 빛나며, 기차는 마지막 주택 구역을 돌았다.

_「첫사랑First Love」, 『나보코프의 한 다스Nabokov's Dozen』(1958)

V. S. 프리쳇: "크고 두툼하고 차가운 오믈렛"

나는 스페인을 여행할 때 보통 기차의 이등석이나 삼등석에 탔다. 왜냐하면 거기에 탑승하는 스페인 사람들은 훌륭한 동행이기 때문이다. 여자들은 종종 새장에 든 애완용 새와 함께 여행했다. 누구나 신발을 벗었고, 크고 두툼하고 차가운 오믈렛을 꺼내 먼저 차량 안에 있는 모든 사람들에게 나눠주었다. 대개 소도시들로부터 3킬로미터 남짓 떨어진 정거장들에서는 물장수가 "아구아 프레스카Agua freska"라고 외치며, 남방의 붉은 먼지와 카스티야Castilla 지방의 어슴푸레한 먼지 속을 오르락내리락 했다.

_『스페인 기질The Spanish Temper』(1954)

나이로비로 가는 기차 안에서의 에벌린 워Evelyn Waugh[9]: "내 고약한 성질은 점점 누그러졌다"

그러나 내 고약한 성질은 기차가 간헐적으로 탈선하며(정확하게는 몸바사Mombasa[10]와 나이로비 사이에서 세 번), 해안으로부터 고산지대로 올라가며 점점 누그러졌다. 그날 저녁 식당차에서 나는 결혼을 하기 위해 가는 젊은 여성의 맞은편에 앉았다. 그녀는 자신이 2년간 런던 경찰국에서 일했고 그 일이 자신의 마음을 황폐하게 만들었다고 말했다. 그러나 그 뒤로는 다레살람Dar-es-Salaam[11]에 있는 은행에서 마음을 다시 품위 있게 만들 수 있었다고 덧붙였다. 다레살람에서는 신선한 버터를 얻는 것이 불가능했기 때문에, 그녀는 결혼하는 것을 기뻐했다. 나는 담요를 끌어당기려고 밤에 깨어났다. 그토록 여러 주가 지난 후에도 땀을 흘리지 않는다는 것은 신선한 감각이었다. 다음 날 아침 나는 흰 능직 무명을 회색의 플란넬로 바꿨다. 우리는 점심시간 조금 전에 나이로비에 도착했다.

_『벽지의 사람들Remote People』(1931)

클로드 레비스트로스Claude Lévi-Strauss: 객차 안의 이슬람 가족

라왈핀디Rawalpindi와 페샤와르Peshawar 사이에 있는 카슈미르 산맥의 기슭에서 타실라Taxila[12]의 고고 유적지는 철로로부터 수 킬로미터 거리에 있다. 나는 기차로 거기에 갔다. 이 여행에서 나는 사소한 드라마의 우연한 관객이 됐다. 기차에는 일등칸이 하나뿐이었는데, 네 명이 자고 여섯 명이 앉을 수 있는 꽤나 구식인 객차였다. 그 일등칸은 가축용 트럭, 응접실, 감옥을 동시에 연상시켰다. 감옥을 떠올린 건 창문 위에 있는 보호용 막대기 때문이었다. 내가 그 객차에 들어갔을 때 부부와 두 아이로 이루어진 이슬람 가족이 거기에 있었다. 부인은 휘장 뒤에 있었다. 그녀는 부르카로 둘러싼 침대 위에 몸을 웅크리고 등을 내 쪽으로 완고하게 돌림으로써 자신을 격리하려고 했다. 그럼에도 결국 난잡함에 충격을 받았는지 가족은 갈라져야만 했다. 부인과 애들은 여성 전용칸으로 가버렸고, 남편은 계속해서 예약석을 차지한 채 나를 노려봤다. 나는 이 사건에 대해 철학적인 견해를 가질 수 있었다.

_『슬픈 열대Tristes Tropiques』(1955)

조르주 심농Georges Simenon [13]: 밤 기차에는 무언가가 있었다

예컨대 기차에 대한 이러한 느낌. 물론 그는 오랫동안 증기 기관의 유치한 마법에서 벗어나 있었다. 그러나 기차, 특히 밤 기차에는 그를 끄는 무언가가 있었다. 그것은 늘 그의 머릿속에 기묘하면서도 모호하게 부적절한 관념을 심었다.

_『지나가는 기차들을 지켜본 남자The Man Who Watched Trains Go By』(1938)

가브리엘 가르시아 마르케스Gabriel García Márquez: 어머니와 함께 아라카타카 Aracataca[14]로

우리는 아마도 기차의 전 차량을 통틀어 유일한 승객이었을 것이다. 그리고 그때까지 어떤 것도 내게 흥미를 불러일으키지 않았다. 나는 끊임없이 담배를 피우며 포크너의 소설 『8월의 빛』이 가져오는 무기력함에 빠졌다. 그러나 이따금씩 우리가 지나가는 장소를 확인하기 위해 밖을 힐끗거리기도 했다. 기차는 긴 경적 소리와 함께 바닷물이 드나드는 늪지를 가로질렀고, 불그스름한 바위로 된 덜컹거리는 회랑 지대를 최고 속력으로 달렸다. 객차들의 귀를 먹먹하게 하는 소음은 참을 수 없을 정도였다. 그러나 약 15분 후 기차는 속력을 줄이고, 사려 깊은 침묵에 싸인 농장의 서늘한 그늘 속으로 들어갔다. 대기는 짙어졌고, 우리는 바다의 미풍을 다시는 느끼지 못했다.

세계는 일변했다. 철로의 양 옆으로 펼쳐진 것은 농장들의 대칭적이고 한없이 긴 가로수 길들이었다. 그 길들을 따라 바나나의 푸른 줄기들을 실은 소달구지들이 움직이고 있었다. 경작되지 않은 공간에는 급작스럽게 붉은 벽돌로 된 캠프들과 사무실들이 나타났다. 건물들의 창문에는 즈크 천이 드리워졌고, 천장에는 환기용 팬이 걸려 있었다. 양귀비꽃이 피어 있는 들판에는 외딴 병원이 서 있었다. 강은 마을과 함께 기차가 큰 경적소리를 내며 건넌 철교를 끼고 있었다. 얼음장 같은 물에서 목욕하는 소녀들이 기차가 지나갈 때 청어처럼 뛰어

올랐다. 그녀들의 덧없는 젖가슴으로 여행객들을 동요시키며.

_『이야기를 하는 삶Living to Tell the Tale』(2004)

잰 모리스Jan Morris[15]: 열차 안에서의 언쟁

캘리포니아 제퍼California Zephyr 열차 안에서 아침 식사를 할 때 유쾌한 길동무들이 있었다. 전에 기차를 타본 일이 없다던 프레즈노Fresno[16]에서 온 소녀와 철로의 상태에 대해 끊임없이 알려준 두 명의 철도광들이었다. 그러나 식당차에서 언쟁이 일어났다. 들은 바에 따르면 나는 내 차표로 여기서 무엇이든 먹을 수 있었다. 나는 메뉴에 있는 것이 먹고 싶었다. 그러나 콘플레이크와 스크램블드에그를 주문했을 때, 나는 단지 하나만 가능하다고 들었다. 나는 따지기 위해 책임자를 불렀지만 소용없었다. 그 직원은 불친절하게 내가 잘못 알고 있다고 말했다. 그의 말을 그대로 옮기면 다음과 같다. "당신은 이 나라 사람이 아니군요. 당신은 언어를 이해하지 못하는군요." 그러나 프레즈노에서 온 소녀는 이 남자가 다소 무례하다고 생각했고, 철도광중 한 사람은 자신의 스크램블드에그를 내게 줬다. 그래야 공평했다. 왜냐하면 나는 그에게 나의 쿠퍼스 옥스퍼드 마멀레이드Cooper's Oxford Marmalade를 조금 나눠줬기 때문이었다.

_『접촉하라! 만남의 책Contact! A Book of Encounters』(2010)

헨리
필딩의
여행의
지혜

여행의 측면에서 보면, 청년 헨리 필딩Henry Fielding(1707~1754)은 라이덴 대학의 학생이었고, 런던에서 법학 학위를 받은 뒤 순회재판소의 판사가 된 이색적인 경력의 소유자였다. 그의 삶은 짧고 혼란스러웠지만, 그는 다작을 하는 풍자극 작가가 되었다. 그의 풍자극들이 불법으로 선고된 뒤에는, 정치적 소책자들과 『조지프 앤드루스Joseph Andrews』(1742), 『톰 존스Tom Jones』(1749) 등의 훌륭한 소설을 썼다. 그는 건강이 좋지 못해서 천식, 간 질환, 통풍, 수종 등의 병에 시달렸다. 그는 이러한 질병들을 저서 『리스본 항해기The Journal of a Voyage to Lisbon』(1755)에서 반복해서 언급했다. 나는 질병들이 그의 감수성을 증대시켰고 주도면밀한 관찰과 풍자의 예리함에 기여했다고 느낀다. 그는 건강을 되찾기 위해 리스본으로 항해했지만, 장기간의 항해는 그를 더욱 병들게 했고 그는 도착하자마자 죽었다. 다음의 문장들은 그의 사후에 출판된 『리스본 항해기』에서 가져온 것이다.

...

즐거움을 주된 목적으로 삼는 글 중에서 아마도 여행기나 항해기보다 즐겁거나 유익한 것은 없을 것이다. 당연히 그래야 하듯이 그 글이 즐거움과 인류에 대한 정보라는 양 측면을 목적으로 쓰였다면 말이다. 거기에다가 여행자들의 대화가 열렬히 추구된다면, 전반적으로 더 교훈적이고 재미있어질 것이므로, 그들의 책은 훨씬 더 유쾌한 동반자가 될 것이다.

...

인간의 관습과 풍속이 모든 곳에서 똑같다면, 언덕과 계곡과 강이 다르다고 해도, 여행만큼 따분한 일은 없을 것이다. 간단히 말해서, 우리가 지구의 얼굴을 볼 수 있는 다양한 시점들은 여행자에게 그의 노동에 걸맞은 만족을 거의 주지 못할 것이다.

...

여행자를 분별 있는 사람의 유쾌한 동반자로 만들기 위해서는, 그가 많은 것을 보았을 뿐만 아니라 그중에서 많은 것을 못 보고 지나쳤어야만 한다. 생산에 관한 한 자연은 위대한 천재보다 항상 훌륭하지는 않다. 따라서 자연의 해설자라고 할 수 있는 여행자는, 어느 곳에서나 주목할 만한 주제를 발견하리라고는 기대하지 말아야 한다.

4.

완벽한 현실 도피를 위한
여행의 규칙

내가 여행 생활을 하면서 내내 존경해온 여행가는 작가 더블라 머피Dervla Murphy이다. 그녀는 1930년에 아일랜드의 리스모어Lismore에서 태어나 아직도 거기에서 살고 있다. 나는 1960년대에 그녀의 첫 번째 책인『전속력으로Full Tilt』를 처음 읽었다. 1969년에는 그녀를 만난 적이 있다는 한 영국인을 싱가포르에서 만났다. 그는 머피에게『에티오피아에서 노새와 함께 Ethiopia with a Mule』(1968)를 쓰기 위해 어떻게 여자의 몸으로 혼자 에티오피아를 여행할 수 있었느냐고 물었다. 그러자 머피가 대답했다. "간단해요. 남자 행세를 했죠."

병든 어머니를 돌보느라 열네 살에 학교를 그만두고 독학한 머피는 초창기에 쓴 회상록『바퀴 안의 바퀴Wheels Within Wheels』에서 자신이 열다섯 살 때에 공중부양을 할 수 있었다고 말했다. 나는 이 주장에 매혹되어 그녀에게 공중부양에 대해 물었다. 그러자 그녀는 많은 사람들이 공중부양과 비슷한 경험을 이야기하기 위해 자신에게 편지를 썼다고 말했다. 하지만 그녀는 나이가 들면서 이 마법적인 재능을 잃고 말았다. 그리고 어머니가 돌아가시자 『전속력으로』를 집필하게 된 여행길에 올랐다. 그녀는 아일랜드에서 인도까지 자전거로 여행하면서 눈보라를 수없이 만났고 익사 직전까지 가기도 했으며, 이란에서는 율법학자들에게 돌팔매를 맞는 등 온갖 위험과 냉대를 견뎌냈다.

그녀는 『전속력으로』에서 다음과 같이 썼다. "아프가니스탄 국경에 도착할 즈음에는 식사 전에 빵에서 마른 진흙을 닦아내는 것, 치즈에서 머리카락을 떼어내는 것, 설탕에서 벌레를 제거하는 것이 꽤 자연스러운 일이 되었다. 나는 또한 멈춰 서서 몸에 벼룩이 있다는 사실, 나이프와 포크가 없다는 사실, 옷을 벗지 않고 또 침대에서 자지 않은 지가 열흘이나 됐다는 사실 등을 기록했다."

이런 고난들을 견뎌낸 후에 그녀는 다시 더블라로 되돌아가 인도의 티베트 난민 보호소에서 일했다. 그녀는 결혼한 적이 없었지만 레이첼이라는 딸이 있었다. 그녀는 딸을 홀로 키우면서 인도, 발티스탄Baltistan[1], 남미, 마다가스카르 등 어디든지 데리고 다녔다. 그녀는 다음과 같이 썼다. "아이와 함께 있다는 것은 당신이 공동체의 선의를 신뢰한다는 점을 역설한다."

머피는 영국과 아일랜드 북부의 얼스터Ulster 지방에 대한 책을 포함해 모두 스물세 권의 여행기를 썼다. 그녀의 모든 여행은 험했으며 주로 혼자 육지로 다녔다. 그녀는 특히 싸구려 자전거를 타고 가는 여행을 좋아했다. 그녀는 결코 불평하지 않았으며 자신이나 동행자를 비웃지도 않았다. 그녀의 저술에서도 불행에 대한 이야기가 종종 나오지만, 그것은 머피라는 여성 자신을 반영하는 것이었다. 그녀는 솔직하고 참을성이 강하며 진실하고 신뢰할 수 있는 사람이었다. 그리고 늘 안락함보다는 길 위의 힘든 경험을 추구했다. 그녀는 가장 오랜 전통에 몸담은 방랑자였다. 나는 그녀를 모든 면에서 존경해 마지않는다. '현실 도피를 가능하게 하기'라는, 여행자들에게 전하는 그녀의 조언에는 여행하는 삶에 대한 지혜가 가득하다.

현실 도피를 가능하게 하기 위하여

여행할 나라를 선택하라

여행 안내서를 활용해 외국인이 가장 많이 찾는 지역들을 확인하라

그런 뒤 그 반대 방향으로 가라

이 조언은 정치적 정당성에 어긋나는 듯한 느낌이 강하게 든다. 여행자와 관광객을 뚜렷하게 구분 짓는 것이 '속물적'으로 보일 수 있기 때문이다. 그러나 이러한 구분은 또한 현실적이기도 하다. 현실 도피적인 여행자는 공간, 고독, 침묵을 필요로 한다. 비극적이게도 나는 길이 나면서 자연 서식지가 사라져가는 것을 수차례 목격해왔다. 사기성이 농후한 '모험 투어adventure tours'라는 광고를 보고, 나는 거의 남아 있지 않은 이를 갈았다. 예컨대 이런 거다. "트럭으로 영국에서 케나까지! 육로를 통한 모험! 6주 동안 다섯 나라를 본다!" 바른 정신을 가진 사람이 6주 안에 다섯 나라를 보기를 원할까? …… 나는 늘 인적이 뜸한 곳에 가려고 한다. 내가 좋아하는 그런 장소 중 하나는 아프리카 에리트레아의 수도 아스마라Asmara부터 에티오피아의 수도 아디스아바바Addis Ababa까지 가는 도보 여행 길이었다. 지금은 사정이 다르지만 그때 내가 만난 대부분의 사람들은 그전까지 백인을 본 일이 없었다. 비교적 최근에 떠났던 러시아와 루마니아 여행에서도, 나는 지도에 실린 꽤 확실한 노선들을 택하긴 했지만, 늘 관광객의 흔적이 있는 곳을 피했다.

역사를 열심히 공부하라

어떤 종교의 역사에 대해 무지한 채 여행한다면 어떤 것이나 어떤 사람의 '이유'를 이해할 수 없게 된다. 예컨대 피델 카스트로Fidel Castro의 혁명까지의 500년에 대해 무지한 방문객들은 카스트로의 쿠바[머피의 저서 『저항의 섬: 쿠바에서의 여정The Island That Dared: Journeys in Cuba』(2008)의 주제]를 이해하기 어려울 것이다. 당신의 여행에 새로운 차원을 더해주리라고 믿는다 해도, 전문적인 사회학적 혹은 정치적인 연구는 불필요하다. 그러지 않아도 여행을 하다 보면 현 정치 상황이 충분히 드러날 것이다. 또한 현지인들이 국내 정치를 별로 문제 삼지 않는 행복한 나라라면, 그런 것들을 잊을 수도 있다.

여행하기 전에 종교적이고 사회적인 금기 사항들에 대해 가능한 한 많은 것을 배워라. 그런 뒤 이 금기들을 성실하게 존중하라. 선물로 돈을 주는 것이 부적절한 곳에서 어떤 대체물이 그 역할을 행하는지를 알아내라. 아프가니스탄과 같은 이슬람의 국가에서 손님들로부터 돈을 받는 것을 금지하는 행위는 여행자들이 따라야 하는 규범이다. 그래서 나는 종종 현지의 시장에서 어린이들을 위한 선물을 산다.

혼자 여행하거나 사춘기 이전의 아이와 함께 여행하라

몇몇 나라에서는 성인 두 명이 함께 여행하는 것을 서로 돕는 것으로 인식하므로, 현지인들이 마음에서 우러난 호의를 베풀지 않거나 홀대를 하기도 한다. 그러나 어린이의 존재는 공동체의 선의에 대한 당신의 신뢰를 강조할 것이다. 그리고 아이들은 인종이나 문화적인 차이에 크게 관심을 두지 않는다. 따라서 이 어린 동반자들은 외국인들이 예고 없이 벽지의 마을을 방문했을 때 일어나는 수줍음이나 불안이라는 장벽을 신속히 허문다. 나는 이러한 현상을 내 어린 딸과 함께한 모든 여행에서 발견했는데, 특히 우리가 남인도의 코다구Kodagu를 여행할 때 깨닫게 되었다.

지나친 여행 계획을 세우지 마라

해 질 무렵 어디에 갈 것인지를 동틀 때 아는 것은 불필요하거나 심지어 바람직하지 않다. 인적이 드문 지역에는 가벼운 텐트와 침낭을 가지고 가라. 그렇지 않은 지역에서는 잠잘 곳을 마련해줄 운에 의존하라. 여행 중에 만난 사람들에게 의존하는 것은 현실 도피를 한층 더 강하게 한다. 그리고 마을 사람들은 틀림없이 자신들을 신뢰하는 사람에게 호의적이다. 자전거나 도보를 통해 여행한 곳마다 나는 마을 사람들의 집에서 환영받았다. 그리고 늘 마루 위의 공간이라고 할 만한 것에 대해 감사했다. '신뢰'는 여행자에게 불안이나 의심을 불러일으키지 않는 사람들 사이를 느긋하게 여행하기 위한 가장 중요한 단어이다. 그러나 여행자는 그들의 다른 삶의 방식에 적응해야 한다.

스스로 밀고 가거나 짐 싣는 동물을 사라

길과 마을에서 멀리 떨어진 곳을 장기간 도보로 여행한다면, 짐 나르는 동물을 사라. 음식과 캠핑 도구, 그리고 장작이 드문 곳이라면 요리용 화덕을 위한 등유를 운반하기 위해서다. 물론 당신의 아이가 온종일 걷기에 너무 어리다면 아이를 태우기 위해서이기도 하다.

그러한 도보 여행을 계획할 때, 짐 나르는 동물을 어디서 사는 것이 가장 좋은지를 출발지에서 알아보며 일주일이나 열흘을 지내도록 하라. 말 상인뿐만 아니라 신뢰할 만한 조언자를 찾아라. 조언자는 말 상인과 관계없는 사람이 좋다. 1966년에 에티오피아에서 나는 하일레 셀라시에Haile Selassie 황제의 손녀인 아이다 공주에게 조언을 얻을 만큼 운이 좋았다. 그리고 내가 살펴볼 수 있도록 여섯 마리의 노새들이 왕궁의 뜰 근처를 줄지어 지나갔다. 10년 정도 후에 발티스탄에서 나는 나의 여섯 살 된 딸 레이첼과 밀가루 두 포대를 포함한 캠핑 도구들과 물품들을 운반하기 위해 은퇴한 폴로 경기용 조랑말을 샀다. 왜냐하면 카라코룸Karakorum[2]의 마을 사람들은 한겨울에 여분의 식량이 없었기 때문이다. 페루에서는 아홉 살 된 레이첼이 주아나라고 이름 붙인 노새에 올랐다. 카하마르카Cajamarca[3]에서부터 960킬로미터를 타고 갔지만, 나중에는 사료가 부족해서 레이첼은 쿠스코까지 나머지 1,400킬로미터를 걸어야만 했다. 가엾은 주아나는 너무나 쇠약해져서 우리의 캠핑 도구만 겨우 운반할 수 있었다.

가볍게 여행하는 것은 중요하다. 현재 캠핑숍들에서 파는 장비들의 최소 75퍼센트는, 즉 여행용 빨랫줄과 돌돌 마는 캠핑용 매트와 가벼운 헤어드라이어는 여분에 불과하다. 여행에 따라 다르지만, 나의 가장 기본적인 물품들은 가벼운 텐트와 그 나라의 기후에 적합한 침낭과 휴대용 난로 정도다.

사이버 공간에서의 교류는 진정한 현실 도피를 훼손한다

휴대폰과 노트북과 태블릿 등을 통한 가족들, 친구들, 직장 동료들과의 연결을 완전히 포기하라. 지금 어디에 있는가에 집중하고 즐거움을 주위의 감각의 세계와 연결된 자극으로부터 직접적으로 끌어내

라. 호스텔이나 게스트 하우스에서 동료 여행자들과 대화하는 대신에, 컴퓨터 앞에 열성적으로 앉아 있는 '독립적인' 여행자들을 점점 많이 볼 수 있다. 그들은 단지 부분적으로만 '외국'에 있을 뿐 집과의 연결을 끊을 수 없다. 복지 국가와 자식들을 과보호하는 부모들의 경향은 분명히 놀랄 만큼 젊은 세대의 자립을 위축시켰다. 그리고 이러한 사이버 공간의 덫은 누구의 책임인가? 안달복달하는 사람들은 매일 한 번씩 (혹은 두 번씩) 안심시켜주는 이메일을 기대하며 자신들의 근거지인 사이버 공간으로 돌아간다.

언어 장벽에 위축되지 마라

비록 토착어에 대한 무지가 생각의 교환을 방해한다고 하더라도, 이러한 것은 현실적인 차원에서는 그리 중요하지 않다. 나는 단지 영어, 티베트어, 암하리어[4], 퀘추아어[5], 알바니아어 등등의 약간의 존칭어들만을 사용하며, 네 대륙들을 돌아다녔다. 우리가 원초적으로 필요로 하는 것들, 즉 잠자기, 먹기, 마시기 등은 늘 신호나 보편적으로 이해되는 소음을 통해 표현된다.

심지어 감정적인 차원에서 언어 장벽은 얼마든지 허물 수 있다. 인간의 이목구비 중에서도 눈은 놀라울 정도로 웅변적이다. 우리의 일상 생활에서 어느 정도의 말 없는 소통은 당연한 것으로 여겨진다.

주의하되 소심해지지 마라

단지 용감하거나 무모한 사람들만이 지도에 표기되지 않은 곳을 혼자 여행한다는 것은 아무 근거가 없다. 사실 현실도피주의자들은 극도로 주의 깊다. 이것이 그들의 특징이며 생존 메커니즘의 본질적인 구성 요소이다. 그들은 출발 전에 가능한 위험들을 검토하고, 일어날 법한 위험에 대처할 준비를 한다.

여기에 기질적인 문제가 있다는 것은 사실이다. 병이 반쯤 비었는가 혹은 반쯤 찼는가? 왜 집에 편안히 있지 않고 외국에서 당신의 뼈를 부러뜨리려고 하는가? 낙천주의자들은 재앙이 발생할 때까지 믿지 않고, 그래서 두려워하지도 않는데, 이는 용감함의 반대라고 할 수 있다.

구할 수 있는 한 가장 좋은 지도를 구하라

그리고 무엇을 하든 나침반을 잊지 마라.

5.

여행기를
쓴다는 것

여행기를 쓴다는 것은 여행 그 자체처럼 의식적인 결정이다. 그것은 또한 묘사의 재능, 대화에 열려 있는 귀, 상당한 인내심, 자신의 발자취를 재추적하려는 욕망을 요구한다. 여행기는 내면의 여행이자 발견의 상상적 과정인 소설과는 사뭇 다르다. 여행기에서 작가는 이야기가 어떻게 끝날지를 정확히 알기 때문에, 거기에는 어떠한 놀라움도 존재하지 않는다. 길이 끝나면 이야기도 끝난다. 여행기는 여행자가 경험한 것에 대해 말하기 때문에, 효과를 위해 또는 단지 깨어 있기 위해 윤색할 가능성이 항상 존재한다.

많은 여행 작가들은 솔직함 혹은 자의식 때문에, 어떻게 혹은 왜 책을 썼는지 설명할 필요를 느껴왔다. 그리고 그렇게 함으로써 그들은 자신에 대해 많은 것을 드러낸다. 몇몇 여행가들은 자신의 책에 대해 다음과 같이 사색했다.

어쩔 수 없이 드러나는
것들

헨리 필딩: "무지하고 무식한 시골뜨기 비평가들"

지금 우리는 다음과 같은 이야기에서 [표절과 과장이라는] 잘못을 피하려고 해왔다. 그러나 그 반대되는 것이 무지하고 무식한 시골뜨기 비평가들에 의해 넌지시 암시될지도 모른다. 그들은 책이든 배를 통해서든 결코 여행한 적이 없다. 객관적으로 나는 나의 여행이 현존하는 어떤 다른 여행보다도 진실하다고 엄숙히 선언하는 바이다. 아마도 앤슨Anson[1] 남작의 여행만 제외하고는.

_『리스본 항해기』

새뮤얼 존슨Samuel Johnson[2]: "책을 구상하며 보낸 한 시간"

나는 로맨스 작가가 즐겨 가장했을 법한 것처럼 둑에 앉았다. 내 머리 위로 속삭이는 나무는 없었지만 발밑에는 맑은 실개천이 흘렀다. 날은 평온하고 대기는 부드럽고 모든 것은 황량함, 침묵, 고독 속에 있었다. 내 앞과 양 옆으로 시야를 가로막는 구릉들 때문에, 나는 마음속에서 스스로 즐거움을 발견해야만 했다. 족히 한 시간을 보냈는지도 모른다. 여기서 나는 처음으로 이 책에 대한 생각을 품었다.

_『스코틀랜드의 웨스턴아일스로 가는 여행A Journey to the Western Islands of Scotland』(1775)

C. M. 다우티: "배고픈 사람을 관찰하는 것"

우리는 10년 동안 계속된 노동을 통해 만든 배에 이름을 붙였다. 어느 날 그 배는 대양으로 진주한다. 이곳에서는 거의 어떤 말도 필요하지 않다. 이 책은 아기들을 위한 우유가 아니다. 이 책은 거울에 비유될지도 모른다. 책에서는 삼sámn이라는 정제된 버터와 낙타들의 냄새를 풍기는 아라비아의 몇몇 지역들이 충실히 묘사된다. …… 그리고 나는 지금 많은 도움을 준 학식 있는 사람들에게 감사하는 마음을 전하면서, 장기간에 걸쳐 성취된 노동으로부터 분연히 일어난다. 네지드Nejd[3]의 구어체와 아랍의 문어체가 뒤섞인 나의 아랍어를 정정하는 것은 결코 쉬운 일이 아니었다.

…… 저자인 나로서는 배고픈 사람을 관찰하는 것과 극심하게 지친 사람에 대해 말하는 것 말고는 이 책에서 아무것도 보이지 않기를 기원할 따름이다.

_『아라비아 사막에서의 여행』

데이비드 리빙스턴David Livingstone[4]: "여행에 대해 쓰는 것보다는 여행하는 것이 훨씬 쉽다"

글쓰기 습관에 의해 얻어지며 작가에게는 너무나 중요한 문학적 자질에 대해, 나의 아프리카 생활은 그 성취를 신장시키기는커녕 오히려 그 반대였다. 그 삶은 작문을 짜증스럽고 수고스러운 것으로 만들었다. 나는 또 다른 책을 쓰기보다는 아프리카 대륙을 횡단하는 것이 낫다고 생각한다. 여행에 대해 쓰는 것보다는 여행하는 것이 훨씬 쉽다.

_『남아프리카 선교 여행Missionary Travels in South Africa』(1857)에 붙인 원래의 서문으로부터

폴 뒤 샤이유Paul Du Chaillu[5]: "고릴라에 대해 쓰기보다는 고릴라를 사냥하는 것이 훨씬 쉽다"

이 책을 출판하기 위해 들인 아주 오랜 단조로운 노동을 통해 나는 고릴라에 대해 쓰기보다는 고릴라를 사냥하는 것이 훨씬 쉽다고 확신했다. 즉 새로운 나라들을 묘사하기보다는 그 나라들을 탐험하는 것이 훨씬 쉽다는 것이다. 미국으로 귀환한 뒤 여행기를 쓰는 데 보낸 20개월 동안, 나는 종종 아프리카의 야생으로 되돌아가고 싶었다. 나는 단지 독자가 책을 덮을 때, 이 노동이 헛되다고는 여기지 않을 거라고 생각할 수 있을 뿐이다.

_『적도 아프리카에서의 탐험과 모험Explorations and Adventures in Equatorial Africa』(1861)의 서문[아마도 이 구절은 앞에서 언급된 리빙스턴에게 영감을 받았을 것이다. 샤이유는 자신의 책에서 그에게 감사를 표하기도 했다.]

앤서니 트롤럽Anthony Trollope[6]: 그는 어떻게 서인도제도와 스페인 본국에 대해 썼는가

준비랄 것은 실로 아무것도 없었다. 묘사와 견해는 그것들의 동기에

의해 종이 위에 쏟아졌다. 이것이 정확한 정보를 주는 데 목적을 둔 책을 쓰는 최선의 방법이라고는 말할 수 없다. 그러나 독자의 눈과 귀가, 저자의 눈이 본 것과 저자의 귀가 들은 것을 보고 듣게끔 하는 최선의 방법임에는 틀림없다.

_ 제임스 포프 헤네시James Pope-Hennessy의 『앤서니 트롤럽』(1971)에서 인용

마크 트웨인: "다채로운 방랑의 기록"

이 책은 개인적인 이야기일 뿐 가식적인 역사나 철학 논문이 아니다. 이 책은 몇 년간에 걸친 다채로운 방랑의 기록이다. 그리고 그 목적은 무료한 시간을 보내며 휴식하는 독자를 형이상학으로 괴롭히거나 과학으로 짜증 나게 하기보다는 돕는 데에 있다. 그래도 이 책에는 극서 지역의 역사에서 흥미로운 일화에 대한 정보가 담겨 있다. 그 땅에서 살면서 직접 사건들을 목격한 어떤 사람도 그 흥미로운 일화에 대해 쓰지 않았다. 나는 네바다 주에서의 은광 붐의 발생, 성장, 절정에 관해 언급한다. 몇 가지 측면에서 흥미롭고 그 독특한 성격에서 유일한 일화이며, 그 땅에서 발생했고 또 발생할 수 있는 유일한 일화이다. 물론 두루 취해라. 이 책에는 꽤 많은 정보가 실려 있다. 나는 이 점을 대단히 유감스럽게 생각하지만 정말로 어떻게 할 수가 없었다. 정보는 수달로부터 나온 진귀한 장미 향유처럼 자연적으로 익은 것처럼 보인다. 때때로 사실들을 보존할 수 있다면, 몇몇 세계들을 전해줄 수

있을지도 모른다. 그러나 그것은 불가능하다. 근원을 상기하고 얻는 것이 부족할수록, 지혜는 더 새나갈 뿐이다. 따라서 나는 독자에게 정당화가 아닌 탐닉을 주장할 수 있을 뿐이다.

_『근근이 사는 것Roughing It』(1872)

존 스타인벡: 여행에 대한 글쓰기는 개미탑을 쌓는 행위이다

그것은 형태도, 모양도, 목적도 없고, 심지어 요점도 없는 것이다. 이러한 이유로 그것은 가장 예리한 사실주의일지도 모른다. 왜냐하면 내 주위에서 보이는 것은 개미가 파낸 흙이 땅 위에 쌓인 개미탑처럼 목적과 요점이 없기 때문이다.

_ 1961년 7월의 편지, 『스타인벡: 편지 속의 삶』

발레리안 알바노프Valerian Albanov[7]는 북극에서 겪은 죽음의 행진에 대해 말한다: "나는 베일을 통해 이 일기를 본다"

하루 온종일 눈을 너무나 고통스럽게 하는 침침한 빛과 같이 있었다. 그때 나의 눈은 너무나 고통스러워 이 일기를 단지 베일을 통해서만 볼 수 있었다. 뜨거운 눈물이 내 뺨으로 흘러내렸다. 때때로 나는 쓰는 것을 멈추고, 머리를 순록의 가죽으로 만든 침낭에 묻었다. 완전한 어둠 속에서만이 고통은 경감되었고 눈을 다시 뜰 수 있었다.

_『하얀 죽음의 땅에서In the Land of White Death』(1917)

앱슬리 체리 개러드 Apsley Cherry-Garrard[8]**: "나는 결코 책을 쓰려고 하지 않았다"**

남쪽으로 내려갔을 때 나는 결코 책을 쓰려고 하지 않았다. 나는 오히려 책을 쓰는 사람들을 경멸했는데, 뭔가를 하지만 그것에 대해 아무것도 말하지 않는 사람들보다 열등한 인간들이라고 여겼기 때문이다. 그러나 그들이 아무것도 말하지 않은 이유는 대부분 말할 것이 전혀 없다는 사실 때문이었다. 혹은 너무 게으르거나 그것을 어떻게 말할지를 배우기에는 너무나 바빴기 때문이었다. 표현할 수만 있다면, 누구든 그런 특이한 경험을 한 사람은 적극적으로 발언해야 한다.

_『세계 최악의 여행』The Worst Journey in the World(1922)의 서문

D. H. 로렌스: "종이 위에 작은 표시를 하는 것"

하나가 멕시코에 관해 말해준다. 하나란 결국 멕시코 공화국의 남쪽에 위치한 하나의 작은 마을을 뜻한다. 그리고 이 작은 마을에는 다소 부서지기 쉬운 어도비 벽돌로 된 집이 있다. 이 집은 정원 테라스에 두 면이 둘러싸이도록 지어졌다. 그리고 이 집의 베란다에는 나무들 때문에 그늘이 깊게 드리워진 곳이 있다. 거기에는 칠흑빛의 책상, 흔들의자 세 개, 나무로 된 의자 한 개, 카네이션들이 담긴 화분, 펜을 가진 사람이 있다. 우리는 대문자를 써가며 멕시코의 아침에 대해 매우 장중하게 말한다. 이 모든 것은 하늘의 작은 귀퉁이와 나무들을 보고는 그의 연습장의 한 페이지를 내려다보는 한 작은 개인으

로 귀결된다.

우리가 이 점을 늘 기억하지 않는 것은 유감이다. '미국의 미래'나 '유럽의 상황' 같은 장중한 제목을 가진 책들이 출판될 때, 우리가 의자나 침대 위에서 단발머리 속기사에게 구술하거나, 만년필로 종이 위에 작은 표시를 하고 있는 마르거나 뚱뚱한 사람을 바로 마음속에 그리지 않는 것은 실로 유감이다.

_『멕시코의 아침Mornings in Mexico』(1927)

앙리 미쇼Henri Michaux[9]: "그는 갑자기 두려워진다"

서문: 어떻게 여행하는지도 모르고 어떻게 일기를 적는지도 모르는 사람이 이 여행 일기를 썼다. 그러나 서명하는 순간 그는 갑자기 두려워진다. 그래서 그는 첫 번째 돌을 던진다. 바로 여기에.

_『에콰도르Ecuador』(1929)

프레야 스타크Freya Stark[10]: "나는 즐거움을 위해 성실하게 여행했다"

나는 평화롭게 여행하기를 원한다면, 단순히 즐기기보다는 금욕적인 이유가 있어야 한다고 결론지었다. 즐거움을 위해 무언가를 하는 것은 우리의 공리주의적인 세계에서 경박하거나 거의 부도덕한 낌새를 보인다. 또한 나는 개인적으로 세계가 잘못됐다고 생각하고, 단지 좋아하기 때문에 무언가를 한다는 것이 가장 훌륭한 이유라는 것을 마음 깊숙한 곳에서 알고 있지만, 여권 사무소에서 찡그린 눈썹을 보고 싶어 하지 않는 사람들에게 권고한다. 그들이 적합하고 안성맞춤이 라고 생각하는 곤충학자, 인류학자, 혹은 그 밖의 다른 분야의 전문가 로 꼬리표를 붙이고 시작하라고.

그러나 이 책은 대중을 위해 쓰였기 때문에 필연적으로 진실하다 고 할 수 있으며, 정말이지 나는 즐거움을 위해 성실하게 여행했다.

_『암살자들의 계곡The Valleys of the Assassins』(1934)

제럴드 브레넌Gerald Brenan[11]: "잊을 수 없는 얼굴의 소녀"

내가 정말로 목표로 하는 것은 안락의자에 앉아 간접 여행을 하는 몇 몇 사람들을 즐겁게 하는 것이다. 그들은 남부 지중해의 평온한 기후 속에서 벽지의 산간 마을 사람들이 어떻게 사는가를 읽으며, 비 오는 밤을 만끽할지도 모른다. 누군가 공중에서 이 마을들 위를 날고, 지 도상에서 이 마을들의 괴상한 이름과 마주친다. 차로 덜컹거리며 주 도로를 통해 간다면, 심지어 이 마을들을 지나칠지도 모른다. 그러나 이 마을들에서의 삶은 객차의 창문을 통해 순간적으로 본 잊을 수 없 는 얼굴을 가진 소녀의 삶처럼 신비하게 남아 있다. 이 마을들 중 하 나에 대한 묘사가 여기 있다.

_『그라나다로부터 남쪽South from Granada』(1957)

V. S. 프리쳇: "무거운 장화로 불안을 짓밟아버렸다"

작가나 화가들은 어떻게 그들의 삶을 영위하며 자립을 유지할 수 있었는가? …… 할 일은 여행에 대한 독창적인 책을 쓰는 것이었다. …… 나는 경제적인 사정 때문에 리스본으로 가는 배를 타기로 결정했다. 그런 뒤 스페인의 거의 알려지지 않았지만 오직 가난으로 악명 높은 어느 지역을 통과하게 됐다. 나는 누더기를 걸친 채 바다요즈Badajoz로부터 비고Vigo까지 걷기로 결정했다. …… 나는 이 모든 것을 『스페인을 전진하며Marching Spain』에서 서술했다. 이 고의적으로 택한 비문법적이고 항변하는 가식적인 제목에 주목하라. 이 책에는 나의 애정이 담겨 있고, 어떤 부분은 훌륭하다고 생각한다. 그러나 나는 이 책이 40년 동안 절판됐다는 것이 기쁘다. …… 과시적인 산문으로 된 이 책의 첫 번째 장은 감동적지만 충격적이다. 그러나 나머지 부분은 지나치게 장식적인 문체, 사실의 왜곡, 웅변조에도 불구하고 독창적이고 활력에 차 있다. 이 책은 무일푼과 어두운 전망의 미래 때문에, 거의 병이 날 정도로 근심한 청년의 저작이다. 그는 터벅터벅 걸으며 책을 썼고, 그의 무거운 장화로 불안을 짓밟아버렸다.

_『자정의 석유Midnight Oil』(1970)

폴 볼스: "작가와 장소 사이의 갈등"

여행기란 무엇인가? 여행기란 특정의 장소에서 어떤 사람에게 발생한 일에 대한 이야기이다. 그 이상의 아무것도 아니다. 여행기는 호텔과 고속도로 정보, 유용한 표현들, 통계 수치, 또는 여행을 준비 중인 사람들에게 필요한 옷은 무엇인가 하는 조언은 다루지 않는다. 여행기는 아마도 사라질 운명에 처한 책들의 범주에 속할 것이다. 그러나 나는 그렇게 되지 않기를 희망한다. 왜냐하면 집을 떠난 지적인 작가의 사건을 기술한 내용을 읽는 것보다 즐거운 것은 없기 때문이다. 최고의 여행기의 주제는 작가와 장소 사이의 갈등이다. 갈등이 충실하게 기록되는 한, 이 둘 중 어느 쪽이 이길지는 중요하지 않다. 이 목적이 충족되기 위해서는 상황을 서술하는 재능을 가진 작가가 필요하다. 이것이 바로 기억 속에 남아 있는 그렇게 많은 여행기들이 소설가들에 의해 쓰인 이유일 것이다. 누군가는 에티오피아에서의 에벌린 워의 분노, 서아프리카를 여행하며 덤덤한 얼굴을 한 그레이엄 그린Graham Greene[12], 멕시코에서 침울해진 올더스 헉슬리Aldous Huxley, 콩고에서 자신의 사회적 양심을 발견한 앙드레 지드André Gide 등을 기억한다. 똑같이 정확한 여행기들이 희미해지고 사라지고 난 오랜 후에도, 그들의 책은 누군가에 의해 기억된다. 이 특별한 작가들이 소설가의 기술을 갖고 있다는 점을 감안하면, 그들의 소설보다 몇 편 되지 않는 여행기를 선호하는 것은 아마도 내가 별나서일 것이다. 그래도 나는 그들의 여행기를 더 좋아한다.

_「정체성에의 도전The Challenge to Identy」, 『여행기Travels』(2010)

6.

얼마나 오래
여행하는가

강렬한 여행 경험이 꼭 장기간의 여행에서 얻어지는 것은 아니다. D. H. 로렌스는 사르디니아에서 그의 부인과 일주일을 지냈고, 그 여행에 대해 긴 책을 썼다. 키플링은 단지 몇 시간 동안만 랑군Rangoon[1]의 뭍에 있었고, 그의 유명한 시의 주제인 만달레이Mandalay[2]에는 가지도 않았다. 이븐 바투타Ibn Battuta[3]는 29년간 떠돌면서 14세기의 이슬람 세계를 두루 여행했다. 그리고 마르코 폴로Marco Polo[4]는 중국에서 26년이나 있었다. 생생한 체험을 위해 장기간의 여행은 필수적인가?

나는 늘 여행자가 노정에서 얼마나 오래 지냈는지 궁금했다. 때때로 여행의 기간은 제목에서 명백히 알 수 있다. 에벌린 워의 1932년 책인 『92일Ninety-two Days』은 가나와 브라질 여행에 관한 것으로, 그 기간 동안에 발생한 사건들이 언급돼 있다. 이사벨라 버드Isabella Bird[5]의 『샌드위치 군도에서의 6개월Six Months in the Sandwich Islands』과 하인리히 하러Heinrich Harrar[6]의 『티베트에서의 7년Seven Years in Tibet』 또한 그러하다. 그러나 일반적으로 여행 기간은 표면상으로는 뚜렷하지 않고 내적 증거들, 즉 날짜나 달이나 계절의 변화에 대한 언급이나 전기 작가의 연구 등에 의해 추정되어야만 한다.

여행자의 시간의 경과에 대한 역설과 그 의미는 도리스 레싱Doris Lessing[7]이 그녀의 자서전 첫째 권에서 아름답게 요약했다.

> 그토록 빈번하게 이사한 후 내가 살았던 모든 장소들을 마음속에서 떠올렸을 때, 나는 곧 상식이나 사실적인 접근은 단지 오류로 이끌 뿐이라고 결론지었다. 너는 어떤 장소에서 몇 개월간 심지어 몇 년간 살지도 모른다. 그럼에도 이것은 너를 감동시키지 않지만, 다른 장소에서의 주말이나 하룻밤은 너를 감동시킬 수도 있다. 너는 마치 너의 전 존재가 우주의 바람과 동일한 것을 통해 흩뿌려진다는 것을 느낀다.
> _『언더 마이 스킨Under My Skin』(1994)

다음은 기간이 가장 긴 것부터 가장 짧은 것까지 몇몇 주목할 만한 여행들이다.

존 맨더빌 경

존 맨더빌 경Sir John Mandeville은 유럽, 아시아, 아프리카를 1332년부터 1356까지 34년간 여행했다. 그러나 맨더빌이라는 인물은 존재하지 않았을지도 모른다. 혹은 그가 영국의 기사였다면 아마도 영국을 떠나지 않았을 것이다. 그의 『맨더빌 여행기The Travels of Sir John Mandeville』는 흥미로운 사건과 시각으로 가득 차 있다. 그러나 이 책은 의심할 바 없이 여행자들, 남에게 빌린 사람들, 낭만주의자들, 다른 표절자들의 저술들로부터 다시 추려낸 표절, 발명, 전설, 떠벌리기, 허풍 등 문학적 카니발리즘의 광범위한 예들로 이루어져 있다.

이븐
바투타

그는 1325년부터 1354년까지 29년간 여행했다. 그는 1325년 이슬람의 순례자haj로서 메카에 갔고, 계속해서 아시아, 아프리카, 중동으로 갔다. 그는 그 시대의 모든 이슬람 지배자들의 나라들뿐만 아니라 콘스탄티노플, 실론, 중국과 같은 불경한 장소들을 방문한 것으로 알려진 유일한 중세의 여행가였다. 그는 칸 발리크Khan-Baliq(북경)와 팀북투Timbuktu[8]를 묘사했다. 그는 이슬람 세계 특히 그의 모국인 모로코에서 유명했고, 1829년에 그의 『여행기Travels』의 일부에 대한 번역이 소개된 후에야 영어권 나라들에서 유명하게 되었다. 세계의 가장 위대했던 여행가로 알려진 이븐 바투타의 여정은 약 11만 500킬로미터로 추정된다.

그는 니거Niger를 나일Nile로 혼동하는 잘못을 범했지만 1352년의 어느 날 중요한 사실을 깨달았다.

나는 나일[니거]의 이 지역에 있는 둑 근처에서 악어를 봤다. 그 녀석은 마치 작은 보트 같았다. 어느 날 나는 필요상 강 아래로 내려갔다. 로lo라는 흑인이 다가와서 나와 강 사이에 섰다. 나는 그의 무례함과 저열함에 놀랐고 그러한 사실을 몇몇 사람들에게 말했다. 그중 한 사람이 말했다. "그렇게 한 그의 의도는 단지 악어로부터 당신을 보호하기 위해서였다. 당신과 그놈 사이에 서서."

마르코
폴로

그는 1271년부터 1297년까지 26년간 여행했다. 그중 17년은 쿠빌라이 칸의 신하로 있었다. 중국에 있었던 긴 기간에도 불구하고 마르코는 별로 주목하지 않았는지, 중국인들의 차 마시는 습관, 인쇄 기술, 만리장성 건설 등을 전혀 언급하지 않았다.

"마르코 폴로는 여행가였을 뿐만 아니라 그 시대의 역사에 참여한 사람이었다"라고 로렌스 버그린Laurence Bergreen은 그의 『마르코 폴로: 베니스에서 재너두까지Marco Polo: From Venice to Xanadu』에서 썼다. 버그린은 몇몇 경이로운 것들의 배후에 있는 진실, 즉 수마트라에서 인간 같은 '원숭이들'은 피그미들이었고 거무스름한 일각수는 코뿔소였다는 것을 확인했다. 그런 뒤 마르코가 만리장성에 대해 언급하지 않은 것을 예로 제시한다. "사실 만리장성의 대부분은 마르코 폴로 시대보다 훨씬 늦은 명 왕조(1368~1644) 때 건설되었다." 마르코는 불교를 언급하며 부처를 '깨달음을 얻은'을 뜻하는 몽골어 '부르칸Burkhan'이라고 부른다.

경이로운 것들의 해설자로서의 명성 때문에, 그는 일 밀리오네Il Milione라는 별명을 가지고 있었다. 2년 동안 제노아의 감옥에 있으면서 1298년 마르코는 그의 책을 유명한 연애소설 작가인 피사의 루스티첼로Rustichello에게 받아쓰게 했다. 루스티첼로는 몇몇 사건들과 묘사들을 과장했는지도 모른다. 그러나 1477년 뉘른베르크Nüremberg에서 초판이 출간된 『여행기Travels』는 여전히 그 시대에 알려진 세계에 대한 놀랄 만한 목격담이다. 그리고 이 책은 유럽에서 수세기 동안 아시아의 지형학으로서 알려졌다. 콜럼버스는 그의 항해에 주석본을 가져갔는데, 그는 이 책 때문에 카리브 해에서 인도 앞바다의 섬들에 도착했다고 믿었다. 이것이 동인도제도라는 이름의 경위이다. 또한 그곳의 원주민들이 인디언들로 알려진 이유이다.

현장 玄奘

그는 629년부터 645년까지 17년간 여행했다. 학자이자 번역가인 이 당나라의 승려는 불요불굴의 여행가였다. 서역으로 가는 여정을 시작할 무렵, 그는 겨우 스물일곱 살이었다. 한편『서유기』는 명나라 시대의 소설로 그의 여행담인『대당서역기大唐西域記』를 각색한 것이다. 이 극히 귀중한 여행의 기록은 거리, 풍경, 상업, 다수의 문화, 신앙에 대한 정확한 기록을 담고 있다. 또한 실크 로드 근처, 페르시아의 끝자락, 현재의 아프가니스탄, 파키스탄, 인도, 네팔로 알려진 나라의 민족들에 대해서도 정확히 소개하고 있다. 먼 거리에 이르는 현장의 여행은 너무나 잘 기록되었기 때문에, 19세기와 20세기의 고고학자들이 고대의 유적들을 발굴하는 데 큰 도움이 되었다.

일본에서의
라프카디오 헌

　　　　라프카디오 헌Lafcadio Hearn[10]은 1890년부터 1904년까지 그의 삶의 마지막 14년간을 여행했다. 헌은 일본 여행 전에 서인도제도 등을 여행했다. 그는 일본에 있는 동안 늘 여행하지는 않았지만, 일본인들의 삶에 대해 불평을 늘어놓고 통찰을 쌓으며 이방인으로 살았다. 그는 일본 이름인 고이즈미 야쿠모Koizumi Yakumo로 불렸다.

윌리엄
바트람

윌리엄 바트람William Bartram[11]은 1773년에서 1777년에 이르는 4년간 미국 남부에서 개척자적인 여행을 했다. 그는 미국 남부에서 식물들을 채집하고 견본들을 모았다. 또한 1791년에 발표된 그의 기념비적이며 영향력 있는 연구를 위해, 미국 원주민들의 생활과 습관을 연구했다. 단순히 "바트람의 여행기Bartram's Travels"라고 불리는 이 연구의 원래 제목은 "남북 캐롤라이나, 조지아, 동서 플로리다, 체로키 지역, 무스코굴기 혹은 크릭 동맹의 광대한 영토, 착토스 지방을 통과한 여행기. 이 지역들의 토양과 천연물에 대한 내용과 인디언들의 관습에 대한 관찰을 포함하여Travels Through North and South Carolina, Georgia, East and West Florida, the Cherokee Country, the Extensive Territories of the Muscogulges or Creek Confederacy, and the Country of the Chataws. Containing an Account of the Soil and Natural Productions of Those Regions; Together with Observations on the Manners of the Indians"이다. 낭만파 시인들인 콜리지Coleridge와 워즈워스Wordsworth는 이 책을 읽고 찬사를 보냈다.

미국에서의
패니 트롤럽

패니 트롤럽Fanny Trollope[12]은 1827년에서 1831년에 이르는 거의 4년 동안 여행을 했다. 이 4년간 그녀는 나쇼바Nashoba 정착지에 있거나 밖에 있었다. 나쇼바 정착지에는 해방되기를 희망하는 노예들의 교육 기관이 있었다. 그녀는 다음과 같이 썼다. "이 장소에 대해 내가 갖고 있었던 일체의 생각은 진실로부터 괴리되어 있다는 것을 나는 단번에 알아차렸다. 그저 황폐함이 유일한 느낌이었다." 그녀는 (거리의 돼지를 뜻하는 포코폴리스Porkopolis로 불린) 신시내티로 강의 상류를 따라 이동했다. 거기서 그녀는 연극을 상연했고, 멋진 상품들을 파는 노점상들에게 공간을 대여하는 잡화시장을 열었다. 이 사업이 실패했을 때, 그녀는 해결책으로 많은 절망적인 사람들이 해온 것을 했다. 즉『미국인의 가정 예의The Domestic Manners of Americans』라는 여행기를 쓰는 일이었다. 이 책은 600쪽에 이르며 마치 휘갈기듯 쓰여 있다. 이 책의 대부분에서 미국인들은 지나치게 친근한 척하는 느림보들이며, 단지 침이나 뱉을 줄 아는 위선자들로 쓰레기처럼 묘사되고 있다.

그러나 마크 트웨인이 크게 찬양한 이 선견지명을 지닌 책에서 패니 트롤럽은 미국의 도시를 왕래하거나 관광에 대한 것이 아니라, 평범한 삶의 일상적인 측면을 충실하게 묘사하고 있다. 그녀는 연이어 여러 권의 소설을 포함해 많은 책을 썼다. 비록 그의 아들인 앤서니(그가 열두 살일 때 그녀는 영국을 떠났다)가 그의『자서전Autobiography』에서 "그녀는 가족으로부터 너무 멀리 떨어져 있었고, 괴로워하기에는 너무 바빴다"라고 불평했지만, 패니는 그에게 오랫동안 영감을 주었고 어떻게 소설가가 여행가일 수도 있는가 하는 전례를 보여주었다. 만일 그의 어머니의 대담한 전례가 없었다면, 앤서니 트롤럽의 위대한 소설들이나 걸작 여행기『서인도제도와 스페인 본국The West

Indies and the Spanish Main』은 존재하지 않았을지도 모른다.

　　　미국인들에 대한 패니의 결론은 다음과 같다. "나는 그들을 좋아하지 않는다. 나는 그들의 원칙을 좋아하지 않는다. 나는 그들의 매너를 좋아하지 않는다. 나는 그들의 견해를 좋아하지 않는다."

아프리카를 가로지른
스탠리

　　　헨리 모튼 스탠리Henry Morton Stanley[13]는 1874년부터 1877년까지 『암흑의 대륙을 통해서Through the Dark Continent』를 위해 3년간 여행했다. 그는 동쪽에서 서쪽으로 여행했는데 잔지바르Zanzibar[14]에서 아프리카의 심장부로 간 뒤, 콩고 강을 따라 내려가서 마타디Matadi[15]와 대서양에까지 이르렀다. 몇 년 후 그는 2년간에 걸쳐 서쪽에서 동쪽으로 아프리카 대륙을 가로질러 여행했다.

서아프리카에서의
폴 뒤 샤이유

　　　그는 3년간 여행했다. 그는 (사실 파리에서 태어났을지도 모르지만) 뉴올리언스에서 태어났다고 알려져 있으며, 그는 그의 아버지가 무역상이었던 서아프리카에서 청년기의 일부를 보냈다. 그는 스무 살 때인 1855년에 떠났다. "나는 어떤 백인도 동반하지 않고 약 1만 킬로미터를 도보로 여행했다. 나는 총을 쏘고 포식하며 2,000마리가 넘는 새들을 집으로 가져왔다. 이들 중 60종 이상이 새로운 종들이었다. 나는 또 1,000마리 이상의 네발 동물들을 죽였고, 이들 중 200마리가량을 먹거나 집으로 가져왔는데, 그중 60마리 이상이 이제까지의 과학에 알려지지 않은 종이었다. 나는 아프리카 열병에 50번이나 걸렸고, 14온스 이상의 키니네를 취하며 자가 치료했다. 기아 상태, 열대의 장대비에 대한 장기간 노출, 흉포한 개미 떼와 독파리 떼의 습격에 대해서는 말할 것도 없다."

그는 가봉의 안팎을 여행했고, 아프리카 내륙 지역에서 약 480 킬로미터에 이르는 오고웨Ogowe 강을 거의 반이나 거슬러 올라갔다. 거기에서 그는 몇몇 고릴라 종들의 존재를 확인했다(『적도 아프리카에서의 탐험과 모험Explorations and Adventures in Equatorial Africa』, 1861). 그는 또 다른 책을 위한 훗날의 여행에서, 피그미들의 다양한 무리와 조우하기도 했다(『난쟁이들의 나라The Country of the Dwarfs』, 1871).

그는 메리 킹즐리Mary Kingsley[16], H. M. 스탠리, 잭 런던Jack London[17] 외 많은 사람들의 여행에 영감을 주었다. 그리고 아마도 솔 벨로Saul Bellow[18]의 소설인 『비의 왕 핸더슨Henderson the Rain King』은 가봉에서 아핑기Apingi의 왕이 되는 샤이유의 책 내용에 대한 반향으로 보인다(21장 '작가들과 그들이 결코 방문하지 않은 장소들'을 보라).

어니스트 섀클턴 경의
극기 탐험

어니스트 섀클턴 경Sir Ernest Shackleton[19]은 1914년에서 1917년에 이르는 거의 3년간 여행했다. 그의 영웅적인 여정을 그린 『남부South』(1920)에서도 가장 감동적인 부분은 신비스러운 네 번째 사람이 함께 있었다는 느낌을 서술한 부분이다.

> 내가 그때를 회고할 때 섭리Providence가 우리를 인도했다는 것에 의문의 여지가 없다. 섭리는 설원을 가로지를 때뿐만 아니라, 남부 조지아에서 우리가 착륙한 장소를 코끼리 섬과 단절시킨 폭풍우가 몰아치는 희뿌연 바다를 건널 때도 우리를 인도했다. 나는 이름 없는 산들과 남부 조지아의 빙하를 넘어 저 길고 고통스러운 36시간을 전진하는 동안, 종종 우리가 세 명이 아니라 네 명인 것처럼 느꼈다. 나는 이 점에 대해 나의 일행에게 아무 말도 하지 않았지만 후에 워슬리Worsley는 내게 말했다. "대장. 나는 전진하면서 다른 사람이 우리와 함께 있는 것 같은 기묘한 느낌을 받았어요." 크리안Crean도 똑같은 생각을 고백했다. 우리는 감각을 넘어선 것들을 묘사할 때, 어휘의 부족과 언어라는 발명품의 조잡함을 느낀다. 그러나 우리 여행의 기록은 마음에 와 닿는 친밀한 어떤 주제에 대한 언급 없이는 불완전할 것이다.

T. S. 엘리엇은 출처를 정확하게 밝히지 않으며,『황무지The Waste Land』의 한 행에서 이 현상에 대해 언급한다. "너의 옆에서 늘 같이 걷는 제3의 인물은 누구인가?" 엘리엇은 한 주석에서 그 구절은 "남극 탐험으로부터 영감을 받았다"고 썼다(정확하게 기억나진 않지만 섀클턴의 남극 탐험 중 하나라고 생각한다).

프랑스와 이탈리아에서의 스몰렛

토비아스 스몰렛Tobias Smollett[20]은 1763년부터 1765년까지 2년간 여행했다. 비평가가 어떤 여행기를 지나치게 부정적이라는 이유로 비판할 때, 나는 늘 스몰렛을 생각한다. 그는 프랑스 기질에 대한 관찰에서처럼, 늘 솔직했다.

당신의 가족이 프랑스인을 환영하고, 당신이 우정과 관심을 계속 쏟는다고 하자. 당신의 아내가 예쁘다면, 그는 이러한 정중함에 대한 첫 번째 보답으로 그녀와 사랑을 나눌 것이다. 만일 그녀가 예쁘지 않다면, 당신의 누이, 딸, 혹은 조카와 사랑을 나눌 것이다. 만일 그가 당신의 아내로부터 거부당하거나 당신의 누이, 딸, 혹은 조카를 유혹하는 데 실패한다면, 그는 배신자의 역할을 포기하기보다는 정중한 태도로 당신의 할머니에게 구혼할 것이다. 그리고 십중팔구는 어떤 형태로든 가족의 평화를 파괴하는 수단을 발견할 것이다. 그를 그토록 친절하게 환대해준 가족을 말이다.

_『프랑스와 이탈리아에서의 여행Travels Through France and Italy』(1766)

아라비아 사막에서의
다우티

C. M. 다우티는 1876년부터 1878년까지 21개월간 여행했다. 그는 걸작 『아라비아 사막에서의 여행』을 집필하는 데 10년이 걸렸다.

아라비아의
로렌스

T. E. 로렌스T. E. Lawrence[21]는 『지혜의 일곱 기둥The Seven Pillars of Wisdom』를 집필하기 위해, 1916년부터 1917년까지 1년간 여행했다. 그는 1919년에 이 책의 초판본을 썼지만, 환승역에서 기차를 갈아타면서 그의 손가방과 함께 잃어버리고 말았다. 그는 1920년에 두 번째 판본을 썼는데, 다음 해에 개작했다. 결국 훨씬 압축된 판본이 1926년에 출판되었다.

다른 위대한 여행기들처럼, 전통적인 관점에서 보면 이 책은 여행기가 아니다. '어떤 승리A Triumph'라는 부제가 붙은 이 책은 오스만제국에 대항한 아랍의 저항에 참가한 로렌스의 기록이다. 그러나 그의 우상인 다우티를 이어받아, 이 책은 군사 전술뿐만 아니라 사막의 기운, 베두인족의 생활, 이슬람의 섬세함을 묘사한다. 로렌스 자신의 모순적인 성격도 하나의 주제이다. 그는 자신에게 상당히 엄격했다.

"나는 내 안의 여러 힘과 실체를 강하게 의식했다. 바로 이러한 것들이 은밀하게 숨어 있는 것들이었다. 나는 호감을 주고 싶다고 갈망했다. 너무나 강렬하고 신경이 쓰여 나는 다른 사람에게 자신을 우호적으로 개방할 수 없었다. …… 나는 유명해지기를 갈망했다. 그러나 유명해지는 것을 좋아하는 것이 알려지면 어쩌나 하는 공포도 있었다. 내가 유명해지기를 갈망하는 것에 대한 경멸은 수여된 모든 영예를 거부하게끔 했다." 동일한 항목(「나 자신Myself」)에서 그는 다음처럼 덧붙였다. "나는 나보다 열등한 것들을 좋아했고, 하향하는 즐거움과 모험을 지향했다. 안전한 타락에는 궁극적인 확실함이 있는 것 같았다. 인간은 어떤 높이에도 오를 수 있지만, 그 이하로 추락할 수 없는 동물의 차원도 갖고 있다."

이탈리아에서의
디킨스

찰스 디킨스Charles Dickens는 『이탈리아의 그림들Pictures from Italy』을 위

한 자료를 모으기 위해, 1844년부터 1845년까지 11개월간 여행했다. 그는 런던으로부터 벗어날 필요가 있었다. 왜냐하면 그의 소설 『마틴 처즐위트 Martin Chuzzlewit』는 지루했고 잘 안 팔렸기 때문이었다. 그는 그의 여행기 『아메리카 단상American Notes』에 대한 비판이라기보다는 악의적인 비평에 대단히 낙담했다. 그는 로마에서 참수를 목격했고, 이 끔찍한 진실의 순간을 상세히 묘사했다.

그 저주받은 사람은 즉시 칼 아래로 무릎이 꿇렸다. 그의 목은 십자가 모양 널빤지 안의 구멍에 맞춰져 있었다. 그 널빤지는 정확히 형틀처럼 위의 다른 널빤지에 의해 닫혔다. 그의 바로 아래에는 가죽 자루가 놓여 있었다.

그리고 그 안으로 즉시 그의 목은 굴러 떨어졌다. 사형 집행인은 그의 머리털을 잡고 목을 집어 사람들에게 보이며 처형대 주위를 걸었다. 그런 뒤에야 덜컹거리는 소리와 함께 칼이 무겁게 떨어진 것을 나는 알아차렸다.

그 목은 처형대의 네 모서리를 돌고는 앞에 있는 장대 위로 효수되었다. 파리들이 들러붙은 그 장대에는 먼 거리에서도 볼 수 있도록 흑백의 작은 형겊이 걸려 있었다. 가죽 자루를 보지 않기 위해서인지, 사형 집행인의 눈은 위로 향했다. 그리고 그는 십자가를 봤다. 삶의 모든 빛깔과 색조는 그 순간에 그 머리를 떠났다. 그 머리는 둔하고 차갑고 검푸르고 밀랍 같았다.

아프리카에서의
지드

앙드레 지드는 『콩고에서의 여행Travels in the Congo』을 쓰기 위해 1925년부터 1926까지 열 달간 여행했다. 그 영어판에는 『콩고에서의 여행 Voyage au Congo』과 『차드로의 귀환Le Retour du Tchad』이 포함되어 있다.

지드는 프랑스 정부의 공식적인 초대에 응해 여행했다. 그러나 그는 식민지 정책을 비판하는 것을 멈추지 않았고, 채찍질, 구타, 방화, 협박 등 아프리카 주민들에 대한 많은 권력의 남용을 기록했다. 또한 아프리카인 들로부터 이득을 취하는 프랑스 식민지 장교들에 대해 기록했다. 사춘기 소 년들에게 환상을 품은 지드가 이 여행을 통해 동성애에 탐닉했다는 것을 덧 붙일 필요가 있다. 그는 훨씬 젊은 연인인 마르크 알레그레Marc Allegret와 함께 여행했다. 지드는 한 친구에게 자신이 "고백건대 흑인에게 성적으로 대단히 끌렸다"라고 말했다.

그는 편지를 주고받은 다른 사람에게 이렇게 썼는데, 이것은 수 많은 다른 여행가들의 경험에서도 공통적인 진실이다. "즐거움을 기대했던 모든 것과 …… 이 여행을 하도록 부추겼던 것은 나를 실망시켰다. 그러나 바 로 이 실망감으로부터 나는 기대하지 않았던 경험을 얻었다."

미얀마에서의
서머싯 몸

그는『응접실의 신사』를 쓰기 위해 켕퉁Keng Tung에서 23일간을 여행했다. 그는 방콕에 몇 주 더 있었지만, 런던에서 출발한 세계 일주는 되돌아올 때까지 9개월이 소요됐다(1922~1923).

에드워드
애비

에드워드 애비Edward Abbey[22]는『사막의 은둔자: 황야의 계절Desert Solitaire: A Season in the Wilderness』(1968)을 쓰기 위해 약 9개월간 여행했다. 그러나 "1950년, 1959년, 1965년의 모험들 외에도"(제임스 카할란James Cahalan의『에드워드 애비』, 2001) 1956년과 1957년에는 각각 두 번씩 여행했다.

인도에서의
나이폴

V. S. 나이폴V. S. Naipaul[23]은『암흑의 지역: 인도에서의 경험An Area of Darkness: An Experience of India』을 쓰기 위해 9개월간 여행했다. 트리니다드에서 태어난 저자는 1962년 출판된 그의 최초의 인도 여행에 대한 이 책에서 그가

'인도적인 일체의 부정'이라고 부르는 것을 정당화시킬 수 없었다. 그리고 '자신의 망향'에 대한 느낌을 재확인했다. 그는 이 책에서 때때로 격노하는 등 자주 성을 냈다. 그는 냉정을 잃은 후 어떤 조건을 다음과 같이 분석했다. "잔인하고 어리석고 무의미하고 유아적이다. 그러나 분노의 순간은 또한 고양의 순간이다. 분노는 명석함을 움츠러들게 하며, 그 회복은 느리고 산발적이다."

솔트레이크시티에서의
버턴

미국에서의 전 일정은 8개월 이상이었지만, 리처드 버턴Richard Burton[24]은 약 3주간 여행했다. 유타 주에서 그는 친구에게 다음과 같이 썼다. "아프리카에서 망가진 내 건강을 위해, 나는 회복되기를 기대하며 대초원들의 순수한 공기를 즐기면서 여행하고 있다." 버턴은 1860년 4월에 캐나다로 항해했고, 역마차와 말로 미국을 횡단 여행한 후 8월 말에 솔트레이크시티에 도착했다. 그는 특히 몰몬교의 일부다처 관습에 대해 알고 싶었다. 이 목적을 위해 그는 처음 만났을 때 이미 49명의 부인들을 거느린 몰몬교의 지도자 브리검 영Brigham Young과 함께 지냈다. 버턴은 그의 첫 번째 아프리카 여행에서 일부다처제를 연구했다. 그런 뒤 어린이들이 가치 있고 재산의 일부인 지역들에서는 일부다처제가 이해될 수 있다고 결론지었다. 그러나 그는

『성자들의 도시The City of Saints』(1861)에서 "미국에서는 남성이나 여성이 거의 평등하고, 애를 낳는 것은 부차적인 의무일 뿐으로" 권유할 수 없다고 말했다. 그가 일부다처제를 반대하는 주된 이유는 이 관습이 낭만적이지 않을 뿐만 아니라, 단지 "가정에 대한 열정 없는 집착"일 뿐이라는 데에 있다. 그는 계속해서 다음과 같이 썼다. "연애와 존경은 사랑과 자유로부터 종교와 교회로 이전된다."

콩고에서의 콘래드

조지프 콘래드는 1890년 콩고 강에서의 28일을 포함해서 6개월간 여행했다. 결국 이 한 달간에 이르는 여행은 그의 사후 『콩고 일기Congo Diary』로 출판되었고, 그의 대표작인 소설 『암흑의 핵심』의 토대가 되었다. 그는 이 작품을 콩고에서 돌아온 후 8년에 걸쳐 썼다. 그는 이 소설을 "실제 사실들을 아주 약간만 넘어선 경험"으로 묘사했다.

유고슬라비아에서의 웨스트

레베카 웨스트는 전부 합쳐 약 5개월에 이르는 세 번의 상당히 짧은 여행을 했다. 첫 번째 여행은 1936년 봄에 영국문화협회의 기금에 의한 것이었다. 그러나 그녀는 이 여행의 대부분을 아픈 채 지냈다. 그런 뒤 1937년 봄에 수개월간, 1938년 초여름에 한 달간 여행했다. 그 여행은 여행기와 자기 분석의 진수로 알려진 50만 단어로 된『검은 양과 회색의 매Black Lamb and Grey Falcon』(1941)로 결실을 맺었다. 내가 가장 좋아하는 구절 중 하나는 에필로그에 있다. 아래의 인용문에서처럼, 여행기는 분열된 자아에 대한 분석을 비롯해 무엇이든 담을 수 있다.

> 단지 우리 중 일부만이 정상이다. 단지 우리 중 일부만이 즐거움과 보다 긴 행복의 날을 사랑한다. 또한 우리 중 일부만이 아흔 살까지 살면서 우리가 짓고 후에 올 사람들을 재워줄 집에서 평화롭게 죽기를 원한다. 그러나 그 나머지 반은 거의 미쳐 있다. 이 반쪽은 기분 좋은 것보다는 기분 나쁜 것을 선호하며, 고통과 어두운 밤의 절망을 사랑한다. 이 반쪽은 또한 삶을 원시적인 것으로 후퇴시킨다. 또한 검게 그을린 주춧돌 외에 아무것도 남겨 놓지 않는 재앙 속에서 죽기를 원한다. 우리의 밝은 본성은 내부에서 불안정한 암흑과 싸우고 있다. 보통은 어느 쪽도 뚜렷이 승리를 거두지 못한다. 왜냐하면 우리는 자신들에 대항해 나눠져 있으며, 어느 쪽도 파괴되도록 두지는 않을 것이기 때문이다. 이 싸움은 개인의 삶에서 영속적으로 관찰된다. 신뢰할 수 없을 정도로 행복을 차버리지만, 때때로 열심히 행

복을 붙잡으려는 사람보다 더 희귀한 것은 없다. 역사에서 우리는 빈번하게 자신들의 운명에 흥미를 가져왔다. …… 우리는 역사에서의 이러한 자멸적인 긴장을 무시한다. 왜냐하면 우리가 자신을 그려보면, 변함없이 열등한 화가들이기 때문이다. 혹은 우리는 자신들의 의지를 치장하려 들고, 주님 앞에서 그 의지가 여러 빛깔로 되어 있지 않다고 가장한다.

사하라에서의
무어하우스

제프리 무어하우스Geoffrey Moorhouse[25]는 『두려운 공허The Fearful Void』를 쓰기 위해 1972년 4개월 반 동안 거의 5,000킬로미터를 주로 도보로 여행했다.

한 인터뷰에서 무어하우스는 다음과 같이 말했다. "내가 이 책을 쓴 한 가지 이유는 푹스Fuchs의 『남극 횡단Crossing of Antarctica』부터 테지거Thesiger의 『아라비아의 모래Arabian Sands』까지 내가 읽은 모든 힘든 여행에 관한 책들은 우리 모두가 갖고 있는 부드럽고 약하고 무기력하고 불쾌한 면들을 배제해버리는 경향이 있기 때문이다. 그들은 모두 피투성이 초인들처럼 보인다. 당신은 이렇게 생각할 것이다. '그들은 전혀 울지 않나? 아니면 정말로 엉터리 짓을 하나?' 내가 아는 한 나는 그런대로 보통 사람이지만, 그들은 나와 대단히 다르거나 자신들의 일부를 배제하고 있다."

브루스
채트윈

브루스 채트윈Bruce Chatwin[26]은 『파타고니아In Patagonia』(1977)를 위해 1974년 12월 중순부터 1975년 4월까지 4개월간 여행했다.

사할린에서의
체호프

그는 1890년의 3개월 반 동안 여행했다. 그러나 『사할린 섬 Sakhalin Island』의 출간은 3년이 걸렸다. 그는 모스크바로부터 증기선과 마차를 타고 여행했다. 그는 다음과 같이 기록했다. "시베리아의 주요 도로는 가장 길지만, 지구 상에서 가장 추한 길이라고 생각한다." 그는 여행 작가로서의 뛰어난 솜씨로, 이 벽지의 유형지이자 추방의 섬에서 가능한 한 많은 것을 발견하고자 했다. 그는 설문들을 인쇄해서 자세한 조사를 수행했다.

"50년에서 100년 안에 그들은 (유형과 강제노동 등) 장기간에 이르는 형벌 체계를 우리가 지금 느끼는 당혹감과 좌절감을 갖고 고려하게 될 것이라고 깊이 확신한다. 우리는 지금 째진 콧구멍과 왼쪽 손의 절단된 손가락들을 쳐다보고 있다."

그가 이 문장들을 쓰고 나서 100년 뒤에, 소련 정부는 정치범들을 굴라크gulag라는 강제수용소에 종신형으로 유형 보내 강제 노동을 시켰다. 수용소 밖의 러시아인들은 당혹하지도 좌절하지도 않았다. 단지 두려워했을 뿐이다. 나는 페름Perm 동부의 강제수용소 페름-36을 방문하고 『동방의 별로 가는 유령 기차』에서 이러한 정치범에 대해 썼다. 그 감옥은 체호프가 사할린에 체재한 지 1세기 후인 1992년에 문을 닫았다.

2007년에 이 감옥 주위를 내게 보여줬던 사람들은 그 끔찍한 시절을 알고 있었고, 데르빈스코예Derbinskoye의 사할린 정착에 대한 체호프의 판단에 동의할지도 모른다. "나는 인간이 더 이상의 타락이 거의 불가능한 지점보다도 더 타락한 극점을 봤다고 생각한 순간이 있었다."

아프리카에서의
헤밍웨이

그는 3개월 남짓 여행한 뒤 『아프리카의 초록색 구릉The Green Hills of Africa』을 썼다. 헤밍웨이는 1933년 12월 6일에 몸바사에 도착해서, 사파리와 내륙 여행 후 1934년 3월 초에 그곳을 떠났다.

아이슬란드에서의
오든

W. H. 오든W. H. Auden[27]은 1936년 여름 3개월간 여행하고 『아이슬란드에서 온 편지Letters from Iceland』(1937)를 썼다. 그는 이 책을 한 달 동안 그곳에서 지낸 루이스 맥니스Louis MacNeice[28]와 함께 썼다. 맥니스는 말을 타는 것을 좋아했지만 말린 물고기를 싫어했다. "단단한 녀석은 발톱 같은 맛이고, 부드러운 녀석은 발바닥에서 벗겨진 피부의 맛이다." 이 책은 여행담이라기보다는 스크랩북이기 때문에, 시적인 것과 관찰의 혼합물이라고 할 수 있다.

윌리엄 리스트
히트 문

윌리엄 리스트 히트 문William Least Heat-Moon[29]는 『푸른 고속도로 Blue Highways』를 쓰기 위해 미국의 시골길을 2만 800킬로미터가량 여행했다. 1978년 3월부터 6월까지 3개월간. 그는 출발하기 전에 다음과 같은 깨달음을 얻었다. "그날 밤 잠을 잘지 분노로 폭발할지 누워서 망설일 때, 대신 이런 생각이 떠올랐다. 일을 똑바로 할 수 없는 사람은 적어도 떠날 수 있다. 삶의 길에서 벗어나려는 시도를 그만둘 수 있다. 판에 박힌 일상을 던져버려라. 정말 위험한 상황에서 살아라. 이것은 실로 존엄의 문제이다."

찰리와 여행한
존 스타인벡

그는 1960년에 3개월간 여행했다.

호주에서의
로렌스

그는 1922년에 3개월간 여행했다. 그는 여행기를 쓰지는 않았지만, 호주에 도착한 뒤 수 주 안에 호주를 배경으로 한 소설『캥거루Kangaroo』를 집필하기 시작했다. 그는 호주를 떠날 무렵 그 소설을 완성했다.

록웰 켄트의 그린란드
항해

1929년 록웰 켄트Rockwell Kent[30]는 『E에 의한 NN by E』(1930)을 쓰기 위해 3개월간 여행했다. 그린란드의 해안에 가까워지자 그의 보트는 가라앉았다.

산, 연기를 뿜는 폭포, 평지를 은빛으로 물들이는 바람이 부는 거무스름한 초록색 호수, 세 명의 남자가 자갈투성이의 뭍에 테를 두르거나 둑을 별처럼 장식하는 꽃들을 보며 서 있다. 그중 한 사람이 침묵을 깨고 말한다.

"아름다운 것을 위해 돈을 지불해야 해도 상관없다. 바로 이 지점에 있기 위해 1,600킬로미터를 여행할 가치가 있다. 그리고 이것이 우리가 돈을 내고 얻은 전부이다. 지금 단지 여기에 있기 위해 우리는 살아왔을지도 모른다."

장 콕토

그는 『나의 첫 번째 여행』을 쓰기 위해 1934년 80일간 세계 여행을 했다. 그는 쥘 베른Jules Verne의 여행을 그대로 모방하기 위해 일간지 『파리 수아르Paris-Soir』의 도전을 받아들였다. 그리고 비록 베른의 여행과는 달랐지만 그의 여행은 성공했다. 그의 책은 얇지만 뒤죽박죽이고 여기저기서 긁어모았다고 할 수 있다.

호주 오지에서의
채트윈

브루스 채트윈은 비록 4개월 동안 시드니와 브리즈번에서 빈둥거렸지만, 『송라인The Songlines』을 쓰기 위해 9주간 여행했다.

조지 기싱

조지 기싱George Gissing[31]은 그의 여행기『이오니아 바다 위에서On the ionian Sea』를 쓰기 위해 1897년 2개월간 여행했다. 관찰력이 뛰어나고 공들여 쓴 이 책은 간과되어온 이탈리아 남부에 관해 쓴 것이다. 그러나 가엾은 기싱은 술에 취한 매춘부들에게 약한, 고통받는 남자였다. 그는 그들을 구하려고 했다. 넬Nell이라는 매춘부의 경우에는, 그녀를 부양하려고 도둑질까지 했다. 그에게 여행이 왜 필요한가에 대한 단서는 그 자신에 대한 다음과 같은 발언에서 엿볼 수 있다. "나는 사막을 품고 다닌다."

아프리카에서의
나이폴

쉬바 나이폴Shiva Naipaul[32]은『남부의 북부: 아프리카의 여정North of South: An African Journey』을 쓰기 위해 2개월간 여행했다. 1979년에 출판된 이 도발적인 책의 말미에서, 쉬바 나이폴은 동아프리카와 중앙아프리카의 독립국들은 남아프리카만큼 비참하고 불공평하다고 결론짓는다. 그는 V. S. 나이폴의 형제이다.

누리스탄Nuristan[33]에서의
뉴바이

에릭 뉴바이Eric Newby[34]는 『힌두쿠시에서의 짧은 산보A Short Walk in the Hindu Kush』(1958)를 쓰려고 힌두쿠시 산맥에 가기 위해 1개월간 여행했다. 그런 뒤 1개월간 힌두쿠시 산맥을 도보로 여행했다.

여행이 끝날 무렵 뉴바이와 그의 일행 휴 칼리스Hugh Carless는 우연히 탐험가인 윌프레드 세시저Wilfred Thesiger[35]를 만났다. 윌리엄 세시저는 로프로 바닥을 댄 신발을 신고, 현지 안내인들 몇 명과 함께 길을 어슬렁어슬렁 걸어 내려왔다. 닭고기로 저녁 식사를 한 그날 저녁 세시저는 희미해지는 불빛에서 사람들의 주목을 끌었다.

휴와 내가 2주 만에 처음으로 통역자의 특대 사이즈 담배를 피우며 누워 있을 때, 세시저는 다음과 같이 말했다. "영국은 파멸로 가고 있어. 이 셔츠를 봐. 겨우 3년 만에 해지고 있어. 양복쟁이들도 마찬가지야. 나는 결과 크로크에게서 아틀라스 산맥에 갈 때 입은 능직물로 된 바지 한 벌을 맞췄어. 16기니를 줬는데 2주 안에 바지에 구멍이 났지. 십장들에게 주려고 유명한 상표로 산탄총 여섯 자루를 샀는데, 한 자루당 20기니더라고. 모두 쓰레기들이라니까."

그는 그가 고용한 아랍인들에 대해 내게 말하기 시작했다.

"나는 그들에게 벌레에 대비한 분말가루와 그 유사한 것을 주지."

나는 그에게 외과수술에 대해 물었다.

"나는 손가락을 절단하고 많은 외과수술을 받아야 돼. 그들은 자기네 의사들이 깨끗하지 않기 때문에 겁을 내지."

"그걸 하려고요? 손가락 절단을요?"

"수백 번이라도." 이미 꽤 늦었기 때문에 그는 꿈꾸듯이 말했다. "오. 주여. 물론. 어째서? 나는 일전에 한쪽 눈을 빼냈지. 난 그걸 즐겼어."

"자 이만 잠자리에 들자." 그가 말했다.

바위들이 튀어나온 땅은 마치 쇠 같았다. 우리는 우리의 튜브 침대를 불기 시작했다. "맙소사. 당신 둘은 동성애자임에 틀림없어." 세시저가 말했다.

네팔에서의
매티슨

피터 매티슨Peter Matthiessen[36]은 『눈표범The Snow Leopard』을 쓰기 위해 1973년 2개월간 여행했다.

1902년 런던에서 빈민굴을 방문한
잭 런던

영국에 도착한 후 7주간 잭 런던은 이 대도시 안에서 살았을 뿐만 아니라, 그 주위를 배회하며 가난에 찌든 런던의 이스트 엔드East End에 대해 기록했다. 그리고 그 경험을 『나락의 사람들The People of the Abyss』(1903)로 펴냈다. 그는 이 책에서 풍부한 본토박이 런던 말을 구사하며 여행, 사회주의에 대한 변론, 소극笑劇을 다루고 있다. 런던은 추문을 폭로하는 기사를 쓰는 사람이라기보다는, 여행 작가로서 자신의 경험에 접근했다. 그는 서문에서 다음과 같이 썼다. "나는 탐구자의 시각으로 무장한 채 런던의 지하 세계로 걸어 내려갔다."

메인 주에서의
소로

그는 1846년에서 1857년 사이에 6주 혹은 7주간 여행했다. 소로는 각각 수 주가 걸린 세 번의 여행을 했다. 이 일련의 여행은 커타딘 산에 오르거나 황야를 체험하거나 인도인의 생활과 언어를 배우기 위해서이거나, 동식물에 대한 정보를 모으기 위해서였다. 그는 이 일련의 여행에 대한 세 편의 기사를 썼고 강의도 했다. 이 기사들은 유고작인 『메인 숲The Maine Woods』의 토대가 되었다.

멕시코에서의
그린

그레이엄 그린은 『무법의 길The Lawless Roads』(1939)을 쓰기 위해 6주간 여행했다. 여행의 끝 무렵에 그는 멕시코와 멕시코인들을 싫어하게 되었다. "왜 이 사람들이 싫어질까? 회색의 헝클어진 머리를 지닌 하나의 돌로 된 것 같은 검은 옷을 입은 노파의 극도의 꾸물거림 …… 갈색 눈의 섬뜩한 무표정 …… 그들은 단지 앉아 있을 뿐이다."

마르케사스Marquesas[37]의
멜빌

허먼 멜빌은 타이피 계곡Typee Valley에서 4개월 있었다고 주장하지만, 사실은 1개월 있었다. 호놀룰루에서 마르케사스로 가는 도중에 멜빌은 선교사들의 행동 때문에 공포에 질렸다.

호놀룰루를 방문하기 전까지, 나는 소수의 남아 있는 원주민들이 짐수레용 말로 문명화되고 짐을 진 동물로 전도된 것을 깨닫지 못했다. 그러나 정말 그러했다. 그들은 문자 그대로 가죽 끈에 묶여 그토록 많은 말 못하는 짐승들처럼, 자신들의 영적 교사들의 차량에 종사했다.

_『타이피Typee』(1844)

몇 년 후 그는 유럽과 성지 팔레스타인을 여행했다. 그는 그 경험을 신비로운 시와 일기에 썼다. 그는 18일간 체재하며 예루살렘에 있는 안내자들의 거동을 주목하며, 일기에 다음과 같이 썼다.

> 안내자의 말: "자 이것이 그리스도가 기댄 돌이고, 이것이 영국 호텔입니다. 저쪽에 있는 것은 아치인데, 그리스도는 거기서 사람들에게 나타났습니다. 또한 바로 그 열린 창문 옆에서 예루살렘 최고의 커피를 살 수 있습니다.
>
> _『유럽과 동부 지중해 연안에의 방문 일기』Journal of a Visit to Europe and the Levant』
>
> (1856~1857)

마라케시Marrakesh에서의 카네티

엘리아스 카네티Elias Canetti[38]는 1954년 마라케시에서 영화를 찍는 몇몇 친구들에 합류해서 한 달가량 여행했다. 그는 그들을 따라다니며 이 도시에 몰입했고 노트를 만들었다. 그러나 그의 책 『마라케시의 목소리Die Stimmen von Marrakesch』는 1967년까지 출판하지 않았다. 왜냐하면 그가 모로코와 그 여행에 관해 말할 것이 거의 없다고 생각했기 때문이었다. 그러나 이 얇은 책은 생활을 환기하고 설득력이 있으며 지혜롭다. 예컨대 그는 노래하는 눈

먼 거지들의 모임에 주목해서 그들을 연구한 뒤, 다음과 같이 사색했다. "여행하면서 사람은 모든 것을 받아들인다. 분노는 집에서 편안히 머문다. 사람은 보고, 듣고, 가장 두려운 것을 통해 열광하게 된다. 왜냐하면 두려운 것은 새롭기 때문이다. 훌륭한 여행자는 무정하다."

케이프 코드Cape Cod[39]에서의
소로

그는 첫 번째는 1849년, 두 번째는 1855년에 다녀온 두 번의 여행을 합쳐 3주가 조금 넘게 여행했다. 샌드위치 군도에서 프로빈스타운Provincetown에 이르는 케이프를 여행한 이야기는 그의 사후 1865년에 출판됐다. 로버트 로웰Robert Lowell[40]은 이 책의 제1장 '난파'로부터 몇몇 행을 취해 자신의 시 「낸터킷의 퀘이커교도 묘지The Quaker Graveyard at Nantucket」로 재구성했다. 또한 이 책의 제5장 '웰플릿의 굴 따는 사람'은 미국에서 자라는 브로콜리에 대한 최초의 기록이다.

라이베리아Liberia에서의
그린

그는 23일간 여행했다. 아프리카 여행은 생전 처음이었던 그린이 쓴 책『지도 없는 여정Journey Without Maps』(1936)은 라이베리아의 수풀에서 단지 3주 남짓 동안에 쓰였지만, 정교하게 짜여 있다. 그린은 자신의 경험 부족을 사전에 인정했다. "나는 전에 유럽 밖을 나가본 일이 없다. 나는 아프리카 여행에는 완전한 아마추어였다." 놀랍게도 그는 여행의 동반자로 그의 젊은 여자 사촌인 바버라를 데려왔다. "이 가엾은 순진한 것들." 프리타운Freetown[41]에서 이방인이 그들에게 소리쳤다. 그는 그곳 사정의 반도 몰랐다.

그린은 뜻대로 할 수 없는 처지로 우울하고 안절부절못하고 신경질적이었다. 또한 바버라는 이렇다 할 기술을 갖고 있지 않았다. 그들의 미소는 무력했고, 그들의 준비는 부족했다. 그리고 그들의 여행이 암흑 속에서의 도약이라는 것을 알 수 있었다. 한편 '암흑 속에서의 여정'은 이 책의 거부당한 제목 중 하나였다. 그린은 얼마나 순진한가? 예를 들면 여행을 시작하려고 프리타운에 막 도착하기 직전, 그는 속내를 털어놨다. "나는 나침반의 바늘을 올바르게 기억할 수 없었다." 이보다 더 순진한 여행가도 있을 수 있을까?

그린과 그의 사촌은 자신들의 무능력에도 불구하고 단념하지 않았다. 그들은 안내자를 구했다. 짐꾼들과 요리사를 고용했다. 그들은 라이베리아의 국경까지 가려고 기차에 올랐고, 이 나라의 오지를 걸어 돌아다녔다. 적은 보수로 고용된 26명의 아프리카 일꾼들은 음식과 장비를 운반했다. 그들은 권총과 한 번도 사용한 적 없는 텐트, 책상과 이동식 욕조, 숨겨둔 위스키를 가지고 있었다. 심지어 원주민들에게 나눠줄 자질구레한 장신구들도 가지고 있었다. 그러나 원주민들은 장신구보다는 돈이나 위스키 한 모금을 더 좋아했다. 여행은 사건으로 가득 찼다. 여행자들은 기아에 시달렸고, 그린은 심각한 열병에 걸렸다. 또한 오해와 잘못된 반전들이 있었다. 짐꾼들은 크게 뒤처졌다. 출발한 지 1개월 남짓 후 그린과 그의 사촌은 해안으로 되돌아왔다. 그리고 1주일 정도 뒤에 그들은 영국으로 되돌아오는 배에 있었다. 그린은 이 짧지만 힘든 여행을 '인생을 바꾼' 여행이라고 불렀다.

강 위에서의
소로

그는 『콩코드와 메리맥에서의 1주일A Week on the Concord and Merrimack』을 쓰기 위해 2주일을 여행했다. 이 책은 소로 생전에 출간된 두 권의 저서 중 한 권이다(다른 한 권은 『월든Walden』이다). 이 여행은 그 자체로 자연계, 존재의 의미, 도시화, 미국의 역사, 우정의 본성 등에 대한 사색의 길이다. 그러나 이 책은 잘 팔리지 않았다. 출판 후 4년째인 1853년에, 출판업자가 인쇄한 책 1,000권 중 팔리지 않은 706권을 그에게 돌려보냈다. 소로는 한 편지에서 비꼬듯이 다음과 같이 말했다. "나는 이제 거의 900권에 이르는 책을 구비한 도서관을 갖고 있는데 그중 700권 이상은 나 자신이 쓴 책이다."

사르디니아에서의
로렌스

　　그는 1주일간 여행했다. 여행 후 곧 쓰기 시작한 여행기 『바다와 사르디니아』는 355쪽 분량이었고, 물론 많은 여담들이 있었다. 그는 엄청나게 빠른 속도로 이탈리아를 종횡으로 여행했다. 그러나 로렌스는 무척 조심성이 많았고 심지어 과민하기까지 했다. 그는 강렬한 감정으로 여행의 경험을 요약할 수 있었다. 이탈리아에 대한 그의 다른 여행기에서 볼 수 있는 것처럼, 그는 라고 디 가르다Lago di Garda에 있었다.

　　나는 교회 안으로 들어갔다. 교회 안은 매우 어두웠고, 몇 세기에 걸친 향냄새가 구석구석 스며들어 있었다. 마치 어떤 거대한 생명체의 은신처 속에 들어온 것처럼 느껴졌다. 내 감각들이 일어났고, 뜨겁고 짜릿한 암흑 속에서 깨어 분출했다. 내 피부는 마치 어떤 접촉 아니 포옹을 기대한 것 같았다. 그것은 마치 육체적인 세계와의 접촉을 의식한 것처럼 기다리고 있었다. 그 접촉은 암흑 혹은 둘러싸고 있는 모종의 실체와의 육체적인 접촉이었다. 그것은 감각의 짙고 격렬한 암흑이었다. 그러나 나의 영혼은 움츠러들었다.

　　나는 다시 밖으로 나갔다. 포장된 입구는 보석처럼 청명했다. 푸른빛으로 보이는 햇빛의 놀라운 청명함은 나를 정화하는 것 같았다.

_『이탈리아에서의 황혼Twilight in Italy』(1913)

만달레이에서의
키플링

그는 1889년 랑군에서 짧게 머물고 쉐다곤 파고다Shwe Dagon pagoda[42]의 황금 불탑에 감명을 받았다. 그러나 정작 만달레이에는 가지 않았다. 그가 『바다에서 바다로From Sea to See』(1899)에서 설명한 것처럼 '짧게'는 몇 시간을 의미했다.

> 내가 랑군에서 체류한 건 단지 몇 시간이었다. 그래서 내가 참을성 없이 이 탑의 계단 맨 아래에서 뛰어다녔어도 용서받을지도 모른다. 왜냐하면 나는 즉각적으로 본 모든 것에 대해 충분히 완전하고 정확한 관념을 가질 수가 없었기 때문이었다. 수호하는 호랑이의 의미, 중심 탑의 본질, 무수한 작은 것들이 나로부터 숨어버렸다, 나는 어째서 예쁜 소녀들이 부처의 그림 앞에서 작은 막대기들과 색깔을 입힌 양초들로 사용될 엽궐련을 파는지 이해할 수가 없었다.

1890년에 쓰여 『병영의 숙소에서의 노래Barrack-Room Ballads』에 포함된 시 「만달레이」에는 명백히 어리석은 실수가 있다. 오래된 모울메인 파고다Moulmein pagoda는 만달레이로부터 수백 마일 떨어져 있다. 그리고 새벽은 "중국의 밖으로 만을 가로질러 천둥처럼" 오지는 않는다. 그러나 그 마지막 부분에서 보이는 것처럼, 이 시에는 멋진 분위기가 있다.

배로 나를 수에즈 동쪽의 어딘가로 데려다 다오. 그곳에서 최고는 최악과 같네.

십계명이 없는 곳에서는 인간에게 갈망이 일어나네.

사원의 종이 울리는 그곳이 내가 있어야 할 곳이네.

오래된 모울메인 파고다 옆에서 바다를 게으르게 바라보며,

오래된 작은 함대가 누워 있는

만달레이로 가는 노상에서,

우리가 만달레이로 갔을 때, 차양 아래 우리는 구토를 느낀다.

날치들이 뛰노는

만달레이로 가는 노상에서,

그리고 새벽은 중국의 밖으로 만을 가로질러 천둥처럼 온다.

새 뮤 얼
존 슨 의
여 행 의
지 혜

―――――

       존슨은 여행이라는 주제에 대해 가장 재치 있는 말을 했다. 그는 런던을 떠나는 것을 싫어했지만, 아이슬란드와 서인도제도로의 항해에 착수하기를 원한다고 말했다. 대신에 그는 영국을 위아래로 왕복했고, 1773년 스코틀랜드로 장기간의 여행을 떠났다. 그리고 1년 후 북부 웨일스 근처를 떠돌며 3個월을 보냈다. 그는 역사상 가장 정열적인 독자 중 한 사람이었다. 그의 사전이 이를 증명한다. 1709년에 태어난 그는 자신이 '멍청이'라고 부른 헨리 필딩과 동시대 사람이었다. 한편 그는 『톰 존스』를 '비도덕적이고 사악하다'고 말했다.

       존슨은 광범위한 독서를 통해 대다수의 동시대 사람들보다 세계에 대해 훨씬 더 잘 알았다. 그는 아비시니아Abyssinia[1](그는 가톨릭 사제인 제로니모 로보Jerónimo Lobo의 『아비시니아로의 항해Voyage to Abyssinia』를 번역했으며, 그의 소설 『라셀라스Rasselas』의 배경도 아비시니아다), 코르시카(제임스 보즈웰James Boswell은 그를 코르시카의 애국자인 파스칼 파올리Pascal Paoli에게 소개했다), 고대의 지중해에 대해 술술 이야기할 수 있었다. 그는 보즈웰과 함께 타히티에 대해 토론했고, 보즈웰은 런던에서 제임스 쿡James Cook 선장과 식사를 하고 세계 일주에 대해 토론했다. 보즈웰은 다음과 같이 말했다고 전해진다. "나는 다음 항해에 그와 떠나고 싶은 강한 충동을 느꼈다."

존슨에게는 신경 장애가 있었는데 아마도 투렛 증후군이었을 것이다. 통풍과 우울증도 있었다. 그럼에도 불구하고 그가 64세가 되었을 때, 보즈웰과 함께 아득히 멀고 낯선 스코틀랜드의 웨스턴아일스Western Isles를 여행하려는 충동이 일어났다.

...

여행할 때, 지식을 집으로 가져오고 싶다면 몸에 지니고 와야 한다.

_새뮤얼 존슨의 말, 제임스 보즈웰의 『존슨의 생애Life of Johnson』 중에서

...

그는 먼 나라들을 여행하는 데 대해 비범한 활력을 가지고 이야기했다. 이러한 이야기를 통해 마음은 확대되었고, 존엄한 성격이 얻어졌다. 그는 만리장성을 방문하는 것에 대해 특별한 관심을 표현했다. 나는 그의 이러한 열정을 알고, 만일 내게 자식들이 없다면 만리장성을 보러 갈 거라고 말했다. 자식들을 돌보는 것은 나의 의무였다.

그는 말했다. "선생. 만리장성을 보러 감으로써 당신은 당신 자식들을 저명한 인물로 키우는 데 중요한 일을 하게 될 것이오. 당신의 정신과 호기심으로부터 그들에게 영예가 주어질 것이오. 모든 시대에 걸쳐서 그들은 만리장성을 보러 갔던 사람의 자식으로 여겨질 것이오. 선생, 나는 진심으로 하는 말이오."

_『존슨의 생애』

...

내게 여행에 대해 충고할 때 존슨 박사는 도시, 궁전, 그림, 쇼, 목가적인 장면에 대해 전혀 관심을 보이지 않았다. 그는 에섹스 경Lord Essex과 같은 의견이었다. 에섹스는 그의 친척인 러틀랜드Rutland의 로저 얼Roger Earl에게 다음과 같이 충고했다. "멋진 도시를 보려고 8킬로미터를 가느니, 한 사람의 현인과 이야기하기 위해 160킬로미터를 가는 편이 낫다."

_『존슨의 생애』

...

보즈웰: "자이언츠 코즈웨이Giant's Causeway[2]는 볼 가치가 있지 않을까요?"
존슨: "볼 가치가 있다고? 물론. 그러나 갈 가치는 없네."

_『존슨의 생애』

가볍게 여행하라

여행 도중에 우리는 없어도 되는 것을 모두 포기함으로써 자신을 짐으로부터 해방시키는 방법을 알게 됐다. 왜냐하면 낭떠러지를 오를 때, 늪을 밟을 때, 좁고 장애물이 있는 도로를 구불구불 나아갈 때, 작은 부피도 방해물이 되고 작은 무게도 짐이 되리라는 것은 경험 없이는 상상할 수 없기 때문이다. 혹은 집에서 자신의 결정으로 스스로를 기쁘게 해온 사람이, 어둠과 피로의 시간에 얼마나 자주 자신을 제외한 모든 것을 기꺼이 뒤에 남겨놓을지 상상할 수 없기 때문이다.

_『스코틀랜드의 웨스턴아일스로 가는 여행』

가능하면 직접 많은 것을 보라

많은 경우, 단조로운 황량함은 여행자에게 즐거움을 주지 않는다. 집에 앉아서 암석과 히스가 무성한 황무지와 폭포에 대해 생각하는 것이 더 쉬울 때가 많으며, 대부분의 여행은 상상력을 풍부하게 만들지도 못하고 이해를 넓히지도 못하는 쓸모없는 노동이다. 우리는 대부분의 사물에 대해 묘사나 유추가 제공하는 지식에 만족해야 하는 것이 사실이다. 그러나 또한 이러한 관념이 늘 불완전하다는 것, 적어도 우리가 이 관념을 현실의 실재와 비교할 때까지는 이들이 진실인지 알지 못한다는 것도 사실이다. 우리는 더 많이 볼수록 더 큰 확실

성을 갖게 되고, 더 많은 추론의 원리를 얻고, 유추를 위한 더욱 광범

위한 토대를 발견한다.

_『스코틀랜드의 웨스터아일스로 가는 여행』

7.
여행자의
가방 속

당신은 항상 여행 잡지에서 여행에 필수적인 비품을 챙기라는 충고를 듣는다. 이러한 비품은 보통 스위스 군용 칼이었다. 항공 여행자들이 신원 조사, 엑스레이 검색, 몸수색을 받고, 반입 금지 물품 목록을 받을 때까지는 그랬다. 현재 요주의 물건은 아마도 휴대폰일 것이다. 나는 휴대폰이 여행 경험에 가장 큰 장애물이라고 생각한다. 나는 늘 작은 단파 라디오를 가져갔다. 내가 있는 곳의 뉴스와 날씨를 듣고 세계정세를 놓치지 않기 위해서였다. 작가이자 여행가인 피코 아이어는 절대 읽을 책 없이 여행하지 않는다고 말했다. 나도 같은 생각이다.

평생 마약중독자이자 여행가였던 윌리엄 버로스William Burroughs는 약 없이는 어디에도 가지 않았다. 대개는 헤로인을 가져갔다. 폴 볼스의 소설 『셸터링 스카이』에 나오는 킷 모리스비Kit Moresby는 사하라 사막에서 저녁 가운을 가방에 넣고 들고 다녔다. 언젠가 볼스는 내게 자신이 옛날식으로 인도와 남미를 여행했다고 말했다. "트렁크와 함께, 늘 트렁크와 함께." 여행에서 스스로를 미니멀리스트minimalist라고 칭하는 브루스 채트윈은 그가 필요로 했던 모든 것은 그저 몽블랑 만년필과 뮤즐리가 든 가방이었다고 말했다. 그러나 그의 전기 작가인 니컬러스 셰익스피어Nicholas Shakespeare는 채트윈이 늘 훨씬 많은 것을 가져갔다고 주장했다. 채트윈의 친구 한 사람은 인도의 기차에서 그의 타자기와 잠옷, 책이 든 가방들을 보며 이렇게 말했다. "마치 그레타 가르보와 여행하는 것 같았다."

그들에게 꼭 필요했던 것들

1848년 알바니아에서의 에드워드 리어Edward Lear[1]: "약간의 쌀, 커리 가루, 그리고 고추"

요리 도구들을 갖추기 전에 양철 그릇, 나이프, 포크, 물대접 등은 반드시 구입해야 한다. 이러한 도구들은 튼튼하고 평범할수록 좋은데, 냄비나 프라이팬이 알려지지 않은 지역에 가기 때문이다. 그리고 모든 요리 과정은 인위적인 수단이 없는 낯선 지방에서 행해질 것이다. 가벼운 침대, 침대보와 담요, 그리고 모자 달린 긴 외투와 망토도 소홀히 하지 말아야 한다. 두세 권의 책, 약간의 쌀과 커리 가루 그리고 고추, 열심히 스케치하는 사람이라면 무수한 그림 도구도 가져가야 한다. 가능하면 옷을 적게 가져가야 하지만 외출복 두 세트는 갖고 있어야 한다. 하나는 영사, 주지사, 고위 관리를 방문하기 위해서이고, 또 하나는 거친 일상의 일을 위해서이다. 약을 만들 수 있는 키니네는 다른 걸 다 빼놓더라도 챙겨야 하며, 주지사에게 보여줄 소개 명목의 명령서, 그리고 당신 자신과 안내자를 위한 지방 여권도 가져가야 한다. 이 모든 것들은 없어서는 안 될 물건들이다. 이 외에 거추장스러운 사치품은 적을수록 좋다.

_『동부 지중해 연안에서의 에드워드 리어Edward Lear in the Levant』(1988)

변장을 하고 메카로 향한 리처드 버턴 경: "그 길로 가기 위한 필수품"

그는 미르자 압둘라Mirza Abdullah로 변장했을 뿐 아니라, 이빨을 닦기 위한 작은 가지인 "미스워크Miswak, 즉 이쑤시개"를 가지고 있었다. "소량의 비누와 나무로 된 빗을 지녔는데, 뼈와 거북이 등딱지로 만든 빗은 종교적으로 허용되지 않기 때문이다." 갈아입을 옷가지, 염소 가죽으로 된 물주머니. "거친 페르시아 양탄자는 소파 외에도 의자, 탁자, 작은 예배당의 역할을 할 수 있다." 베개, 담요, ("지나치게 자란 금잔화를 연상시키는") 크고 밝은색의 우산. '하우스와이프(즉 작은 주머니 안에 든 바늘, 실, 단추)', 단도, 놋쇠로 된 잉크스탠드와 펜대, "때때로 방어 무기로 전환될지도 모르는 강력한 염주". (『알 마디나²와 메카로의 순례에 대한 개인담Personal Narrative of a Pilgrimage to Al-Madinah and Meccah』, 1853)

적도 아프리카에서의 폴 뒤 샤이유: "하얀 묵주 …… 작은 거울 …… 권총들"

나는 해안의 모든 원주민들이 식인종 부족들에게 갖는 두려움 때문에, 내 모든 짐을 운반하는 데 어려움이 있을 거라고 예견했다. 따라서 나는 식량이나 없어도 살 수 있는 물건들은 가져가지 않기로 결정했다. 내 여행 장비는 다음과 같은 품목으로 이루어져 있었다. 궤짝에는 30미터가 약간 넘는 길이의 천, 8.5킬로그램의 하얀 묵주들, 작은 거울 몇 개, 점화 금속과 부싯돌, 다량의 잎담배가 들어 있었다. 이 외에 내가 가장 크게 의존하는 36킬로그램의 산탄과 총알들, 9킬로그램의 화약, 그리고 권총들이 들어 있었다.

_『적도 아프리카에서의 탐험과 모험』(1861)

아라비아 사막에서의 C. M. 다우티: 초서의 책

다우티는 그의 낙타의 안장 위에 얹는 가방에 초서의 『캔터베리 이야기Canterbury Tales』의 17세기 판본을 넣고 다녔다. 그는 『아라비아 사막에서의 여행』을 쓸 때 초서의 문체에 직접적인 영향을 받았다.

헨리 밀러의 해안에서 해안으로 이동한 여행: 멍키 스패너monkey wrench

대륙을 넘나드는 여행을 고려하고 있는 사람에게 충고하고 싶은 것이 하나 있다. 당신이 잭, 멍키 스패너, 작은 쇠지레를 갖고 있는지 살펴봐라. 아마 멍키 스패너는 나사에 맞지 않겠지만, 이것은 중요한 것이 아니다. 멍키 스패너를 만지작거리는 척하면, 누군가 가던 길을 멈추고 당신에게 도움의 손길을 내밀 것이다.

_『에어컨이 있는 악몽The Air-Conditioned Nightmare』(1945)

로렌스 반 데어 포스트Laurens van der Post: 봉인용 왁스를 가지고 니아살랜드 Nyasaland [3]로

이런 경우에 안에 들은 것은 뻔했지만, 나는 여행 가방에 무엇을 넣었는지에 대해 함구했다. …… 내가 한 일이라고는 그저 카키 천을 비축하는 일에 뭔가를 덧붙이는 것뿐이었다. 그리고 여행을 위해 몇 권의 책을 고르는 일이었다. 왜냐하면 이러한 것은 아프리카에서 발견하기 어렵기 때문이다. 그리고 소량의 봉인용 왁스에 의존했다. 나는 내가 도착할 곳에서 과연 봉인용 왁스를 구할 수 있을지 의심스러웠다. 그리고 여행에서 모으기를 바랐던 견본을 확보하는 데 필요했기 때문에, 봉인용 왁스 없이는 위험을 무릅쓸 수 없었다. 그러나 나는 너무나 적게 준비했기 때문에, 사적이고 별난 것에 따뜻하고 애정 어린 염려를 보이는 나의 친구들은 재빨리 어떤 전설을 만들어냈다. 내가 주홍색의 봉인용 왁스를 칠한 막대기를 한 손에 들고, 다른 한 손에는 조지 메러디스George Meredith의 『현대의 사랑Modern Love』을 들고 중앙아프리카로 다시금 떠났다면, 누가 그 말을 믿을까 하고 그들은 말했다.

V. S. 나이폴: 스메들리의 터틀넥 스웨터, 운동용 팬츠

나이폴의 전기 『있는 그대로의 세계The World is What It is』에서 패트릭 프렌치Patrick French는 다음과 같이 썼다. "인도네시아를 향해 영국을 떠나기 전에 그는 '여행 리스트'를 만들었다. 그 조심스러움, 자제력, 숙련도에 있어서 이 여행 리스트는 인간으로서 그리고 작가로서의 그를 반영했다." 이것은 그의 짐을 꾸리도록 부인 팻에게 주는 메모이기도 했다. 부에노스아이레스에서 자카르타로 날아올 애인 마거릿을 만날 때 멀끔하게 보일 수 있도록 말이다.

여기 목록의 일부가 있다. "양복 상의, 바지, 재킷: 심프슨의 회색, 심프슨의 베이지색 가벼운 옷을 챙길 것. 바지: M & S 면직물, BHS 면직물, 오스카 자콥슨Oscar Jacobson의 가벼운 털실로 만든 짙은 회색 바지. 내의: 팬티 네 장과 양말 네 켤레, 파자마 한 벌, 티셔츠 두 벌, 조끼 두 벌. 셔츠: 와이셔츠 네 벌, M & S 평상복 두 벌, 스메들리Smedley의 셔츠 두 벌, 스메들리의 터틀넥 스웨터 세 벌. 반바지: 목욕용 팬츠와 운동용 팬츠. 운동화 한 켤레는 아마 여행 중에 꽤 닳을 것이다."

루리스탄Luristan에서의 프레야 스타크: "쭈글쭈글해진 드레스와 분첩"

내 안장주머니에 깊숙이 넣어둔 것이 드러났다. 집주인을 만날 때 조금이라도 숙녀처럼 보이기 위해 내가 최대한 활용했던 쭈글쭈글해진 드레스와 분첩이었다.

_『암살자들의 계곡』

타파Tapa 스님: 수도승의 소유물

내가 객실에 돌아왔을 때 타파 스님은 그의 가방을 뒤지고 있었다. 나는 그가 덮개 같은 것을 꺼내 그 소박한 사각형 모양 면직물의 두 가닥을 묶어 가방처럼 만들기 시작하는 것을 지켜봤다.

"다른 가방이 있으세요?"

내가 물었다. 왜냐하면 이 가방은 너무 작아 장거리 여행자에게는 전혀 맞지 않는 크기로 보였기 때문이었다.

"아니요. 이것들이 내가 소유한 전부입니다."

그는 1년간의 여행에서뿐만 아니라, 이 세상에서 그가 소유한 모든 것을 한쪽 팔에 쉽게 걸었다. 사실이었다. 그의 가방은 슈퍼마켓에서 장을 보는 가방보다도 작았다.

"안에 뭐가 들었는지 여쭤봐도 될까요?"

타파 스님은 매듭을 풀고는, 기쁘게 모든 내용물을 꺼내 보였다.

"내 그릇은 대단히 중요해요." 이렇게 말하며 그는 첫 번째 물건을 꺼냈다. 그것은 검정색의 작은 플라스틱 국그릇이었다. 그는 이 그릇을 시주받을 때 사용했지만, 쌀밥을 먹을 때도 사용했다.

작은 가방 안에는 용기 안에 든 비누 조각, 선글라스, 손전등, 튜브로 된 모기약, 아스피린이 든 양철통이 있었다.

작은 플라스틱으로 된 상자 안에는 회색 실패, 가위, 손톱깎이, 쇠고리, 골무, 바늘, 고무 밴드, 2인치 길이의 거울, 무좀 방지용 크림이든 튜브, 입술 연고, 코에 뿌리는 스프레이, 면도날 등이 들어 있었다.

"내게는 보름마다 머리를 미는 것도 매우 중요하지요."

그는 면도날을 내게 보이며 말했다.

산뜻하게 접힌 얇은 면으로 된 스웨터 한 벌, 그가 카사야_{kasaya}[4]라고 부른 숄, 갈아입을 옷가지가 들어 있었다. 서류 주머니에는 공책, 몇 장의 종이, 열두 명쯤 되는 다른 스님들과 같이 찍은 사진("제 자신을 소개하기 위해서지요"), 그가 승려 신분_{bikkhu}[5]의 증명서라고 부른 한자로 된 커다란 증명서 등이 들어 있었다.

그리고 많은 언어들을 번역하게 해주는 샤프 전자사전, 상징적 숫자 인 108을 나타내는 염주가 들어 있었다.

내가 이 목록을 적고 있을 때 그가 말했다.

"그리고 이것과 이것이 있지요."

그가 가리킨 것은 밀짚모자와 부채였다.

"다른 건 더 없나요?"

"없어요."

"돈은 어떠세요?"

"그건 비밀이에요."

그는 풀어놓은 천 위에 그가 이 세상에서 소유한 모든 것을 조심스럽 게 올려놓고, 다시 천을 묶어 자루로 만들었다.

_『동방의 별로 가는 유령 기차』

윌리엄 리스트 히트 문: 휴대용 변기

히트 문은 '유령의 춤Gost Dancing'이라고 불리는 그의 밴으로 2만 800킬로미터에 이르는 '블루 하이웨이Blue Highways'로의 여행을 준비했다. 그는 침낭, 담요, 콜맨Coleman의 취사도구, 플라스틱 대야, 양동이, 휴대용 변기, 요리용 난로, 식기들, 연장 세트, 필기구, 카메라, '옷을 담는 미국 해군의 해양 가방'을 가져갔다.

윌리엄 버로스: 뱀독 해독제와 그물침대

나는 장비를 모으고 자금을 마련하는 데 며칠이 걸렸다. 정글 여행을 위해 뱀독 해독제, 페니실린, 장내 생약, 아랄렌 등의 약품은 필수이다. 장비에는 그물침대, 담요, 툴라tula로 알려진 고무 가방이 포함된다.

_『야혜에 대한 편지들The Yage Letters』(1963)

피코 아이어: 책

가방에 늘 가지고 다니는 가장 중요한 것은 책이다. 어떤 동행인도 책보다 풍요롭고 낯설고 생생하고 친밀해지지 않는다. 펜과 공책도 물론 중요하다. 화가 나고 격렬히 거부해야 하는 론리 플래닛 안내서. 여덟 시간의 기다림을 위한 더 많은 소설과 전기.

나는 가져가고 싶지 않은 것에 대해 생각하느라 더 많은 시간을 보냈다. 추측, 아이팟, 카메라, 계획, (대부분의 경우) 친구, 노트북, 헤드폰, 선탠로션, 이력서, 기대 등이 거기에 포함된다.

_ 폴 서루와의 대화.

8.

불행하고 병약한
여행자들

"강의 수원을 찾으러 가는 사람은 자신 속에서 잃어버린 어떤 것의 근원을 찾고 있을 뿐, 그것을 절대로 발견할 수 없다." 리처드 버턴 경은 탐험가의 정신 상태를 이처럼 명석하게 요약했다. 물론 위대한 여행가들은 온갖 종류의 사람들을 망라하고 있다. 그들 중 많은 사람들은 의기소침하거나 심각한 우울증을 갖고 있는 양극의 유형이었다. 리빙스턴은 여러 날을 그의 텐트 안에서 골을 냈다. 밴쿠버는 그의 오두막에서 칩거했다. 스피크Speke는 자신을 총으로 쐈다. 스콧은 때때로 울었다. 난센과 메리웨더 루이스Meriwether Lewis는 자살 충동을 느꼈다. 대부분은 통풍으로 고생했다. 그러나 그들은 가장 컨디션이 좋은 때는 호기심 많고 만족하고 인내심이 강하고 용기 있는 자기 충족감이 넘치는 사람의 전형이었다. 그들의 열정은 미지의 것을 방문하는 데 집중되었다.

많은 여행가들은 어떤 목적을 추구하고 있는 것처럼 보인다. 여행 병리학의 관점에서 보자면, 그들은 마성에 의해 내몰리고, 종종 불운하게 마음의 어떤 상태로부터 도망치려고 한다. 버턴은 다음과 같이 말했다. "시인들처럼 여행가들은 대부분 성난 족속이다."

　　토비아스 스몰렛은 더욱 시끌벅적한 여행가들 중 한 명으로, 자신의 의견과 일반화로 가득 찬 인물이었다. 나는 종종 병들었거나 혹은 고통받는 그 여행가가 때로는 이점을 갖고 있다고 생각한다. 그 이점은 스몰렛의 희극적 소설 『험프리 클링커의 탐험The Expedition of Humphrey Clinker』에 나오는 등장인물의 대사로 요약할 수 있다. "친애하는 레티여! 경험을 지닌 병약한 사람은 너와 내가 사용하는 눈과는 대단히 다른 눈으로 본다."

여행의
병리학

토비아스 스몰렛

　　그는 깊은 불행을 느꼈고 불만족스러웠으며, 불행한 여행가의 전형이었다. 그는 어린 딸이 죽은 후 오래지 않아 유럽 대륙을 여행했다. 그의 슬픔은 분노 속에서 나타났다. 또한 그는 장 질환으로 고생했는데, 이것은 그가 50세에 사망한 원인이기도 했다.

　　빅토리아를 떠나는 기선汽船과 연결되는 모든 기차, 뉴욕을 떠나는 모든 정기선, 세계의 모든 호텔에 있는 모든 바에는 한 사람, 즉 불행한 여행가가 있다. 그는 즐거움을 위해 여행하는 것이 아니라 고통을 위해 여행한다. 그는 마음을 넓히기 위해서가 아니라, 가능하다면 마음을 협소하게 하기 위해서 여행한다. 그는 일생 동안 묻어둔 공포와 증오를 해방시키기 위해 여행한다. 혹은 만일 이러한 것들이 이미 국내에서 신선한 공기를 쐬었다면, 분노의 식민지를 개척하기 위해 해외로 간다. 우리는 호텔의 관리인과 말다툼하며 요리사를 모욕하고 웨이터와 짐꾼을 괴롭히는 이러한 순교자들의 말을 듣는다. 그들은 예약석의 회초리이고, 침대칸의 바가지 긁는 여자이다. 그리고 그들이 자신의 굴욕으로부터 되돌아올 때, 자신이 방문한 장소와 그곳의 사람들을 모욕한다. 또한 그때 그들은 거듭거듭 너무나 열정적으로 청구서나 중앙 난방장치 문제로 싸운다. 그래서 우리는 그들에게 여행이란 다른 수단에 의한 국내에서의 고통의 연장이라고 결론짓는다. …… 이들 중 스몰렛은 유일하게 내가 생각할 수 있는 딱 들어맞는 예이다. 그리고 180년 후에도 그의 분노는 여전히 울려 퍼지고 있다.

_V. S. 프리쳇, 『에세이 전서』

레이디 헤스터 스탠호프Lady Hester Stanhope[1]

그녀는 1810년 영국을 떠나기 전에는 그저 침착하지 못하고 우울하며 좌절감에 빠진 사람이었다. 그러나 여생을 보낸 중동에서 그녀는 과대망상증 환자가 되었다. "나는 그들 모두의 여왕이다." 그녀는 권력에 굶주리고 오만하고 격렬한 기질을 가졌다. 그녀의 자랑은 아무도 자신만큼 하인의 얼굴을 세게 때릴 수 없다는 것이었다.

프랜시스 파크먼Francis Parkman[2]

파크먼은『오레곤의 오솔길The Oregon Trail』(1849)을 쓰기 위한 그의 초기 탐험 때부터 육체적으로 폐인이 되었다. 그리고 그 후 점차적으로 여행과 저작에서 신경증, 장애, 부분적인 시력 상실, 심각한 두통 등을 호소하게 되었다. 이러한 증상은 역사에 대한 그의 저작들에서 보이는 무집착과 염세주의에 영향을 주었을지도 모른다.

리처드 헨리 데이나Richard Henry Dana[3]

그는 시력이 너무나 나빠서 하버드 대학에 다닐 수가 없었다. 대신에 그는『선원으로 보낸 2년Two Years Before the Mast』(1840)을 낳은 항해에 나섰다.

데이비드 리빙스턴David Livingstone

그는 배변에 집착하는 조울병 환자였다. 그는 변비가 두통, 근육허약증, 주의산만을 비롯한 열대 아프리카의 대다수 질병의 원인이라고 믿었다. 아프리카를 여행할 미래의 여행자들에게 그는 이렇게 조언한다.

종종 장은 기후의 변화와 함께 특별한 상태가 된다. 이 상태는 다른 사람의 모든 것을 상상하게끔 만든다. 때때로 변이 잘 나오게 하는 약을 조금 먹도록 진지하고 정중하게 권하는 바이다.

_ 티모시 홈스Timothy Holmes, 『리빙스턴에게로 가는 여행Journey to Livingstone』, 1993

리처드 버턴 경

그의 폭발적인 기질과 호전성은 그로 하여금 '깡패 녀석Ruffian Dick' 혹은 '더러운 녀석Dirty Dick'이라는 별명을 얻게 했다. 그는 어둠을 병적으로 혐오했다. 그래서 그의 부인인 이사벨은 이렇게 말했다. "그는 어둠을 너무나 싫어해서 황혼에서 새벽까지 잠깐이라도 빛을 잃지 않도록, 블라인드를 절대로 내리지 못하게 했다."

버턴은 또한 심각하게 사회성이 부족했다. 그의 전기 작가인 메리 S. 러벌Mary S. Lovell은 『살기 위한 분노Rage to Live』에서 다음과 같이 말했다. "리처드 버턴은 사실 부인할 수 없을 정도로 총명했지만, 사회성에는 맹점이 있었다. …… 그는 인내심이 부족했다. 또한 사회적 위치나 영향력이 얼마나 대단하든 간에, 그가 좋아하지도 존경하지도 않는 사람들을 좋아하는 척하거나 같이 일하려고 하지 않았다. 그리고 자주 의도적으로 망설임 없이 이러한 사람들을 크게 불쾌하게 했다."

조지 밴쿠버 선장Captain George Vancouver[4]

그는 일시적으로 화를 내고 우울해졌다. 아마 이러한 일은 결핵이나 갑상선 질환에서 야기되었을 것이다. 그는 편집증적이고 우울한 성향을 가지고 있었다. 그는 자신의 미천한 출신 성분을 부끄러워했고, 속물적인 선임 장교들의 경멸을 겪어야 했다. 『고향으로 재촉하며Driving Home』에서 조너선 라반Jonathan Raban[5]은 밴쿠버가 태평양 북서부 해안의 "영구적인 학명에 맞춰 그의 변화하는 기분에 대해 썼다"고 설득력 있게 주장했다. 그는 '발견의 만과 보호의 섬Discovery Bay and Protection Island'이라고 명명하고 즐거운 시기를 보냈다. 그러나 그 후 밴쿠버는 1792년 봄에 "임상적 우울증이었던 것으로 보이는" 상태에 빠져들었고, 풍경을 "황량하고 음울한" 것으로 보았다. 그는 자신의 저하된 정신을 반영하는 이름을 명명했다. 예컨대 은둔처를 '폐허의 소리Desolation Sound'라고 이름 붙였다.

로버트 팰컨 스콧Robert Falcon Scott[6]

그는 우울하고 과민하고 눈물을 잘 흘렸다. 앱슬리 체리 개러드는 『세계 최악의 여행』에서 남극 탐험에 대해 다음과 같이 썼다. "스콧은 결점으로 여겨질 만큼 과민했다. 그리고 그러한 사람에게 지도자 자리는 거의 순교와 같다. …… 그는 기질적으로 연약한 사람이었고, 아마 성마른 독재자였을지도 모른다. 그의 변덕과 우울은 보통 수 주간 지속되었다. …… 그는 내가 아는 어떤 사람보다도 잘 울었다."

프리드쇼프 난센Fridtjof Nansen[7]

그는 위대한 스키 선수, 북극 탐험가(그는 그린란드를 최초로 횡단했고, 이것은 북극으로 향하는 프람Fram호 탐험으로 이어졌다), 해양학자, 동물학자(뉴런 이론), 외교관이었다. 난센은 끝을 모르는 바람둥이였으며 자살 성향을 지닌 우울증으로 고통받았다.

잭 런던

그는 젊은 시절부터 알코올 중독, 심각한 육체적 증상, 콩팥 질병, 위장 문제, 두 번의 누관 수술 등을 겪었다. 런던은 『스나크의 순항Cruise of the Snark』과 『심연의 사람들The People of the Abyss』을 쓰기 위해 여행하는 대부분의 기간 동안 육체적인 고통에 시달렸다. 그리고 그는 종군기자로 러일전쟁을 취재하며 동상에 걸렸다. 그는 모르핀을 복용했고, 40세의 나이에 모르핀 과다복용으로 사망했다.

윌리엄 버로스

그는 성년기 전 기간에 걸친 마약 중독에도 불구하고 미국, 멕시코, 유럽, 모로코를 여행했다. 그는 또한 콜롬비아, 에콰도르, 페루 등도 여행했다. 페루에서 그는 『야헤에 대한 편지들』에 자세히 서술된 것처럼 궁극의 마약인 아야와스카ayahuaska를 찾아서 여행을 했다.

그레이엄 그린

그는 광적인 우울, 거미에 대한 공포, 새에 대한 비이성적인 공포가 있었다.

새뮤얼 존슨 박사

그는 투렛 증후군과 비슷한 질병, 우울증, 나태함을 갖고 있었다. 제임스 보즈웰은 자신이 존슨과 함께 연속으로 석 달간 여행한 내용을 엮은 책인 『헤브리디스 제도8 여행기Journal of a Tour to the Hebrides』에서 다음과 같이 썼다. "그는 기질적인 우울증을 갖고 있다. 그 그림자는 그의 밝은 환상을 어둡게 했고, 그의 생각을 음울하게 했다." 그의 육체적인 증상에 대해서는 "그의 머리 그리고 때때로 그의 몸은 마비된 것 같은 동작과 함께 흔들렸다. 그는 자주 경련 혹은 '성 비투의 춤St. Vitu's dance'이라고 불린 개의 급성 전염병과 같은 발작적인 근육 위축에 시달렸다." 존슨은 보즈웰에게 다음과 같이 말하면서 자신의 부모를 탓했다. "우리는 우리의 부모에게서 기질을 물려받지. 나는 아버지로부터 지독한 우울증을 물려받았고 그 우울증은 평생 동안 나를 미치게 했어. 적어도 멀쩡하지는 않았지."

헨리 모튼 스탠리

스탠리는 다음과 같이 썼다. "나는 행복해지기 위해 이 세상에 태어나지 않았다. 나는 특별한 일을 하기 위해 태어났다." 그는 그의 열등감,

거부되었다는 절실한 느낌, 사생아였다는 사실, 피학증, 조병躁病 증세를 에너지로 탐험에 성공했다. 그는 정체성의 혼란으로 고통받았다. 그는 뉴올리언스의 스탠리라고 하는 부유한 미국인의 아들로 가장했지만, 사실 그는 존 롤랜즈John Rowlands라는 웨일스인이었다. 그는 덴비Denbigh에 있는 구빈원에서 자란 극빈자였다. 그는 자서전 쓰는 것을 포기하면서까지 일생 동안 이 사실을 부인했다.

앱슬리 체리 개러드

그는 극심한 근시였고 병적인 우울증을 앓았다. 그럼에도 그는 2년 동안 남극의 가혹함을 견뎌냈다. 그리고 제1차 세계대전의 전투에 복무한 후, 걸작인『세계 최악의 여행』을 썼다. 그는 후에 스콧 대장의 목숨을 구할 수 있었을지도 모른다는 생각에 고통받았고, 자기 비난에 시달렸다.

"스콧 대장을 구할 수 있었을지도 모른다는 생각, 즉 다른 사람들이 그에 대해 생각하고 떠드는 것에 대한 환상이 그의 마음 한 구석에서 작은 구름이 되었다가, 그의 내면의 하늘 전부를 뒤덮는 데는 그리 시간이 걸리지 않았다." (조지 시버George Seaver,『최악의 여행Worst Journey』, 1965)

윌리엄 서머싯 몸

불행한 소년이었던 몸은 심한 우울증을 가진 사람이 되었다. 그는 자신이 묘사한 대로 '극심하게 염세적이었고' ⋯⋯ 삶의 후반부에는 악몽에 시달렸다.

_ 셀리나 헤스팅즈Selina Hastings, 『서머싯 몸의 비밀스러운 삶The Secret Lives of Somerset Maugham』, 2009

거트루드 벨Gertrude Bell[9]

그녀는 오랫동안 유부남과의 편지를 통한 연애로 우울과 절망을 겪었다. 그는 군인으로 부인과 이혼하지 않았고, 1915년 갈리폴리Gallipoli에서 영웅적으로 전사했다. 벨은 그 군인에게 자살하겠다고 편지로 협박했다. 그녀는 가족이 일련의 비극을 겪은 후, 명백히 자살인 신경안정제 과다복용으로 사망했다. 그때 그녀의 나이는 58세였다.

헨리 제임스Henry James[10]

그는 지속적인 변비에서 벗어나기 위해, 성년기 내내 유럽의 여러 온천을 찾아다녔다.

제프리 무어하우스Geoffrey Moorhouse

그는 고독, 빈 공간, 미지의 것을 두려워했다. 그는 또한 광장공포증이 있어서 이를 극복하기 위해 사하라 사막을 서쪽에서 동쪽으로 횡단했다. 그는 이 시련을 『두려운 허무The Fearful Void』에서 자세히 서술했다(10장 '시련으로서의 여행'을 보라).

에벌린 워

스리랑카로 가는 항해 도중, 그에게 편집증과 피해망상증이 일어났다. 이러한 증상은 한 인간의 편집증과 피해망상증을 그린 그의 소설 『길버트 핀폴드의 시련The Ordeal of Gilbert Pinfold』을 낳았다.

조슈아 슬로컴Joshua Slocum[11]

그는 자신이 '정신적 타락'이라고 서술한 것을 겪었다. 그중 하나는 그가 62세 때인 1906년 뉴저지 주에서 12세 소녀를 강간하려고 했던 일이었다. 그는 체포됐고 그 사실을 순순히 인정했다. 그러나 강간은 증명되지 않았다. 그는 그녀에게 성기를 노출했던 것으로 추정된다. 그는 감옥에서 42일간 지낸 후 석방됐다(14장 '위업을 이룬 여행들'을 보라).

프레야 스타크

열세 살 때 이탈리아에 있는 작은 읍에서 홀어머니와 함께 살 때, 그녀의 머리털은 베 짜는 기계의 회전 조절용 바퀴에 말려들어갔다. 그 결과 그녀는 심하게 다쳤다. 그녀의 머리 가죽은 찢어졌고 귀의 일부는 떨어져 나갔다. "이 침해되고 망가진 상태에 대한 정신적 외상은 더할 나위 없이 상처받기 쉬운 사춘기 시절, 그녀의 자신에 대한 인식을 영원히 결정지었다. 그녀는 자신이 남성에게 매력적이지 않을 거라는 공포를 극복하지 못했다." 그녀의 전기 작가 중의 한 사람인 제인 플레처 제니스Jane Fletcher Geniesse는

『정열의 방랑자: 프레야 스타크의 일생Passionate Nomad: The Life of Freya Stark』에서 이처럼 기록했다.

　　"부모의 불화, 불안정한 어린 시절, 그리고 거의 그녀를 죽일 뻔한 상처는 프레야에게 그녀를 괴롭힌 공포와 불안을 정복하려는 열정을 심어놓았다. 그리고 주목할 만한 성취를 통해 스스로 확신하며 자신을 추진했다." 그러나 1970년대에 그녀와 함께 유프라테스Euphrates를 여행한 조너선 라반은 내게 다음과 같이 말했다. "그녀의 나이 먹은 추한 얼굴은 매우 보기 드문 숭고함을 갖고 있었다. 그녀의 강렬한 이기주의는 보기에도 놀라웠다."

브로니슬라프 말리노프스키Bronislaw Malinowski[12]

　　트로브리앤드 군도Trobriand Islands[13]에서 연구한 이 위대한 인류학의 선구자는 우울증, 불안, 분노, 거부당했다는 느낌에 시달렸다. 그는 그의 저작들에서 객관적이고 완전히 몰입한 인물로 보였다. 그리고 책의 제목이 서술하는 것처럼 트로브리앤드인들은 그에게는 "서태평양의 모험가들Argonauts of the Western Pacific"이었다. 그러나 40여 년 후에 출판된 그의 내밀한 『엄밀한 의미에서의 일기Diary in the Strict Sense of the Word』에서는 또 다른 말리노프스키가 드러났다. 그는 다음과 같이 썼다. "원주민들 특히 진저Ginger는 여전히 나를 화나게 한다. 나는 그 녀석을 죽도록 때리고 싶다. 나는 독일과 벨기에의 모든 잔학 행위를 이해한다." 혹은 "진저와의 불쾌한 충돌 …… 나는 너무나 화가 나서 그의 턱을 한두 번 때렸다." 혹은 "나는 여기 거짓말의 세계에 있다." 그는 그의 학문적인 저작에서 트로브리앤드인들이 위대한 항해자, 카누 제작자, 정원사라고 썼다. 그러나 일기에서는 다음과 같이 털어났다. "그들에 대한 나의 혐오, 문명에 대한 그리움" 그리고 "이 깜둥이들은 시끄럽다. ⋯⋯ 깜둥이들에 대한 일반적인 혐오."

에드워드 리어

리어는 21명이나 되는 자식들 중 막내로 훨씬 나이 많은 누이인 앤에 의해 길러졌다. 그는 거의 그의 부모들을 알지 못했다. 그는 청년기부터 자주 심한 간질 발작에 시달렸다. 그는 또한 자신이 '병적 증세'라고 부른 우울증과 무기력에 시달렸다.

잰 모리스

그는 자신의 책 『수수께끼Conundrum』(1974)에서 자세히 서술한 물리적인 성전환을 겪었다. 제임스 모리스는 에베레스트 산을 등정했고, 미국, 오만, 남아공, 베니스, 스페인, 영국 등을 여행하고 이 나라들에 대해 썼다. 그런 뒤 1972년 성전환 수술 후, 새롭게 태어난 잰 모리스는 계속해서 웨일스, 홍콩, 호주, 그리고 세계의 큰 도시들을 여행하고 이러한 곳들에 대해 썼다. 여행가들 특히 작가들 중 특이하게 남성으로서 여행을 한 뒤, 다시 여성으로서 여행하고 썼다. 나는 그녀의 산문체가 성전환 수술 후에 더욱 정교해졌다고 믿는다.

9.

여행의
동반자들

나는 늘 혼자 여행했다. 그러나 많은 여행자들에게는 동반자가 있다. 동반자는 일종의 위로이지만 불가피하게 주의를 산만하게 한다. "여보. 렉서스 앞에 있는 낙타 좀 보세요!"

늘 혼자 여행한 조너선 라반은 이 주제에 대해 다음과 같이 말했다. "동반자, 부인, 혹은 여자 친구와 함께 여행하는 것은 둥근 유리 천장 안에 있는 새들처럼 보인다. 당신은 세계의 나머지 부분을 뚫고 들어가기에는 지나치게 자족적인 세계에 있다. 거의 벌거벗은 채로 세계로 뛰어들고, 자신을 세계에 대해 취약하도록 만들어야 한다. 가장 가깝고 사랑하는 사람과 팔짱을 끼고 여행한다면, 충분히 취약하다고 할 수 없을 것이다. 무언가를 보러 가지도 않을 것이고, 누군가를 만나러 가지도 않을 것이다. 또한 무언가를 들으러 가지도 않을 것이다. 결국 당신에게는 어떤 일도 발생하지 않을 것이다."(『장소의 의미A Sense of Place』, 2004). 라반은 자신의 글을 모은 『고향으로 차를 몰고 가다Driving Home』(2010)에 수록된 에세이 「왜 여행하는가Why Travel?」

에서 이 주제를 확대하고 있다. "동반자와 여행하면 별로 외롭지 않다. ……
외로움이라는 마법은 여행의 필수적인 부분이다. 외로움은 어떤 일이 일어
나게 만든다."

키플링은 이러한 주장을 강조하기 위해, 『개즈비의 이야기The
Story of Gadsby』(1889)의 제사題辭로「승리자들The Winners」이라는 시를 썼다.

> 도덕이란 무엇인가? 말 타는 사람이 읽으리라.
> 밤이 깊고 흔적은 전혀 보이지 않는다.
> 실로 위급할 때의 친구가 친구이다.
> 그러나 바보는 뒤에 처진 느림보를 기다린다.
> 아래로는 게헤나Gehenna[1] 위로는 하느님의 옥좌까지
> 홀로 여행하는 사람은 가장 빠르게 여행한다.

이에 앞서 소로는 이 주제에 대해 『월든』에서 다음과 같이 간결
하게 썼다. "홀로 가는 사람은 오늘 출발할 수 있다. 그러나 다른 사람과 함께
가는 사람은 다른 사람이 준비될 때까지 기다려야 한다."

그러나 다음의 어떤 사람도 이 주장에 동의하지 않았다. 그리고
심지어 소로도 자신의 충고를 따르지 않았다. 그는 홀로 여행한 일이 한 번
도 없었다.

새뮤얼 존슨과
제임스 보즈웰

　　'서기書記'의 대명사였던 보즈웰은 1773년 가을 존슨 박사와 함께 웨스턴아일스로 여행했다. 그리고 둘 다 그 여행에 대해 책을 썼다. 존슨의 사려 깊은 책『스코틀랜드의 웨스턴아일스로 가는 여행』은 1775년에 출판됐고, 가십으로 가득 찬 보즈웰의 책『헤브리디스 제도 여행기』는 1785년에 출판됐다. 이 두 책은 모두 두 명의 여행자가 상징하는 내적 여정과 외적 여정 간의 생생한 대화로 구성되어 있다. 따라서 여행이 끝날 무렵 그의 인내심이 바닥났을 때, 존슨은 그의 책에서 다음과 같이 말했다. "스코틀랜드인과의 대화는 영국인에게 날이 갈수록 불쾌해진다. 그들의 독특함은 빠르게 사라진다." 거의 동시에 보즈웰은 어떤 스코틀랜드인이 영국 교회에 대해 무식하게 말하는 것을 듣고 나서 존슨이 어떻게 말했는가를 그의『일기』에 기록했다. "선생. 당신은 미개한 호텐토트Hottentot족²만큼 우리의 교회에 대해 아는 게 없구려."

헨리 데이비드 소로와
그의 친구들

　　소로는 윌리엄 엘러리 채닝William Ellery Channing과 함께 케이프 코드를 걸어서 횡단했고, 콩코드Concord와 메리맥Merrimack 강들을 보트로 내려갔다.

그는 그의 사촌 조지 대처George Thatcher와 두 명의 인디언 안내자들과 함께 메인 숲을 정처 없이 걷고, 카누로 통과했다. 그는 매사추세츠에 있는 콩코드를 떠나 스태튼 섬과 뉴욕에 홀로 갔지만 향수병에 걸리고 말았다. 그는 콩코드로 되돌아오기 전까지 두 달간 어떤 가족과 뉴욕에서 함께 지냈다. 그는 일종의 '패키지 여행'을 했다. 또한 보스턴에서 몬트리올까지 가는 관광객들로 꽉 찬 기차를 타는 등 캐나다에서 일주일을 지냈다. 그는 이 여행을 『캐나다의 양키』A Yankee in Canada에서 자세히 언급하고 있다.

그런 뒤 고독의 결정판인 『월든』이 나온다. 혹은 이 책은 단지 이론적일 뿐인가? 소로의 통나무집은 콩코드에 있는 그의 집에서 겨우 2킬로미터 떨어져 있을 뿐이었다. 그 집에서 그를 아끼는 어머니는 그를 위해 파이를 구워놓고, 그의 옷을 빨래하며 기다렸다. 그리고 대부분의 날 소로는 월든에서 집으로 돌아갔다. 통나무집에는 두 개의 의자가 있었다. 그는 자신이 말한 대로 종종 한 무리의 친구들과 함께 월귤나무 열매를 따러 갔다.

리처드 버턴 경과
그의 안내자

긴 옷을 입고 수염을 기른 채 아프가니스탄의 수도승 '미르자 압둘라'로 행세하며, 메카로 가기 위한 버턴의 위장 중 일부는 아랍인 하인이자 안내자를 갖는 것이었다. 이 아랍인은 열여덟 살 된 모하메드 엘 바스유니

Mohammed El-Basyuni로 자신의 어머니를 만나기 위해 메카로 향했다. 버턴은 그의 자신감을 좋아했지만, 이 젊은이는 경계심이 강했다. 여행이 끝날 무렵 버턴은 모하메드가 그를 이교도일지 모른다고 의심했다고 말했다. "이제 나는 알았어"라고 소년 모하메드는 그와 친한 하인에게 말했다. "네 주인은 인도의 사힙Sahib[3]이야. 그는 우리의 수염을 조롱했어."

그러나 버턴의 전기 작가인 메리 S. 러벌은 의심할 만한 다른 이유가 있었을지도 모른다고 썼다. 버턴은 쭈그려 앉아 소변을 보는 대신에 서서 소변을 본다는 소문이 났다. 정상적인 이슬람교도는 결코 서서 오줌을 누지 않는 법이었다. 그리고 논쟁적인 버턴은 적이 많았기 때문에, 자신의 비밀을 안다고 모하메드를 죽였다는 소문이 났다.

결코 그런 일은 없었지만, 버턴은 자신의 말썽꾼 이미지를 대단히 즐겼다. 그는 정말로 자기가 여행 동반자를 죽였다고 말하곤 했다. "아. 물론. 어째서 죽일 수 없지? 펠 멜Pall Mall이나 피커딜리Piccadilly[4]에서 사는 것처럼 이 나라에서 살 수 있다고 생각해?"

앙드레 지드와
그의 연인

1925년에서 1926년까지 콩고와 차드[5]를 열 달간 여행하기 위해 56세의 지드는 26세의 연인 마르크 알레그레Marc Allegret와 동행했다. 여행

준비의 대부분을 그가 했다. 그들은 거의 10년간 연인 관계였지만, 일부일처주의자들은 아니었다. 지드의 전기 작가인 알란 셰리든Alan Sheriden은 『앙드레 지드』(1999)에서 다음과 같이 썼다. "이 여행을 통해 양성兩性의 성적 파트너를 얼마든지 자유롭게 구할 수 있었고, 마르크는 사춘기 소녀들을 선호하게 됐다."

레드몬드 오핸론Redmond O'Hanlon[6]과 그의 '작은 종대'

오핸론은 위대한 달변가이며 호감이 가는 사람이었다. 그는 힘든 여행에 대한 배짱과 대화를 위한 훌륭한 귀를 지니고 있었다. 그는 주의 깊게 듣는 사람이었다. 오핸론은 결코 외톨이가 아니었다. 그는 『어떤 자비도 없이No Mercy』(1996)에서 묘사된 행군 중 하나에 대해서 다음과 같이 말했다. "무코Muko여, 우리의 작은 종대의 선두에." '작은 종대'야말로 오핸론의 여행 방식을 요약한 말이었다. 그는 결코 혼자가 아니었다. 그의 여행은 상투적인 여행이나 홀로 하는 여행이 아니었다. 그의 여행은 탐험의 성격을 띠고 있었다. 삶에 환멸을 느끼는 많은 친구들과 동료애에 목숨 건 사람들이 비참함을 나누었다.

『보르네오의 심장부로Into the Heart of Borneo』(1983)를 쓰기 위해 그는 시인이자 이 여행을 제안한 제임스 펜턴James Fenton과 함께 여행했다. 이 책은 펜턴의 재치에 크게 힘입었다. 오핸론은 남미 여행을 위해 펜턴이 아마존에 가서 사나운 야노마미Yanomami 족을 방문할 의향이 있는지 물었다. 『다시 어려움 속에서In Trouble Again』(1988)에서 펜턴은 다음과 같이 말한 것으로 인용된다. "나는 하이 웨이콤High Wycombe에 당신과는 가지 않을 것입니다." 그래서 오핸론은 세속적인 일에 능한 사이먼 스톡턴Simon Stockton을 설득했다. 그들이 여행의 반쯤 도달했을 때, 열, 벌레, 진흙, 끔찍한 음식에 너무나 화가 난 스톡턴은 불안정함에 시달리다 귀국하고 말았다.

콩고의 외딴 호수에 출몰한다던, 어쩌면 살아 있는 공룡일 수도 있는 거대한 괴물 모켈레 음베음베Mokélé-mbembé를 찾기 위한 『어떤 자비도 없이』의 탐험에, 오핸론은 미국인 래리 셰퍼Lary Schaefer를 데려왔다. 셰퍼는 대부분의 여정을 함께했지만, 결국은 포기하고 귀국했다. 이들이 떠남으로써 오핸론 곁에는 안내자들과 견딜 수 있는 사람들만 남게 됐다.

그는 충돌과 역경 속에서 살아남았다. 역경의 많은 부분은 벌레 때문이었다. 그는 말라리아에 걸려 심한 발작에 시달렸고, 심지어 어떤 장소에 대한 기억상실증에도 걸렸다. 그러나 그는 그의 병세를 다음과 같이 훌륭히 해부했다. "나의 성기는 초록색이 되었다. 만져보니 마치 포도송이가 매달려 있는 것처럼 느껴졌다. 엄지손가락 끝만큼 크게 부푼 맥에 붙는 진드기들은 그 줄기 아래까지 갉아먹고 있었다. '침착해라.' 나는 반복해서 소리쳤다. 그런 뒤 나는 이 말을 휘갈겨 썼다."(『다시 어려움 속에서』)

그리고 "개미들, 8센티미터가 약간 넘는 적갈색의 개미들이 왼쪽 오른쪽으로 쏠리며, 내 셔츠의 앞자락 아래로 미친 듯이 기어 내려갔다. 또 다른 벌레들은 내 팔에서 머리털 위로 기어 올라갔다. 다수의 개미들이 내 불알을 조였다."(『어떤 자비도 없이』)

그의 진지한 어조는 과학적인 태도, 깊은 진지함, 침울한 정신을 가장하지만, 즐거움은 오핸론의 모토이다. 우울함에 대한 그의 공포는 어째서 그가 다른 사람들과 같이 여행했는지를 설명하는 또 다른 이유일 것이다. 그의 책은 종종 빅토리아 시대의 모험담을 그린 책과 비교된다. 그러나 사실 그의 책은 명백히 현대적이고 때로는 환상을 불러일으킨다. 그것은 거의 전적으로 대화의 효과에 의존하고 있다. 오핸론은 유머를 위해서뿐만 아니라 이야기를 확대하기 위해, 여행 동반자들과 현지의 안내자들과 함께 펜싱 연습을 하곤 했다.

V. S. 나이폴과
그의 여인들

나이폴은 『어둠의 지역An Area of Darkness』의 프롤로그에서 인도에 도착했을 때의 서류 작성, 관료주의, 열 등의 어려움에 대해 언급했다. 그런 뒤 다음과 같이 말했다. "나의 동반자는 기절했다." 이 책의 미국판에서 이 말은 "내 마누라는 기절했다"로 바뀌었다. 패트리샤 나이폴Patricia Naipaul은 그가 인도를 여행하는 내내 동행했다. 또한 그가 카슈미르에서 세 달간 머물 때도 함께했다. 그러나 그녀는 단 한 차례 언급됐을 뿐이었다. 『남쪽에서의 전회A Turn in the South』에서 그는 자신의 정부와 함께 여행을 떠났다. 그의 전기 작가가 전한 것처럼, 그녀는 항상 운전을 도맡아 했고, 호텔 예약도 대부분 그녀의 몫이었다. 그녀는 또한 나이폴이 『신자들 속에서Among the Believers』를 쓰기 위해 이슬람 세계를 여행할 때도 동행했다. 그러나 그녀는 속편 『믿음 너머로Beyond Belief』를 위한 여행의 중반 무렵, 뒷날 나이폴의 부인이 된 나디라 카눔 알비Nadira Khannum Alvi에게 자리를 내주어야 했다. 나디라는 전혀 언급되지 않은 여행 동반자였다.

존 맥피John McPhee[7]와 함께 카누로 여행한 사람들과 그의 아내

몇몇 여행에서 맥피는 혼자인 것처럼 보인다. 『배를 찾아서Looking for a Ship』(1990)에서 그는 단지 신출내기 선원일 뿐이다. 그러나 그의 알래스카 여행담인 『그 땅으로 들어가다Coming into the Country』의 중반쯤에서, 그는 "함정에 빠진 듯한 느낌이 점점 강해진다"라고 말했다. 그런 뒤 괄호를 치고는 "아내는 나와 함께 있었다"라고 덧붙였다. 이 책의 전반부는 네다섯 명의 여행 동반자들에 대한 이야기로 가득 차 있다.

브루스 채트윈과
그의 친구들

그의 편지에서 볼 수 있듯이 채트윈은 충동적일 만큼 사교적이었다. 『파타고니아』와 『송라인』을 쓰기 위한 외관상의 단독 여행은 사실 친구나 안내자를 동반한 여행이었다. 다른 여행들은 동성의 연인 또는 아내 엘리자베스와 함께 간 것이었다. 언젠가 나는 그에게 여행 경험을 설명하려면 숨기는 것이 없어야 한다고 말했다. 채트윈은 수줍게 웃으며 대답했다. "나는 숨기는 것이 없다는 것을 믿지 않는다네."

콜린 맥피Colin McPhee[8]와
그의 아내

맥피는 발리 음악에 매혹된 음악학자이다. 그의 저서 『발리 섬의 집A House in Bali』(1947)은 이 섬에서의 삶을 열정적으로 그리고 있다. 그는 집을 짓고 친구를 만들고 음악을 연구했다. 그의 많은 친구들은 발리의 어린이들이었던 것 같다. 한 단락에서 맥피는 사나운 급류에 휩쓸려 들어간 것을 묘사했다. 그는 뭍에 있는 몇몇 소년들에 의해 발견됐다.

바로 그때 나는 시끄러운 소년들 가운데 하나가 물에 뛰어들어 둥근 돌 쪽으로 수영하는 것을 봤다. 그 애는 내가 고투하고 있는 곳으로 뛰어들었다. 나를 신속하게 뭍으로 이끈 것을 보면, 그 애는 강바닥의 얕고 움푹 팬 모든 곳을 기억하고 있는 것 같았다. …… 우리가 물밖으로 나왔을 때, 벌거벗은 몸에서 물이 뚝뚝 떨어지는 소년과 내가 마주 보고 섰다. 그 애는 아마도 여덟 살쯤으로 잘 먹지 못해서 빈약한 체격이었다. 그 애는 얼굴에 비해 너무 큰 눈을 갖고 있었다. …… 나는 그 애에게 담배를 권했다. 그러나 그 애는 갑자기 두려워하더니 내가 한 마디 말도 하기 전에 물속으로 사라졌다.

그 소년의 이름은 삼피Sampih였다. 소년은 발리에서의 이야기와 맥피의 삶에서 중요한 인물이 되었다. 맥피는 소년을 입양해서 가르쳤다. 그러나 맥피는 그의 아내인 제인 벨로Jane Belo와 늘 함께 지낸 것을 일체 언급하지 않았다. 그녀는 레즈비언이자 인류학자였다. 그녀는 발리에서의 최면 상태에 대한 결정적 연구인 『발리에서의 몽환경Trance in Bali』의 저자이다. 그의 여행에 돈을 댄 것은 바로 그녀였다.

에릭 뉴바이Eric Newby와
그의 아내

『힌두쿠시에서의 짧은 산보』를 위해 뉴바이는 휴 칼리스와 함께 여행했다. 『갠지스 강을 천천히 내려가며Slowly Down the Ganges』, 『크고 붉은 기차를 타다The Big Red Train Ride』, 『느릿느릿 아일랜드를 여행하다Through Ireland in Low Gear』를 쓰기 위해 그는 이내 완다Wanda를 데리고 갔다. 그리고 이 세 권의 책은 끊임없이 그녀가 슬로베니아 억양으로 충고하는 모습을 묘사하고 있다.

러디어드 키플링과
그의 아내

키플링은 이곳저곳을 여행했지만, 결코 혼자서는 하지 않았다. 그는 그의 맹목적인 애국주의와 호언장담으로 잘 알려져 있다. 그는 사실 수수께끼와 우수에 찬 인물이었다. 그는 인도에 있는 그의 부모와 떨어져 영국의 잔인한 가정에서 고독한 어린 시절(다섯 살부터 일곱 살까지)을 보냈다. 그는 이 가정을 '황량한 집'이라고 불렀다(그의 이야기 「음메 음메 검은 양Baa, Baa, Black Sheep」을 보라). 그는 버몬트 출신인 그의 미국인 아내 캐리Carrie에 관해 언급하지 않았지만, 그녀는 늘 그의 곁에 있었다. 그의 많은 저작은 여행, 특히 인도, 남아프리카, 미국 여행에 근거하고 있다. 여행담으로 된 『바다에서 바다로』는 실로 최고라고 할 수 있다.

그레이엄 그린과 그의
동반자들

     그린은 그의 첫 번째 여행기인『지도 없는 여행Journey Without Maps』을 쓰기 전부터, 집에 부인과 자식들을 남겨 놓았다. 그리고 사촌 바버라를 대동하고 라이베리아의 오지로 긴 도보 여행을 했다. 그는 늘 여행 동반자나 운전수 혹은 연인을 대동했다. 그는 요리, 운전, 타자 등을 할 줄 몰랐기 때문에, 혼자서는 구제불능이었다. 그린은 다른 사람의 우정을 필요로 했던 것 같다. 그와 함께 태평양을 여행했던 친구 마이클 마이어Michael Myer나 후년에 쓴『몬시뇰 키호테Monsignor Quixote』에 나오는 가톨릭 사제 두란Duran 같은 사람들과의 우정 말이다. 그린은 병적일 정도로 침울하고 때때로 자살 충동을 느끼며 고독하다고 주장했다. 그는 숱한 정열적인 연애를 했다. 그는 일생 동안 비비엔 그린과 결혼 생활을 유지했지만, 같이 여행을 간 적은 없었다.

D. H. 로렌스와
그의 아내

     로렌스는 언제나 자신의 아내 프리다 폰 리히트호펜Frieda von Richthofen과 함께 여행했다(그녀의 사촌은 제1차 세계대전 때 붉은 남작으로 알려진 독일의 격추왕 폰 리히트호펜이었다). 이는 두 사람이 만난 지 두 달 만인 1912년에 함께 사랑의 도피를 떠났을 때부터 시작됐다(그가 그녀와 만났을 때, 그녀는 프랑스어 교수인 어니스트 위클리Ernest Weekly와 결혼한 상태였다). 그들은 끊임없이 다퉜지만 이탈리아, 미국, 멕시코, 호주 등지에서 함께 살거나 여행했다. 그리고 로렌스는 이 일련의 여행에 근거해 여러 책을 썼다. 특히 주목할 만한 책들은 『멕시코에서의 아침Mornings in Mexico』과 『바다와 사르디니아』이다. 그는 이 책들에서 때때로 프리다를 언급하곤 한다.

서머싯 몸과
그의 연인

몸은 그가 가장 오랫동안 머물렀던 여행지인 동남아시아뿐만 아니라 중국에도 연인 제럴드 헥스톤Gerald Haxton을 동반했다. 『응접실의 신사』와 『중국의 병풍에 대해On a Chinese Screen』가 각각 이 두 여행에서 비롯됐다. 그는 시리Syrie와 결혼했기 때문에 이 사실을 드러내지 않았다. 그녀는 그가 이 젊은 미국인 주정뱅이와 함께 자신을 속인 것을 유감스럽게 생각했다. 그리고 그가 여행했던 1920년대와 1930년대 영국에서는 동성애가 범죄였다. 그러나 몸은 말을 더듬는 버릇이 심했고, 여행 중 현지인들과 이야기를 나누고 다채로운 에피소드와 대화를 가져올 누군가가 필요했다. '해키 선생Master Hacky'은 도움을 줄 수 있는 바로 그런 사람이었다. 몸은 또한 그를 깊이 사랑했다. 해키가 죽은 뒤 몸은 탐욕스러운 젊은 런던 토박이 알란 설Alan Searle과 함께 여행했다. 설은 그의 팬으로서 편지를 보냈고, 이후 그의 연인이자 유고遺稿 관리인이 되었다.

레베카 웨스트와
그녀의 남편

　　아마 어떤 여행기에도 "내 남편이 ~라고 말했다" 혹은 "내 남편이 ~라고 이야기했다" 와 같은 표현이 『검은 양과 회색 매』만큼 많이 나오지는 않을 것이다. 레베카 웨스트는 유고 연방을 두루 여행했는데, 이 책이 약 1,200쪽에 이르기 때문에 '내 남편'이라는 단어는 실로 여러 번 나온다고 할 수 있다. 그녀의 남편은 헨리 앤드루스Henry Andrews라는 은행가였고, 이론과 설명으로 무장한 사람이었다. 그녀는 이 책에서 그의 이론과 설명에 동의하며 상세히 서술하고 있다.

존 스타인벡과
그의 아내

　　『찰리와의 여행Travels with Charley』에서 말한 대로, 스타인벡은 그의 개와 함께 여행했다. 그러나 그는 전혀 언급하지 않지만, 여행 도중 아내를 여러 번 만났다. 그의 아내 일레인Elaine은 그를 기쁘게 하기 위해 여행 중인 그를 몇 주마다 한 번씩 찾아왔다. 이러한 사실은 그의 사후에 출판된 편지를 통해 알려졌는데, 예컨대 1960년 10월 10일자에는 다음과 같이 쓰여 있다. "나는 당신이 와서 기뻐. 참 멋진 시간이었어, 그렇지? 공허함을 훌쩍 날려버렸어."(『스타인벡: 편지 속의 삶』). 그가 말한 '공허함blankness'은 그 유쾌한 책에서는 결코 드러나지 않는다.

패트릭 리 퍼머Patrick Leigh Fermor[9]와
그의 친구들

그는 젊은 시절인 1933년에 네덜란드에서 터키까지 유럽을 도보로 횡단하며 혼자 여행했다. 많은 세월이 흐른 후, 그는 이 여행을 『선물로서의 시간A Time of Gifts』(1977)과 『숲과 물 사이에서Between the Woods and the Water』(1986)에 묘사했다. 그는 카리브 해를 가장 잘 환기시키는 책인 『여행자의 나무The Traveler's Tree』(1950)의 저자로 잘 알려져 있다(23장 '장소의 의미에 관한 고전들'을 보라). 그는 그룹 여행을 개의치 않았다. "나의 동반자들은 처음부터 끝까지 두 명의 친구였다. 영국인 조앤Joan과 그리스인 코스타Costa였다. 두 사람 모두 지금은 그림자가 되었지만, 이어지는 페이지들에서 끊임없이 현존한다."

에드워드 애비와

그의 가족

애비는 외톨이, 방랑자, 고원의 떠돌이, 과격한 환경 운동가들의 위대한 영웅 등으로 묘사되는, 모순적인 영혼의 소유자였다. 그는 보통 친애하는 술꾼들을 동반하는 것을 갈망했다. 그러나 그는 단독으로 여행한다고 가장하고, 편집된 경험을 진술하곤 했다. 그는 『고독한 사막Desert Solitaire』에서 고독과 자연을 찬양했다. 그는 세 번째 부인 리타와 어린 아들과 함께 이동식 주택에서 다섯 달 동안 살았다는 것을 전혀 언급하지 않았다. 그의 전기 작가 제임스 카할란James Cahalan은 다음과 같이 썼다. 이 책의 "'달의 눈을 한 말The Moon-Eyed Horse'과 같은 장에 나오는 사건들은 결코 발생한 적이 없을 것이다."

윌프레드 세시저와

그의 친구들

황무지의 고독한 유목민인 세시저는 홀로 있는 것을 견딜 수가 없었다. 알렉산더 메이틀런드Alexander Maitland는 『윌프레드 세시저: 위대한 탐험가의 삶Wilfred Thesiger: The Life of the Great Explorer』에 다음과 같이 썼다. "세시저는 '고독과 함께 오는 평화'를 추구했지만, 고독을 견딜 수 없다는 것을 인정했다. 그의 친구이자 화가인 존 베르네이John Verney는 그를 1분 이상 홀로 남겨지는 것을 싫어하는 사람으로 묘사했다. 그는 세계의 외딴 곳들을 여행하더라도 늘 부족민들이나 짐꾼들을 동반했고, 단 몇 시간도 완전한 고독에 잠긴 일이 없었을 것이다. 반면 나는 대부분의 화가들처럼 일주일 동안 완전한 고독 속에 잠기는 데 익숙하다. 세시저는 고독이라는 말을 현대의 소통 수단이나 운송 수단으로부터 오염되지 않은 사막의 깨끗한 공간과 같은 것으로 이해했다. 그리고 여행지의 부족들의 삶에서 조화로운 전통적 삶을 발견했다." 세시저는 만년에 북부 케냐에서 아프리카인 가족과 함께 살았다. 그들은 돈, 차, 라디오를 요구했고, 그는 순순히 내어주었다. 그는 그들이 자신의 곁에 있어주는 한 강탈당하는 것은 개의치 않았다.

장 콕토, 해결사,
찰리 채플린

콕토는 『파리 수아르』의 주선으로 이목 끌기 반, 도전 반으로 쥘 베른 소설 속 필레아 포그Phileas Fogg처럼 전 세계를 80일 동안 여행할 수 있었다고 주장했다. 그러나 그의 주된 동기는 문학적 기회를 잡기 위한 것이었다. 그는 연인이자 시간제 비서인 마르셀 킬Marcel Khill을 동반하고 1946년 3월 출발했다. 콕토는 저서 『나의 첫 번째 여행Mon Premier Voyage』(1937)에서 킬을 '해결사'라고 불렀다. 그는 1932년에 킬을 만났는데, 그때 콕토는 마흔세 살이었고 킬은 스무 살이었다. 그러나 콕토는 그가 열다섯 살처럼 보인다고 말했다. 이 책은 후에 『나의 세계 여행My Journey Round the World』이라는 제목으로 영역됐다. 배우이자 작가인 시몬 캘로우Simon Callow는 서문에 다음과 같이 썼다. "킬과 콕토는 툴롱Toulon의 해군 장교의 집에서 만났다. …… 콕토는 그가 쇠 사슬에 줄줄이 묶여 있는 죄수들을 위해 일하는 것을 발견했다. 그는 그들에 게 아편을 나눠줬다. 그것은 콕토가 가장 좋아하는 음식 두 가지[10]를 결합시 키는 것과 같은 일이었다."

이 책은 숨 막힐 정도로 빠르게 전개되는 일기로, 앙드레 지드에 게 헌정되었다. 말레이시아를 여행하는 도중 콕토는 쿠알라룸푸르를 프랑스 어로 '불순한 쿠알라Kuala l'impure'라고 부르는 말장난을 하곤 했다. 그러나 그 는 지루하고 피곤했으며, 지나간 장소에 정신이 팔려 있었던 것이 분명하다. 이집트, 인도, 미얀마, 말레이시아, 싱가포르를 잠깐씩 보고 대충 일기에 끄 적였을 뿐이지만 말이다.

그런 뒤 홍콩에서 오는 배 위에서 책의 어조는 한 사건 때문에 고조된다. "찰리 채플린이 배에 타고 있다. 이것은 놀랄 만한 뉴스다. 후에 채 플린은 말했다. '명성의 진짜 좋은 점은 겉치레를 생략하고 우리 같은 사람 들을 친구로 만드는 데 있다. 우리는 늘 서로 알고 있었다.'"

콕토는 전에 한 번도 채플린을 만난 일이 없었지만 완전히 매료 되었고, 이 우연한 만남 후에 책은 열정적인 어조로 바뀌었다. 여행기가 아 니라 무대를 동경하며 현기증에 사로잡힌 두 유명인에 대한 책이 되었다. 두 사람 모두 매우 창조적이고 별나고 호색적이었다(채플린은 폴렛 고더드Paulette Goddard와 함께 여행하고 있었다). 채플린과 콕토는 둘 다 1889년생으로 동갑이었고, 당시 47세였다. 그는 콕토와 마찬가지로 다재다능했다.

그들은 종종 배 위에서 만났고 함께 술을 마시며 이야기했다. 킬은 콕토를 위해 통역을 맡았다. 둘은 호놀룰루와 샌프란시스코를 좋아했다. 채플린은 콕토가 로스앤젤레스에 도착했을 때, 영화계의 저명인사들과 만나도록 알선해주었다. 콕토는 곧 킹 비더King Vidor[11], 마를렌 디트리히Marlene Dietrich, 게리 쿠퍼Gary Cooper와 같은 이름들을 들먹이게 되었다. 8일 후에 콕토는 파리로 돌아감으로써 내기에서 이겼다. 『나의 세계 여행』은 이것저것 긁어모은 불만족스러운 책이지만, 이 정력가의 열정적인 삶은 확실히 엿볼 수 있다.

클로드 레비스트로스와
그의 아내

레비스트로스는 벽지의 고립된 사람들을 연구했다. 그는 1930년대에 브라질의 거의 알려지지 않은 지역을 여행하고 걸작 『슬픈 열대』를 저술했다. 이 책의 362쪽까지 읽는 내내 그의 평온함과 지략과 함께 정글 여행의 가혹함을 다루는 그의 솜씨에 놀라게 된다. 363쪽에서 그는 남비콰라 Nambikwara[12] 사람들을 일시적인 장님으로 만드는 전염성 눈병을 논하며 다음과 같이 썼다. "그 병은 우리 그룹에게로 퍼졌다. 그 병에 걸린 첫 번째 사람은 이제까지 나의 모든 탐험에 참가해온 아내였다." 디나 드레퓌스 레비스트로스는 그 여행의 처음부터 끝까지 그와 동행했다.

프랜시스
골턴 경의
여행의
지혜

———

　　골턴(1822~1911)은 빅토리아 시대의 저명인사로, 지구 상의 모든 것에 열광적인 흥미를 갖고 있었다. 그의 베스트셀러 『여행의 기술』은 그의 많은 저서 중 하나일 뿐이다. 골턴은 저명한 과학자이자 박학다식한 교양인이었으며, 발명가였고 기상학자였다. 그는 또한 인류학, 심리학, 지문, 인간의 지성 연구의 선구자였다. 그는 유전에 대해서도 많이 썼다. 그러나 그가 이름 붙인 우생학이라는 사이비 과학과의 관련은 그의 명성을 흐리게 했고, 그를 위험한 괴짜로 보이게 했다.

　　그의 책이 시사하는 대로 골턴은 당대의 여행 문학을 널리 읽었다. 그는 멍고 파크Mungo Park[1], 리빙스턴, 버턴, 스피크, 그리고 아프리카 탐험에 대해 쓴 새뮤얼 베이커Samuel Baker[2]를 인용했다. 그는 또한 북극에 대해 쓴 엘리샤 케인Elisha Kane[3], 호주에 관해 쓴 라이히하르트Leichhardt, 데이나의 『선원으로 보낸 2년』을 인용했다. 그는 장작이 희귀할 때 동물의 뼈를 연료로 사용하는 것을 이야기하면서, 그의 친척 찰스 다윈을 언급했다. 그는 이러한 광범위한 독서뿐만 아니라, 20대와 30대 초반에 이집트, 터키, 나일 강, 중동을 여행했다.

『여행의 기술』은 구시대적인 탐험이라는 주제에 대해 빠짐없이 서술한 책이다. 그리고 다음과 같은 많은 조언이 담겨 있다. "야만인들이 반짝이거나 새로운 물건에 대한 보답으로 노동이나 가축을 제공하리라고 여기는 것은 커다란 잘못이다. 그들은 우리만큼 자신들이 정말로 원하는 것과 나름대로의 방식을 갖고 있다." 이 책은 실로 유용한 참고서다. 눈 위에서 야영하는 방법이나 물이 든 가방에 헝겊 조각을 대는 방법 등이 그 좋은 예다. 늘 주의 깊은 골턴은 다시는 흘러내리지 않도록 셔츠 소매를 걷어 올리는 방법에 대해 이렇게 조언한다. "소매는 안으로 해서 팔 쪽으로 말아 올려야지, 그 반대로 해서는 안 된다."

...

여행가의 조건 — 당신이 건강하고, 모험심이 강하며, 재산이 적당히 있고, 마음을 특정 대상에 집중할 수 있다면 여행하라. 만일 먹고살 수단을 갖고 있지 않다면, 당신은 여행을 통해 돈을 벌 수 있을지도 모른다. 내 경험에 따르면, 여행을 통해 종종 생활이 향상될 수도 있다. 아니, 어떤 사람들은 여행으로 자신을 먹여 살린다. 그들은 호주에서 목초지를 탐험하고, 아프리카에서 상아를 사냥한다. 또한 판매를 위해 박물표본들을 모으거나, 예술가로서 방랑하기도 한다.

...

　　　　강력한 사람이 반드시 가장 뛰어난 여행가가 되는 것은 아니다. 오히려 자신의 일을 최상으로 이루는 데 관심을 갖는 사람이 가장 뛰어난 여행가가 된다. 이것은 사냥꾼이 다음과 같이 말하는 것과 같다. "사냥개를 빠르게 하는 것은 다름 아닌 그 녀석의 코다."

...

　　　　따분한 여행은 일행을 서로 화나게 하기 쉽다. 그러나 여행가는 힘든 상황에서도 그의 의무에 최선을 다한다. 그는 두 배로 친절하게 대하고, 모욕적인 말을 점잖게 받아들이며, 응수하지 않는다. 그는 이렇게 하는 것을 의무라고 여긴다. 이러한 때에 자신의 존엄을 지키기 위해 너무 딱딱하게 구는 것은 과잉일 뿐이다. 왜냐하면 정작 어려운 것은 말다툼을 하는 것이 아니라 피하는 것이기 때문이다.

...

　　　　여행의 이익 — 젊은 시절의 여행은 결코 사소하지 않다. 대중들이 관심을 가질 만한 곳으로 여행을 떠난다면, 그러한 기회를 갖지 못했던 사람들에게 부러움을 살 만큼 명성을 얻게 될 것이다.

10.

시련으로서의
여행

휴가가 여행자의 꿈을 대변한다면, 시련은 여행자의 악몽이다. 그러나 시련을 서술하는 여행기는 내게 흥미를 불러일으킨다. 왜냐하면 시련은 결의, 평정심, 이성, 육체적이고 정신적인 힘 등 생존에 필요한 인간의 기본적인 자질을 시험하기 때문이다. 고통에 대해 이야기하는 책들은 더 큰 즐거움을 준다. 어린 시절 내가 처음 읽었던 여행기들 중에도 그런 책이 있었다. 시련을 다룬 책들 중 거의 광기에 이른 상태, 환상적인 일화, 기묘한 기억 상실 상태, 거의 죽을 뻔한 경험이 나오지 않는 책은 없다.

내가 소년이었을 때 돈 펜들러는 나의 롤모델이었다. 후에 나는 무어하우스가 묘사한 사하라, 세시저가 묘사한 아라비아에 매혹되었다. 태평양에서 배가 전복되고 고무보트에서 여러 날을 보낸 재난을 다룬 책들로 선반 하나를 가득 채웠다. 두걸 로버트슨Dougal Robertson[1]의 책은 이러한 내용을 담은 최고의 책이었다.

어떤 시련은 여행자의 내부에 있는 기지를 불러일으킨다. 윌리엄 버로스는 절대 콜롬비아의 정글을 혼자 여행할 사람이 아니었다. 그는 빈궁하고 마약에 중독된 도시인이었다. 그러나 버로스는 궁극의 마약으로 알려진 아마존의 희귀한 마약, 아야와스카(혹은 야혜)를 찾기 위해 지옥을 뚫고 가기로 결심했다. 『야혜에 대한 편지』에 쓴 대로, 그는 성공했다.

한두 가지 시련은 대부분의 위대한 여행기들에서 필수적인 요소이다. 여행자는 유쾌하고 수월한 여행으로부터 벗어나 운 나쁜 시간을 보내게 된다. 그런 뒤 시련은 책에 진지함과 깊이를 더해준다. 그 결과 우리는 여행자를, 자신의 한계를 시험당하는 한 사람의 본성을 이해하기 시작한다.

여행자의 악몽과 여행의 의미에 관하여

제프리 무어하우스: 『두려운 공허 The Fearful Void』(1974)

사하라 사막을 서쪽에서 동쪽으로 횡단한, 혹은 적어도 이러한 횡단에 대해 쓴 사람은 아무도 없었다. 이 횡단은 대서양에서 나일 강까지 약 6,400킬로미터에 이르는 여정이었다. 무어하우스는 이러한 여행을 하기로 결심했다. 이 위업을 달성한 첫 번째 사람이 되기 위해서라기보다는, '인간 경험의 극한을 탐험하는 데 꼭 필요한 두려움의 근거'를 검토하기 위해서였다.

"나는 거의 40년 동안 두려움과 함께 산 사람이었다"라고 그는 썼다. 미지나 공허나 죽음에 대한 두려움 말이다. 그리고 그는 자신의 두려움을 정복하기 위한 길, 즉 여행을 발견하기를 원했다. "사하라는 요구 조건을 완벽하게 충족시켰다. 사막의 위험은 나의 두려움의 궁극적인 형태였다. 나는 또한 사하라에 대해 거의 이방인이었다."

무어하우스는 1972년 10월에 출발해 다양한 유목민 안내인들과 함께 여행했다. 그러나 그들 대부분은 낙오하거나 스스로 악당임을 드러냈다. 그의 육분의는 망가졌고, 그는 심하게 아팠다. 폭풍우 속에서 오아시스를 놓쳤을 때, 탈수로 인한 죽음이 그를 위협했다. 안내자 시드아메드Sid'Ahmed의 도움으로 무어하우스는 1973년 3월 알제리의 타만라세트Tamanrasset에 도착했다. 지치고 병든 그는 그곳에서 여행을 포기했다. 그는 모래, 자갈, 울부짖는 바람을 뚫고 거의 도보로 3,200킬로미터를 여행했다.

말리Mali에 있는 공허한 동부 사막에서 그의 물은 바닥이 났다. 그는 가혹한 온도에서 물 없이 24시간을 버티는 것은 인간이 참을 수 있는 한계라고 회상했다. 하루의 반이 지나갔다, 물이 없다. 밤이 온다, 12시간이 지난다, 물이 없다. 그들은 오전 6시에 출발하여 아침의 대부분을 걷고 낙타를 탄다. 낙타가 남긴 약간의 흔적을 좇아, 그들은 한 무리의 유목민을 만난다. 갈증과 쇠약함으로 기절해가는 무어하우스는 주전자를 받는다.

"물의 표면에는 온갖 종류의 오물들이 떠 있었다. 더러운 주전자에서 나온 약간의 쌀, 물주머니에 붙어 있던 머리카락들, 우물 바닥에서 나는 똥냄새. 그러나 물 자체는 깨끗했다. 그리고 심지어 내 입술에 닿기 전에 물의 수면이 주전자 속에서 기울어졌을 때, 나는 그 서늘함을 느낄 수 있었다. 그것은 내 일생에서 가장 멋진 순간이었다."

『두려운 공허』를 쓴 뒤에 그는 『가디언』의 영국인 기자의 인터뷰에서 다음과 같이 말했다. "이 여행은 어떤 의미에서 일종의 선동이었다. 내게는 모든 작가들이 선동가들로 보인다. 작가는 이러한 선동을 통해 그가 믿는 견해를 제시하려고 한다. 그리고 나의 견해는 우리 모두가 본질적으로 서로 같다는 것이다. 우리는 똑같은 일에 고통을 느끼고 똑같은 일에 웃는다. 그리고 우리 모두는 이러한 상호 의존성을 인정해야만 한다."

발레리안 알바노프: 『하얀 죽음의 땅에서』(1917)

이 책은 1914년 알바노프와 열세 명의 승무원들이 겪은 3개월간의 시련에 대한 것이다. 그들은 북극의 프란츠 요제프 란트Franz Josef Land에서 얼음에 갇힌 세인트 안나Saint Anna호를 떠나 약 380킬로미터를 여행했다. 그들은 눈과 얼음을 썰매로 가로질러 갔고, 해빙된 물을 자신들이 만든 카약으로 건넜다. 이 책은 본질적으로 이 끔찍한 여행에 대한 알바노프의 일기이다. 동상, 유기, 급작스러운 죽음, 해마와 북극곰의 습격(그들은 47마리의 북극곰들을 쐈다), 거의 익사할 뻔한 경험, 그리고 환영. "열대 과일의 향기가 공기를 가득 채웠다. 복숭아, 오렌지, 살구, 건포도, 정향, 후추가 자신들의 멋진 향내를 내뿜었다."

후에는 다음과 같다. "우리는 두 달간 씻지 못했다. 그 전날 육분의 거울 속 내 얼굴을 힐끔 봤을 때, 끔찍한 공포에 사로잡혔다. 너무나 모습이 변해 나조차 알아볼 수 없었다. 오물이 두꺼운 층을 이루어 내 얼굴을 뒤덮고 있었다. 그리고 우리 모두는 이렇게 보였다. 우리는 이 먼지를 문질러 없애려고 했다. 그러나 소용이 없었다. 그 결과 마치 문신을 한 것처럼 더욱 끔찍하게 보였다. 우리의 속옷과 겉옷은 이루 말할 수가 없었다. 그리고 속옷에는 '사냥감' 즉 이가 무리지어 있기 때문에, 이 오염된 스웨터를 땅에 놓으면 옷이 스스로 기어갔을 거라고 나는 확신한다."

두걸 로버트슨: 『흉포한 바다 위에서 생존하라Survive the Savage Sea』(1973)

급작스러운 전복과 뗏목에 의지한 바다에서의 생존을 다룬 많은 책들 중 이 책은 단연 빼어난 작품이다. 훌륭하게 제조된 50년 된 요트 루체트Lucette는 1년간의 항해 후 갈라파고스 군도의 바로 서쪽에서, 살인 고래의 작은 무리와 심하게 부딪혔다. 요트는 1분 안에 침몰했지만, 로버트슨 선장은 자신과 아내, 쌍둥이 아들들, 딸, 그리고 10대 친구 한 명을 구하기 위해 구명보트를 띄웠다.

이것이 37일간, 약 1,200킬로미터에 이르는 항해의 시작이었다. 보트가 침몰한 뒤, 그들은 구멍 난 고무보트에 옹기종기 올라탔다. 휴대식량도 바닥난 후, 그들은 물고기를 잡아먹으며 지냈다. 가끔은 거북도 먹었다. 그들은 폭풍우, 30미터가 넘는 파도, 거대한 대양의 소용돌이와 싸웠다. 그들은 또한 부부 사이의 언쟁, 아이들의 공포와 연약함, 상어 떼, 상처, 종기,

폭우, 배가 거의 뒤집힐 뻔하는 것을 견뎌야 했다. 영국 시골의 농부였던 로버트슨은 도구를 만들고 물고기와 거북을 잡는 데 능숙했다. 거북을 잡아 죽이고 고기를 말리고, 어떻게 빗방울을 모으고 보존하는지 여러 페이지들에 걸쳐 묘사된다.

독자는 책이 끝나기 전에 로버트슨 일행이 스스로 어딘가에 상륙할 거라고 확신하게 된다. 그들은 코스타리카 해안에서 거의 460킬로미터 떨어진 곳에서 일본 어선에 의해 발견되었다.

"'우리의 시련은 끝났다.' 나는 조용히 말했다. 린과 쌍둥이들은 행복감에 차서 울었다. …… 나는 눈물이 내 눈을 찌르는 것을 느끼며 린에게 팔을 둘렀다. '우리는 이 아이들을 상륙시킬 수 있다.' 우리가 서로 행복을 나누고 다가오는 어선을 바라보는 바로 그 순간, 죽음은 나를 아주 쉽게 데려갈 수도 있었다. 왜냐하면 나는 그러한 만족감의 절정을 다시는 경험할 수 없으리라는 것을 알았기 때문이었다."

돈 펜들러: 『메인 주의 산에서 길을 잃다』(1939)

돈 펜들러는 1939년 여름 메인 주 커타딘 산의 고지대를 그의 가족과 함께 도보로 여행했다. 당시 그는 열두 살이었다. 그러나 그는 다른 사람들과 떨어지게 되고, 낮은 구름 속으로 실종됐다. 벽지 오두막에서 야영하는 사람들을 만나기 전까지, 9일간 그는 시냇물의 흐름을 따라 산 아래로 이동했다. 어느 순간 그는 신발을 잃어버렸고 맨발로 걸어야만 했다. 여섯째

날 한낮 그는 기절했다.

내가 아는 다음 일은 내가 깨어났고 어두워지고 있었다는 것이다. 나는 내 발을 바라보며 바위 위에 걸터앉았다. 처음에 내 발은 내 것이 아닌 것 같았다. 내 발은 다른 누군가의 발이었다. 발톱은 모두 부러졌고 피를 흘리고 있었다. 그리고 발바닥의 가운데에는 가시들이 박혀 있었다. 이 가시들을 빼내려고 할 때, 나는 작은 소리를 질렀다. 이 가시들은 깊이 박혔고 부러져 있었다. 나는 왜 이 가시들이 더 아프지 않은지 의아했다. 그러나 내 발가락은 너무나 단단하고 뻣뻣해서 거의 어떤 감각도 느낄 수 없었다. 엄지발가락 옆 부분은 마치 가죽 같았다. 꼬집어봤지만 아무것도 느끼지 못했다.

머리가 지끈거렸고 움직이기가 싫었다. 그러나 밤이 오고 있었고, 나는 적어도 큰 나무가 있는 곳까지는 가야 했다. 나는 발을 만졌다. 발은 단단했다. 무릎을 거의 구부릴 수가 없었다. 현기증이 나서 비틀거렸다. 시냇물 쪽으로 탁 트인 공간을 가로질러 가야 했다. 가면서 바로 내 앞에 있는 커다란 곰을 보았다. 맙소사! 그 녀석은 마치 집채만큼 컸다. 그러나 나는 조금도 무섭지 않았다. 나는 그 녀석을 본 게 기뻤다.

윌프레드 세시저: 『아라비아의 사막Arabian Sands』(1959)

2003년에 93세로 죽은 세시저는 종종 마지막 진정한 탐험가로 여겨진다. 그는 벽지를 여행했고 중요한 발견을 했다. 그는 본질적으로 리처드 버턴과 H. M. 스탠리의 정신을 지닌 지도 제작자였다. 그는 아랍어에 능통했고, 낙타를 탈 줄 알았으며, 전통적인 문화에 깊이 공감했다. 세시저는 제2차 세계대전 때 에티오피아에서 싸웠고, 전쟁 후 아라비아에서 과학과 관계된 개인적인 탐험을 수행했다. 그는 오랫동안 남부 이라크의 늪지대에서 사는 마단Madan 족과 함께 살았는데, 그는 이 경험을 『늪지대의 아랍인들The Marsh Arabs』(1964)에서 서술했다. 이 사람들이 사담 후세인의 박해로 고향에서 쫓겨났기 때문에, 이 책은 역사적인 가치가 크다. 심지어 일상조차도 늪지대의 아랍인들에게는 시련이었다. 그러나 세시저의 글 중에서 아라비아의 사막지대에서 겪은 그의 굶주림을 묘사한 글과 비교할 수 있는 것은 아무것도 없다.

나는 너무 굶주려서 심지어 굶주리는 것에 무관심하게 됐음을 확신했다. 결국 나는 몇 주 동안 굶주렸다. …… 확실히 나는 음식에 대해 생각했고 끊임없이 음식에 대해 말했다. 그러나 이것은 자유에 대한 죄수의 말이었다. 나의 감각을 자극하는 큰 고깃덩어리, 많은 쌀, 몇 그릇의 뜨겁게 데운 그레이비 소스는 내 머릿속에서만 현실이었다. …… 첫째 날 나의 굶주림은 단지 친숙한 공허함을 좀 더 두드러지게 하는 느낌에 불과했다. 마치 치통과 같은 것으로 의지력을 발휘해 어느 정도 극복할 수 있었다. 나는 음식에 대한 갈망으로 아직 어두컴컴한 새벽에 깼다. 그러나 배를 깔고 누워 지그시 누를 때, 위안 비슷한 것을 얻을 수 있었다. ……

나는 또 다른 밤에 직면했다. 그리고 밤은 낮보다 더 끔찍했다. 이제 나는 추웠고 간간이 취하는 잠깐의 휴식 외에는 전혀 잘 수가 없었다. 아침에 미하일이 낙타들이 풀을 뜯어먹도록 밖으로 모는 것을 보았다. 그리고 녀석들이 자기들에게 부과된 노고로부터 잠시나마 벗어나 뚜벅뚜벅 걸어갈 때도, 나는 단지 녀석들을 음식으로만 생각하고 있었다. 그 녀석들이 사라졌을 때 나는 기뻤다. …… 나는 눈을 감고 누워 자신에게 단언했다. "내가 런던에만 있을 수 있다면 여기에 있는 무엇이든 줘버릴 거야." …… 아니다. 음식을 배불리 먹고 의자에 앉아 라디오를 들으며 아라비아를 횡단하는 차들에 의존할 바에는, 여기서 굶주린 채 있는 것이 낫다. 나는 필사적으로 이 신념에 매달렸다. 이 신념은 한없이 중요한 것으로 보였다. 심지어 이 신념을 의심하는 것은 패배를 인정하는 것이었고, 내가 가진 모든 것을 부인하는 것이었다.

앱슬리 체리 개러드: 『세계 최악의 여행』(1922)

1912년 로버트 팰컨 스콧의 남극 탐험에 참가했을 때, 체리 개러드는 단지 스물세 살이었다. 스콧과 네 명의 부하들은 남극에서 돌아오는 도중 죽었다. 그러나 그 전에, 1912년에서 1913년에 걸친 겨울에, 체리 개러드는 황제 펭귄의 번식지를 발견하기 위해 남극의 어두움과 화씨 영하 79도에 이르는 추위를 뚫고 걸었다. 이것은 '최악의 여정'이었다. 영국에 돌아온 후 체리 개러드는 제1차 세계대전에서 거의 100만 명이 죽은 솜므Somme의 전투에서 싸웠다. 그러나 그는 다음과 같이 말했다. "솜므는 남극과 비교하면 거의 소풍지라고 할 수 있었다." 그는 또한 다음과 같이 말했다. "탐험은 지적인 정열의 육체적인 표현이다."

이 탁월한 책의 '다시는Never Again'이라고 이름 붙여진 장에서 그는 다음과 같이 썼다.

> 만일 당신이 지식을 갈망하고 그 지식을 물리적으로 표현할 힘이 있다면, 가서 탐험하라. 당신이 용감한 사람이라면 아무것도 할 수 없을 것이다. 당신이 두려워하면 당신은 많은 것을 성취할 것이다. 왜냐하면 단지 겁쟁이만이 자신의 용기를 증명할 필요가 있기 때문이다. 어떤 사람들은 당신이 미쳤다고 말할 것이며, 거의 모든 사람들은 이렇게 말할 것이다. "어디다 쓰려고?" 왜냐하면 우리는 상인들의 나라에 있고, 어떤 상인도 1년 안에 금전적인 보답을 약속하지 않는 연구는 거들떠보지 않을 테니까. 그래서 당신은 십중팔구 혼자 썰매를 타고 갈 것이다. 그러나 당신과 함께 썰매를 타고 가는 사람들은 상점 주

인들이 아니다. 이것은 충분한 가치가 있다. 당신이 겨울 여행을 하며 원하는 것이 기껏해야 펭귄의 알인 한, 당신은 보답을 받을 것이다.

존 크라카우어John Krakauer[2]: 『희박한 공기 속으로Into Thin Air』(1999)

1996년 봄, 42세의 존 크라카우어는 『아웃사이드』의 의뢰로 안내자가 함께하는 에베레스트 등정에 참가했다. 단지 안내자를 동반하는 등반에 대한 이야기이지만, 그는 이 사가르마타Sagarmatha, 즉 '세계의 모신母神' 등반이 75년 전에 시작된 이래 최악의 에베레스트 시즌에 참가한 것을 알게 됐다.

시련에 대한 모든 책처럼 이 책 역시 많은 교훈을 담고 있다. 가장 중요한 주제는 과연 에베레스트 등정을 돈으로 살 수 있는가이다. 고객은 성공적으로 정상에 이를 것이라는 가정하에, 1996년의 시세로 개인당 7만 달러를 전문가에게 지불했다. 고객은 적절히 몸이 단련되어 있고 경험이 있어야 한다. 혹은 크라카우어가 묘사하는 몇몇 고객처럼 최소의 노하우를 지닌 고산 입문자일 수도 있다. 후자의 경우 고객은 '짧은 로프'를 타고 산 위로 끌어당겨질 것이며, 정상에서 사진을 찍고 끌려 내려올 것이다.

크라카우어는 소년 시절부터 에베레스트 등반을 꿈꿔왔다. 그러나 그는 병에 든 산소나 히말라야가 처음이었고 8,000미터 정도 높이에 간 일도 없었다. 그러나 그는 가르치는 대로 충실히 따랐고, 새 환경에 자신을 길들였다. 그는 베이스 기지에서 출발하는 연습 등반을 수 주간 실행했고, 최후로 정상을 등반했다. 그는 하산하는 동안 저산소증, 환영, 극도의 피로, 추위에 시달렸다.

이 이야기는 이쯤에서 끝날 수도 있었다. 그러나 산에는 정상에 도달하려고 안달이 난 많은 다른 사람들이 있었다. 그는 열여섯 개의 팀을 열거하는데 그중 두 팀에는 스무 명 이상의 안내자, 고객, 셰르파가 있었다. 크라카우어의 힘들지만 성공적인 등반은 그저 시련의 시작일 뿐이었다.

크라카우어가 하산할 때 스무 명의 사람들이 정상으로 이어지는 좁은 산등성이를 등반하려고 줄을 섰다. 크라카우어처럼 그들은 산소 부족, 방향감각 상실, 굶주림, 갈증, 피로에 지쳐 있었다. 그리고 폭풍우가 다가오고 있었다. 등반가들은 단념하지 않았으며, 정상을 향해 발길을 재촉했다. 그리고 번개, 강한 바람, 시야를 완전히 가리는 눈을 동반한 뇌우 속에서 커다란 혼란이 이어졌다. 추위와 휘몰아치는 눈 속에서 등반가들은 길을 잃었고 추락했고 얼어붙었고 망설였고 공황상태에 빠졌다. 몇몇 안내자는 자신의 고객 옆을 지켰지만, 어떤 안내자는 고객을 포기하고 달아났다.

안내자인 롭 홀Rob Hall은 미리 그의 고객들에게 말했다. "충분한 결의만 있다면 아무리 지독한 백치라도 이 언덕을 오를 수 있다. 비결은 살아서 하산하는 것이다." 홀은 어느 뒷걸음치는 고객을 살리려고 애썼지만, 그 고객을 비롯해 열 명의 다른 고객들과 함께 산 위에서 죽었다.

불행히도 개인적 고통을 무시하고 정상에 오르는 것만 염두에 둔 사람은 심각하고 급박한 위험을 외면하는 경향이 있다. 에베레스트를 오른 모든 등반가들이 다시 온다는 것이야말로 딜레마의 핵심이다. 성공하기 위해서는 극도로 내몰려야 한다. 그러나 지나치게 내몰리면 죽을지도 모른다. 더욱이 8,000미터 위에서 정상에 대한 적절한 열망과 무모한 열광 사이의 경계선은 단지 종이 한 장 차이일 뿐이다. 에베레스트의 능선에는 시체가 널려 있다.

윌리엄 버로스: 『야헤에 대한 편지』(1963)

버로스의 책이 이 항목에 속할까? 나는 희극적인 시련으로서 그렇다고 생각한다. 당시 그의 연인이었던 앨런 긴즈버그Allen Ginsberg에게 보낸 편지들은 재미있고 풍부한 정보를 제공하며, 외설적이기도 하다. 편지들은 파나마, 콜롬비아, 페루 등 남미의 다양한 장소에서 부쳐졌다. 그 편지들은 먼 나라에서 발송된 것처럼 보인다. 그러나 나는 이 편지들을 미친 비망록, 즉 동심원으로 향하고 있는 사람의 가혹한 시련으로 본다. 버로스는 여행과 외국인들을 싫어했고 그들을 가차 없이 조롱했다. 그가 갈망하는 것은 궁극의 황홀경이었고, 그것은 정글의 포도나무로부터 만들어지는 아야와스카라는 마약을 통해 이를 수 있었다. 그는 이 마약을 찾으러 떠났고, 이 편지들에서 그가 찾은 것들에 대해 이야기했다.

이 책 속에서 풍경은 거의 중요하지 않다. 사람이나 장소 등 여행의 세부는 거의 주목되지도 않는다. 그는 이 마약을 시험해보고 싶어 했다. 그는 특별한 난관을 필요로 하는 사람이었다. 이 책 속에 일의 진척, 시간에 대한 감각, 발견에 대한 확고한 생각, 우연적인 깨달음이 있다면, 이 책은 위대한 책이 되었을 것이다. 그러나 이 책은 내향적이고 자조적이며, 자신의 시련을 가볍게 다룬다.

버로스는 전형적으로 무시하는 투로 다음과 같이 썼다. "아마존 상류의 정글은 여름의 미국 중서부의 숲보다도 유쾌하다." 그리고 뒷부분에서 다음과 같이 썼다. "이 여행은 낭만적으로 보일지도 모른다. 그러나 인디언의 오두막에서 5일 동안 머물며, 연기에 그을린 두 발톱을 지닌 나무늘보의 췌장 비슷한 수상한 고기를 먹는다면 얘기는 달라질지 모른다."

버로스는 아야와스카를 발견했고, 환각을 경험했다. 그러나 그 외의 시간에 그는 소년들을 쫓아다녔다. 그가 말하기를 많은 아이들이 그에게서 물건을 훔쳤다. 그는 이 여행을 수월하게 해냈다. 그는 그의 명랑한 안티 여행기에서 다음과 같이 썼다. "나는 고故 플래너건Flanagan 신부에게 동의한다. 소년들의 마을에서 나쁜 소년은 없다는 깊은 신념 말이다."

11.

영국을 탈출한
영국의 여행자들

영국의 여행자들에 대한 글은 많다. 어째서 그렇게 많을까? 어째서 그들은 열대 지방이나 코스타 델 솔Costa del Sol[1], 또는 영국이 아닌 외국을 찾아갈까? 영국은 영국인들을 내몬다. 계급이 중요하지 않은 장소로. 그렇게 영국은 자신이 계급 사회임을 증명한다(거기서는 당신이 브와나bwana[2]이거나 사힙인 한, 계급은 중요하지 않다).

사회적 지위가 확실한 사람의 경우, 그 이유는 바로 음울한 날씨 때문이다. 그들은 더 나은 날씨를 찾아 떠난다. 일반적으로 영국인의 여행의 역사는 햇빛을 찾아 떠난 역사이기도 하다. 이 점에 대해 D. H. 로렌스나 로버트 루이 스티븐슨Robert Louis Stevenson은 확고했다. 그러나 나머지 사람들은 이러한 추정을 받아들이지 않는 경향이 있다.

메리 킹즐리는 그녀의 『서아프리카 여행기Travels in West Africa』(1897)의 서두에서 그러한 여행자들의 위선을 다음과 같이 요약했다. "집이 영국에 있기를 원한다고 강력히 주장하는 아프리카 사람들 다수를 영국으로 데려간 뒤, 원래 있던 곳으로 돌아가는지 지켜보라. 확신하건대, 단지 영국에 집이 있다는 것 외에는 아무런 매력이 없기 때문에, 합승마차나 지하철이나 석간신문의 크나큰 즐거움에도 불구하고 그들은 아프리카 해안으로 변명하듯이 몰래 되돌아올 것이다."

레이디 헤스터
스탠호프

인생의 막바지에 이를 무렵, 그녀가 23년간 살았던, 현재 레바논에 있는 그녀의 집에 영국인 화가 윌리엄 바틀릿William Bartlett이 방문했다. 바틀릿은 다음과 같이 썼다. "그녀는 외관상 상당히 영국적인 정원의 정자로 우리를 안내했다. 내가 이런 의견을 말하자 그녀가 대답했다. '오. 그렇게 말하지 마세요. 나는 영국적인 것은 뭐든지 싫어한답니다.'" (제임스. C. 시먼스James C. Simmons, 『열정적인 순례자들Passionate Pilgrims』, 1987)

D. H. 로렌스

1915년 4월 30일, 로렌스는 전쟁 중에 서섹스Sussex에서 보낸 편지에 다음과 같이 썼다. "내 영혼은 얼마나 어두운가? 나는 비틀거리고 손으로 더듬어도 멀리 가지 못한다. 정말로 그럴 거라고 생각한다. 낮의 모든 아름다움과 빛은 칠흑 같은 홍수 위의 무지갯빛처럼 보인다. …… 티베트에 갈 수 있었으면. 혹은 캄차카Kamchatka[3] 혹은 타히티Tahiti[4]에 갈 수 있었으면. 혹은 세계의 끝의 끝의 끝에 갈 수 있었으면. 때때로 나는 미칠 것 같다고 느낀다. 갈 곳도 없고 '새로운 세계'도 없기 때문이다. 내가 자신을 지켜보지 않는다면, 하루 시간을 내서 어느 어리석은 장소로 서둘러 떠날 것이다." (『편지들Letters』 제2권)

T. E. 로렌스

그는 다우티의 책 『아라비아 사막에서의 여행』의 서문에서 다음과 같이 썼다.

우리는 두 부류의 영국인들을 수출한다. 이들은 외국에서 서로 대조적인 모습을 보인다. 한쪽은 토착민의 영향을 깊이 느끼고 자신을 그 환경이나 정신에 맞추려고 한다. 그 그림에 자신을 적절히 맞추기 위해, 그들은 그 지방의 풍습이나 특색에 맞지 않는 자기 안의 모든 것을 억압한다. 그들은 토착민을 모방하고 일상생활에서 마찰을 피한다. 그러나 그들은 모방의 결과인 공허하고 가치 없는 것들을 피할 수 없다. 그들은 그 사람들 같지만 그 사람들이 아니다. 그리고 반쯤 눈치챌 수 있는 토착민들과의 차이는 그들에게 종종 장점보다는 좋지 못한 영향을 준다. 그들은 그들과 관계를 맺으며 살고 있는 사람들로

하여금 이상하고 부자연스러운 행동을 하게 만드는데, 그 사람들을
아주 잘 모방함으로써 거꾸로 그들이 다시 모방되는 것이다.

다른 쪽 부류는 더 많은 부류이다. 추방이라는 같은 환경 속에서도 그
들은 남겨놓은 삶의 기억을 통해 자신들의 성격을 강화한다. 외국 환
경에 대한 반작용으로 한때 자신들의 것이었던 영국에서 위안을 구
한다. 그들은 자신들의 무관심과 면책권을 주장하고, 외로움과 연약
함을 더 강하게 주장한다. 그들은 보수적 태도와 함께, 외국인과 접촉
한 일이 없는 완벽한 영국인의 예를 보여줌으로써, 그들과 함께 살고
있는 사람들에게 깊은 인상을 준다.

다우티는 이 두 번째, 더 깨끗한 부류의 훌륭한 일원이다.

그리고 T. E. 로렌스는 첫 번째, 즉 토착민에게 푹 빠진 부류였다.

윌리엄
서머싯 몸

내게 영국은 충족되지 않는 의무와 진저리나는 책임을 강요하는 나
라였다. 나는 내 조국과 나 사이에 적어도 영국 해협만큼의 거리를 두
기까지는 진정한 나 자신을 느끼지 못했다.

_『서밍 업The Summing Up』, 1938

W. H. 오든

영국은 끔찍할 정도로 지방색이 강하다. 이 모든 것은 가족의 일이다. 나는 가이 버지스Guy Burgess[5]가 정확히 왜 모스크바에 갔는지 안다. 게이이자 주정뱅이라는 것으로는 충분치 않았다. 그는 그 모든 것으로부터 떨어져나가기 위해 더 큰 반역을 해야 했다. 이것이 바로 내가 미국 시민이 됨으로써 한 일이다. …… 나는 또한 영국에서 대단히 지방색이 강한 비평을 발견한다. 영국 문학계에서는 누가 누구와 결혼했고 누가 누구와 잤고 누가 누구와 자지 않았는지를 알아야 한다. 그곳은 작은 정글이다. 미국은 훨씬 더 크다. 비평가들은 뉴욕에 살 수도 있지만, 작가들은 그렇지 않다.

_『W. H. 오든』(찰스 오스본Charles Osborne, 1980)

제럴드
브레넌

나는 어째서 그러한 벽지, 즉 1920년 스페인 안달루시아Andalusia 지방의 시에라 네바다Sierra Nevada에 있는 예겐Yegen이라고 하는 작은 마을에 내 집을 마련했는가 하는 질문을 받을지도 모른다. 가장 간략한 설명은 내가 영국 중산층의 삶에 반역하고 있다는 것이었다. …… 내가 아는 영국은 계급 감정과 엄격한 관습에 의해 경직되었다. 그뿐만 아

니라 나는 공립학교의 기억으로 인해 망가졌다. 그래서 전쟁이 끝나
자마자 나는 군복을 벗고, 새롭게 숨 쉴 수 있는 환경을 찾아 떠났다.

_『그라나다로부터 남쪽』, 1957

브루스
채트윈

나는 영국을 떠나기로 했다. 리처드 버턴이 '내가 집에 있는 것처럼
느끼지 못하는 유일한 나라'라고 말했던 것처럼.

_『태양 아래에서: 브루스 채트윈의 편지Under the sun: The Letters of Bruce Chatwin』, 2010

12.

당신이
이방인일 때

여행자는 이방인이다. '타자와의 첫 번째 접촉'은 역사에서 되풀이되는 인류의 사건이며, 나를 늘 매혹시킨다. 보통 첫 번째 접촉은 처음 아라와크Arawak족을 만나, 그들을 인도인이라고 불렀던 콜럼버스로 여겨진다. 왜냐하면 콜럼버스는 인도의 해안에 도착했다고 믿었기 때문이다. 그러나 그 반대의 경우를 생각해보라. 소형 범선의 갑판 위에서 마르코 폴로의 『여행기Travels』를 껴안고 있는 작고 뚱뚱한 이탈리아인을 만나는 아라와크족을 말이다.

접촉의 해인 1778년, 하와이인들은 제임스 쿡 선장이 로노Lono 신이라고 믿었다. 1517년 아즈텍인들은 스페인인들을 '깃털 장식을 한 뱀Plumed Serpent'을 뜻하며, 지식과 바람의 신인 케찰코아틀Quetzalcoatl의 화신들로 여겼다. 북극에 사는 이누이트Inuit인들은 그들이 세계에서 유일한 민족이라고 주장했다. 그래서 그들이 최초로 백인 이방인인 탐험가 윌리엄 패리 경Sir William Parry을 봤을 때, 그들은 그에게 다음과 같이 말했다. "당신은 태양 혹은 달에서 왔습니까?"

아프리카에서 살기 위해 떠나기 전까지, 나는 세계 대부분의 사람들이 자신들이 유일한 민족이며 자신들의 언어가 유일한 말이라고 믿는다는 것을 몰랐다. 그리고 이방인들은 정상적인 인간이라고 말할 수 없는데, 적어도 그 유일한 민족의 견지에서 보면 인간이 아니었다. 또한 이방인의 말은 단지 일관성 없는 지껄임에 불과했다. 대부분의 언어에서 어떤 민족의 이름은 '태초의 민족' 혹은 단순히 '위대한 민족'을 의미한다. '이누이트'는 '위대한 민족'을 의미하고, 대다수 미국 원주민들의 부족 이름도 '위대한 민족'을 의미한다.

예컨대 오지브웨Ojibwe족 혹은 치페와Chippewa족은 자신들을 아니쉬나베Anishinaabe, 즉 '태초의 민족'이라고 부르고 체로키Cherokee족은 자신들을 아니 윤 위야Ani Yun Wiya, 즉 '실제의 민족'이라고 부른다. 하와이 사람들은 자신들을 카나카 마올리Kanaka Maoli, 즉 '태초의 민족'이라고 부른다.

1930년대에 호주의 금광 탐사자들과 뉴기니 고지인들은 처음으로 서로 조우했다. 탐욕스럽고 세상에 지친 호주인들은 고지인들을 야만인으로 취급한 반면, 고지인들은 호주인들을 자신들의 조상의 유령으로 여겼다. 그래서 호주인들을 혈족처럼 느꼈고 그들에게 음식을 베풀었다. 후에 전해졌듯이 그들은 이렇게 생각했다. "그들은 꿈속에서 본 사람들과 같다." 그러나 호주인들은 금을 찾고 있었고 협력하지 않는 고지인들을 죽였다. 나다니엘 필브릭Nathaniel Philbrick은 그의 『마지막 입장The Last Stand』에서 다음과 같이 썼다. "백인들을 와쉬추스washichus라고 불렀던 라코타Lakota인들은 최초의 백인들이 '모든 곳에서 넘치는 물'을 뜻하는 므니원차mniwoncha에서 왔다고 믿었다." 역사가 페르낭 브로델Fernand Braudel은 이 정확한 묘사에 공명하며 이렇게 말했다. "서아프리카인들에게 백인들은 무르델레murdele, 즉 '바다로부터 온 사람들'이었다."

타자성은 질병과 같다. 이방인이 된다는 것은 광기의 한 형태를 경험하는 것과 유사할 수 있다. 친근했던 모든 것이 발가벗겨질 때, 비현실적이고 비이성적인 것들이 드러나는 것이다.

이방인이 되는 것은 어렵다. 여행자는 아무 권력도 영향도 알려진 정체성도 없다. 이것이 여행자에게 낙천주의와 가슴이 필요한 이유이다. 왜냐하면 확신 없는 여행은 비참하게 끝나기 때문이다. 일반적으로 여행자는 익명이고 무지하고 자신을 둘러싼 사람들에게 휘둘리거나 속기 쉽다. 여행자는 '미국인' 혹은 '외국인'으로 알려질지도 모른다. 그리고 거기에는 어떠한 권력도 없다.

여행자는 종종 눈에 잘 띄기 때문에 취약하다. 그러나 나는 여행 중 어둠 속에서도 휘파람을 불었고, 추정했던 모든 것은 잘 들어맞곤 했다. 나는 문명화되고 몇 가지 기본적인 규칙을 따르는 사람들에게 의존했다. 나는 예외적인 대우를 기대하지 않았다. 나는 권력이나 체면에 신경 쓰지 않았다. 이것은 물론 해방된 영혼의 조건이었지만, 부랑자의 조건이기도 했다.

중앙 콩고의 산쿠루Sankuru 지역에 있는 바테텔라Batetela족에게 이방인을 가리키는 단어는 온겐다겐다ongendagenda이다. 이것은 또한 남자아이의 가장 흔한 이름 중 하나인데, 추론을 하자면 이렇다. 바테텔라족에게는 남자아이가 중요한데, 아이가 태어날 때 남자아이는 알려지지 않은 불특정한 장소에서 오기 때문에, 보통 '이방인'으로 불린다. 그리고 이 이름은 일생 동안 그에게 붙어 다닌다. 이방인은 산쿠루 지역의 '존John'인 것이다.

브루스 채트윈은 『송라인』에서 다음과 같은 오래된 영어 속담을 인용했다. "이방인은 만약 상인이 아니라면 적이다." 『암살자들의 계곡』에서 프레야 스타크는 루리스탄에 있는 유목민들에 대해 다음과 같이 썼다. "우호성의 법칙은 이방인이 누군가의 천막이라는 성역에 들어가기 전까지는 적이라는 공리에 근거한다."

이방인을 가리키는 어떤 단어는 뉴기니 고지인의 경우에서처럼, 정령의 의미를 갖는다. 그들은 호주의 백인들을 단지 유령이 된 조상들로만 생각할 수 있었다. 스와힐리어에서 무준구muzungu라는 단어는 유령 혹은 정령이라는 단어에 그 뿌리를 두고 있다. 그리고 치체와어의 므준구mzungu나 쇼나Shona어나 다른 반투어들에서의 무룬구murungu 등 이 단어와 같은 기원을 갖는 단어들은 강력한 정령, 심지어 신의 의미를 가지기도 한다. 외국인들은 몇몇 장소에 처음 출현했을 때 신과 같았다.

나는 이스터 섬에서 라파누이어로 외국인을 가리키는 단어는 포파popaa라고 들었다. 그러나 이것은 신조어다. 윌리엄 처칠William Churchill의 『이스터 섬』(1915)에 따르면, 보다 이른 시기에 외국인을 가리키는 라파누이어는 신 혹은 정령도 뜻하는 에투아etua였다. 이방인을 가리키는 하와이어는 '다른 숨을 가진'을 뜻하는 하오레haole지만, 이 단어는 하와이어 아투아atua와 관련이 있다.

이방인을 가리키는
단어들

마오리Maori[1]

파케아pakeha, 백인, 외국인.

피지Fiji[2]

카이 발라기kai valagi(발랑기valangi로 발음된다), 백인, 외국인, '하늘로부터 내려온 사람.' 이 단어는 인도인을 가리키는 카이 인디아kai India와 중국인을 가리키는 카이 차이나kai China와 대조된다.

통가Tong[3]

파파랑기papalangi, 사모아어인 팔랑기palangi와 어원이 같은 단어로 '하늘을 찢는 사람'을 뜻한다. '하늘을 찢는 사람'은 창공의 피조물이 아니라, 구름으로부터 온 사람이라는 뜻이다.

사모아

'하늘로부터'를 뜻하는 팔랑기palangi는 피지어인 카이 발랑기와 연관이 있다.

트로브리앤드 군도

외국인 혹은 흰 피부를 지닌 사람을 뜻하는 딤딤dim-dim. 트로브리앤드 사람이 아닌 검은 피부를 지닌 사람을 가리키는 코야코야koyakoya. 코야는 산을 가리키는 단어이다. 그러나 트로브리앤드 군도에는 산이 없다. 따라서 코야코야는 산사람이다. 즉 뉴기니 본토로부터 온 사람 또는 단순히 섬사람이 아닌 외지 사람을 가리킨다.

홍콩

'유령 인간'을 뜻하는 그웨일로gweilo. 유령은 위협적이고 두려운 것이기 때문에, '외국의 악마'를 가리키는 더 멋진 단어이다.

일본

가이진gaijin. 이 단어는 두 개의 글자로 이루어져 있는데, 바깥을 뜻하는 gai와 사람을 뜻하는 jin이다. 이 단어는 '외국인'을 뜻하는 가이코쿠진gaikokujin의 축약형이다. 따라서 문자 그대로 인종적, 민족적, 지정학적 외부인을 가리킨다.

중국

웨이구오렌wei-guo ren은 중립적인 단어로 외국에서 온 사람이라는 뜻이다. 그러나 '외국의 악마'를 뜻하는 양귀제yanguize도 보편적이며, '붉은 터의 악마', '흰 악마', '큰 코' 등을 가리키는 단어들도 있다.

아랍

'피해야 할 사람'을 뜻하는 아즈나비ajnabi라는 단어가 있다. 또한 외국인, 야만인, 아랍어를 엉망으로 말하는 사람, 페르시아인을 뜻하는 아자미ajami, 이방인이나 '서쪽에서 온'이라는 뜻을 지닌 가립gharib이라는 단어도 있다.

키리바티Kiribati[4]

이 마탕I-matang. 크리스마스 섬(키리티마티Kiritimati)의 거대한 산호초 속을 카약으로 여행하며, 나는 종종 이 단어를 들었다. 이 마탕은 일반적으로 외국인을 가리키는 데 사용된다(그 섬에는 외국인이 네 명 있었다). 그러나 어원적으로는 '마탕에서 온 사람'이라는 뜻이며, 마탕은 이 키리바티I-Kiribati의 조상들의 고향, 원래의 고향, 흰 피부를 가진 사람들의 장소를 가리킨다. 이 단어는 혈연을 암시한다. 그런데 이곳은 실제로 존재하는 장소인 마당Madang으로, 파푸아뉴기니의 북쪽 해안에 있는 곳이다. 마당은 역사학자들이 마이크로네시아Micronesia 사람들의 기원지로 생각하는 곳이다.

멕시코

그링고gringo. 이 단어는 그리스인을 가리키는 스페인어인 그리에고griego에서 온 것으로 보인다. 『카스텔라노 사전Diccionario Castellano』은 그링고가 말라가Málaga에서는 '스페인어를 엉망으로 말하는 사람', 마드리드에서는 '아일랜드인'을 가리킨다고 규정하고 있다. 이 단어는 또한 횡설수설을 뜻하기도 한다. 그러나 많은 대중적인 이론들은 공상적이며 설득력이 부족하다. (이러한 이론들 중에는 이 단어가 1840년대 중엽 멕시코와 미국의 전쟁 중에, 「그린 그로우 더 러쉬즈 오!Green Grow the Rushes Oh!」를 부르는 멕시코인들에 동참한 아일랜드 병사들의 노래를 들은 데서 유래했을지도 모른다고 하는 것도 있다.) 그링고가 인쇄물에 최초로 기록된 것은 존 제임스의 아들이자 예술가였던 존 우드하우스 오듀본John Woodhouse Audobon의 『서부 일기Western Journal』(1849~1850)에서다. 그는 캘리포니아의 골드러시를 직접 보기 위해 말을 타고 뉴욕에서 북부 멕시코를 통해 가는 길이었다. '떠돌이들의 비참한 소굴'을 뜻하는 체로 고르도Cerro Gordo에서 오듀본과 그의 동료 여행자들은 멕시코 현지인들에게서 모욕을 당했다. "우리는 지나가면서 야유를 당하고 고함을 듣고, 그링고 등으로 불렸다. 그러나 이러한 것들은 우리가 맛있는 샘물을 즐기는 것을 막지 못했다."

서양인으로서
여행하기

　　　나는『아프리카 방랑』을 쓰기 위해 여행하던 중에 에티오피아에서 외국인을 가리키는 파란지faranji라는 단어를 들었다. 그리고 태국에서는 파랑farang, 이란에서는 페랑기ferangi, 인도와 말레이시아에서는 피링기firringhi라고 했다(말레이시아에서는 백인을 가리키는 오랑 푸테orang-puteh라는 단어가 보다 보편적이었다). 과연 이 단어들은 어떤 관련이 있을까?

　　　리처드 버턴은 그의『동아프리카에서의 첫 번째 발자취First Footsteps in East Africa』에서 자세히 서술한 대로 아비시니아에서 그의 첫 번째 여행을 했다. 그는 다음과 같이 썼다. "나는 자주 붉은 머리의 창을 맨 사람이 불길한 말인 '파란즈Faranj'를 중얼거리는 것을 들었다." 버턴은 이어서 아라비아의 베두인족은 "이 단어를 자신들을 제외한 모든 사람에게 적용한다"고 말했다. 그가 살던 시대에는 심지어 인도인 상인들이 아프리카에서 바지를 입고 있어도 파란지라고 불렸다. 바지를 입는 것은 외부인과 관련이 있었기 때문이다. 리처드 버턴은『알 마디나와 메카로의 순례에 대한 개인담』에서 다음과 같이 썼다. "아라비아에서 개종자는 늘 아르고스5의 눈으로 감시되었다. 사람들은 새로운 이슬람교도, 특히 유럽 사람에게 정보를 주는 것을 꺼렸다."

　　　『암살자들의 계곡』에서 프레야 스타크는 다음과 같이 썼다. "페르시아 정부의 목적은 1년 안에 루리스탄 사람들이 페랑기의 복장을 하도록 만드는 것이다." 계곡에는 "네비사르Nevisar 왕의 성이 서 있었다. 그들은 내게 어떤 유럽인도 그 성에 올라간 일이 없다고 말했다."

파랑farang과 관련된 이 모든 단어들은 '프랑크Frank'와 같은 기원을 갖는다. 비록 이 단어를 사용하는 사람들은 프랑크인들에 대해 전혀 모르지만 말이다. 프랑크인들은 3, 4세기에 서유럽을 편력한 게르만 부족이었다. 그러나 '프렌치French'와 같은 기원을 갖는 이 이름은 아마도 12세기 십자군 때부터 통용되었을 것이다. 그때 유럽인들은 이슬람의 성스러운 장소들을 약탈하고, 신의 이름하에 이슬람교도들을 학살했다. 지중해 연안의 국가들과 멀리 동아프리카와 동남아시아에서까지 프랑크는 서양인을 의미했다.

심지어 알바니아에서도 마찬가지다. 에드워드 리어는 1848년 알바니아를 여행하고 쓴 일기에서 그 자신에 대해 다음과 같이 썼다. "수많은 군중이 이상한 프랑크와 그가 하는 짓을 목격하려고 모였다." 파란지의 한 형태인 아파랑기afarangi라는 단어는 이집트에서 사어死語로 간주되지만, 때때로 다른 단어와 결합된 형태로 지금도 사용되고 있다. 이집트에서 카비넷 아파랑기kabinet afarangi는 서구식 좌변기를 의미한다.

시인 랭보Rimbaud가 살았던 에티오피아의 하라Harar에서 지내는 동안, 거의 내내 "파란지! 파란지! 파란지!"라고 노래하는 아이들이 나를 따라다녔다. 때때로 나이 지긋한 사람들은 나를 향해 파란지라고 큰 소리로 불렀다. 그리고 가끔 내가 천천히 차를 몰고 길을 내려갈 때, 미친 것처럼 보이는 하라인 한 사람이 그의 집 현관에서부터 내 차의 창문까지 돌진해 와서 침을 탁 뱉고, 그 단어를 내 얼굴 앞에서 내뱉었다.

로버트
루이스 스티븐슨의
여행의
지혜

———

　　존 싱어 사전트John Singer Sargent가 그린 초상화처럼, 유령 같은 스티
븐슨은 자신의 건강을 위해 온화한 기후를 찾아 여행했지만, 낭만적인 경험
을 위해 여행하기도 했다.

　　나는 일어나 가고 싶다.
　　황금빛 사과들이 자라는 곳으로.

　　그는 유럽 대륙을 떠돌았고, 미국을 종횡으로 여행했고, 태평양
주위를 항해했다. 그의 여정은 사모아 섬에서 끝났는데, 1894년 그곳에서 숨
을 거두고 묻혔다. 그는 훌륭한 독서가였고, 의심할 여지 없이 몽테뉴Montaigne
를 알았다. 스티븐슨은 에세이 「허영에 대해서Of Vanity」에 다음과 같이 썼다.
"그러나 당신은 그 나이에 그토록 긴 여정으로부터 결코 돌아오지 않을 것

이다. 내가 그것에 대해 뭘 신경 써야 하나? 나는 돌아오려고도 하지 않을 것이며, 여정을 끝내려고도 하지 않을 것이다. 움직이는 것이 즐거운 한, 내 관심사는 단지 자신을 계속해서 움직이게 하는 것뿐이다. 나는 단지 걷기 위해 걸을 뿐이다."

...

나는 어떤 곳에 가기 위해 여행하지 않는다. 나는 단지 여행할 뿐이다. 나는 여행을 위해 여행한다. 중요한 일은 움직이는 것이다. 우리의 삶을 위해 필요한 것과 장애물을 좀 더 가까이에서 느끼기 위해. 문명의 이 깃털 침대로부터 내려오기 위해. 그리고 잘린 부싯돌들이 뿌려진 지구를 이 발밑에서 느끼기 위해.

_ 『당나귀와 함께한 세벤느 여행Travels with a Donkey in the Cevennes』(1879)

...

여행은 기껏해야 자서전의 단편일 뿐이다.

_ 『세벤느 일기: 프랑스 고산 지대 여행에 대한 노트The Cevennes Journal: Notes on a Journey Through the French Highlands』(1978)

그대들은 자신들이 은총을 받은 것을 거의 모른다. 왜냐하면 희망을 품고 여행하는 것은 도착하는 것보다 나은 것이고, 진정한 성공은 노동하는 것이기 때문이다.

_ 「젊은이를 위하여Virginibus Puerisque」

...

나는 기차 여행의 주된 매력이 여기에 있다고 생각한다. 기차는 우리를 목적지로 데려간다. 기차는 스쳐 지나가는 장면을 거의 방해하지 않는다. 그래서 우리의 마음은 그 지방의 차분함과 정적으로 가득 차게 된다. 그리고 날듯이 달리는 차량들 안에 우리가 머물러 있는 동안, 사념은 기분이 내키는 대로 인적이 드문 정거장에서 내린다.

_ 「질서 잡힌 남쪽Ordered South」

...

여기저기 다양한 길이의 석화된 나무줄기들이 흩어져 있다. …… 만일 이것이 전부라면 대단히 흥미롭고 너무나 원시적이다. 지리학자의 심장은 의심할 바 없이 이 광경에 더욱 빠르게 뛸 것이다. 그러나 나는 여간해서는 감동하지 않는다. 관광은 실망의 기술이다.

_ 「실버라도 무단 점유자The Silverado Squatters」

...

그토록 푸른 하늘 밑에는 아무것도 존재하지 않는다.

그래서 여행할 충분한 가치가 있다.

그러나 다행히도 하늘은 그러한 방식을 통해, 우리에게 많은

즐거운 전망과 모험들로 보답한다.

_「실버라도 무단 점유자」

13.

걸으면
해결된다

모든 진지한 순례자는 순례의 장소를 발로 여행한다. 걷는다는 것은 정신적인 행위이다. 홀로 걷기는 우리를 명상으로 이끈다. 순례를 가리키는 한자는 '산에게 경의를 표함'이라는 뜻이다. 내가 『중국 기행』을 쓰기 위한 여행에서 본 것처럼, 많은 도교 신자들이 중국의 기둥으로 여겨지는 다섯 개의 신성한 산을 방문한다. 이 산들은 하늘과 땅을 나누고, 중심과 동서남북 네 방향을 가리키는 나침반의 끝이다. 미국의 저널리스트 겸 소설가인 앰브로즈 비어스Ambrose Bierce는 순례자를 '진지한 여행가'라고 정의했다.

소로는 그의 유고집 『소풍Excursions』(1863)에 수록된 에세이 「산책Walking」에서 '산책하다saunter'라는 단어에 대해 말했다. 이 단어는 '신성한 땅으로 가는'을 의미하는 프랑스어 표현에서 유래한 것으로 보인다. "나는 내 일생 동안 걷기의 기술을 이해한 한두 사람만을 만났을 뿐이었다. 즉 산보의 기술을 이해한, 말하자면 '산책sauntering'에 대해 천부적인 소질을 지녔던 한두 사람을 만났다. 이 단어는 중세에 지방을 유랑한 게으른 사람들에게서 유래됐다. 이들은 '신성한 땅으로' 가는 척하며 사람들에게 자선을 구했다. 어린아이들은 '저기 신성한 땅으로 가는 사람이 있다'고 외쳤다. 신성한 땅으로 가는 사람은 즉 산책자saunterer이다. 걸어서 신성한 땅으로 간 적이 없으면서 그런 척하는 사람은 게으른 사람이고 떠돌이이다. 그러나 신성한 땅에 정말로 가는 사람은 좋은 의미에서 산책자이다." 그리고 이 긴 단락의 뒷부분에서 그는 다음과 같이 말했다. "모든 걷기는 일종의 십자군 원정이다. 우리 안에 있는 은자 베드로는 가서 이교도들의 손아귀에서 이 신성한 땅을 되찾으라고 설교한다."

도보 여행을 뜻하는 스페인어 '센데레안도sendereando'는 압축적이고 멋진 단어이다(센데로sendero는 길이라는 뜻이다). 그러나 이 행위에 대한 가장 현명한 표현은 성 아우구스티누스의 말로 여겨지는 라틴어 '솔비투르 암불란도solvitur ambulando(걸으면 해결된다)'이다. 장거리 보행자 패트릭 리 퍼머는 브루스 채트윈에게 이 구절을 언급했었다. 채트윈의 전기 작가는 다음과 같이 썼다. "그것을 듣고 브루스는 즉시 그의 공책을 꺼냈다." 마음을 편안하게 하는 걷기는 순례자의 목적이기도 하다. 여기에는 어떤 영적인 차원도 있다. 걷기 그 자체는 정화淨化 과정의 일부이기 때문이다. 걷기는 여행의 오랜 형태로, 가장 근본적이고, 아마도 가장 계시적인 형태일 것이다.

채트윈은 걷기를 거의 신령스러운 방식으로 여겼다. 일본의 위대한 시인 바쇼를 시작으로, 이 방면의 선구자들도 똑같이 느꼈다. 휘트먼과 워즈워스와 같은 시인들은 걷기에서 영감을 얻었고, 루소가 쓴 일련의 철학적 산문들도 걷기에서 비롯되었다. 스탠리는 두 번이나 아프리카를 도보로 횡단했다. 몸을 단련하고 여행 기분을 내고 싶었던 데이비드 리빙스턴은 아프리카의 수풀에서 "근육이 널빤지처럼 단단해질 때까지" 몇 주 동안 계속 걸었다.

어떤 걷기는 '플라뇌르flâneur'의 걷기이다. 플라뇌르는 방랑자, 산책자, 표류자를 의미하는 거의 번역이 불가능한 프랑스어이다. 이러한 걷기야말로 여행자의 본질이지만, 이 경우에는 도시에 있는 사람, 아마도 어떤 문제를 풀려고 하는 누군가를 표현하는 단어일 것이다. 어떤 여행자들의 걷기는 이목을 끌기 위한 행위 또는 신기록을 다투는 책을 위한 노력에 가깝다. 두 가지 확실한 예는 1898년 케이프타운에서 카이로까지 도보로 여행한 유어트 그로건Ewart Grogan과 최근에 도보로 세계 일주를 한 피오나 캠벨Ffyona Campbell의 경우이다.

내가 가장 흥미를 느끼는 보행자는 헌신적이며 사려 깊은 보행자이다.

궁극적인
순례자

스님이자 학자인 젊은 현장(603~664)은 중국에 있는 많은 불교 경전이 원전을 잘못 번역했다고 생각했다. 그래서 그는 인도에 가서 여러 불전을 확인하고 가능한 한 많은 불전을 가져오려고 결심했다. 그는 또한 부처의 삶이나 깨달음과 관련된 성지를 보기를 바랐다. 몇몇 오래된 삽화에 그는 조랑말을 동반한 모습으로 그려져 있다. 확실히 그는 말들을 동원해 많은 사본을 가져왔다. 그러나 장장 17년에 이르는 여행담에서, 그는 자주 좁고 가파른 오솔길을 걸어갔다고 말한다. 그는 혼자 여행했던 것으로 보인다.

『대당서역기』의 서문에는 다음과 같이 기록되어 있다. "이 나라가 가장 번영하고 비할 데 없는 미덕을 갖추었을 때, 그는 백랍으로 된 지팡이를 들고 먼 나라들로 여행을 떠났다. 그리고 그의 승복에 있는 먼지를 털어냈다." 이 책의 후기에서 현장은 다음과 같이 찬양된다. "그는 황제의 신망을 지닌 채 나아갔고, 신들의 보호 아래 홀로 여행했다."

현장은 당의 수도 장안에서 출발했다. 장안은 지금의 시안으로 토기로 된 전사들, 황제들의 묘, 영광스러운 불탑들이 있는 곳이다. 그는 계속 전진하여 중국 북서부의 칭하이青海를 통과하여 신장新疆을 가로질렀다. 그런 뒤 우즈베키스탄의 부하라Bukhara와 사마르칸트Samarkand를 지나 현재의 아프가니스탄에 이르렀다. 그는 불교의 상태, 사원들의 조건, 스님들의 수에 대해 기록했다. 바미안Bamiyan에서는 거대한 불상들의 조각에 외경심을 느꼈다(이 거대한 불상들은 2001년 "알라는 위대하다!"는 외침과 함께 탈레반에 의해 다이너마이트로 파괴되었다). 그는 현재 파키스탄령인 페샤와르Peshawar와 타실라를 가로질렀고, 간다라의 폐허들을 다음과 같이 묘사했다. "한때 1,000개 이상의 사원이 있었다. 그러나 그 사원들은 지금 파손되어 버려졌고 황폐한 상태에 놓여 있다." 그는 인도 전역을 방랑했다. 초기 카스트제도의 엄격함에 깊은 관심을 가진 그는, 북인도의 마을들에 대해 다음과 같이 썼다. "도살업자, 어부, 창녀, 배우, 사형 집행인, 청소부는 그들의 집에 깃발을 꽂았고, 도시 안에서 살도록 허락되지 않았다."

여행 내내 그는 수호적인 용과 위협적인 용의 현존을 연대순으로 기록했다. 고대 불전들의 사본을 발견하고, 부처님과 관련된 성지들을 방문하려는 그의 임무는 성공했다. 그는 가야Gaya, 사르나트Sarnath, 룸비니 정원Lumbini Gardens, 그리고 마침내 부처님이 돌아가신 쿠쉬나가라Kushinagara를 방문했다. 그는 한때 몇 년 동안 사원에 머물며 산스크리트어를 배우기도 했다. 그후 여행을 계속해서 657개의 불전을 가지고 중국으로 되돌아왔는데, 스무 마리의 짐 나르는 말로 운반했다. 황제의 암시에 따라 그는 『대당서역기』를 구술하여 646년에 끝마쳤다. 이 책이 19세기에 프랑스어와 영어로 번역되었을 때, 헝가리의 아우렐 스타인Aurel Stein을 비롯한 다른 여행자들은 현장이 그토록 꼼꼼하게 묘사한 잃어버린 도시들과 망각된 폐허들을 발견할 수 있었다. 현장의 여행기는 1996년 리롱시Li Rongxi의 번역으로 새롭게 출간되었다.

기꺼이 세상이 가는 그대로
두는 것

마쓰오 바쇼松尾芭蕉(1644~1694)는 별명이었다. 바쇼는 바나나 나무를 의미하는데, 그의 찬양자는 바나나 나무 하나를 그의 오두막에 심었다. 시인은 그 이름을 채택했다. 바쇼는 가장 위대한 하이쿠 작가 중 한 명으로 일컬어진다. 하이쿠는 고도로 절제되고 암시적이며 엄격하게 음절을 지키는 일본의 3행시이다.

　　　선의 수행자인 바쇼는 또한 하이분을 썼는데, 하이분은 하이쿠와 닮은 압축되고 때때로 정적인 산문이다. 바쇼는 유랑하며 걸식하는 승려들의 찬양자로, 명상적인 삶을 살았다. 그는 시와 산문이 결합된 여러 책에서 걷기에 대해 말했다. 그는 가모노 조메이鴨長明의 글이 여행 일기에 영감을 준다고 인정했다. 그의 첫 번째 책은 영적인 지혜에 대한 근본적인 질문으로 『기후에 노출된 뼈에 대한 기록The Records of a Weather-Exposed Skeleton』(1685)이라는 제목이 붙여졌다. 한 단락은 다음과 같이 비통하다.

　　　후지 강에 면한 길 위에서, 우리는 약 두 살 가량의 병적으로 울어대는 버려진 아이를 목격했다. 보아 하니 그 아이의 부모는 이 강의 사나운 급류처럼 조절할 수 없는 이 부유하는 세상의 파도를 깨닫고, 아이의 생명이 이슬방울처럼 사라질 때까지 거기에 남겨두기로 결정한 것 같았다. 아이는 가을의 돌풍 아래 오늘 밤이나 내일, 언제든 덤불에서 떨어질 작은 토끼풀처럼 보였다. 나는 나의 소매 주머니에서 음식을 꺼내 그 아이에게 던졌다. 나는 지나가며 명상에 잠겼다.

원숭이의 울부짖음을 노래한 시인들은

가을바람 속에 버려진 이 아이에 대해

어떻게 느낄까?

_『마쓰오 바쇼Matsuo Bashō』(1977)

1689년에 바쇼는 9개월간 걸어서 그의 가장 잘 알려진 걸작『딥 노스로 가는 좁은 길The Narrow Road to the Deep North』(혹은『먼 마을로 통하는 시골길Back Roads to Far Towns』)을 낳은 가장 야심적인 여행을 했다. 동북 지방은 그 당시 일본의 주 섬인 혼슈의 외떨어지고 잊힌 지역이었다. 바쇼는 그의 제자 가와이 소라河合曾良와 동행했고 둘 다 순례자의 복장을 했다. 이 긴 보행에서 바쇼는 그가 추구하는 깨달음을 다음과 같이 묘사했다.

이이즈카Hizuka에서 밤을 보내고 그곳의 온천에서 목욕을 했다. 그런 뒤 맨땅 위에 단지 얇은 요를 깐 곧 쓰러질 것 같은 잠잘 곳을 발견했다. 어슴푸레한 빛에 의지해 잠자리를 깔고 잠시 쉬려고 했다. 밤중 내내 천둥이 치고 물통 몇 개분이 차도록 비가 내렸다. 지붕은 새고 벼룩이나 모기는 떼 지어 있었다. 전혀 잠을 잘 수 없었다. 결국 그 짧은 밤의 하늘이 밝아오고 다시 짐을 싸 떠났다. 그러나 마음은 밤의 흔적에 의해 질질 끌리며 주저했다. 빌린 말들은 고오리桑折의 역참에 도착했다. 미래는 이제까지의 어떤 때보다도 멀리 있는 것처럼 보였다. 그리고 재발하는 병은 끊임없이 고통을 줬다. 그러나 먼 곳으로의 순례가 요구하는 것은 무엇인가? 기꺼이 세상이 가는 그대로 두는 것, 노상에서 죽는 그 찰나성, 인간의 운명. 여기저기에서 다시 발걸음을 발견하고 다테伊達에 있는 오오키도大木戸라고 불리는 관문을 지날 때, 이러한 것들이 정신을 고양시켰다.

방랑 생활

채트윈은 교묘할 정도로 수수께끼에 차 있다. 그러나 독학으로 광범위하게 독서했고, 이론화를 좋아하는 사람이었다. 그는 이런 부류의 사람 특유의 흥미로운 방식으로 지칠 줄 모르고 설명했다. 그의 책은 뛰어난 재치가 번득이는 표현과 함께 흥분을 잘 하고 산만한 특성도 갖고 있다. 그는 영국의 여행 작가 로버트 바이런Robert Byron의 『옥시아나로 가는 길Road to Oxiana』에 크게 영향을 받았다. 그리고 이 책에 대한 찬양은 그의 책에서도 엿보인다. 예컨대 묘사의 기묘함뿐만 아니라, 그로테스크한 것이나 예기치 않은 것에 대한 사랑에서도 엿볼 수 있다. 아우구스투스 하레Augustus Hare[1]가 그의 자서전에서 그로테 부인Mrs. Grote에 대해 말한 것처럼, 그의 자기 확신은 "아테네인들의 법을 제정한 사람의 방식과 어조를 갖는" 믿음의 진술처럼 보였다. 걷기의 가치에 대한 채트윈의 믿음은 확고했다. 그는 걷기를 통해 정의됐다. 그리고 그는 걷기를 통해 인류, 아니 인류가 가진 최고의 것이 정의된다고 느졌다. 그의 가장 초기의 저작들은 유목민에 관한 것이었다. 그는 계속 이동하며 살았다. 채트윈은 '여행 작가'나 심지어 '여행기'를 조롱했다. 그는 '여행'으로서 팔린, 자신이 쓴 많은 것이 꾸며낸 이야기였다고 주장했다. 그는 다음과 같이 말했다. "『송라인』은 소설이다." 많은 독자들은 이 책을 호주 오지에서의 브루스 자신의 모험이라고 여겼다. 그러나 『파타고니아』의 어떤 부분은 확실히 창작되거나 날조됐다. 그는 모순적이며 열정적이었고, 신뢰할 수 없고 파악하기 힘든 인물이었다. 또한 거의 뮌히하우젠Münchhausen[2] 수준의 상습적인 허풍쟁이이면서 비밀스럽기도 했다. "나는 고백을 싫어한다"고 그는 자신의 노트에 썼다.

채트윈은 때때로 경박하게 보일 수도 있었고, 대단히 열정적이거나 상대방이 기진맥진할 정도로 요구하는 것처럼 보일 수도 있었다. 그러나 그는 두말할 것 없이 상상력이 풍부한 작가였고, 여행 문학의 위대한 보행자 중 한 사람이었다.

그러나 『파타고니아』의 글에서는 이것이 명백하지 않다. 이 책에 나오는 전형적인 문장은 다음과 같다. "나는 리오 네그로Rio Negro[3]를 떠나서 포트 마드린Port Madryn[4]을 향해 남쪽으로 갔다." 320킬로미터의 도보 여행. 그러나 그는 어떻게 거기에 도착했는지는 말하지 않았다. 혹은 "나는 불의 땅 안으로 건너갔다." 혹은 "나는 세 개의 따분한 마을을 지나갔다." 혹은 "나는 세계에서 가장 남쪽에 있는 마을로 갔다." 그는 그의 책들에서 비현실적인 존재였다("나는 여행자에게 흥미가 없다"). 그러나 그는 집에 보내는 편지에서는 솔직했다. "나는 피로로 죽어간다. 무려 240킬로미터 남짓을 걸었다"
고 자기 아내에게 썼다.

보행자는 사물을 명료하게 본다. 보행자의 머리 위의 태양, 보행
자의 얼굴을 스치는 바람, 보행자의 발밑에 있는 땅 등. 그는 『송라인』에서
"나는 마을에서 벗어나 석화된 숲으로 걸어갔다"고 썼다. "풍력 펌프들은 미
친 듯이 돌아갔다. 강철처럼 푸른 왜가리가 전기선 밑에 마비된 채 누워 있었
다. 그 부리를 통해 피가 줄줄 흘렀다. 혀는 없어졌다. 멸종된 칠레삼나무의
줄기들은 마치 제재소 안에 있는 것처럼 완전히 부러졌다."

채트윈이 말한 것처럼 『송라인』이 소설이라면, 이 책은 이것저
것 긁어모은 소설이다. 나는 그가 이 책의 많은 것을 창작했다는 뜻으로 한
말이라고 생각한다. 그리고 이것은 사실일지도 모른다. 그러나 여행기에서
사건을 창작하는 것은 소설을 쓰는 것과 같지 않다. 『송라인』은 방랑 생활을
옹호하는 책이다. "나는 독서할수록 유목민들이야말로 역사의 핸들이었다
는 것을 확신하게 됐다. 위대한 유일신교들이 모두 목가적인 환경으로부터
출현했다는 다른 이유가 없다면 말이다."

채트윈의 경우에 이러한 것은 나쁜 역사이다. 역사가 페르낭 브
로델은 지구 규모의 변천에 대한 그의 문화연구서인 『일상생활의 구조The
Structure of Everyday Life』에서 다음과 같이 썼다. "유목민들은 모든 것이 느리게 움
직인 시기에 속도와 기습을 대표한 말과 낙타를 탄 사람들이었다." 채트윈
은 이 사실을 몰랐던 것 같다. 그는 『송라인』의 후반부에서 다음과 같이 주장

했다. "자연 선택은 우리의 뇌세포 구조부터 엄지발가락 구조까지 설계했다. 관목림의 뜨거운 땅이나 사막을 도보로 여행할 수 있도록."

채트윈은 호주에서 원주민들을 방문하며 SUV 안에서 몇 주간을 보냈다. 그러나 그는 이 오지를 방문하고 머물면서 호주 백인들에 의한 인종차별과 많은 끔찍한 예가 있다는 것을 알게 됐다. 채트윈은 1980년대 중엽에 호주를 여행했다. 그의 글은 그가 걸을 때 더욱 예리했다.

나는 모래 언덕의 고원과 부스러지기 쉬운 붉은 바위를 걸어 올라갔다. 후자는 건너기 힘든 협곡에 의해 쪼개져 있었다. 수풀은 사냥감을 몰기 위해 불태워졌다. 그리고 초록색의 밝은 새싹이 그루터기에서 솟아나고 있었다. 그때 나는 고원을 기어 올라가 알렉스 노인이 벌거벗고 있는 것을 발견했다. 그의 창들은 땅에 놓여 있었고, 우단으로 된 코트는 꾸러미로 싸여 있었다. 나는 고개를 끄덕였고 그도 고개를 끄덕였다.

"안녕하세요. 어째서 여기 계세요?" 내가 말했다.

그는 나체로 있는 것을 부끄러워하며 미소 지었다. 그리고 간신히 입을 열어 말했다. "언제나 세상 여기저기를 걷고 있기 때문이라네."

_『송라인』

발로 걷는 것은
미덕이다

임종 시 "브루스는 영화감독 베르너 헤르조크Werner Herzog[5]가 치유의 힘을 갖고 있다고 생각했기 때문에 그를 불렀다." 니컬러스 셰익스피어는 그의 전기 『브루스 채트윈』에 이렇게 썼다. "그들이 1984년 멜버른에서 처음 만났을 때 …… 그들의 이야기는 걷기의 회복력에 대한 토론으로 시작됐다. 헤르조크는 다음과 같이 말했다. '그는 거의 즉각적으로 나와 의기투합했다. 나는 그에게 관광은 도덕적인 죄이지만, 걷기는 미덕이라고 말했다. 또한 우리의 문명을 모든 오류와 함께 치명적으로 만든 것은 유목민의 삶으로부터 벗어났기 때문이라고 설명했다.'"

'솔비투르 암불란도'에 대한 헤르조크의 믿음은 확고하다. 그는 인터뷰에서 다음과 같이 말했다. "나는 개인적으로 인생에서 실존적으로 본질적인 것들은 걸어서 할 것이다. 네가 영국에서 살고 너의 여자 친구가 시실리에 있다고 하자. 네가 그녀와 결혼하고 싶다면, 너는 프러포즈하기 위해 시실리까지 걸어야 한다. 이런 일을 위해 차나 비행기로 여행하는 것은 올바른 일이 아니다."

그리고 그는 걸어야 할 일을 위해 걸었다. 1974년에 독일의 영화감독인 로테 아이스너Lotte Eisner가 파리에서 죽어가고 있다는 소식을 듣고, 헤르조크는 뮌헨에서부터 파리까지 800킬로미터를 걷기로 결심했다. "내가 도보로 가는 한 그녀는 아직 살아 있을 거라고 믿으며." 그는 정열적인 보행자들이 종종 그러듯이 다음과 같이 덧붙였다. "더욱이 나는 나 자신하고만 있고 싶었다." 그는 서른두 살이었다. 그때는 1974년 겨울이었다. 그는 이 여정을 『얼음 속에서 걸으며Of Walking in Ice』(1980)에서 묘사했다.

헤르조크는 거의 걸식하는 사람처럼 여행했다. 그는 거의 호텔에 묵지 않고, 주인이 없는 집에 무단 침입하는 것을 선호했다. 그는 그러한 집에서 자거나 헛간으로 몰래 들어가서 건초더미 안에서 잤다. 그는 자주 부랑자 혹은 무법자로 연행됐다. 그는 사실 무단 침입자였지만, 그것 역시 종종 보행자의 역할이기도 했다. 그는 불길한 겉모습 때문에 여관이나 음식점에서 문전 박대를 당했다.

그의 경로는 까마귀가 나는 대로였다. 그는 도시들과 빈민가들과 쓰레기 더미들과 옛 고속도로들을 통과했다. 이 여정은 결코 목가적이지 않았지만 그는 사색적인 기분을 느꼈다. 그의 산문은 영화적으로 쌓아올린 이미지들로 구성되어 있다. 마치 한 청년이 눈과 비를 뚫고 황량한 풍경을 가로질러, 친구를 만들지도, 자신의 비위를 맞추지도 않고 터덜터덜 걷고 있는 모습을 긴 패닝 숏°으로 찍은 것 같았다. 그는 다리가 시큰거리고 발에는 심한 물집이 생기고 피부가 까져 절뚝거리게 됐다. 그는 다음과 같이 썼다. "어째서 걷는 것은 그토록 비애로 가득 차 있는가?"

그는 그의 꿈을 기록했다. 그는 과거와 어린 시절을 회상했고, 그의 산문은 점점 환상적인 것이 되었다. 파리가 가까워 올수록 로테 아이스너가 아직 죽지 않은 것을 알게 될 것이었다. 그는 무지개를 보고 힘을 냈다. "내 앞의 무지개를 보고 나는 즉시 커다란 확신으로 가득 찼다. 보행자의 머리 위 그리고 앞에 있는 무지개는 도대체 어떤 신호일까? 모든 사람은 걸어야 한다."

고독한 산책자의
몽상

이 제목은 사후에 출판된 이 책의 모든 것을 말한다. 『고독한 산책자의 몽상Les Rêveries du Promeneur Solitaire』은 루소가 쓴 마지막 저작이다. 그는 1778년 죽기 수 주 전까지 이 책을 썼다. 이 책에서 '산책walk'은 특정한 행위이지만, 한 편의 에세이를 뜻하는 말이기도 하다. 그리고 '에세이essay'는 몽테뉴가 노력 또는 시도를 의미하는 것으로 사용했던 단어이기도 하다.

루소는 「첫 번째 산책」의 첫 행에 "나는 지금 지구 상에 홀로 있다"라고 썼다. 그리고 일련의 산책이 자기 성찰의 형태를 취할 것이라고 선언했다. 그는 추방, 비난, 괴롭힘 때문에 15년간 모든 것과 모든 사람들로부터 떨어져서 완전히 혼자였다. 그는 물었다. "나는 무엇인가What am I?"

그가 포기라고 부르는 평화로운 상태는 인도를 방랑하는 탁발 수행자인 사두saddhu의 상태와 같았다. "나에게 지상의 모든 것은 끝났다. 사람들은 더 이상 내게 선이나 악을 행하지 않는다. 나는 이 세상에서 바라거나 두려워하는 것이 없다. 그리고 여기 나는 심연의 밑바닥에서 평화롭고, 가엾고 불행한 인간이지만, 신 그 자체처럼 동요하지 않는다."

　　　　루소는 걷기를 통해 사건을 기억했다. 또한 그의 행동을 해석하고 당혹감을 회상했다. 「네 번째 산책」에서 핵심은 그가 그의 자식들에 대한 질문을 받았을 때, 자신은 자식이 없다고 주장한 것이다. 이 대답은 그가 쓴 대로 거짓말이었다. 루소에게는 다섯 명의 자식이 있었다. 『고백』과 이 「네 번째 산책」에서 주장한 것처럼, 그는 아이들을 고아원에 위탁했다. 그러나 이 기억은 사실이 아닌 것에 대한 몽상을 불러일으켰다.

　　　　「다섯 번째 산책」에서 그는 행복에 대한 명상을 통해 기쁨의 찰나적인 속성에 대한 씁쓸하고도 달콤한 생각들 중 하나를 내놓았다. "행복은 우리의 마음을 걱정스럽고 공허하게 하는 찰나적인 상태이다."

　　　　이후의 산책에서는 어떤 조건에 의해 시골의 산책이 망쳐지거나 지배될 수 있는지, 어떻게 "누군가와 함께했던 기억이 나를 따라 고독 속으로 들어왔는지", 어떻게 특별한 여행 일정이 그를 당혹스럽게 하는 사람들과 만나게 했는지에 관해 이야기한다. 체념의 어조가 『고독한 산책자의 몽상』을 관통한다. 루소는 자신이 가치 있다는 것을 누군가에게 설득하려는 노력을 끝냈다. 이 책은 대단히 자전적이며, 곧 죽음을 맞이할 사람을 위한, 삶과 죽음에 대한 사색에 적합한 일련의 소풍이다.

'쓸 만한 다리'를 가진
자연의 시인

걷기에 대한 워즈워스의 정열은 종종 걷기라는 즐거운 행위를 찬양하는 그의 시들에 영감을 주었다. 그는 73세에 그의 가장 초기 시 중 하나인「저녁의 산보An Evening Walk」를 회상했다. 그리고 자신이 시 안에 집어넣은 시골이 갖는 특징의 '증인'이었다고 썼다. 특별한 대구對句에 대해 말하며, 그는 다음과 같이 썼다. "나는 이 시가 최초로 나에게 떠오른 곳을 뚜렷하게 회상한다. 나는 혹스헤드Hawkshead와 앰블사이드Ambleside 사이에 있는 길에 있었고, 극도로 즐거웠다. 나의 시 인생에서 그 순간은 중요했다. 왜냐하면 자연의 외관이 갖는 무한한 다양성에 대한 의식이 그 순간부터 생겨났기 때문이다. 내가 아는 어떤 시대나 나라의 시인들도 그러한 자연의 외관에 대해 주목하지 않았다. 나는 다소 결핍이 있는 시를 쓰기로 결심했다."

그의 삶은 걷기에 의해 형성되었다. 그는 사춘기 때 파티 후 집으로 걸어서 돌아오며, 일출과 산의 광경에 압도된 일이 있었다. 그는 자신이 계시를 목격하고 있다고 느꼈다. 그리고 그는 너무나 감동해서 삶에서의 그의 역할이 '헌신적인 정신Dedicated Spirit'이 될 것이라고 결심했다.

그래스미어Grasmere의 도브 코티지Dove Cottage에서 그의 누이 도로시와 함께 살면서 걷기는 그의 일과가 되었다. 도로시는 어떻게 그가 심지어 빗속에서조차 몇 시간 동안이나 걸었는지에 대해 다음과 같이 말했다. "그는 보통 그의 시들을 야외에서 창작한다."

그는 전반적으로 보면 선천적으로 훌륭하게 태어난 사람이 아니었다. "다리에 대한 감식안을 지닌 모든 여성들은 그의 다리를 신랄하게 비난했다"라고 토머스 드 퀸시Thomas De Quincey는 까다로운 어조로 썼다. 그러나 그는 다음과 같이 덧붙였다. "그의 다리는 '그럭저럭 견딜 만했다.' 신뢰할 만한 자료에 따르면, 워즈워스는 그의 다리로 28만에서 30만 킬로미터의 거리를 여행했음이 틀림없다."

워즈워스는 아일랜드, 스코틀랜드, 웨일스 주위를 천천히 걸었다. 50대에는 유럽 대륙을 여행했는데, 프랑스, 네덜란드, 스위스, 이탈리아 등지를 왔다 갔다 하며 내내 글을 썼다. 심지어 60대에 접어들어서도 하루에 32킬로미터를 걸을 수 있었다. 도로시는 "등산에 관해서는 가장 강하고 젊은 사람도 그와 거의 경쟁하지 못했다"고 썼다. 70대가 되었을 때 그는 900미터가 넘는, 호수 지역에서 세 번째로 높은 봉우리인 헬벨린Helvellyn 산에 올랐다.

그는 산책 중에 병이 났고, 몇 주 뒤 80세의 나이로 별세했다. 워즈워스는 꽃과 신선한 공기를 사랑한 사람으로 알려져 있다. 그러나 기묘하게도 그를 아는 모든 사람들이 증언하듯이, 그는 냄새를 전혀 맡지 못했다.

걷기는 정신적인 행위에
더 가깝다

헨리 데이비드 소로는 걷기를 신성한 것으로 만들었다. 그의 방대한 일기가 증언하는 것처럼, 그는 자신의 경험에 대한 냉혹한 분석가였다. 그는 또한 자신의 산문 문체를 끊임없이 개량했다. 걷기는 뜨개질처럼 그의 삶을 정교하게 짰다. 그는 걷기에 대해 확신에 찬 어조로 설명할 때보다 더 행복한 때는 없었다. 사후에 출판된 책 『소풍』에 수록된 에세이 「산책」은 가장 행복감을 느끼게 하는 그의 글 중 하나이다. 또한 천천히 돌아다니기라는 주제에 대한 가장 훌륭한 에세이 중 하나이다. 소로는 콩코드에 있는 자연에 아주 근접해 살았기 때문에, 황야에 둘러싸여 있다는 것을 느끼기 위해 멀리 갈 필요가 없었다. 심지어 기차의 경적 소리를 들을 수 있을 때조차 그러했다.

그는 하루에 32킬로미터 정도를 걸었다. 그는 다음과 같이 말했다. "보통은 더 걸리지만 적어도 네 시간을 숲과 언덕과 들판을 산책하지 않으면, 나는 건강과 정신을 유지할 수 없다고 생각한다. 그리고 절대적으로 모든 세상일로부터 자유로워져서 산책해야 한다."

신성화된 걷기는 육체적인 운동과 혼동되지 말아야 한다. 이러한 걷기는 요가나 정신적인 행위에 더 가깝다. 그는 다음과 같이 말했다. "내가 말하는 걷기는 병자가 정해진 시간에 약을 먹고 아령이나 의자를 드는 운동과 전혀 다르다. 걷기는 하루 일과이며 모험이다." 걷기는 사고의 과정과 분리될 수 없기 때문에, "걸을 때 반추하는 유일한 동물인 낙타처럼 걸어야 한다. 어떤 여행자가 워즈워스의 하인에게 그의 주인의 서재를 보여달라고 부탁했을 때, 그는 이렇게 대답했다. '여기가 그의 도서관이에요. 그러나 그의 서재는 야외랍니다.'"

「산책」에서 소로는 다음과 같이 썼다. "두세 시간의 걷기는 멋지고 이상한 나라로 나를 데려갈 것이다. 내가 전에 보지 못했던 한 채의 농가는 때때로 다호메이Dahomey 왕의 영토만큼 훌륭하다." 고립된 농가가 멀리 떨어져 있는 다호메이만큼 만족스럽다는 것은 소로의 전형적인 자만심의 표현이다. 사실 소로는 여행기들을 광범위하게 읽은 독자였다. 비록 리처드 버턴 경의 『게렐레로의 임무, 다호메이의 왕Mission to Gelele, King of Dahomey』은 소로가 죽은 뒤에 출판되었지만, 그는 중앙아프리카와 그 밖의 호수 지역에 대한 버턴의 여행기들은 잘 알고 있었다. 『서아프리카에서의 방랑Wanderings in West Africa』을 포함해서 여행과 발견에 대한 버턴의 열두 권의 책은 소로의 생전에 출판되었다.

그는 「산책」에서 다음과 같이 말함으로써 버턴을 환기시킨다. "내게 대양이나 사막이나 황야를 달라. 사막에서는 순수한 공기와 고독이 습기와 비옥함의 부족을 보상한다. 여행자 버턴은 사막에 대해 말한다. '도덕성이 향상된다. 솔직해지고 친절해지고 호의적이 되고 충성스럽게 된다. …… 사막에서는 알코올 성분이 강한 음료가 단지 혐오감을 불러일으킬 뿐이다. 단순한 동물적인 존재에는 강렬한 즐거움이 있다.'"

그러나 소로는 대양이나 사막이나 황야로의 여행을 피했다. 그는 외국 여행을 경시했다. 그는 외국 여행이 진지한 보행자에게는 불필요하다고 주장했다. 영웅적인 여행의 삶을 산 남녀들보다 그를 훨씬 영향력 있게 만든 것은 바로 이 설득력이었다. 이 설득력은 그의 산문 스타일이 이뤄낸 공적이었다. 소로는 다음과 같이 말했다. "사실 16킬로미터의 반지름을 가진 원 안, 혹은 오후에 산책하는 거리 안, 혹은 70년의 인간의 삶 안에서 풍경이 제공하는 것에는 발견 가능한 일종의 조화가 있다. 당신은 결코 이러한 조화에 익숙해지지 않을 것이다."

천국에 이르는 모든 길이
천국이다

1927년생인 피터 매티슨은 훌륭한 작가이자 용기 있는 여행가, 양심적인 자연주의자이자 영적인 영혼의 행복한 결합체이다. 그는 롱아일랜드에 있는 집에 자신의 불교 도장을 갖고 있다. 그는 헌신적인 보행자로서 아시아, 뉴기니, 아프리카, 남극을 여행했고, 이 장소들에 대해 써왔다. 그의 『눈표범』은 '산에 경의를 표하는' 사람에 대한 위대한 책 중 하나이다. 이 책의 끝 무렵에서 매티슨은 기진맥진했지만, 여행의 정신으로 가득 차 고양된 채 다음과 같이 썼다. "나는 눈 덮인 정상으로부터 번쩍거리는 가시, 설원, 이끼로 시야를 낮췄다. 비록 나는 진리를 볼 수 없지만, 내가 앉아 있는 바위라는 현실에서 진리는 가까웠다. 이 단단한 바위는 『반야심경』에서 내가 결코 이해할 수 없었던 것, 즉 '색즉시공 공즉시색色卽是空 空卽是色'을 뼛속 깊이 가르쳐준다. 이 바위는 모든 것에 포함된 검푸른 허공의 비어 있는 상태인 공空을 가르쳐준다. 때때로 내가 명상할 때 큰 바위들이 춤을 춘다."

이 책은 또한 걷기를 통해 철학적인 문제를 해결한 사람의 훌륭한 예이다. 또한 포착하기 힘든 히말라야의 눈표범을 찾아 열심히 걸었던 매티슨의 탐색을 담고 있다. 그는 깊이 느끼고 세밀하게 썼다. 그가 본질적으로 탐색한 것은 자기 마음의 평화였다.

그는 서두에서 다음과 같이 설명했다. "1973년 9월 말 나는 조지 샬러George Schaller[7]와 함께 크리스털Crystal 산으로의 여정에 착수했다. 우선 우리는 안나푸르나의 아래쪽을 서쪽으로 걷고, 칼리 간다키 강Kali Gandaki River을 따라 북쪽으로 갔다. 그런 뒤 다울라기리Dhaulagiri 봉우리들 주위에서 다시 서쪽과 북쪽으로 가고, 티베트 고원Tibetan Plateau에 있는 돌포Dolpo의 땅에서 400킬로미터 남짓 떨어진 칸지로바Kanjiroba를 건넜다."

"커다란 고양잇과 동물 중에서 가장 아름다운" 눈표범은 25년 간 단지 두 명의 서양인에게 목격됐을 뿐이었다. "신화에 가까운" 동물을 순간이나마 보는 것이 공식적인 이유였지만, 사실상 이 여행은 매티슨의 순례였다. 부인과 사별한 그의 치유를 위한 탐색이자, 불교의 근원에 대한 탐색이었고, 그 지역에 사는 네팔인들이 성스러운 것으로 여기는 풍경에 대한 명상이었다. 존 크라카우어가 쓴 에베레스트 정상까지 오르는 비싸고 숨 가쁜 등반과 반대되는 여행이 있다면, 그것은 바로 이 책 속에 있다. 이 책은 매티슨이 동의하며 인용한 바쇼의 책과 공통점이 더 많다.

10시간 혹은 11시간의 도보 여행에서 매티슨과 샬러는 산맥 안으로 점점 높이 올라갔다. 그들은 추위, 고도高度, 깊고 가파른 계곡 위의 좁은 횡단 사면으로 뻗어 있는 험난한 산길에 시달렸다. 매티슨이 쓴 것처럼 그러한 장애물은 불가피했다. "티베트인들은 힘든 여행에서 우박, 바람, 폭우 등의 장애물은 순례자의 진지함을 시험하려는 마귀들의 소행이라고 말한다. 마귀들은 또한 이러한 장애물을 통해서 그들 중 약한 마음을 지닌 사람들을 제거하려고 한다."

해발 약 4,000미터에서 가장 무서운 장애물 중 하나는 거기서 거주하는 티베트 피난민들이 기르는 사나운 개들이었다. "늑대들과 산적들이 횡행하는 티베트에서 유목민의 캠프와 벽지의 마을은 검은색 또는 얼룩무늬의 큰 마스티프들에 의해 수호됐다. 그러한 개들은 또한 북부 네팔에서도 발견된다." 매티슨은 침을 질질 흘리는 마스티프의 공격을 간신히 막고 뿌리쳤다.

이 책은 순례자 매티슨의 자화상일 뿐만 아니라, 과학자이자 회의론자이며 때때로 인간 혐오자였던 조지 샬러의 초상화이기도 하다. 매티슨은 그를 계몽시키려고 노력했다. 매티슨은 그에게 선불교의 교의를 가르쳤다. 그는 다음과 같이 말했다. "나는 샬러에게 마이스터 에크하르트나 성 프란시스, 성 아우구스티누스, 그리고 3년간 묵언 명상을 수행한 시에나의 성 카타리나 등 기독교 신비주의자들에 대해 말했다. '천국에 이르는 모든 길이 천국이다'라고 성 카타리나는 말했다. 그리고 바로 이것이야말로 일상의 평범한 기적 너머로 신성을 높이지 않는 선의 정수이다."

그는 이 산맥의 불안정한 지역에 있는 위험한 장소에서 죽는 가능성에 대해 생각했다. 그리고 다음과 같은 생각을 받아들였다. "집착과 무집착 사이에서 나는 굉장한 투쟁을 느낀다. 이것은 무집착의 좋은 기회이다. 삶을 잃음으로써 삶을 얻을 것이다. 이것은 무모함을 의미하는 것이 아니라, 받아들임을 의미한다. 또한 수동성이 아니라 무집착을 의미한다."

여행이 끝날 무렵에도 눈표범은 눈에 띄지 않았다. 그러나 눈표범은 그로 하여금 가족과 친구들을 잊게 했고, 그의 순례에 영감을 주었다. 매티슨은 집으로부터 편지꾸러미를 받았다. 그의 주위에 있는 풍경과 사람들과 일체감을 갖기를 원하며, 그는 일부러 편지들을 뜯지 않았다. 그는 이번 여행이 끝나면 개봉하려고 편지들을 하나로 싸놓았다. 그는 나쁜 소식이 있어도 이 벽지로부터 예정보다 일찍 떠나기 위해 할 수 있는 일은 아무것도 없다고 말했다. "그리고 좋은 소식 또한 과거와 미래를 생각하게 함으로써, 현재의 순간순간을 살려는 이 기회를 망치면서 방해가 될 것이다. 산 위에 떨어진 하얀 깃털처럼 내가 집착하려고 하지 않을 때나 훅 불어 없애려고 할 때, 좋은 소식은 연속성과 영원함이라는 망상을 불어넣는다."

이 책은 과도하게 연결되고 과도하게 행동하는 현시대에 실로 유익하며, 그의 선배들인 바쇼, 워즈워스, 소로의 책들과도 견줄 만하다.

14.

위업을 이룬
여행들

6주 동안 완전한 암흑과 화씨 영하 79도에 이르는 저온과 강풍을 경험한 '겨울 여행'은 앱슬리 체리 개러드의 책 『세계 최악의 여행』의 제목을 선사했다. 그는 여행에서의 위험한 위업에 대해 다음과 같이 사색했다. "어째서 어떤 인간들은 자발적으로, 결과에 상관없이 절박하게 그러한 것들을 하려고 할까? 아무도 모른다. 자연의 두려운 힘을 정복하려는 강한 충동이나, 자신이나 삶, 인간 마음의 희미한 작용에 대해 알려는 강한 충동이 작용한 건지도 모른다. 육체적인 능력은 단지 한계일 뿐이다. 나는 어째서 언제 어디서 그러한가를 말하려고 해왔다. 그러나 왜? 그것은 수수께끼이다."

　　아마도 대답은 존재할 것이다. 나는 태평양을 혼자 노를 저어 건넌 제라르 다보빌레Gérard d'Aboville의 『홀로Alone』의 미국판 서문을 쓰려고 준비한 일이 있었다. 나는 이 위험한 항해를 한 이유에 대해 다보빌레에게서 대답을 얻으려고 했다. 그는 한참 침묵한 후 다음과 같이 말했다. "단지 동물만이 유용한 일을 한다. 동물은 음식을 얻고 잠잘 곳을 발견하고 편안하게 지

내려고 한다. 그러나 나는 동물과 달리 유용하지 않은 무언가를 하기를 원했다. 오직 인간만이 할 수 있는 무언가를."

어떤 위업을 다른 위업과 분리하는 것은 이야기를 말하는 방식이다. 이교도로서 어떻게 변장을 하고 메카를 여행했는지를 서술한 리처드 버턴 경의 책은 고전이다. 조슈아 슬로컴은 혼자서 배로 세계 일주를 한 후, 자신의 경험에 대한 훌륭한 책을 썼다. 취펠리도 아르헨티나에서 뉴욕까지 말을 타고 간 여행담을 『취펠리의 기마Tschifelly's Ride』라는 책으로 썼다. 케냐에 있는 포로수용소를 탈출해서 케냐 산에 오른 일은 재미있는 일화로 그칠 수도 있었지만, 펠리체 베누치Felice Benuzzi는 이 위업에 대해 상세하게 썼다. 제라르 다보빌레 또한 태평양을 노를 저어 건넌 후 그렇게 했다.

지금이나 예전이나 여행자는 위대한 위업에 심한 부담을 느낀다. 예컨대 상여금에 대한 폭동 후, 블라이Bligh 선장은 갑판 없는 배에서 18명과 함께 6,400킬로미터를 항해했다. 또한 새클턴Shackleton은 그의 부하들을 영웅적으로 구출하기 위해 얼어붙은 구명선으로 남극해를 1,600킬로미터나 항해해야 했다. 그러나 생존에 대한 이러한 서사시들은 의도된 것이 아니었다.

또 다른 주목할 만한 여행의 위업들이 있다. 1982년 2월 윈드서핑으로 대서양을 건넌 크리스천 마티Christian Marty, 2006년 6일 동안에 서부 호주의 엑스머스Exmouth로부터 레위니옹Réunion 섬까지 6,240킬로미터를 윈드서핑을 하며 인도양을 건넌 여성 라파엘라 르 구벨로Raphaëla Le Gouvello, 2000년에 스키로 에베레스트 산을 활강한 슬로베니아인 다보 카르니카르Davo Karnicar,

2006년 남극을 포함해서 모든 대륙의 가장 높은 산의 정상에서 스키로 활강한 여성인 키트 데로리에Kit DesLauriers 등. 일본, 호주 뉴질랜드의 어떤 여행가들은 카약을 저어 어떤 곳이든 갔는데, 대양들을 건너고 케이프 혼Cape Horn을 돌고 야심적인 세계 일주를 했다. 이 중 몇몇은 영웅적인 여행으로 찬양받을 만했고, 몇몇은 이목을 끌기 위한 행위였다. 나는 주로 기억할 만한 책을 낳은 여행의 위업에 흥미가 있다.

변장한 이교도가 메카에 침투하다

리처드 버턴 경은 『알 마디나와 메카로의 순례에 대한 개인담』에서 자신이 "이슬람 신앙의 사령부로 가는 길을 발견한 살아 있는 유일한 유럽인"이었다고 주장했다.

그는 여행을 떠나는 여행자들에게 공통된 이유 때문에, 이러한 일을 감행했다. "무엇보다도 '진보'와 '문명'이라는 것에 완전히 지쳐버렸다. 다른 이들이 '귀로 듣는 것'에 만족하는 것을 자신의 눈으로 확인하는 데에 흥미가 있었다. 즉 진짜 마호메트의 나라에서 이슬람교도의 내면생활을 확인하고 싶었다. 그리고 사실을 말하자면, 아직 어떤 관광객도 묘사하거나 평가하거나 스케치하거나 사진으로 찍은 적이 없는 신비스러운 장소에 발을 디디기를 갈망했다."

아프리카와 미국 서부로 떠났던 긴 여행에서처럼, 버턴은 벽지에 있을 때 가장 행복했다. "믿어다오. 일단 사막 여행의 평온함에 취향이 길들여지면, 문명이라는 혼란으로 되돌아오는 데에서 진짜 고통을 느낄 것이다. 도시의 공기는 너를 질식시킬 것이다. 그리고 시민들의 초췌하고 창백한 안색은 심판의 환상처럼 너를 사로잡을 것이다."

이 여행에 9개월이 걸렸다고 버턴은 말했지만, 실제로는 훨씬 더 걸렸다. 왜냐하면 그는 아랍어를 유창하게 말하고 이슬람의 모든 면에 대해 잘 알고 코란에 정통해야 했기 때문이다. 이 여행은 1842년부터 1849년까지 그가 군인으로 있을 때 감행됐고, 수년이 걸렸다. 그는 또한 할례를 받을 필요가 있었다. 그는 아마도 여행 전에 인도에서 할례를 했을 것이다. 당시 그는 약 서른 살이었다. 이슬람교도라는 '외부적인' 육체적 증거가 필수였다고 그는 말했다.

이 책의 즐거움 중 하나는 버턴이 아프가니스탄의 수도승 미르자 압둘라로 변장한 것을 즐겼다는 데에 있다. "그는 질문자가 누구일지 조금도 의심하지 않았다." 버턴은 노예 상인에 대해 이렇게 말했다. 그리고 그는 예쁜 노예 소녀에게 그녀가 얼마나 아름다운지 말하면서 집적거렸다("그들은 넓은 어깨, 잘록한 허리, 훌륭한 팔다리, 거대한 크기의 둔부를 지닌 풍만한 아비시니아 혈통의 일반적인 표본들이었다").

그녀는 말했다. "어째서 저를 사지 않죠?"

스스로를 비천한 하지haji(순례자)로 만들기 위해, 버턴은 동승한 승객들을 조용히 조롱하며 배에서 가장 낮은 계급의 사람들에 섞여 여행했다. 그는 여행의 엄격함, 불편함, 더위에 관해 말했지만, 거의 불평하지 않았다. 그는 임무 수행 중이었다. 출발한 지 세 달 뒤 "끔찍하게 더운" 7월에 그는 메디나에 도착했고 마호메트의 무덤을 방문했다.

그는 다른 순례자들과 함께 메카로 이동하고 여행의 목적을 달성했다. 그는 기도하는 척하며 카바Kaaba로 알려진 거대한 돌을 검토했다. 이돌은 이슬람의 심장과 영혼으로 알려졌고, 이교도는 보는 것이 금지되어 있었다.

사람들은 커튼에 대고 우는 데 매달리거나, 그 돌에 자신들의 고동치는 심장을 눌러대고 있었다. 그러나 그 순간 먼 북쪽으로부터 온 이 순례자보다 더 깊은 감정을 느꼈던 사람은 아무도 없었다고 나는 감히 말할 것이다. 마치 아랍의 시적인 전설이 진리를 말한 것과 같았다. 그리고 마치 아침의 달콤한 산들바람이라기보다는, 천사들의 흔들리는 날개들이 사원의 검은 덮개를 펄럭이게 하고 부풀리는 것 같았다. 그러나 겸허히 진실을 고백하는 그들의 감정은 종교적인 고상한 감정이었지만, 나의 감정은 만족스러운 자긍심의 황홀경이었다.

버턴에게 또 다른 황홀한 경험은 그가 플러틸라Flirtilla라고 부른, 추파를 던지는 순례자 소녀를 잠깐 봤을 때였다.

우리 가까이에는 높은 계급으로 보이는 메카인들의 무리가 앉아 있었다. 그들 중 한 사람에 대해 나는 이미 여러 번 언급했다. 그녀는 열여덟 살가량의 균형 잡힌 이목구비를 지닌 키 큰 소녀였다. 그녀의 피부는 다소 레몬 빛이었지만, 부드럽고 맑았다. 그녀는 또한 대칭적인 눈썹과 가장 아름다운 눈 등 모든 미덕을 갖춘 존재였다. 뒤로 젖혀진 머리, 곧은 목, 평평한 어깨, 밖으로 구부러진 발가락과 같은 소위 '우아한' 야만성이라고는 전혀 없었다. 그녀의 모습은 부드럽고 곡선적이며 이완된, 아랍인들이 사랑하는 이상적인 여자의 모습이었다. 불행히도 그녀는 보통의 망사 대신에, 투명한 모슬린으로 된 야슈막yashmak[1]으로 얼굴을 감싸고 있었다. 그리고 어머니 또는 가정교사로 보이는 여성이 옆에 서 있었다. 나이가 지긋한 그 부인은 의심이 많지 않고 순종적인 사람인 것 같았다. 플러틸라는 나의 캐시미어에 찬탄의 눈길을 보냈다. 나는 그녀의 눈에 대고 흥미롭다는 반응을 보였다. 그녀는 요염한 몸짓으로 머리에 쓰는 망사를 2.5에서 5센티미터 정도 뒤로 젖혔고, 타원형의 사랑스러운 머리를 덮고 있는 칠흑 같은 머리카락이 드러났다. 신선한 매력에 대한 나의 찬양은 그녀의 야슈막이 부분적으로 제거되어 보조개 파인 입과 둥근 턱이 모슬린 사이에서 두드러졌을 때 보답받았다. 내 동료들이 안전하게 예배하는 것을 눈으로 확인한 후, 나는 이마에 손을 올리는 위험한 단계로 들어섰다. 그녀는 거의 지각할 수 없을 정도로 미소 짓고는 돌아섰다.

나의 순례는 황홀경 속에 있었다.

버턴 이래 어떤 이교도도 메카를 순례하지 못했고, 살아서 이야기를 전하지 못했다.

홀로 배를 타고 세계를
일주하다

조슈아 슬로컴은 혼자서 배로 세계 일주에 성공한 최초의 사람이 되기로 결심했다. 그는 경험 많은 선원으로, 캐나다에서 보낸 젊은 시절부터 대단히 정력적이었다. 캐나다에서 그는 상습적인 도망자였다. 그는 11.5미터에 이르는 낡은 범선을 발견하고는, 이 배를 수리했다. 그는 이 배를 스프레이Spray라고 명명하고, 1895년 정밀한 시계 없이 추측 항법을 사용하여 항해했다. 3년 동안 7만 3,600킬로미터를 항해했고, 도중에 여러 사건이 일어났다. 이 항해에 대한 슬로컴의 저서 『홀로 배를 타고 세계 일주하기Sailing Alone Around the World』(1899)는 훌륭한 책이다. 이 책은 서두부터 생생하고 자세하며 대단히 익살스럽다. 그는 이 책의 서두에서 다음과 같이 말했다. "나는 비록 미국의 시민으로 귀화한 양키이지만, 원래는 가장 추운 북쪽 산의 추운 장소에서 추운 날이었던 2월 20일에 태어났다."

독학을 했던 슬로컴은 "내 책은 늘 나의 친구였다"라고 썼다. 그의 도서관에는 다윈의 책, 마크 트웨인의 『미시시피 강 위에서의 삶Life on the Mississipi』, R. L. 스티븐슨의 책과 더불어 셰익스피어의 책들이 있었다. 그의 책은 그를 유명하게 만들었지만, 그는 항해를 계속했고 그의 위업들에 대해 강의했다. 그는 또한 공무 방해로 감옥에서 42일 동안 지내기도 했다. 그는 스프레이호로 아마존을 향해 항해하려고 1909년 가을에 마서스비니어드Martha's Vineyard 섬을 출발했다. 그 후 그로부터 아무 소식도 들을 수가 없었다. 그는 바다에서 실종됐는데, 그의 배는 증기선과 충돌한 후 가라앉은 것으로 추정됐다. 그래도 그는 늘 그랬듯이 선실에서 자동조타 장치를 사용했고, 일상적인 습관인 독서를 하며 아늑함을 느꼈다.

잭 런던은 슬로컴의 항해에서 영감을 얻고, 『스나크의 항해The Cruise of the Snark』(1911)에서 다음과 같이 썼다.

조슈아 슬로컴은 몇 년 전에 11.5미터의 배를 타고 홀로 세계 일주를 했다. 나는 유사한 항해를 하는 유사한 작은 배 안에서, 결코 그의 항해에 대한 이야기를 잊지 않을 것이다. 그는 그 이야기에서 진심으로 젊은이들의 생각을 지지했다. 나는 진심으로 그의 생각을 지지했기 때문에 아내를 데려갔다. 확실히 그의 항해에 대한 이야기는 쿡의 항해를 30센트짜리로 보이게 만든다. 더욱이 즐거움과 만족 외에도 젊은이에게 훌륭한 교육을 제공한다. 아! 단지 바깥세상, 외국, 민족, 다양한 기후에 대한 교육일 뿐만 아니라, 내면의 세계에 대한 교육이며, 자신의 자아에 대한 교육이기도 하다. 그리고 자신의 자아에 대해 배울 기회이자, 자신의 영혼과 이야기를 나눌 기회이기도 하다.

해방을 향한
등반

『미친 포로원정대No Picnic on Mount Kenya』(1952)의 이례적인 여행 일정은 탈출의 소원을 예증한다. 그것은 따분하고 불평하며 성가신 사람들로부터 탈출하려는 소원이다. 이러한 소원은 여행의 주된 동기 중 하나이다. 이것은 장거리 여행과 야심적인 여행의 위업을 고취시킬 수 있다.

1943년에 펠리체 베누치(1910~1988)는 케냐에 있는 나뉴키Nanyuki라는 마을의 외곽에 위치한 영국의 포로수용소에 있었다. 그는 감금 상태와 짜증 나게 하는 동료 죄수들 때문에 지루하고 화가 나 있었다. 그는 "온갖 종류의 사람들에게 둘러싸여 있었다. …… 나이 든 사람들과 젊은 사람들, 병든 사람들과 건강한 사람들, 미친 사람들과 분별력 있는 사람들 등." 그는 포로들의 미친 짓거리와 업적은 책 한 권을 채울 수 있을 정도라고 말했다. 그리고 그는 이러한 것들을 예를 통해 증명했다. 그러나 그의 마음은 다른 것에 쏠려 있었다. 베누치는 수용소의 철조망 뒤로부터 장엄한 케냐 산의 광경을 봤다. "두 개의 어두운 막사 사이에 형성된 흔들리는 구름의 바다에서 출현한 영묘한 산. 하늘색의 빙하가 박힌, 거대한 암청색의 이빨 모양으로 생긴 가파른 바위였다. 산은 준엄하게 느껴졌지만, 어떻게 보면 지평선 가까이에서 부유하는 요정과도 같았다. 그 산은 내가 최초로 본 5,000미터 이상의 봉우리였다."

이탈리아가 지배하던 에티오피아에서 그는 하급 장교였다. 그는 다른 수많은 이탈리아인들과 함께 영국 병사들에게 포로로 잡혀, 케냐의 영국 식민지에 수용되었다. 베누치는 강제 노동자로서의 이탈리아 포로들에 대해 언급하지 않았다. 이 강제 노동자들은 거대한 단층 계곡을 가로지르는 나이로비의 서쪽 길을 건설하는 것을 도왔다. 또한 그 길의 모퉁이에 멋진 예배당을 짓는 것도 도왔다. 그가 조를 구성하기 위해 포로인 주안Giuan 과 엔조Enzo를 선택하기까지, 1년 이상의 감금 생활이 지났다. 그들은 폐물이 된 금속을 가지고 놀라운 솜씨로 빙벽을 등반하는 쇠갈고리, 도끼 등 장비들을 만들었고, 방한복과 음식을 비축했다. "다른 목적이 있었기 때문에, 수용소에서의 삶은 다른 리듬을 취했다." 그들은 복제된 열쇠와 무관심한 태도로 수용소 경비병들을 속이고 탈출했다. 그러면서 자신들의 의도를 밝히고 앞으로 야기될지도 모르는 소요에 대해 사과하는 편지를 수용소 당국 앞으로 남겨놓았다.

그들의 등반은 표범과 사자의 은신처, 빽빽한 대나무 숲, 로벨리아가 무성한 들판을 통과하며 이루어졌다. 엔조는 병이 났고, 비상식량은 자주 부족했다. 추위와 함께 발각되는 것을 피하는 것도 문제였다. 그러나 그들은 주어진 환경에서 정상을 등정하도록 장비를 갖췄다. 그들은 지도 없이 자신들의 판단과 과거 등반 때의 경험을 활용했다. 그들은 정상을 향해 힘겹게 올라갔고, 때로는 깊은 눈 속에서 그들만의 길을 개척했다. 눈과 추위 속에 18시간이나 있을 때도 있었다. 그들은 비록 최정상의 봉우리인 바티안 Batian을 등정하는 데는 실패했지만, 거의 5,000미터에 이르는 포인트 레나나 Point Lenana 등정에는 성공했다. 그리고 후에 발견된 이탈리아 국기를 거기에 남겨놓았다.

불요불굴의 등반 후, 그들은 산을 내려와 포로수용소로 되돌아가 항복했다. 탈출에 대한 벌은 28일간의 독방 구금이었다. 그러나 수용소의 소장은 "그들의 노력을 높이 평가한다"라고 말하며, 7일간의 독방 구금을 명령했다.

그렇다. 그것은 스포츠적인 노력이었다. 그러나 그것은 또한 다른 어떤 것이기도 했다. 즉 감금에 대한 혐오와 그들의 인간성을 천명하려는 소원이었다. 베누치는 책의 전반부에서 이렇게 말했다. "수용소의 환경을 견디도록 강요당한 채, 우리는 자신의 개인성을 잃는 것이 두려웠던 것 같다." 따라서 베누치와 그의 동지들은 등반에서 일종의 구원을 보았다. 이것은 많은 사람들이 여행에서 해방을 보며, 비범한 여행의 위업에서 의지의 승리를 보는 것과 같았다.

전쟁 후 베누치는 『케냐에서의 푸가: 해방의 17일 Fuga sul Kenya: 17 Giorni di Liberta』을 썼는데, 덜 매력적인 제목인 『케냐 산 위에는 피크닉이 없다』로 영역되었다.

베누치의 경험은 독일인 하인리히 하러의 경험과 비교된다. 하러는 낭가파르바트Nanga Parbat 산을 등반하던 중인 1939년 인도에서 체포되었다. 하러는 히말라야 산기슭의 작은 언덕이 보이는 데라둔Dehra Dun 근처에 억류됐다. 베누치가 케냐 산의 광경에서 영감을 얻은 것처럼, 하러의 탈출은 히말라야의 고산들로부터 영감을 받았다. 그는 반복된 탈출 시도 후에 성공했다. 그는 1944년 티베트에 갔고, 그 이야기를 『티베트에서의 7년Seven Years in Tibet』(1953)에서 자세히 서술했다.

노를 저어 태평양을 건너다

제라르 다보빌레는 1991년 약 8미터의 배를 저어 일본에서 오레곤까지 갔고, 그 여행담을 『홀로』에 썼다. 그보다 10년 전에는 배를 저어 케이프 코드에서 브르타뉴Bretagne까지 대서양을 건너서 가기도 했다. 이것은 전에도 성공한 사람이 있었지만, 태평양을 혼자 노를 저어 건너는 데 성공한 사람은 없었다. 그는 계절이 저물어갈 무렵 출발하여, 극심한 기후와 우레 같은 폭풍과 14미터에 달하는 파도에 연이어 시달렸다. 북태평양에는 섬이 없었다. 러시아 화물선은 그를 구조하려고 했다. "나는 전혀 마음이 내키지 않았다"라고 다보빌레는 말했다. 그러나 그는 높은 파도에 여러 번 전복되었고, 오레곤 해안에 도달하려는 마지막 시도에서는 거의 익사할 뻔했다.

그는 여행을 마친 후, 브르타뉴에 있는 외항선을 위한 학교에서 생존 기술을 가르치는 일로 조용히 되돌아갔다.

부에노스아이레스에서 뉴욕까지 말을 타고 가다

스위스인 에메 취펠리Aimé Tschiffely(1895~1954)는 말을 타고 뉴욕까지 1,600킬로미터를 여행했다. 그는 만차와 가토라는 두 필의 말이 있었는데, 이 여행은 1925년부터 1928년까지 3년이 걸렸다. 그는 안데스 산맥, 다리엔 협곡, 멕시코를 건넜고, 미국에 도착할 때까지는 심각한 문제가 없었다. 그는 미치광이 운전자가 고의로 옆에서 충돌한 사고에서 간신히 생존했다. 이야기의 전말은 그의 베스트셀러『취펠리의 기마』(1933)에 쓰여 있다.

파나마 운하에서 수영을 하다

미국의 여행가 리처드 핼리버턴Richard Halliburton(1900~1939)은 그의 두 번째 여행서『정복할 새로운 세계들New Worlds to Conquer』(1929)에 파나마 운하에서 수영한 일을 서술했다. 그는 이미 첫 번째 책인『로맨스를 향한 왕도The Royal Road to Romance』(1925)에서 헬레스폰트Hellespont에서 헤엄친 것을 서술했다. 그는 힘든 여행의 전문가였다. 최초로 문서화된 후지산 겨울 등반, 밤에 타지마할에 몰래 들어가 달빛 아래 저수지에서 목욕하기 등 여러 시도를 했다. 몇몇은 실제의 위업이었지만, 몇몇은 이목을 끌기 위한 어리석은 행위였다. 『일곱 동맹의 장화Seven League Boots』(1935)에 의하면, 그는 아라비아와 에티오피아를 여행했고, 하일레 셀라시에 황제와 같이 식사했다. 그는 고뇌에 찬 게이이며, 상상력 풍부한 여행가이자 사상가로 묘사됐다. 그는 '해룡Sea Dragon'이라고 이름 붙인 정크선으로 태평양을 건너려는 마지막 시도에서, 바다에서 실종됐고, 몇 달 후 사망한 것으로 발표됐다.

그의 생동감 넘치는 책들, 화려한 산문은 젊은 세대에게 여행가가 되도록 영감을 주었다. 『로맨스를 향한 왕도』에서 그는 다음과 같이 썼다. "젊음만이 이 세상에서 가질 만한 가치가 있는 유일한 것이다. …… 나는 일시적이고 덧없는 젊음을 가졌었다. 그러나 나는 젊음을 가지고 무엇을 했나? 확실히 부와 책임이라는 진부한 추구에 황금 같은 젊음을 낭비하지는 않았다. 나는 자유를 원했다. 내 환상을 자극하는 어떤 충동에든 탐닉하는 자유, 아름답고 즐겁고 낭만적인 것을 위해 지구의 가장 먼 구석을 찾는 자유 말이다."

남극과 북극을
일주하기

　　1979년과 1982년 사이에 별칭이 란 파인스Ran Fiennes인 라눌 프 트위슬턴 위컴 파인스 경Sir Ranulph Twisleton-Wykeham-Fiennes은 극축을 따라 8만 3,200킬로미터를 일주했다. 그는 이 지구 횡단 탐험을 파트너인 찰스 버턴 Charles Burton과 함께 했다. 이 여행은 대부분 뭍에서 행해졌다. 파인스는 또한 북극을 혼자 여행하려고 했다. 그러나 얼음을 뚫고 나가다가 동상에 걸렸고, 결국 북극 탐험을 포기했다. 파인스의 다른 위업으로는 오만Oman에 있는 우 바르Ubar라는 잃어버린 도시를 발견하려고 나일 강 위를 호버크라프트hovercraft 를 타고 비행한 것과, 두 번의 우회 심장 수술을 한 후 7일 동안 일곱 번의 마라톤을 뛴 것을 들 수 있다. 그의 위업들을 기록한 회고록『위험하게 살 기Living Dangerously』(1983)는 매우 오만하지만 재미있는 책이다.

에베레스트에 대한 궁극의
경험

　　괴란 크로프Göran Kropp(1966~2002)는 터키, 이란, 아프가니스탄을 경유하여 스톡홀름부터 네팔까지 1만 1,000킬로미터를 자전거로 여행했다. 그런 뒤 에베레스트로 갔지만, 처음에는 산소 부족으로 실패했다. 그러나 결 국 그는 등정에 성공했다. 등정 시기는『희박한 공기 속으로』에서 서술된 존

크라카우어의 등반과 같은 때였다. 이 여행에 대한 모든 상세한 내용은 그의 『가장 높은 곳: 나의 에베레스트 오디세이Ultimate High: My Everest Odyssey』(1997)에 실려 있다. 크로프는 2002년 워싱턴 주에서 암벽 등반을 하다가 추락사했다.

아프리카를 횡단한
도보 여행

유어트 그로건은 1898년 케이프타운에서 모잠비크의 베이라Beira까지 도보로 여행했다. 그런 뒤 베이라에서 북쪽으로 계속 여행하여, 니아살랜드, 탕가니카Tanganyika, 우간다, 수단을 거쳐 1900년 초에 카이로에 도착했다. 이 여행에 대한 내용은 『케이프에서 카이로까지: 남쪽에서 북쪽까지 최초의 아프리카 횡단From the Cape to Cairo: The First Traverse of Africa from South to North』(1900)에 실려 있다. 그는 그의 남성다움과 결의로 거트루드 콜먼 와트Gertrude Coleman-Watt의 아버지에게 좋은 인상을 주기 위해 이 여행을 수행했다고 한다. 후에 그는 그녀와 결혼했다.

걸어서 세계를
일주하다

1967년생인 정력적인 피오나 캠벨은 그녀의 아버지에게 무시를 당했다. 그녀는 아버지로부터 인정받고 싶었다. 아버지에게 거부당했다고 느끼며, 그녀는 열여섯 살에 존 오그로츠John o'Groats부터 '땅의 끝Land's End'까지 영국을 횡단했다. 그 후 그녀는 곧 미국을 해안에서 해안으로 도보로 여행했다. 그녀는 도중에 자신의 지원 팀의 일원에 의해 임신을 하게 되었다. 뉴멕시코에서 낙태를 하기 전에 그녀는 몇 번 차를 얻어 탔지만, 신문에는 이 사실에 대해 거짓말을 했다. 후에 그녀는 사실을 털어놓았다. 그녀는 또한 호주를 걸어서 횡단했고, 아프리카를 통과하며 케이프타운부터 탕헤르Tangiers[2]까지 걸어서 여행했다. 캠벨은 외고집이며, 독선적이고 감탄스러운 여성이다. 그녀는 자신의 경험을 세 권의 책,『이야기의 전모The Whole Story』,『아프리카를 도보로On Foot Through Africa』,『진흙의 발Feet of Clay』에서 서술했다. 최근에 그녀는 『아웃사이드』지에서 자신을 "은퇴한 보행자"로 묘사했다.

배로 논스톱 세계 일주를 한
최연소 인물

아마도 여행기의 미래는 모음이나 음절의 생략, 일상적 회화의 수사법, 의식의 수다스러운 흐름을 가진 여행 블로그일 것이다. 호주인 제시카 왓슨Jessica Watson의 세계 일주를 통해 알 수 있듯이 여행 블로그, 특히 진행 중에 있는 여행을 보고하는 블로그의 장점은 컴퓨터를 가진 어떤 사람과도 접촉할 수 있다는 것이다. 여행의 기쁨과 슬픔은 실시간으로 세계에서 경험

될 수 있고, 공유될 수 있다. 이 여행이 증명한 것은 이 16세 선원의 생기, 회복력, 겸손함과 함께 그녀의 성공적인 항해였다.

1993년생인 제시카 왓슨은 어떤 도움도 받지 않고, 혼자서 배로 논스톱 세계 일주를 한 최연소 인물이다. 그녀는 2009년 10월 18일 10미터 남짓의 요트인 엘라스 핑크 레이디Ella's Pink Lady호로 호주의 시드니를 떠나 2010년 5월 15일 되돌아왔다. 그녀의 여행이 4일 더 걸렸다면, 그녀는 열일곱 살이 됐을 것이다.

3만 8,400킬로미터의 여행은 대단히 험난했고 사건으로 가득했다. 예컨대 돛대가 물에 잠기는 여섯 번의 녹다운, 10미터에 달하는 파도를 몰고 온 높이 솟은 바다, 70노트의 속도로 부는 바람, 엔진 고장, 찢어진 돛, 때때로 낙담하는 것 등이었다. 그러나 제시카는 거의 매일 메시지를 올리며, 결코 접촉이 끊긴 일이 없었다. 그리고 블로그 게시물마다 지지자들로부터 보통 1,000개가 훨씬 넘는 댓글이 달렸다. 그녀의 블로그 팔로어는 그녀가 고향의 항구에 가까워졌을 때 급격히 증가했다. 그녀는 비디오, 최신 정보, 사진, 뉴스를 올렸다. 그녀의 웹사이트는 심지어 이 여행을 재정적으로 지원하기 위해, 인터넷을 통해 모자나 포스터 등의 물품을 팔았다. 그녀의 세계 일주에는 블로그라는 방식을 통한 상호작용의 요소가 있었다. 그녀는 여행의 진전을 지켜보는 사람들과 잡담을 나눴다. 블로그의 어조는 너무나 쾌활했다. 그러한 어려운 위업은 분명 긍정적인 마음을 지닌 사람이 가장 잘 달성할 수 있다. 이 위업은 내게 어려운 여행은 본질적으로 정신적인 도전이라는 것을 상기시켰다.

2010년 1월, 여행의 중반 즈음에 제시카는 다음과 같이 썼다. "아래 사진은 대단히 멋진 내 티셔츠이다. 최근에 어머니로부터 음식 가방과 함께 선물로 받은 것이다. 선원들과 내 흥분을 공유할 수 없기 때문에, 당신들과 공유하려고 한다." 그리고 함께 게재된 사진에서 그녀는 '독종One Tough Cookie'이라는 문구가 쓰인 티셔츠를 입고 있었다.

고향에 도착했을 때, 그녀는 수상을 포함한 수만 명의 사람들에게 환영받았다. 수상은 그녀를 영웅이라고 불렀다. 그녀는 동의하지 않았다. 자신은 영웅이 아니라며 다음과 같이 말했다. "나는 꿈을 가지고, 그 꿈을 위해 열심히 노력하고, 무엇이든 가능하다는 것을 증명한 평범한 소녀일 뿐이에요."

15.

집에
머물기

내게 여행자가 아닌 사람은 그저 가사假死 상태로 존재하는 것처럼 보인다. 유년 시절부터 나는 집을 떠나 계속 움직이기를 원했다. 나는 집, 공동체, 도시에 갇힌 채 여행하지 않는 것을 상상할 수가 없다.

그러나 책상이나 도시에 묶인 어떤 저명한 작가들이나 사상가들은 결코 여행한 적이 없고, 심지어 그것을 미덕으로 만들었다. 임마누엘 칸트는 80년에 이르는 생애 동안 그의 탄생지인 쾨니히스베르크(지금의 칼리닌그라드)로부터 160킬로미터 이상 여행한 일이 없었다. 필립 라킨Philip Larkin은 영국 해안의 헐Hull에 있는 그의 집에서 거의 벗어나지 않았다. 말할 필요도 없이 그는 삶의 많은 부분을 어머니와 함께 살았다.

젊은 시절부터 광범위한 여행을 한 토머스 머튼Thomas Merton[1]은 스물여섯 살에 트라피스트회 수도원에 들어갔고, 침묵 서약을 한 후 27년간 거의 말을 하지 않았다. 그는 1968년까지 켄터키에 있는 그의 수도원을 떠나지 않았다. 은둔의 세월을 보낸 뒤, 그는 방콕에서 열리는 회의에 초대되어 처음으로 보다 넓은 세계와 조우했다. 그러나 그는 뜻하지 않은 사고로 호텔 방에서 감전사했다.

에드거 앨런 포Edgar Allan Poe는 영국에서 몇 년간 젊은 시절을 보냈을 뿐이다. 소로는 결코 미국을 떠나지 않았다. 에밀리 디킨슨Emily Dickinson은 거의 집에 매여 있었다. 그러나 이들은 모두 이국에 대한 훌륭한 글을 썼다. 집에 머무는 것, 내부에 머무는 것, 제자리를 맴도는 것은 관습적인 여행의 방식에 길들여진 정신을 자극할 수 있다.

소설에서 여행에 대해 가장 설득력 있고 철학적인 반대를 한 인물은 위스망스의 『거꾸로』에 나오는 퇴폐주의자 장 플로레사 데 제생트 공작이다. 그는 런던을 여행하기 위해 공들여 계획을 세운다. 그러나 나태에 압도되어 파리에 있는 영국풍 술집의 디킨스적인 분위기에 만족한다. 그런 뒤 다소 멍해져서 영국 해협을 건너는 지루함에 대해 생각하고는, 침착하게 다음과 같이 결정한다. "누군가가 의자에 앉아서도 그처럼 멋지게 여행할 수 있다면, 왜 움직여야 하나? 그는 이미 런던에 있지 않았나? 런던의 냄새, 기후, 시민, 심지어 나이프나 포크 등이 여행의 전부이지 않은가? 새로운 실망감을 제외하고, 런던에서 무엇을 발견하기를 기대하나?"

떠나지만 아무 곳에도 가지
않는다

　　『리스본 항해기』에서 헨리 필딩은 휴식 요법과 온화한 기후를 찾아 1754년 6월 말 런던에서 리스본으로 떠났다. 그리고 수백 쪽 뒤인 8월 말, 그는 여전히 영국 연안에 있었고, 배는 바람이 불지 않아서 멈춰 있었다. 그는 일정이 지연되고 아무것도 하지 않는 것에 점점 화가 났고, 일기에 화를 털어놓았다. 그는 자신을 '위대하고 갈가리 찢긴 음유 시인'으로 불렀다. 그는 긴 서문에서 설명한 것처럼 '항해 작가들'에 대해 대단히 회의적이었다.

　　이것은 필딩의 최고의 희극으로 보인다. 즉 떠나지만 아무 곳에도 가지 않는 모순이었다. 필딩은 이 책의 많은 부분에서 풍자하고 비꼬며 큰 소리를 친다. 그는 수많은 병을 앓았고 점점 쇠약해졌다. 이 책은 마치 자기 풍자 혹은 희극적인 과장으로 보인다. 그는 겨우 47세에 다음과 같이 썼다. "통풍 증세 비슷한 것이 질질 끄는 바람에 고통을 겪었다. …… 그리고 절름발이가 된 것 외에, 최근에 새롭게 겪은 심한 피로로 대단히 아팠다. …… 내 건강은 극한까지 저하됐다. …… 나는 대단히 약하고 비참한 상태에서 시골로 갔다. 나는 황달, 수종, 천식 등의 질병이 있다. 이 질병들은 완전히 쇠약해진 몸을 파괴하는 데 힘을 합쳤기 때문에, 내 몸은 모든 살을 잃었다. …… 모든 이들의 의견에 따르면, 나는 지금 무질서한 합병증으로 죽어가고 있다."

　　그는 영국에 여전히 머물며, 타르 수용액 치료라는 식이요법으로 건강을 회복했다. 그때 그는 다음과 같이 썼다. "나는 기후가 더 따뜻한 곳으로 이동해야겠다고 생각했다." 그는 아비뇽을 거부하고, 건강 회복을 위해 리스본으로 가기로 했다. 그는 친울한 마음으로 집을 떠났다. "오늘 내가 본 중에 가장 우수에 찬 태양이 떠올랐고, 나는 포드훅Fordhook에 있는 내 집에서 깨어났다. 나는 어머니 같은 애정으로 맹목적으로 사랑한 이 몇몇 피조물을 햇빛을 통해 마지막으로 보고 떠났다."

그의 책은 지연과 좌절의 연대기이다. 필딩이 결국 리스본에 도착했다는 것은 사실이다. 그러나 항해의 보다 많은 시간을 영국의 해안에 있는 정박지와 계류소에서 보냈다. 배를 실려 보내기에는 바람이 너무나 가벼웠다. 그래서 필딩과 그의 일행은 시간을 보내기 위해 뭍으로 가서, 선술집과 여관에 묵었다. 호전적이고 폭군 같은 선장은 적당한 바람을 기다리며 라이드Ryde에서 포틀랜드Portland로, 그런 뒤 다시 스피트헤드Spithead로, 항구를 왔다 갔다 했다.

"지금 선장은 격노했다. 그리고 바람과의 공개적인 전쟁을 선포했다. 그는 현명하기보다는 대담하게 바람을 무시했고, 그 맹위 속에서 항해할 것을 결의했다." 그러나 이 전술은 실패했다. 그들은 곧 영국 해안으로 되돌아왔다. 필딩은 먹는 것, 바다 생활자와 육지 생활자의 차이, 폭정과 관료주의, 선장과 세관 관리들과의 말다툼, 신화학에 대한 생각으로 일기를 채웠다. 그는 자신의 논고가 "가장 뿌리 깊은 악에 대한 해결책으로 작용할 수 있다면, 적어도 나의 모든 욕망은 충족됐다고 할 수 있다. 그리고 이 왕국의 항구에서 바람에 묶인 채 오랫동안 누워 있었던 보람이 있을 것이다"

라고 썼다.

선장은 적대적이 되어 자신이 '마법의 주문에 걸려 있다'고 믿었고, 그의 배에 할애하는 시간이 점점 줄었다. 필딩이 다시 쇠약해져서 의사들이 왕진을 올 때, 선장은 뭍으로 가거나 다른 배로 놀러 가곤 했다.

8월 말에 바람이 나아져 큰 도움이 됐다. 그리고 출발 후 정확하게 두 달 만에 필딩은 결국 바다에서 항해하게 됐다. 나머지 항해는 상쾌했다. 4일 후 그들은 "플리머스Plymouth의 서쪽에서 48킬로미터 거리에 있었다." 다음 날 그들은 비스케이Biscay 만에 있었고, 바람이 없어 움직이지 못했다. 그런 뒤 그들은 강풍 속에 있었다. "항해는 더뎌졌다." 강풍이 불고 며칠 후 그들은 포르투갈의 해안가에 있었고, 곧 리스본에 도착했다. 실제의 항해는 너무 생략되어 용두사미처럼 보인다. "저녁 7시쯤 나는 뭍에서 역마차에 올라탔다. 그리고 세계에서 가장 불결한 도시로 들어갔다. 동시에 리스본은 가장 많은 인구를 가진 도시 중 하나였다. 그런 뒤 나는 일종의 커피 하우스로 안내되었다. 이 집은 리스본에서 약 1.6킬로미터 떨어진 언덕의 벼랑머리에 기분 좋게 위치하고 있었다. 이 집은 또한 리스본에서 바다로 흘러가는 타조Tajo 강이 보이는 대단히 훌륭한 전망을 갖고 있었다."

그는 리스본에서 건강을 되찾기를 희망했다. 그러나 『리스본 항해기』의 마지막 행은 불길하고, 자신의 죽음에 대한 예감처럼 보인다. 그는 마지막 행에서 호라티우스의 말을 인용한다. "여기서 이야기와 여정이 끝난다."

필딩은 도착한 지 한 달여가 지난 1754년 10월, 리스본에서 죽었다. 『리스본 항해기』는 그의 유작으로 1755년에 출판됐다.

자신의 방을
여행하기

『내 방 여행Voyage autour de ma chambre』(1794)은 여행 문학에서 가장 흥미로운 책 중 하나이다. 프랑스 사부아Savoie에서 태어난 그자비에 드 메스트르Xavier de Maistre(1763~1852)는 군인이자 풍경화가로 여러 곳을 돌아다녔고, 귀화한 러시아인으로서 삶을 마쳤다. 오스트리아와 러시아의 연합군에서 복무할 때, 그는 이탈리아에서 체포됐다. 그런 뒤 42일간 토리노Torino에서 가택연금 상태에 놓였다. 그는 이 집에서 42장으로 구성된 이 책을 썼다. 그는 이 책을 출판할 계획이 없었지만, 그의 형제였던 정치철학자 조셉은 이 책을 읽고 출판하도록 그자비에를 설득했다. 그래서 이 책은 1794년에 세상에 나왔다. 이 책은 "섬세한 관찰로 가득 찬 독자와의 즐거운 잡담이다. 이 책 안에는 꾸밈없는 우아함, 유머, 자연스러운 기지가 온화하면서도 다소 몽상적인 철학과 결합되어 있다." 사실 이 책은 패러디이자 자기 조롱이다. 고의적으로 괴상하게 행동해 유폐의 권태를 피하려는 시도이다. 그는 이 책을 "내가 세계에 소개하는 새로운 유형의 여행"이라고 불렀다. 이 책은 과장으로 가득 차 있으며(한 장★은 '위도와 지형'에 대해 서술한다), 또한 일상적인 것의 의미에 대한 논고이다.

　　"쿡의 항해와 그의 동료 여행가들의 관찰은 …… 이 한 구역에 서의 나의 모험과 견줄 수 없다." 그는 벽에 걸린 그림, 가구, 침대를 다음과 같이 해부했다. "침대는 우리가 태어나서 죽는 것을 본다. 침대 위에서 광경은 계속 변하며, 이 위에서 인류는 흥미로운 드라마, 우스꽝스러운 희극, 두려운 비극을 연기한다. 침대는 꽃으로 꾸며진 요람이다. 침대는 또한 사랑의 옥좌이며 무덤이다."

벽지에 있는 작은 오두막의
은둔자

　　『10평방피트의 오두막The Ten Foot Square Hut』은 공적인 삶으로부터 작은 오두막으로 은퇴하고 죽은 남자에 대한 간단한 내용을 담은 책이다. 이 책은 종종 소로의 『월든』과 비교된다. 이 책은 12세기 일본의 귀족이었던 가모노 조메이의 저작으로 알려져 있다. 그는 교토에 있는 가모의 신사 관리인 선발에서 제외된 것에 실망했다. 그는 은퇴해서 홀로 살기 위해 산골로 갔다. 그는 "달과 바람의 친구였다."

　　그가 세상을 저버렸을 때 그는 50대였다. 그는 우선 히에이 산比叡山 가까이에 있는 오두막에서 살았다. 그런 뒤 5년 후 도쿄 근처에 있는 히노日野에서 더 깊은 은둔 생활에 들어갔다. 히노에 있는 그의 오두막은 거의

3미터 넓이에 높이가 2미터도 채 되지 않았다. 그는 소로처럼 바구니, 화로, 짚으로 만든 자리 등 소박한 가구들을 묘사했다. 이것은 단순함의 극치였다. 그는 전부 합쳐 8년간 은둔했는데, 그의 저작은 은퇴와 포기와 무집착의 결과를 보여주며 불교의 이상에 도달했다. 그는 평온하게 모든 종류의 재난을 열거한다. 일본에 닥친 이러한 재난들은 신의 소행도 있고 인간의 소행도 있다. 그리고 그는 작은 오두막에서의 자신의 존재를 다음과 같이 요약했다. "나는 세상을 버리고 모든 관계를 끊었기 때문에, 공포나 유감을 느끼지 않는다. 나는 사는 데 대한 특별한 소원이나 죽고자 하는 욕망 없이 나의 삶을 운명에 맡긴다. 나는 떠가는 구름처럼 어떤 것에도 의존하지 않고 아무 집착도 없다. 나의 유일한 사치는 건강한 잠이고, 내가 기대하는 전부는 변화하는 계절의 아름다움이다."

집에 머무는 것은
천상의 길

헨리 데이비드 소로는 콩코드에 있는 그의 집에 정서적으로 집착했다. 그는 그 집을 떠나는 것이 거의 불가능했다. 사실 1837년 후 그는 단지 짧은 기간 동안만 이 집을 떠났다. 그는 13일간 콩코드 강과 메리맥 강 위에 있었고, 케이프 코드를 몇 번 방문했다. 그런 뒤 메인 숲을 세 번 여행했고, 스태튼 섬과 미네소타 주에 잠시 머물렀다. 그는 이 일련의 여행을 결코 혼자 하지 않았다. 그는 늘 친구나 친척과 함께 갔다. 그는 그 당시의 여행기들을 광범위하게 읽었고, 여행에 대해 끊임없이 철학적인 사고를 했다. 그러나 그는 실제로 아무데도 가지 않은 사람의 가장 좋은 예이다. 메인 주로의 여행은 여행 팀의 노력이었고, 소로는 따라갈 뿐이었다. 그의 책 『캐나다의 양키A Yankee in Canada』는 오늘날 패키지여행이라고 불리는 기차 여행에 대한 책이다. 그는 수백 명의 관광객과 함께 1주일간 기차에 있었다. 그는 자신이 여행자가 아니라는 사실에 대해 개의치 않았다. 심지어 그는 집에 머무는 것을 자랑했다. 그는 집에 머무는 것에서 미덕을 끌어냈다. "집에서 여행자처럼 살아라." 스태튼 섬에서 향수병에 걸려 그는 다음과 같이 썼다. "내 사고는 이 친근한 언덕으로 되돌아온다. …… 다른 이들은 이렇게 말할지도 모른다. '이곳에는 아시아의 도시들이 없지 않은가?' 그러나 그 도시들이 도대체 뭐란 말인가? 집에 머무는 것은 천상의 길이다."(랠프 월도 에머슨에게 쓴 편지)

소로는 머릿속으로 여행하며, 『월든』에서 다음과 같이 설파했다. "네 안의 모든 새로운 대륙과 세계에 대해 콜럼버스가 되라. 무역이 아닌 사고의 새로운 해협을 개통하며 말이다." 그는 다음과 같이 말하기도 했다. "추위, 폭풍, 식인종을 뚫고 굉장히 먼 거리를 항해하는 것은 사적인 바다, 혼자만의 대서양과 태평양을 탐험하는 것보다 쉽다."

소로의 책이나 에세이에서는 그의 이웃의 면모를 이국적인 장소와 비교할 때 과장된 미사여구가 빈번히 등장한다.

우리의 마을은 산골의 베니스이다.

저편의 늪지대에는 석호가 있다.

나폴리 만만큼 아름다운

저쪽의 단풍나무 가운데의 잔잔한 작은 만.

그리고 이웃의 옥수수 밭에서

나는 골든 혼Golden Horn^{2}을 본다.

1853년에 탐험가 폴 뒤 샤이유가 적도 아프리카로 되돌아가려고 준비할 때, 후에 그의 책을 읽은 소로는 그의 일기에 다음과 같이 털어놓았다. "금전의 부족 때문에, 나는 내가 태어난 이 지역에서 그토록 오랫동안 착실하게 살아왔다. 이것은 나를 인도하는 사람들 덕택이다. 나는 이 땅을 점점 더 사랑하고 연구하게 됐다. 이것을 방랑을 통해 얻은 전 지구에 대한 얄팍하고 널리 보급된 사랑이나 지식과 비교하는 것이 무슨 의미가 있는가? 여행자의 지식은 불모이고, 안락함이 결여된 상태일 뿐이다."

그의 친구이자 문학적 조언자인 에머슨은 영감을 찾아 영국으로 갔고, 다른 동시대인들도 세계 각지를 여행했다. 예컨대 호손Hawthorne^{3}은 영국, 워싱턴 어빙Washington Irving^{4}은 스페인, 멜빌은 태평양으로 갔다. 그러나 소로는 별다른 자극을 받지 않았다. 이러한 여러 편력에 대한 보고는 그에게 반항적이고 때때로 겸손한 감정을 불러일으켰다. 그는 이단아로서의 자의식을 갖고 있었다. 그는 자신의 기이한 특성을 함양했고, 저작에서 그것을 서슴없이 이야기했다. 그러나 그의 성격은 자신이 아는 것보다 훨씬 더 기이했고, 교양 없이 보이기까지 했다.

　　1846년에서 1857년에 걸친 소로의 세 번의 메인 주 여행은 멜빌의 가장 위대한 작품들과 겹친다. 소로가 『모비 딕』을 읽었다는 증거는 없다. 그러나 『타이피』를 읽었다는 충분한 증거가 있다. 이 소설은 그가 메인 주를 최초로 방문했을 때 출판됐다. 그는 「크타든Ktaadn」의 폐기된 초기 원고에서 이 소설을 논의했다. 소로는 황야를 비교하는 데에 다소 호전적이었다. 멜빌은 표류자로 벽지의 마르케사스Marquesas에 있는 고산으로 이루어진 화산군도에서, 사랑스러운 아가씨인 파야웨이Fayaway와 식인종 섬사람들 사이에서 여러 가지 일을 겪었다. 그러나 소로는 자신이 황야에서 멜빌보다 더 깊은 경험을 했다고 주장했다. 이러한 주장은 억지 주장처럼 보이지만, 확실히 그의 원고 안에 있다.

집에 머무는 것에 대한
변호

　　"우리의 눈을 감는 것이 여행이다." 에밀리 디킨슨은 1870년 홀랜드 부인에게 보낸 편지에 이렇게 썼다. 그때 그녀는 40세로 거의 10년 동안 집에 틀어박혀 있었다. 그리고 그녀는 그 후 죽을 때까지 15년 더 은둔 생활을 했다. 그녀는 애머스트Amherst에서 약 16킬로미터 떨어진 사우스 해들리South Hadley에 있는 마운트 홀리오크 대학Mount Holyoke College에서 학업을 시작했다. 그러나 단지 1년간 학업을 지속한 뒤, 향수병에 걸려 가족이 있는 집으로 되돌아왔다.

광장공포증? 아마 아닐 것이다. 그녀는 1865년에 어떤 불안감도 느끼지 않은 채, 보스턴을 여행했다. 그러나 이 여행 후 그녀는 집 밖으로 나가려고 하지 않았다. 그녀는 사랑에 번민했을까? 신경쇠약이었을까? 그녀의 최근 전기 작가 중 한 사람은 에밀리에게 간질 증세가 있었을지도 모른다고 암시했다. 그녀의 가족 중 몇몇 사람들은 간질 발작에 시달렸다. 그녀도 명백히 그 당시 간질에 효과적인 것으로 여겨진 약을 복용했다. 그러나 정확히 동시대에 살았던 에드워드 리어는 간질 증세가 있었지만, 코르시카, 이집트, 중동, 인도 등을 광범위하게 여행한 여행가였다. 리어는 디킨슨처럼 외톨이였고, 고독을 갈망했다. 고통은 창피스러운 것으로 생각했기 때문이었다. 아마도 이것이 열쇠일 것이다.

디킨슨은 집에 틀어박혀 사는 많은 다른 사람들처럼, 유폐로부터 미덕을 이끌어냈다. 그리고 그녀는 자신의 시들과 편지들에서 여행을 비하하고, 집에 있는 것의 기쁨을 찬양했다. 그녀는 편지 작가이자 시인으로서 다작을 했다. 그녀는 거의 2,000편의 시를 남겼다. 열 편이 조금 넘는 시들만이 그녀의 생전에 익명으로 출판됐다.

그녀는 소로처럼 단순함과 엄격함, 심지어 상실에 높은 가치를 두었다. 그녀는 또한 소로처럼 소설, 시, 에세이의 열렬한 독자였으며 디킨

스, 에머슨, 드 퀸시, 조지 엘리엇George Eliot, 소로의 『월든』을 좋아했다. 지금
도 남아 있는 그녀의 서재의 모든 책들에는 페이지마다 그녀가 끄적인 메모
가 남아 있다. 영국의 비평가인 마이클 메이어Michael Meyer는 『문학에 대한 사
고와 쓰기Thinking and Writing About Literature』에서 다음과 같이 날카롭게 썼다. "그녀
는 자신의 삶을 너무나 단순화시켜 외면의 행위는 내면의 존재의 수단일 뿐
이었다. 어떤 의미에서 그녀는 결핍의 의미를 재정의했다. 왜냐하면 믿음, 사
랑, 문학적 인정, 혹은 어떤 다른 갈망이든, 무엇에 대한 부정은 그녀가 원했
던 것을 얻었을 때보다 훨씬 날카롭고 강렬한 이해를 제공했기 때문이었다."
　　아래의 시에 대해 생각해보라.

　　　물은 갈증에 의해 가르침을 받는다.

　　　땅은 — 지나가는 대양들에 의해.

　　　황홀은 — 심한 고통에 의해 —

　　　평화는 — 말해진 전투들에 의해 —

　　　사랑은 — 기념비의 틀에 의해 —

　　　새들은, 눈snow에 의해.

　　존재에 대한 이러한 관점은 신비주의에 가깝다. 부인否認, 환상, 상
상, 열렬한 기대, 예기. 이러한 모든 것은 그녀에게 사물 자체보다 더 중요했
다. 부인을 다룬 그녀의 다른 시에는 "사치스러운 빈곤sumptuous Destitution"이라

는 행이 있다.

　　"집은 신성한 것이다. 의심이나 불신은 그 축복받은 입구로 들어갈 수 없다." 1851년 그녀는 자신의 오빠에게 보낸 편지에 다음과 같이 썼다. "의무는 검은색과 갈색을 띠고, 집은 밝고 빛난다." 그리고 다시금 집은 "옆에 있는 모든 세계보다 더욱 밝다."

프레야
스타크의
여행의
지혜
———

        프레야 스타크는 국적은 영국이었지만, 1893년에 이탈리아에서 태어나서 100년 뒤 이탈리아에서 죽었다. 그녀는 유머가 풍부하고 훌륭한 감식안을 지녔지만, 모순된 성격을 갖고 있었다. 원숙한 언어학자이자 훌륭한 묘사력을 가진 작가였으며 중동, 터키, 아라비아를 여행했다.『암살자들의 계곡The Valleys of the Assassins』(1934),『아라비아의 남쪽 문The Southern Gates of Arabia』(1935),『아라비아의 겨울Winter in Arabia』(1940) 등의 책을 펴냈다. 그녀는 다음과 같이 썼다. "나는 매력적인 사람들을 만나왔다. 그들이 영국에 대한 콤플렉스를 갖고 있지 않다면, 훨씬 더 매력적이었을 것이다. 그 모든 사람들은 편안하고 즐거운 태도를 지녔고, 나는 미국인들의 목소리를 대부분 좋아한다. 반면에 나는 그들이 어떤 신을 가졌다고는 믿지 않는다. 그리고 그들의 모자는 끔찍하다. 모든 것을 감안하면, 나는 아랍인들을 선호한다." 스타크 자신은 그녀의 모자로 유명했다. 그녀는 어린 시절의 고통스러운 사고로 생긴 끔찍한 흉터를 가리기 위해 모자를 썼다. 그녀는 전통적인 문화와 옛 방식에 대한 비범한 발견자이자 탁월한 사진가였다. 그녀는 첫 책인『암살자들의 계곡』에서 "옛 시절은 얼마나 나쁘고 즐거웠는지, 새로운 시절은 얼마나 좋고 지루한지"에 대해 이야기한다.

…

여행은 일상에 대해 훌륭한 소설가들이 행하는 것과 유사한 것을 한다. 일상을 그림처럼 액자 속에 놓거나 보석처럼 세팅함으로써, 그 고유한 특성이 보다 뚜렷해진다. 여행은 일상을 구성하는 바로 그 재료를 가지고 이러한 것을 행한다. 여행은 일상에 선명한 윤곽과 예술적 의미를 부여한다.

_『티그리스로의 기마Riding to the Tigris』(1959)

…

자발적으로 가서 어떤 장소가 제공하는 것을 취하는 한에서만 여행이 가능하다. 그러나 이 제공된 것을 자신만의 건강하고 개인적인 패턴으로 바꾸지 말아야 한다. 나는 이것이 여행과 관광의 차이라고 생각한다.

_『티그리스로의 기마』

...

터키인들은 당연히 세계에서 가장 멋지고 다채롭고 흥미로운 자신들의 나라에 관광객들을 유치하고 싶어 한다. 그러나 주로 호텔의 상당히 이례적인 불편함 때문에 어려움이 야기된다.

_『티그리스로의 기마』

...

우리 영국인들은 성공을 위해 거의 절망적으로 규칙을 깨려고 한다. 그리고 우리가 규칙을 깨는 것을 잊는 것은 빈약한 시대에 있을 때일 것이다. 왜냐하면 이러한 특성이 이류의 범람 속에서 우리를 구할 것이기 때문이다. 이 특성은 부수적으로 보다 논리적인 국가들이 터득하기 어려운 전통을 이해하는 데 있어서 이점을 준다. 우리는 자신들의 전통보다는 이국의 전통을 더 잘 이해한다.

_『티그리스로의 기마』

...

"나 자신이 말하는 것을 듣기 전에, 내가 생각하는 것을 어떻게 알 수 있나?" 이 인용문이 내 마음속에 떠올랐고, 글래드스톤Gladstone[1]의 또다른 말이 떠올랐다. 글래드스톤은 자신이 무언가를 배울 수 없었던 사람은 아무도 없었다고 말했다. 그러나 그 배울 것이 무엇인지를 발견하는 것이 늘 가치 있는 일은 아니다. 아마도 어떤 사람의 생각하는 바를 알게 되는 것이야말로 여행과 글쓰기의 한 가지 이유일 것이다.

_『티그리스로의 기마』

...

나는 고독이야말로 인간의 정신이 절실히 필요로 하는 것이라고 생각했다. 고독에 대한 적절한 인식은 관례 속에서는 결코 이루어지지 않는다. 고독은 규율이나 고행으로 존중되지만, 일상생활의 필요불가결하고 유쾌한 요소로서는 거의 존중되지 않는다. 그리고 가정불화의 반 이상이 이러한 인식의 부족에서 야기된다. 남은 인생 동안 끊이지 않을 두 사람만의 대화에 대한 두려움은 어떤 남자든 결혼하는 것을 가로막는다. …… 현대의 교육은 고독의 필요성을 무시한다. 이 때문에 종교와 시가 쇠퇴하고 정신에 대한 깊은 애정이 결여된다. 어떤 것을 늘 하고 있다는 것은 일종의 병이다. 이것은 마치 누군가가 결코 조용히 앉아 인형극이 펼쳐지게 내버려두지 못하는 것과 같다. 신비와 경이에 몰두할 수 없는 것이다. 우리를 새로운 바다로 데려가는 파도처럼, 세계의 역사는 우리 주위에서 발전한다.

_『암살자들의 계곡』

...

여성 여행가로서 가장 훌륭하고도 거의 유일한 안도감은 원래의 자신보다 어리석은 것처럼 가장할 수 있지만, 이것에 아무도 놀라지 않는다는 데에 있다. …… 여성 여행가들의 경우, 존중받는다는 것은 대부분 하려는 일을 방해받는다는 것과 같은 뜻이다.

_『암살자들의 계곡』

16.
상상
여행

상상 여행담에 대한 놀라운 사실은 상당수가 세계를 잘 아는 실제 여행가들에 의해 쓰였다는 것이다. 새뮤얼 버틀러Samuel Butler는 영국에서 뉴질랜드까지 항해했다. 앙리 미쇼는 남미와 아시아를 광범위하게 여행했다. 잰 모리스는 실제로 지구 상의 모든 곳을 다녔다. 쿠바에서 태어나 이탈리아에서 자란 이탈로 칼비노Italo Calvino는 미국을 여행하고, 잠시 쿠바에 돌아왔다. 그리고 파리에서 살고 이탈리아에서 생을 마감했다. 그들은 여행가로서 더 나은 여행을 발명할 수 있었고, 전적으로 믿을 만한 상상의 나라들을 창조했다. 그리고 그들이 지어낸 여행은 분명히 자신들의 실제 여행을 바탕으로 했다.

미국의 평론가이자 소설가인 수전 손택Susan Sontag은 모음집 『스트레스가 사라지는 곳Where the Stress Falls』에 실린 「여행에 대한 질문Questions of Travel」에서 다음과 같이 썼다. "기독교 문화는 완벽한 존재나 거의 완벽한 존재보다 괴물적인 존재를 더 쉽게 믿게끔 한다. 따라서 괴물들의 왕국이 지도 상에 세기를 거듭하며 나타난 반면, 모범적인 인종은 대부분 유토피아로 가는 여행기에 나타난다. 즉 그들은 어떤 곳에도 없다는 뜻이다."

『로빈슨 크루소』와 『걸리버 여행기Gulliver's Travels』는 이 장을 위한
훌륭한 선택이다. 왜냐하면 크루소의 버려진 섬은 광범위하게 독서한 대니
얼 디포의 상상력의 소산이었다. 디포는 전 유럽을 여행했지만 그의 걸작들
에 나오는 나라들, 즉 브라질 혹은 카리브 해에는 간 일이 없었다. 조너선 스
위프트Jonathan Swift는 아일랜드와 영국을 배로 오갔을 뿐이었지만, 걸리버의
다양한 항해를 위해 브롭딩내기언Brobdingnagian 거인족뿐만 아니라 아주 작은
난쟁이족인 릴리푸티언Lilliputian과 야후Yahoo를 창조했다.

그러나 이 책들은 너무나 잘 알려져 있기 때문에, 나는 이 책들
을 이 항목에서 빼기로 결정했다. 내가 고른 어떤 소설도 유토피아에 대한 것
은 아니다. 나는 유토피아에 관해서 평화롭고 놀랄 만한 것이 늘 있다는 점을
안다. 그와 반대로 디스토피아적인 소설에서는 엉망인 삶과 붕괴해가는 건
물을 통해 진리의 반지가 빛난다. 상상의 장소에 대한 이 책들의 공통점은 풍
자라는 요소이다. 상상 여행에서 풍자는 종종 가장 중요한 요점이기도 하다.

상당히 놀라운
사실들

새뮤얼 버틀러의 『에레혼Erewhon』
새뮤얼 버틀러는 훌륭한 교육을 받았고, 명확하게 사고했다. 그

러나 그의 아버지는 그를 억압했다. 그는 성직자로서 경력을 쌓고 있었지만, 집에서의 삶과 대학 졸업 후 런던의 행정 교구에서의 일 사이에서 신앙을 잃고 말았다. 후에 그는 비망록에 다음과 같이 썼다. "악덕에 대한 전쟁의 도구 혹은 미덕을 쌓는 도구로서, 기독교는 단순히 부싯돌 같은 단단한 도구일 뿐이다."

그리고 가족에 대한 그의 태도의 일면은 다음과 같은 비망록에서 유추할 수 있다. "나는 어떤 다른 것보다도 이 근원에서 더 많은 불행이 비롯된다고 믿는다. 부적절하게 가족 관계를 연장하려는 시도와 결코 자연스레 합쳐지지 않을 사람들을 인위적으로 결합하려는 데에서 비롯된다는 뜻이다."

놀랄 것도 없이 버틀러는 1859년 그의 가족에게서 도망쳐 뉴질랜드로 떠났다. 양을 기르는 목장을 경영한 4년의 기간은 그에게 다윈의 책을 비롯한 여러 책을 읽고 그가 떠나온 세계에 대해 생각할 시간을 주었다. 그가 1864년 영국에 돌아와 에레혼이라는 상상의 세계에 대해 썼을 때, 그는 자신이 본 뉴질랜드의 많은 것을 거기에 포함시켰다. 풍경, 생활 방식, 원주민의 상황 등 에레혼의 사람들은 표면적으로 마오리족을 연상시킨다.

『에레혼』의 미덕 중 하나는 그 풍경의 환기나 장소에 대한 강력하고 설득력 있는 감각이다. 이 책은 고전적인 빅토리아풍의 여행기처럼 시작하고 진행된다. 그리고 한때는 비어 있었지만 지금은 식민지화된 오지의 땅을 묘사한다. 광대하고 산악으로 이루어진 이 미지의 땅은 여전히 유혹의 장소로 존재한다. "나는 멀리 강의 저쪽에 있는 두 번째 산맥 뒤로는 무엇이 있을까 하고 생각했다." 서술자인 힉스Higgs는 원주민인 초우복Chowbok의 도움으로 산맥을 향해 출발한다. 그리고 그는 문명과 검은 피부를 지닌 사람들을 발견한다. 그는 이들이 이스라엘의 실종된 부족들 중 일부일지도 모른다고 추측한다. 그가 구체적인 어떤 것을 정하기 전에, 그는 그의 호주머니 시계를 보고 당황한 치안 판사를 비롯한 몇몇 사람들 앞에 끌려간다. 이 마을 도서관의 몇몇 망가진 기계는 이 사람들이 기계에 대해 공포를 갖고 있다는 것을 보여준다. 힉스는 감옥에 갇힌다.

그에게 주민들은 '12세기나 13세기의 유럽인들'보다 더 발전한 것처럼 보이지 않는다. 그는 그들의 언어를 배우고 친구를 사귄다. 후에 그는 자신이 감기에 걸리는 실수를 했다고 말한다. "어떤 병도 에레혼에서는 큰 범죄이고 대단히 비도덕적인 것이다." 그리고 그는 벌을 받는다.

힉스는 감옥에서 3개월을 지낸 후 석방되고, 수도와 수도에 있는 '비이성 대학College of Unreason'을 방문한다. 그는 그 대학의 교수 중 한 사람이 "기계가 궁극적으로 인류를 대체할" 가능성에 대해 경고하는 책을 썼다는 것을 알게 된다. 또한 그곳에는 '영혼에 대한 기술을 훈련한trained in soul-craft' 계급에 속하는 사람들이 존재한다. 그들은 '교정자들straighteners'이라고 불린다. 그러나 버틀러가 묘사하는 것은 그가 아는 빅토리아 시대의 영국과 매우 닮은 사회이다. 다만 이곳에는 폭압적인 종교가 존재하지 않는다.

힉스가 광범위하게 인용하는 '기계에 대한 책'은 인공지능이라고도 부를 수 있는 '동물적인 의식의 궁극적인 발전'에 대해 경고한다.

마지막으로 힉스는 열기구를 타고 도망간다. 그리고 우리는 기계, 은행, 범죄성, 동물에 대한 그의 묘사에는 다윈주의, 교회, 빅토리아 시대의 법률이 반향되고 있다는 사실에 대해 생각하게 된다. 그래서 '교정자들'은 의사나 사제와 아주 비슷하다. 그가 묘사한 먼 곳처럼 보이는 장소는 그렇게 멀지 않다고도 할 수 있다.

앙리 미쇼의 『위대한 가라반으로의 항해 Voyage to Great Garaban』

앙리 미쇼는 1899년 벨기에에서 태어나 삶의 대부분을 프랑스에서 살았고, 1984년 프랑스에서 생을 마쳤다. 그는 시, 기묘한 단편소설, 광적인 여행, 이상한 그림과 소묘로 초현실주의의 주변에 있는 모호한 인물이었다. 무엇보다도 인간에게 알려진 거의 모든 마약을 시험해본 것으로 잘 알려져 있다. 아마도 그는 몸속에 평균적인 차의 전지보다 많은 산酸을 갖고 있었을 것이다. 환각의 경험과 마약에 의한 꿈은 그가 선택한 오락일 뿐만 아니라, 보다 고차적인 의식에 접근하고 상상력을 높이는 수단이었다.

강렬한 환상과 유머 때문에, 그의 마약에 의한 여행에서 실제 여행을 가려내는 것은 쉽지 않다. 그는 1927년부터 1937년까지 10년간 여행을 하며 보냈다. 1930년대에 그의 중국, 일본, 말레이시아에서의 여행은 거의 여행 일기라고도 할 수 있는 『아시아의 야만인 A Barbarian in Asia』으로 귀결됐다. 1968년에 프랑스에서 출판된 『에콰도르』도 일기풍이지만, 보다 사적이고 가차 없이 비판적이다. 그는 이 책에서 참을성 없으며 괴팍하지만, 책은 술술 읽히며, 여전히 의의가 있다. 미쇼의 책은 찾기 힘들다. 그는 생전에 그랬던 것처럼 지금도 모호하다. 큰 성취에도 불구하고, 그는 명성이나 물질적인 성공을 전혀 누리지 못했다. 그러나 그는 신경 쓰지 않는다고 말했다.

"환영의 세계에 대한 진부함이 존재한다." 그는 1966년 프랑스어로 출판된 『마음의 주된 시련과 무수한 부수적 시련The Major Ordeals of the Mind, and the Countless Minor Ones』에서 이처럼 썼다(미쇼의 제목은 최고다). 이 책은 내게 그의 상상 여행은 마약에 의한 여행보다는 실제 여행에 더 근거하고 있다는 것을 시사한다. 심지어 그렇다고 해도 그의 몇몇 작품에서 그가 체험을 묘사하고 있는지, 꿈의 상태를 묘사하고 있는지 구별하기는 거의 불가능하다.

『타향Ailleurs』이라는 제목으로 묶은 세 권의 책에서 그는 세 개의 가상의 나라에 대해 썼다. 이 책들은 『위대한 가라반으로의 여행』, 『마법의 나라에서In the Land of Magic』, 『여기는 포데마Here Is Poddema』이다. 그의 책 『마약에 의해 멍해지고 옮겨진Spaced, Displaced』의 한 소품은 '거리를 둔 여행Journey That Keeps at a Distance'이라고 불린다. 이 소품은 좌절, 불완전한 만남, 섣부른 인상으로 가득 찬 여행에 대한 것이다. 이 여행은 어떤 장소에 도달해보니 쓸 것이라고는 좌절밖에 없는 여행 작가의 여행과 흡사하다. 이러한 책은 읽기 힘든 여행서 종류 중 하나이다.

1936년에 최초로 출판된 『위대한 가라반으로의 항해』는 상상 여행의 다른 특징을 보여준다. 즉 정밀한 사회학과 상상의 장소들에 대한 인류, 그리고 정치와 역사를 다루고 있다. 여행자가 장소를 지어낼 때는 보통 실제일 때보다 그 장소와 사람들에 대해 더 길게 묘사한다. 그래서 가라반의 핵스Hacs의 땅은 잔인한 광경의 무대로서 묘사된다. 각각의 광경은 숫자가 붙어 있고, 폭력은 점차적으로 증가된다. 육박전(타락한 길거리 싸움, 진흙투성이의 늪에서 싸우는 가족)과 사람을 공격하는 동물(오락거리), 동물끼리의 싸움(흉포한 애벌레들과 악마 같은 카나리아들)이 있다. 어떤 핵스들은 체포돼서 죽음에 처해지는 유일한 목적을 위해, 즉 멋지게 처형되는 영광을 위해, 그들의 왕을 죽이려고 시도한다. "광경 30은 '궁전 안뜰에서 자신의 죽음을 받아들임'이라고 불린다."

익명의 여행자는 이러한 난폭함을 비난하지는 않지만, 핵스들로부터 도망쳐 에만글론Emanglon들에게로 이동한다. 그는 인류학자가 하듯이 에만글론들을 묘사한다. 그는 심지어 '풍속과 관습'이라는 표제를 사용한다. 우리는 그들의 죽음의 의례, 병의 의미, 일에 대한 그들의 경멸감과 일의 위험("며칠간의 지속적인 노동 후, 에만글론은 잘 수가 없을 것이다"), 그들의 냄새(복합적인 향기), 아무 이유 없이 우는 경향, 파리에 대한 혐오 등을 알게 된다. "에만글론들은 파리가 있는 방에서 사는 것을 견딜 수 없다. 그들에게 파리와의 동거는 생각할 수도 없는 일이다."

위대한 가라반의 마지막 그룹인 히비니지키Hiviniziki들은 광적이고 맹렬히 돌진하고 미친 듯이 기도하고 납작 엎드려 절한다. 그들은 정신적 균형이 잡혀 있지 않고, 하찮은 생각에 사로잡혀 있다. 또한 그들은 "늘 밖에 있다. 만일 안에 있는 사람을 보더라도, 그 사람은 거기서 살고 있는 것이 아니다. 그는 친구를 방문하고 있는 것이 틀림없다." 히비니지키에 대한 모든 것, 예컨대 종교, 정치, 극장 등은 광적인 것으로 묘사되어 있다. 모든 것은 뒤죽박죽이다.

미쇼는 상상 여행에 대해 쓰기 전에 세계를 광범위하게 여행했다. 그래서 이러한 이야기들은 실제 여행의 풍자이자 희극적인 환상이다. 초현실주의자인 미쇼는 풍자가 터무니없을 필요가 있다는 것을 날카롭게 의식했다. 심지어 내용이 이해되지 않더라도, 이 이야기는 독자를 미소 짓게 할 것이다. 리처드 엘만Richard Ellmann은 미쇼의 『선집Selected Writings』(1944)에 대한 학문적인 서문에서, 미쇼의 지지자였던 앙드레 지드의 글을 인용했다. "미쇼는 자연스러운 것의 이상함과 이상한 것의 자연스러움 둘 다를 우리가 직관적으로 느끼게 만드는 데 뛰어났다."

미겔 데 우나무노Miguel de Unamuno[1]의 「메카노폴리스Mecanópolis」

1913년에 쓰인 이 단편소설은 작가가 새뮤얼 버틀러의 『에레혼』의 풍자로부터 직접적인 영향을 받았다고 말한 사실만 아니라면, 공상과학소설 혹은 사변적인 소설로도 분류할 수 있다. 우나무노는 이 강렬하고 압축된 이야기 속에서 기술의 공포를 그렸다. 그는 저명한 철학자였고, 인간과 신의 애매한 관계를 그린 『삶의 비극적 의미The Tragic Sense of Life』의 저자였다.

우나무노의 이야기는 이렇게 시작한다. "메카노폴리스, 기계들의 도시에 있었던 탐험가 친구가 내게 들려준 어떤 여행가의 이야기에 대한 기억이 마음속에 떠올랐다."

그 여행가는 사막에서 길을 잃은 채 갈증과 쇠약으로 죽어가며, "마른 땅을 움켜쥐어 손가락들로부터 분출한 거의 검은색에 가까운 피를 빨기 시작했다." 그는 멀리서 무언가를 봤다. 신기루인가? 아니, 그것은 오아시스였다. 그는 회복하고 잠이 들었다. 깨어났을 때 그는 플랫폼에 빈 기차가 있는 정거장을 발견했다. 거기에는 기술자도 승객들도 없었다. 그가 올라타자 기차는 출발했다. 그러고 나서 그를 아주 멋진 도시에 내려놓았다. 도시에는 사람은 물론 어떤 생명체도 보이지 않았다. "길을 건너는 개 한 마리나 하늘을 나는 제비 한 마리도 보이지 않았다." 그러나 주어진 신호에 맞춰 멈추는 전차와 자동차들이 있었다. 그는 그림으로 가득 찬 미술관에 갔다. 그러나 분위기는 메말라 있었다. 그런 뒤 그는 "악기들이 스스로 연주하는" 연주회장에 갔다.

그가 도시의 유일한 사람이라는 것이 『메카노폴리스 에코』지의 뉴스 기사였다. "어떻게 이런 일이 발생했는지 모르지만, 어제 오후 한 남자가 우리의 도시에 왔다. 우리의 도시 밖에 있던 부류의 남자이다. 우리는 그에게 불행한 날들을 예언한다."

그 여행자는 인간 동반자 없이 기계들 사이에서 미치기 시작했다. 이것 또한 일간 신문의 기사였다. "그러나 갑자기 끔찍한 생각이 떠올랐다. 만일 이 기계들이 영혼, 즉 기계적인 영혼을 갖고 있다면 그들은 내게 미안하다고 느낄까?"

그는 공황 상태에서 전차의 앞으로 뛰어들어 자살을 시도했다. 그리고 그가 출발했던 오아시스에서 깨어났다. 그는 베두인족 몇 명을 발견하고 자신의 탈출을 축하했다. "우리 주위에는 기계가 하나도 없었다."

"그리고 그때 이후 나는 우리가 진보라고 부르는 것, 심지어 문화에 대해 진정한 혐오를 품게 됐고 동료, 즉 내가 울고 웃을 때 같이 울고 웃을 수 있는, 나와 같은 사람을 찾고 있다. 그리고 기계가 하나도 없고, 매일이 원시림 속 잃어버린 거리의 달콤하고 수정같이 맑은 단조로움과 함께 흘러가는 외딴곳을 찾고 있다."

상상의 여행에 대한 이 탁월한 소설에는 새뮤얼 버틀러가 풍자한 기계의 거부, 리처드 버턴이 슬퍼한 지나치게 문명화된 삶, 소로가 규탄한 비인간적인 도시의 공포, 행복한 인간들이 사는 에덴동산 같은 벽지에서 때 묻지 않은 사람들을 찾고 싶은 바람이 결합돼 있다.

이탈로 칼비노의 『보이지 않는 도시들Invisible Cities』

칼비노의 소설들은 대부분 '상상 여행'이라는 표제 아래 포함될 수 있다. 그러나 『보이지 않는 도시들』은 여행 선집이라는 표현이 가장 적합하다. 왜냐하면 화자는 변형된 쿠빌라이 칸과 함께 확장된 청중 속에 있는 변형된 마르코 폴로이기 때문이다. 칸은 늙고 참을성이 부족하고 호전적이며, 그가 지배하는 시대는 끝나가고 있다. 마르코 폴로는 시간을 때우고 연로한 황제를 즐겁게 해주기 위해, 세헤라자데의 방식으로 도시들에 대한 묘사를 길게 끌고 있는 듯하다.

이 책은 농밀하고 유쾌하고 역설적이고 변덕스럽다. 이 책은 많은 분석과 몇몇 과장된 비평에 영감을 주었다. 전반적으로 칼비노의 명성은 많은 지지자들의 변호 때문에 훼손돼왔다. 그의 작품의 많은 부분은 정교한 농담에 근거를 두고 있다. 종종 명백한 변덕에 지나지 않는 마술적 사실주의라는 딱지는 별로 도움이 되지 않는다. 이 책의 구성적인 결함은 이 책이 발견의 서사가 아니라, 다소 무형식의 논설이자 대화라는 데에 있다.

그러나 이 책은 이상한 도시들로 떠난 일련의 가상 여행으로서, 대단히 재미있다. 분석하거나 조사하기보다 즐겨야 한다. 그렇지 않으면 이 책은 조각조각으로 부서져버릴 것이다. 도시들은 주제를 갖고 있다. 즉 도시들은 기억, 욕망, 기호, 눈eyes, 가늘게 뻗은 도시, 무역 도시, 숨겨진 도시, 도시와 망자, 연속적인 도시 등의 주제에 해당한다. 책은 비록 적은 분량이지만, 164개의 장들은 도시의 주제들을 변주하며 반복한다. 주목할 만한 사실은 50개 이상의 도시들이 여성의 이름, 예컨대 도로테아Dorothea, 제노비아Zenobia, 소프로니아Sophronia, 트루데Trude 등의 이름을 갖고 있다는 것이다. 그리고 아마도 이 이름들은 여행자가 듣는 사이렌의 노래, 먼 곳의 낭만을 상징할 것이다.

여행자에게 가장 중요한 진리인 현명한 관찰을 통해, 반복적인 이야기는 진부함에서 벗어난다. "먼 도시의 익숙하지 않은 구역에서 길을 잃을수록, 거기에 도달하려고 지나온 다른 도시들을 더욱 이해하게 됐다. 그리고 그는 자신의 여행의 단계들을 되짚었고, 항해를 시작했던 항구와 청년기의 낯익은 장소들을 알게 됐다." 그리고 이러한 것도 있다. "여행자는 새로운 도시에 도착할 때마다 자신의 몰랐던 과거를 다시 한 번 발견한다. 더 이상 자신이 아니거나 더 이상 갖고 있지 않은 것의 이질성이, 아무도 소유하지 않은 낯선 장소에서 당신을 기다리며 숨어 있다." 이러한 말은 독창적이며 진실하게 느껴진다.

마르코는 아델마Adelma라는 도시에서 야채 행상인을 보고, 그의 할머니에 대해 생각한다. "아는 사람들 중에서 죽은 사람들이 산 사람들보다 많은 삶의 순간에 도달했다. 그리고 마음은 보다 많은 얼굴들과 표현을 받아들이는 것을 거부한다. 마음은 조우하는 모든 새로운 얼굴에 오래된 형태를 날인한다. 마음은 각 얼굴에서 가장 적합한 가면을 발견한다." 이것은 여행자의 상상력에 대한 정확한 표현이다. 그리고 아라비아에서 마울라 알리Maula Ali를 보고 있는 리처드 버턴을 보다 정중한 모습으로 상기시킨다. "나는 건장한 야만인에게서 연로하고 내 기억에 뚜렷한 찰스 들라포스 선생님Rev. Charles Delafosse과의 우스꽝스러운 유사성을 감지했다."

나는 칼비노의 저작에서 보르헤스의 반향을 찾는 것이 잘못됐다고 생각한다. 보르헤스는 새로운 세계들을 창조했는데, 칼비노의 많은 도시들은 그 이국성에도 불구하고 꽤 친근하게 느껴진다. 도시 클로에Chloe는 다음과 같다. "거대한 도시 클로에에서 거리를 돌아다니는 사람들은 모두 이방인들이다. 그들은 각각의 만남에서 서로에 대해 천 가지를 상상한다. 그들 사이에서 발생할 수 있는 만남, 대화, 예상외의 일, 애무, 무는 행위. 그러나 아무도 인사하지 않고 눈은 아주 잠시 동안만 고정된다. 그런 뒤 다른 눈을 찾아 재빨리 시선을 보내며, 결코 걸음을 멈추지 않는다." 이 도시가 시카고나 파리와 무엇이 다른가?

예컨대 유행에 집착하는 도시, 시작하지도 끝나지도 않는 도시("단지 공항의 이름만이 변화한다"), 기억이 거래되는 도시처럼, 이 책은 다른 도시들에 대해서는 순수하게 풍자적이다. 이 책은 이러한 풍자 외에 무엇에 대한 것인가? 확실히 이 책은 여행가들의 이야기에 대한 비평이고, 도시들에 대한 회상이며, 주제에 대한 변주들인 장황한 설명이다. 아마도 겉보기에 밀폐되고 고립되고 광대한 이 도시들은, 특정한 기분에 따라 관찰되거나 기억된, 같은 도시일 것이다.

이 책은 또한 우리가 도시에서 어떻게 사는지, 새로운 도시에 어떻게 적응하는지, 심지어 가장 끔찍한 도시에서 어떻게 거주할 수 있는지에 대해 많은 것을 말한다. 내 자신의 느낌(그리고 칼비노의 느낌 또한 그런 것 같다)은 도시 거주자들이 자신들이 사는 도시를 발명했다는 것이다. 거대한 도시는 전체로서 파악하기에는 너무나 커서, 그 전모는 보이지 않거나 상상되거나 주로 마음속에서 존재한다. 뉴요커는 친근하고 위협적이지 않은 도시를 창조하면서, 자신이 만든 버전의 뉴욕에서 산다. 이때 뉴욕은 광대하거나 다층적이거나 매우 높은 장소가 아니다. 오히려 친구, 집, 가게, 음식점, 극장으로 구성된 특별한 장소이고, 결정적으로 거리, 기차, 안전하고 도움을 주는 이웃들로 된 많은 루트로 구성된 복잡한 네트워크이다. 칼비노는 엉뚱한 우화로 이루어진 그의 책에서, 우리가 실제 세계에 어떻게 자신들을 맞춰야 하는지를 보여준다.

잰 모리스의『하브에서 온 마지막 편지Last Letters from Hav』

잰 모리스는 세계 각지에서 가장 광범위하고 많은 여행을 한 생존 작가 중 한 사람이다. 그녀는 어떤 나라를 창조하고 그곳에 역사, 예술, 종교, 문학을 부여했다. 그녀는 세부 사항들에 대해 매우 용의주도해서, 독자들은 읽고 난 후 이 나라가 정확히 어디에 있고 어떻게 방문할 수 있는지를 진지하게 궁금해한다.

하브라는 상상의 나라는 동부 지중해에 있는 것처럼 보인다. 그리고 이 나라는 이슬람교도들과 기독교도들로 구성된 대단히 다양한 인구를 포용하고 있다. 또한 이 나라에는 아마도 켈트족 혈통일 혈거인들로 구성된 고대의 원주민들도 포함돼 있다. 이 원주민들은 이 나라를 여름을 뜻하는 그들의 말(또한 웨일스 말이기도 한)인 하브라고 이름 붙였다. 그들은 "웨일스 말인 '방랑자crwydwyr'와 어원학적으로 관련되어 있다고 생각되는" 크레테브Kretev라고 불린다.

연례 축제 중 하나는 '지붕 경주Roof Race'로, 참가자들은 하브를 가로질러 지붕에서 지붕으로 뛰어오른다. 체호프, 레이디 헤스터 스탠호프,

이븐 바투타, 마르코 폴로 등 위대하고 박식한 많은 저명인사들이 하브를 방문하고 그들의 인상을 기록했다. 후의 방문객들에는 노엘 카워드Noël Coward, 코코 샤넬Coco Chanel, 토마스 만Thomas Mann, 윈스턴 처칠Winston Churchill, 제임스 조이스James Joyce, 리처드 버턴 경 등이 포함돼 있다. 마르코 폴로는 하브가 "다른 장소들과 달리 이상한 건물과 관례들이 있는 장소"라고 말했다. 정교한 건축은 알렉산더 킹레이크Alexander Kinglake, 마크 트웨인, D. H. 로렌스 등 다른 사람들을 인용하면서 묘사된다.

화자는 이야기의 중간쯤에서 이렇게 말한다. "하브의 의미는 쉽다." 정치, 예술, 전쟁, 기후의 면에서 하브는 문화적으로 혼란스러운 지중해의 본질을 반영한다. 하브에는 그리스, 터키, 이탈리아뿐만 아니라, 번쩍이고 수다스러운 정복자들, 제국주의자들, 복음주의자들 외에도 에드워드 리어, 제임스 조이스, 리처드 버턴, T. E. 로렌스 등 작가들이 층층이 쌓여 있다.

"하브의 원주민처럼 행동하는 것의 이점은 원주민이 누구인지 아무도 모른다는 것이다. …… 당신은 선택할 수 있다!"

모든 곳을 여행한 작가인 잰 모리스는 이 진짜 같은 책에서 그녀의 여행과 독서로부터 하나의 나라를 창조했다. 그 나라는 햇빛이 가득하고 다양한 민족들의 요구로 여러 언어가 사용되며, 그 복잡성 때문에 분열되기 쉽다. 잰 모리스는 자신의 웨일스 조상들에 긍지를 갖고 있다. 이 책은 부수적으로, 다소 멸시를 받는 웨일스 조상인 크레테브가 어떻게 타 민족에게 압도당했는지를 보여준다. 이 책은 부분적으로 다문화의 지중해에 대한 풍자이기도 하지만, 또한 일종의 기상곡奇想曲이기도 하다. 이 책은 그 내용이 선량하고 박식하고 계몽적이라는 점에서, 내가 아는 가장 성공적인 소설 중 하나이다.

　　　언젠가 나는 잰에게 이 책을 쓸 때 무엇이 머리를 스치고 지나갔는지 물었다. 그녀는 대답했다. "『하브에서 온 마지막 편지』를 쓴 것은, 내가 그동안 글을 쓰면서 어떤 장소나 시대의 표면 이상을 긁은 적이 없다는 것을 깨달았기 때문이었어요. 그 책은 시민과 역사의 복잡성에 대한 우화로 만들 생각이었지요. 아무도 그런 식으로 읽지 않았겠지만 말이에요."

17.

그곳에서만 먹을 수 있는 음식들

"당신은 틀림없이 뭔가 이상한 걸 먹었겠군요." 나는 이 말을 자주 듣는다. 나는 나이지리아에서 푸푸fufu(으깬 고구마), 중국에서는 뱀과 자라를 꽤 좋아했다. 나는 올빼미 새끼를 먹는 것에 반대했다. 왜냐하면 식사를 위해 선택되는 것을 기다리며, 새장에 갇혀 초조하게 보이는 이 새들이 가여웠기 때문이다. 어느 날 밤 요리사가 권유하는 대로 올빼미 새끼 한 마리를 샀다. 그러고는 녀석을 자유롭게 풀어주었다. 요리사는 크게 놀라는 눈치였다.

수프 속에 있는 터퍼웨어Tupperware 조각처럼 보이는 암소의 힘줄은 맛있지 않다. "네 다리를 가진 것 중에는 의자, 나는 것 중에는 비행기, 헤엄치는 것 중에는 잠수함을 제외하고 광동인은 모든 것을 먹는다." 필립 왕자는 한때 이렇게 말해 야유를 받았다. 나는 미얀마에서 몇몇 참새를 먹었고, 『유라시아 횡단 기행』에서 이 사실에 대해 보고했다. 잠베지Zambezi에서 악어의 꼬리는 스튜나 스테이크로서 꽤 보편적이다. "모든 종류의 썩은 고기와

쓰레기는 그것을 거부하는 위가 없으면 먹을 수 있다"라고 프랜시스 골턴은
『여행의 기술』의 「굶주린 사람들의 생명을 구할 수도 있는 혐오스러운 음식」
장에 썼다. 그는 다음과 같이 덧붙였다. "생명은 확실히 혐오스러운 음식에
의해 유지될 수 있다."

　　　나는 어머니가 겨울 아침에 주셨던 차갑고 덩어리진 오트밀 덕
에 여행지의 음식에 대한 대비가 되어 있었다. "다 먹기 전에는 학교에 갈 수
없다." 나는 앉아서 오트밀을 보는 것만으로도 역겨워서 혐오의 눈물이 솟았
다. 조금이라도 삼켜보려고 했더니 구역질이 났다. 소녀일 때 미국에 이민 온
나의 이탈리아인 할머니는 샐러드에 친근하게 보이는 푸성귀를 넣어 우리에
게 주었다. 우리가 이 약간 쌉쌀한 잎에 대해 물었을 때, 그녀는 이 푸성귀가
그날 아침에 캔 민들레라는 것을 인정했다. 미국의 많은 가난한 이탈리아인
들은 민들레를 찾아 돌아다녔다.

　　　"객관적으로 보면, 우유나 치즈를 먹는 것보다 더 혐오스러운 것
은 없어요." 우리가 이 주제에 대해 토론할 때, 내 아들 마르셀은 내게 이렇
게 말했다. 대부분의 중국인들이 동의하듯, 거의 모든 중국인들은 유당을 견
딜 수 없어 하며 육체적으로 우유나 치즈를 소화시킬 수 없다. 많은 중국인
들은 백인종이 이상한 치즈 냄새를 풍긴다고 믿는다. 작가이자 여행가인 테
드 호글랜드Ted Hoagland는 내게 말했다. "내게 이국적인 음식으로는 스라소니,
호저의 간, 다람쥐가 있다. 그러나 사향쥐가 최고이다." 그리고 나의 여행 친
구인 래리 밀먼Larry Millman은 그린란드에서부터 마이크로네시아에 걸쳐 개고

기를 먹었다. 그리고 개고기의 다양성에 대해 말했다.

『맨더빌 여행기』는 이상한 음식으로 가득 차 있다. 이 책은 대부분 터무니없는 거짓말과 자신의 이익에 도움이 되는 왜곡으로 꾸며졌지만, 기이한 음식들의 상세한 설명에 열중한 독자들에게는 문제가 되지 않았다. 허먼 멜빌은 『모비 딕』에 「요리로서의 고래」라는 장을 포함시켰을 때, 이러한 매혹을 강하게 의식했던 것이 틀림없다. 『모비 딕』에서 이스마엘은 고래고기의 요리와 시식뿐만 아니라, 기름에 튀긴 고래의 지방과 향유고래의 뇌에 대해서도 논한다. 그는 다음과 같은 독백을 덧붙인다. "그토록 양이 많지 않다면 고래는 고귀한 음식이다. 그러나 당신이 30미터에 달하는 고기 파이의 앞에 앉게 된다면, 당신의 식욕은 날아가버릴 것이다."

일본인들은 오랜 세월 계속해서 고래를 죽여왔기 때문에, 고래회를 먹을 수 있었다. 구지라(고래)는 얇게 썰어 날것으로 제공된다. 고래회는 소고기처럼 살과 지방에 줄무늬가 있다. 고래회는 또한 소금기가 있고, 다소 생선의 맛이 나며 단단할 수도 있다. 계속 포경하기 위해 일본인들은 제3세계의 국가들을 자기편으로 끌어들이려고 했다. 그들은 발전 기금으로 뇌물을 줘왔고, 원주민들 뒤로 숨어버렸다. 일본의 원주민인 아이누는 원시적이라고 경멸당했다. 병코돌고래를 도살해서 먹는 것은 일본인들의 색다른 즐거움이다. 2009년 발표되어 상을 받은 기록 영화 「작은 만Cove」에 의해 이 사실이 드러났을 때, 타이지라는 어촌의 시장은 그의 마을에서 돌고래를 학살하는 것으로 묘사된 데에 몹시 화가 났다. 그리고 다음과 같은 성명을 발표했다. "오랜 역사를 지닌 전통에 근거한 지역의 음식 문화를 존중하고 이해하는 것은 중요하다."

　　　　어떤 여행자들은 부화 직전의 오리알을 삶은 필리핀 요리 발룻balut을 비롯해 태국의 오리 혀 스프, 이탈리아 피에몬테 지방의 수탉 벼슬로 만든 스튜인 피난지에라finanziera를 찬양한다. W. H. 오든은 아이슬란드를 여행할 때 말린 대구로 만드는 루테피스크lutefisk라는 요리를 조롱했는데, 이것은 부패시킨 상어 요리인 하쿠리hakuri와 함께 아이슬란드에서 사랑받는 음식이다. 시실리와 사르디니아에서는 카수 마르주casu marzu라고 알려진 '구더기 치즈'가 제공된다. 이 음식은 꿈틀거리는 쌀로 오해될 수 있다. 콜롬비아 아마존의 소위 큰 엉덩이를 지닌 개미는 원주민인 구아네Guane 사람들에 의해 채집되어 구워지고 '풍미 그윽한 음식'으로 제공된다. 한국에는 개고기 이외에도 특별한 요리들이 가득한데, 닭똥집은 기름을 많이 넣어 튀긴 닭의 모래 주머니이다. 그리고 횟집에서 먹을 수 있는 산 낙지는 간단히 준비된다. 우선 살아 있는 작은 낙지를 칼로 자른다. 그런 뒤 여전히 꿈틀거리는 다리들을 잘게 자르고, 특별한 소스와 함께 생으로 먹는다. 수소의 고환(크리아디야criadilla)은 스페인에서 일반적인 음식이고, 종달새 파테pâté는 프랑스에서 인기 있는 미식이다. 부탄, 티베트, 네팔에서 발견되는, 머리에 약 5센티미터의 돌기를 지닌 2.5센티미터 길이의 유충인 애벌레는 약효 성분이 있는 미각의 경이이다. 멕시코의 지역들에서 검은 개미의 유충은 한 접시에 담긴 복합 음식의 일부이다. 그리고 마지막으로 내가 헤이룽장 성黑龍江省에서 먹은 곰 발바닥이 있다. 명왕조부터 요리된 곰 발바닥은 중국 전역의 메뉴에 올라 있다. '황실의 강장 음식'으로 널리 광고된 특식으로, 코뿔소의 뿔이나 호랑이의 성기처럼 정력을 강화시키는 것으로 추정된다. 곰 발바닥은 밀렵꾼들이 밀렵에 성공했을 때 먹을 수 있다.

위의 어떤 음식도 혹은 내가 여행하는 중에 먹은 어떤 음식도 스코틀랜드의 글래스고Glasgow에서 어느 날 시도한 음식의 혐오스러운 외관이나 맛과는 비교할 수 없다. 나는 햄버거를 주문했고, 다량의 날고기와 연골을 당구공 크기의 공 모양으로 만드는 남자를 봤다. 그는 이 공 모양의 것을 철사로 된 바구니에 던져 넣고, 끓는 노란 기름의 거품이 이는 용기에 잠기게 했다. 그는 이 졸아들고 검게 그을음이 붙은 공 모양의 음식을 튀긴 후, 두 조각의 빵 사이에 끼워 넣고 내게 건넸다. 내가 먹을 수 없다고 하자, 그는 미소를 지으며 말했다. "미국인들이란 참."

타타르인들의
식생활

그들은 사냥개, 사자, 표범, 암말, 새끼 말, 나귀, 들쥐, 생쥐, 그리고 모든 종류의 크고 작은 동물을 먹는다. 그러나 백조와 옛 법에 의해 지켜지는 동물만은 먹지 않는다. 그리고 그 모든 동물들을 더러운 부분만 제외하고는 어떤 것도 버리지 않으며 안팎을 가리지 않고 먹는다.

만일 빵이 위대한 군주의 궁정에 있더라도, 그들은 빵을 거의 먹지 않는다. 완두콩이나 콩, 다른 야채 수프는 없고, 고기 수프만 있는 곳이 많다. 그들은 고기와 고기 수프 이외에 다른 것은 거의 먹지 않기 때문이다. 그리고 먹을 때 손을 옷에 문지른다. 왜냐하면 그들은 냅킨이나 수건을 사용하지 않기 때문이다.

_『맨더빌 여행기』

타타르의
여행 음식

먼 탐험을 떠날 때 타타르인들은 짐을 가져가지 않는다. 그들은 각각 마시는 우유를 담기 위한 가죽으로 된 수통과 고기를 요리하는 작은 냄비를 가져간다. …… 그들은 필요할 때를 대비해서 별다른 예비품을 갖고 가지 않는다. 불을 피우지 않고 단지 그들의 말의 정맥을 찔러 말의 피만을 마시며, 족히 열흘은 되는 여정 내내 말을 탈 것이다. 그들은 또한 밀가루 반죽처럼 고체가 된 말린 우유를 갖고 있다. 그들은 이렇게 우유를 말린다. 우선 우유를 끓인다. 적당한 순간에 표면에 떠다니는 크림을 걷어내고, 그 크림을 버터로 만들기 위해 다른 용기에 넣는다. 왜냐하면 크림이 남아 있는 한, 우유는 마르지 않기 때문이다. 그런 뒤 우유를 햇빛 아래 놓고 마르도록 둔다. 탐험을 떠날 때 그들은 약 4.5킬로그램의 우유를 가져간다. 그리고 매일 아침 225그램 정도를 꺼내, 호리병박처럼 생긴 작은 가죽 수통에 넣는다. 그러면 말을 타는 동안 수통 안의 말린 우유는 액체로 바뀌고 그들은 그 우유를 마신다. 이것이 그들의 아침 식사이다.

_『마르코 폴로의 여행기The Travels of Marco Polo』(1958)

헤브리디스의 아침 술
한 모금

그들의 가금류는 런던의 가금상들이 팔기 위해 통통하게 살찌운 가금류와는 다르다. 그러나 이 가금류는 다른 곳에서 제공되는 것만큼 좋다. 거위는 예외인데, 바닷가에서 키웠기 때문에 보통 어류의 악취가 난다. 그들의 거위는 야생종과 사육종의 중간처럼 보인다. 그 놈들은 집을 가질 정도로 길들여졌지만, 때때로 날아서 도망갈 정도로 야생적이다.

그들의 빵은 귀리나 보리로 만들어져 있다. 귀리로 만든 케이크에 익숙하지 않은 미각은 쉽게 적응하지 못한다. 보리로 된 케이크는 보다 두껍고 부드럽다. 나는 내키지 않은 채, 이 케이크를 먹기 시작했다. 이 케이크의 검은색은 혐오스러운 감정을 일으킨다. 그러나 그 맛은 나쁘지 않다. 대부분의 집에는 밀로 된 꽃이 있는데, 이것을 반죽하고 구울 만큼 오래 머문다면 대접받을 수 있다. 빵을 반죽할 때 이스트나 효모가 사용되지 않기 때문에, 그들의 모든 빵은 발효 음식이 아니다. 그들은 단지 케이크만을 만들고 빵 덩어리를 만들지 않는다. 나는 헤브리디스 여성의 식사에 대해 전혀 모르기 때문에 생략한다. 헤브리디스의 남자는 아침에 모습을 나타내자마자 위스키 한 잔을 꿀꺽 삼킨다. 그러나 그들은 주정꾼들이 아니다. 적어도 나는 그들이 폭음하는 것을 본 일이 없다. 그러나 어떤 남자도 '스칼크skalk'라고 부르는 아침의 한 모금을 거부할 만큼 절제하지는 않는다.

'위스키'라는 단어는 물을 가리키는데, '강한 물'이나 증류주라는 의미로 더 많이 사용된다. 북쪽에서 마시는 주정은 보리에서 추출된다. 나는 인버러리Inverary에 있는 여관에서 딱 한 번 이 주정을 시험 삼아 마셔봤는데, 영국의 어떤 몰트 브랜디보다도 낫다고 생각했다. 그것은 강하지만 톡 쏘지는 않았고, 불타는 맛이나 냄새가 전혀 없었다. 한 모금 마신 후 오래지 않아 아침 식사가 나왔다. 음식에 대해서는 저지대에 살든 산에서 살든 스코틀랜드인들이 우리보다 낫다는 것을 인정해야만 한다. 차와 커피는 버터, 꿀, 설탕절임, 마멀레이드와 함께 나왔다. 만일 미식가가 감각적인 기쁨을 추구하여 이동할 수 있다면, 스코틀랜드에서 아침 식사를 할 것이다.

_ 새뮤얼 존슨, 『스코틀랜드의 웨스턴아일스로 가는 여행』

드루즈Druze[1]의
날고기

날고기를 먹는 드루즈의 관습은 1812년에 레이디 헤스터 스탠호프를 매혹시켰다. 그녀는 후에 다음과 같이 서술했다. "나는 드루즈인에게서 훌륭한 양을 구입했는데, 그 녀석의 꼬리 무게는 거의 5킬로그램이나 나갔다. 나는 이 양을 마을로 가져오기를 원했고, 거기서 사람들에게 먹으러 모이라고 명령했다. 내가 도착했을 때 양은 살아 있었지만 곧 도축되어 껍질이 벗겨졌고, 매트로 만들어진 일종의 접시 위에 생으로 담겼다. 30분이 채 지나기 전에 사람들은 그 날고기를 깨끗이 먹어치웠다. 남자들뿐만 아니라 여자들도 먹었다. 그들이 삼킨 날고기의 지방 조각들은 실로 무시무시했다."

_ 제임스 C. 시먼스, 『열정적인 순례자들』(1987)

마늘, 무식한 농부의
음식

동양인이든 서양인이든 약초에 능통한 사람들은 마늘을 높이 평가한다. 그들은 다음과 같이 자신 있게 말한다. "마늘은 몸을 강하게 하며 쉽게 피로해지지 않는 체질을 만들고 눈을 밝게 한다. 또한 소화력을 증진시킴으로써, 공기와 물의 급격한 변화로 인해 야기되는 나쁜 증상을 없애준다." 여행자는 마늘을 '프로방스 버터'라고 부르며 기꺼이 음식에 넣는다. 왜냐하면 여행자는 말라리아가 심한 곳이라면 어디서든, 그 이유는 모르지만 효능은 알아차린 사람들이 마늘을 식품으로 만드는 것을 보기 때문이다. 옛 이집트인들은 마늘을 높이 평가했다. 마늘은 양파와 부추와 함께 히브리인들이 좋아하지 않은 품목에 속했다. …… 그러나 아라비아에서 이방인은 이 채소를 아껴서 사용해야 한다. 도시인들은 무식한 농부의 음식이라며 마늘을 경멸한다. 와하비스Wahhabis인은 양파와 부추와 마늘에 대해 편견이 있다. 왜냐하면 선지자 마호메트가 그 강한 냄새를 싫어했기 때문이다.

_ 리처드 버턴 경, 『알 마디나와 메카로의 순례에 대한 개인담』

저녁 식사로 주어진 가봉의
노예

그때 아펭기의 왕 레만지Remandji가 말했다. "기뻐하라! 우리가 너에게 주는 것을 먹어라."

그 뒤 놀랍게도 묶여 있는 나에게 한 노예가 주어졌다. 레만지는 말했다. "너의 저녁 식사를 위해 그를 죽여라. 부드럽고 살진 녀석이지. 너는 틀림없이 배가 고플 것이다." 나는 충격에서 벗어나는 데 다소 시간이 걸렸다. 머리를 흔들고 땅에 침을 세차게 뱉었다. 나는 마시노에게 내가 인간의 고기를 먹는 사람들을 싫어하고, 나와 내 민족은 결코 그러지 않는다고 전하라고 했다. 이 말에 레만지가 대답했다. "우리는 너희 백인들이 인간을 먹는다고 늘 들었다. 어째서 너희는 우리 민족을 노예로 사는가? 어째서 너희는 아무도 모르는 곳에서 와서 우리의 남자와 여자, 애들을 끌고 가는가? 너희는 그들을 너희의 먼 나라에서 살찌워 잡아먹지 않는가?"

왕이 심하게 오해했다는 것을 설명하는 것은 어려운 일이었다.

_폴 뒤 샤이유, 『적도 아프리카에서의 탐험과 모험』

많은 사람들이 고슴도치를 먹는다

테이마 오아시스에서 '백조의 고기'를 먹은 일로 베두인족에게 꾸지람을 들은 C. M. 다우티는 냉정을 잃고 몹시 화를 냈다.

만일 신이 너에게 어떤 것을 명령한다면 그것을 지켜라. 나는 너희가 까마귀, 솔개, 그리고 더 작은 썩은 독수리를 먹는 것을 봤다. 너희 중의 몇몇은 올빼미를 먹고 몇몇은 뱀을 먹는다. 너희 모두는 커다란 도마뱀, 메뚜기를 먹는다. 많은 사람들이 고슴도치를 먹는다. 어떤 헤자즈 마을에서는 쥐도 잡아먹는다. 너희는 부인할 수 없을 것이다. 너희

는 늑대, 여우, 불결한 하이에나도 먹는다. 한마디로 너희가 먹을 수
없을 정도로 불쾌한 것은 아무것도 없다.

_『아라비아 사막에서의 여행』

고양이, 낙타, 여우,
올빼미 외

안달루시아Andalucia[2]인들은 심지어 아주 배고플 때에도 고양이나 개
를 먹지 않는다. 그러나 에스트레마두라Estremadura[3]에서 고양이와 개
는 미식으로 알려져 있다. 알칸타라Alcantara[4]에서 온 한 여성은 고양이
를 좋아하고 결코 고양이를 죽이지 않는다고 말했다. 그러나 그 여성
은 내게 자신이 고양이 스튜를 먹은 일이 있고, 토끼나 산토끼의 스튜
보다 맛있었다고 말했다. 에스투레마드라인들은 또한 담비, 족제비,
여우를 먹는다. 비록 나는 믿지 않지만, 그들은 여우의 구운 다리가
상상할 수 있는 최고의 맛이라고 단언한다. 그러나 그때 그들은 양치
기이자 사냥꾼의 종족이었다. 그들은 아르헨티나의 가우초gaucho[5]들
의 조상이었고, 총으로 잡은 것은 무엇이든 냄비 속에 집어넣었다. 그
들이 금지하는 유일한 동물은 늑대이다. 집시들은 농가에서 기르는
자연사한 동물뿐만 아니라, 개구리, 뱀, 도마뱀을 먹는다. 헤레스Jerez[6]
근처에는 수년 전까지 과달퀴비르Guadalquivir 강 어귀의 늪지에 사는

야생의 낙타들을 사냥하느라 밤을 보낸 마을이 있다. 스페인 남부에서는 새를 가리지 않고 먹는데 독수리, 올빼미, 매도 포함된다. 먹지 않는 새는 바다갈매기, 까마귀, 콘도르, 성스러운 제비, 황새뿐이다.

_ 제럴드 브레넌, 『그라나다로부터 남쪽』

탕헤르의 피를 마시는 사람

내가 만난 일이 없는 다소 불길한 느낌의 블랙이라는 남자가 있었다. 그러나 나는 그의 거실에 특대형 전기냉장고가 있고, 그 안에는 4분의 1리터가량의 유리병들이 있다고 들었다. 때때로 그는 냉장고 문을 열고 병들의 꼬리표를 살핀 뒤 그중 하나를 골랐다. 그는 손님들 앞에서 그 내용물을 유리잔에 붓고는 마셨다. 내가 아는 한 숙녀는 그가 이런 짓을 할 때 거기에 있었는데, 그 유리잔 속에 든 것이 사탕무와 토마토 주스의 혼합물인지 천진하게 물었다. 그는 말했다. "이건 피예요. 좀 드시겠어요? 차서 맛있어요." 탕헤르에서 오랫동안 산 이 숙녀는 어떤 것에도 놀라지 않겠다고 마음먹고는 대답했다. "지금은 먹고 싶지 않네요. 감사해요. 잠깐 그 단지를 볼 수 있을까요?" 블랙 씨는 그 병을 그녀에게 넘겨줬다. 그 꼬리표에는 '모하메드'라고 쓰여 있었다. 블랙 씨가 설명했다. "리프Riff족 소년의 피예요." 그녀가 말했다. "그렇군요. 다른 병들은요?" "각 병마다 다른 소년의 피가 담겨 있어요." 집주인이 설명했다. "저는 어떤 병도 한 번에 4분의 1 리터 이상은 절대 마시지 않아요. 그렇게는 하지 않을 거예요. 그들이 너무 쇠약해지니까요."

_ 폴 볼스, 「탕헤르」, 『신사의 사계지Gentleman's Quarterly』(1963)

영국령 기아나의

타소Tasso

타소는 이렇게 준비된다. 짐승(이 경우에는 돼지)을 죽이는 것은 가까운 이웃들에게 중요한 사건이다. 인도인들은 이 소식을 듣고는 잡는 것이 마무리될 때 트롤선 주위의 갈매기들처럼 신비스럽게 나타난다. 선택된 약간의 조각이 잘려서 요리되고, 신선한 채로 시식된다. 인도인들은 머리와 내장 부위를 채 간다. 나머지는 얇은 조각으로 잘라 소금에 절여 말리기 위해 걸어놓는다. 태양과 사바나 바람에 며칠간 노출되고 나면, 고기 조각들은 검은 가죽과 같은 상태가 되어 언제까지고 썩지 않는다. 심지어 보통 잡식성인 개미들도 이 말린 고기를 건드리지 않을 것이다. 이 고기를 부드럽게 유지하고 말을 성나게 하지 않기 위해, 말안장 아래 담요 위에 넣어 운반한다. 이것을 먹을 때가 되면 먼지와 소금을 깨끗이 닦아내고 물에 끓인다. 부드럽게 되지만 섬유처럼 되고 맛이 없어진다.

앨라배마의 거의 빵 부스러기도 없는
소작인

때때로 우리가 살아 있다는 것이 불가능해 보인다. 특히 내가 아침에 깨서 애들이 일어나 옷을 입고 부엌 주위를 걸어 다니는 것을 보면 그렇다는 생각이 든다. 부엌에는 거의 음식 부스러기조차 없다. 그들은 요리용 화덕에 불을 지피고, 나는 작은 옥수수로 만든 음식을 긁어모은다. 비록 긁어모을 것이 거의 없지만, 나는 그 음식을 소금과 물을 넣고 요리한다. 한때 잠시나마 우리는 약간의 당밀을 갖고 있었다. 혹은 그저 당밀과 먹기 위한 약간의 설탕물을 갖고 있었을 것이다. 점심시간이 되면 애들은 불을 지피고, 나는 약간의 옥수수 빵을 요리한다. 최근 많은 시간 동안 나는 그저 앉아서 세상에 다른 먹을 것이 있을지 궁금해했다. 나는 세상에 다른 먹을 것이 있다는 걸 안다. 왜냐하면 부자들은 옥수수 빵을 먹지 않을 것이기 때문이다. 그리고 옥수수 빵을 먹지 않아도 된다면, 나도 그걸 먹지 않을 것이다. 단지 옥수수 빵만이 아니라 아무것도 먹지 않을 것이다. 한때 잠시나마 우리는 가게에서 산 약간의 통조림 콩을 갖고 있었다. 식사 때 우리는 한

두 개의 통조림만 땄다. 나 외에도 아홉 명의 배고픈 애들이 있었기 때문에 통조림은 오래가지 못했다. 어쨌든 두 아들은 약간의 돈을 벌 수 있었다. 그들은 번 것 전부를 집에 가져왔다. 전부 합쳐 일주일에 2달러 내지 3달러가 들어왔다. 우리는 집주인에게 집세로 지불하는 25센트를 제외하고는 이 돈에 의존해 먹는다. 남편이 죽은 이후 3년 간 그럭저럭 지내왔다. 폭우가 쏟아질 때마다 우리 모두는 젖는 것을 피하기 위해 집 아래를 기어야 한다. 왜냐하면 일주일에 고작 25센트의 집세로, 새는 지붕을 판자로 막아줄 집주인이 이 나라에 있다고는 생각하지 않기 때문이다.

_ 어스킨 콜드웰Erskine Caldwell과 마거릿 버크화이트Margaret Bourke-White, 『너는 그들의 얼굴을 봤다You Have Seen Their Faces』(1937)

티베트 요리에서는 고기가
드물다

이 지역의 주식은 참파tsampa이다. 그들이 참파를 만드는 방법은 다음과 같다. 우선 쇠로 만든 납작 냄비에서 높은 온도로 모래를 달군다. 그런 뒤 보리알들을 그 안에 쏟아붇는다. 이 보리알들은 작게 펑 하는 소리를 내며 폭발한다. 촘촘한 체 안에 보리알들과 모래를 넣으면 모래는 체를 통해 빠져나간다. 이렇게 한 후 보리알들을 매우 작게 간다. 이렇게 완성된 음식은 버터차나 우유나 맥주와 함께 섞어서 반죽으로 만들어 먹는다.

우리는 곧 이 음식에 익숙해졌다. 그러나 나는 결코 썩은 냄새가 나는 버터로 만들어진 버터차는 좋아하지 않았다. 버터차는 일반적으로 유럽인들의 비위에 거슬렸다. 그러나 버터차는 티베트인들이 보편적으로 마시는 차였고, 높이 평가됐다. 그들은 종종 하루에 60잔이나 마셨다. 키롱Kyirong의 티베트인들은 버터차와 참파 외에도 쌀, 메밀, 옥수수, 감자, 순무, 양파, 콩, 무를 먹는다. 고기는 귀하다. 왜냐하면 키롱은 특히 신성한 장소이므로 어떤 동물도 거기서 도살된 적이 없기 때문이다. 고기는 단지 다른 지역에서 가져왔거나, 더 흔하게는 곰이나 표범이 자신의 먹이의 일부분을 남겨놓았을 때만 식탁에 오른다.

_ 하인리히 하러, 『티베트에서의 7년』

레드몬드 오핸론의 정글의
음식

자라의 뇌

치모Chimo와 쿨리마카레Culimacare는 아침 식사를 위해 치모의 집에서 우리와 합류했다. 그리고 사이먼이 산책을 갔다가 조용히 돌아왔다.

우리는 기름지고 질긴 자라와 톱밥 같은 카사바를 먹었다. 둘 다 내키지 않는 사이먼은 스팸 깡통을 열었고, 자신의 바위에 떨어져 앉았다. 갈비스는 그의 유동식 깡통에서 절단된 자라목을 꺼내 포크로 그 목으로부터 골수를 집어서 먹었다. 그러고는 사이먼에게 돌아섰다. 그는 사이먼의 얼굴 앞에 손가락으로 검게 변한 자라의 머리를 쥐고 턱을 열었다 닫았다 했다.

_『다시 어려움 속에서』

아르마딜로Armadillo[8] 리소토

밤이 됐을 때 우리는 치모의 땅굴로부터 일상 식량을 꺼냈다. 그리고 우리는 경비차 발렌틴Valentine을 떠나면서 선물, 카사바, 인스턴트 스파게티, 아구티agouti[9]와 아로마딜로 리소토로 가득 채운 거대한 단지를 갖고 하류 쪽으로 출발했다.

_『다시 어려움 속에서』

원숭이의 눈

우리는 진흙으로 된 높은 둑으로 계단을 가로질러 올라가 캠프를 쳤다. 치모와 파블로는 땅에 야자수 잎을 뿌리고, 하울러 원숭이를 준비하기 시작했다. 그들은 하울러 원숭이를 끓는 물로 데우고 솜털을 긁어냈다. 원숭이의 피부는 갓난애의 피부처럼 하얗게 변했다.

그날 밤 파블로가 원숭이의 뼈를 바르고 갈비스는 그것을 끓였다. 치모는 내게 뭔가가 의심스럽게 꽉 찬 유동식 깡통을 넘겨줬다. 내가 스프를 숟가락으로 떴을 때 원숭이의 두개골이 시야에 들어 왔다. 그 두개골은 붉은 색의 고기로 얇게 덮여 있었고, 눈은 여전히 그 안구 속에 있었다.

"특별히 당신에게 줬어요." 치모는 대단히 진지하게 말했다. ⋯⋯ "당신이 눈을 먹으면 우리는 행운을 가질 거예요."

그 두개골은 내게 부러진 이빨을 드러냈다. 나는 눈을 집어 차례로 각 안구의 가장자리에 입술을 대고 빨았다. 눈은 그 부드러운 육경으로 부터 나왔고 내 목구멍으로 넘어갔다.

_『다시 어려움 속에서』

코끼리의 코

"나는 포기한다." 래리가 그의 유동식 깡통 안에 있는 신선한 녹색 카사바 잎인 사카사카 속에 숨겨진 대단히 질긴 연골질의 회색 고깃덩 어리를 음미하며 말했다. ⋯⋯

"마르셀린." 강하게 썹으며 래리가 말했다. "이게 뭐지?"

"코끼리의 코!"

래리는 그의 유동식 깡통을 내려놨다. 그는 일어나서 살짝 비틀거리고, 오두막의 구석을 꽉 잡고 두 번 헛구역질했다. 그러고는 땅에 토했다.

_『다시 어려움 속에서』

시에라의
빵 부족

1869년 7월 6일. 델라니Delaney 씨는 도착하지 않았고, 빵 부족은 극심하다. 익숙해지기 힘들더라도 우리는 양고기를 좀 더 먹어야 한다. 나는 몇 달 동안 빵이나 곡물로 만든 것을 먹지 못한 텍사스의 개척자들에 대해 들은 적이 있다. 그들은 빵 대신에 야생 칠면조의 가슴살을 먹었기 때문에 별로 고통받지 않았다. 옛날 좋은 시절에는 야생 칠면조가 많이 있었다. 그때는 비록 덜 안전한 것으로 생각됐지만, 사람들은 쓸데없는 걱정을 덜 했다. 로키 산맥 지역에서 덫사냥꾼들과 모피상인들은 몇 달 동안 아메리카 들소와 비버 고기로 연명했다. 빵 부족으로 거의 혹은 전혀 고통받지 않는 인디언들이나 백인들 중에는 연어를 먹는 사람들도 있었다.

바로 이 순간 양고기는 그 훌륭한 질에도 불구하고 가장 바람직하지 않은 음식처럼 보인다. 우리는 가장 지방질이 적은 조각들을 집는다. 그리고 구역질과 기분 나쁜 음식을 거부하려는 심한 혐오감에도 불구하고 삼켜버린다. 차는 사태를 악화시킨다. 위는 스스로의 의지를 지닌 독립적인 생물로서 자신을 주장하기 시작한다. 우리는 인디언들처럼 루핀lupine의 잎이나 토끼풀 등을 먹어야 한다. …… 우리는 점심으로 시애노더스ceanothus 잎 몇 장을 씹었다. 그리고 지금은 나아진 무지근한 두통과 위통을 경감시키기 위해 자극적인 모나델라monardella의 냄새를 맡거나 그것을 씹었다. 우리를 둘러싸고 있는 것이 안개처럼 우리 위로 그리고 우리 안으로 내려왔다. 우리는 밤에 양고기를 약간 먹었다. 침대 위로는 삼나무의 관모冠毛와 가지를 통해 빛나는 별들이 있다.

7월 7일. 오늘 아침에는 다소 허약하고 아픈 것 같다. 빵 한 조각이 간절하다.

_ 존 뮤어Jone Muir[10], 『시에라에서의 나의 첫 번째 여름My First Summer in the Sierra』(1916)

콩고의 바테텔라풍
원숭이 스튜

외무성 공무원인 내 친구 더그 켈리Doug Kelly는 광범위하게 여행했다. 그는 1980년대에 중앙 콩고의 춤베Tshumbe에 있는 평화봉사단에서 일했다. 그곳에서 2년 넘게 일하는 동안 그는 바테텔라 사람들이 원숭이를 요리하고 먹는 것을 자주 봤다. 그들 대부분은 카사이 오리앙탈Kasai Oriental 주의 산쿠루 지역에서 거주한다. 다른 콩고인들은 그들의 언어인 오테텔라Otetela를 아주 배우기 어려운 언어로 생각한다. 사실 이 언어는 '콩고의 중국어'로 불리곤 한다.

바테텔라 사람들은 운이 좋게도 그들의 고향 땅이 비교적 풍부한 야생의 삶을 보존하고 있다. 가장 흔하고 값싼 야생의 사냥감은 원숭이이다. 다음은 더그 켈리가 내게 보낸 편지에서 서술한, 바테텔라풍 원숭이 요리의 조리법이다.

죽은 원숭이를 취해 난도질해라. 두 손은 건드리지 마라. 그러나 시체의 나머지 부분은 원하는 대로 자를 수 있다. 너무 큰 조각으로 자르지 마라. 왜냐하면 요리하는 데 시간이 더 걸리기 때문이다. 당신은 배가 고프기 때문에 빨리 먹고 싶을 것이다.

건드리지 않은 두 손을 포함해서 난도질한 조각들을 냄비의 끓는 물에 넣고 끓여라. 어떤 향신료도 넣지 마라. 왜냐하면 당신은 어떤 향신료도 갖고 있지 않기 때문이다. 그리고 물을 너무 많이 사용하지 마라. 왜냐하면 당신은 그 물기 많은 '육즙'을 마시게 되기 때문이다. 당신은 희석되지 않은 원숭이의 맛을 원할 것이다.

원숭이가 한참 끓은 후 물에서 꺼내 층층이 쌓은 쌀 혹은 기장 위에 놓아라(바테텔라인은 콩고에서 쌀을 재배하는 유일한 사람들이다. 19세기에 아랍인들이 그들에게 쌀을 재배하는 방법을 가르쳤다. 그때 바테텔라인들은 남쪽을 침략하는 부족들이었고, 포로들을 아랍인들에게 노예로 팔았다. 기장은 전통적인 바테텔라의 곡식이고 지금도 건조한 계절에 재배된다. 다른 콩고의 부족들은 카사바 혹은 '푸푸'를 선호한다). 원숭이와 물이 섞인 약간의 육즙을 쌀 혹은 기장에 쏟아라. 손으로 혹은 격식이 필요하다고 느끼면 스푼으로 이 음식을 먹어라.

지금부터는 정말로 멋진 부분이다. 손님들에게 온전한 원숭이의 두 손을 제공하라. 적어도 산쿠루에 있는 진흙으로 만든 오두막에 앉아 있는 한, 접시 위에 놓인 원숭이의 손은 꽤 부유층의 식사처럼 보인다. 당신이 주인의 호의를 사고 있는 손님이라면 손 전부를 먹어라. 바테텔라 사람들은 특별히 큰 돼지의 넓적다리나 그 비슷한 것이 아니면, 고기를 먹을 때 결코 뼈를 남기지 않는다. 원숭이, 오리, 닭의 경우 모든 것을 다 먹어야 한다. 원숭이의 손가락 관절을 씹기를 권장한다. 아 맛있어!

뉴기니의 튀긴 사고
딱정벌레

스테프Stef는 저녁으로 사고 딱정벌레sago beetle라는 건강식과 함께 튀긴 메기를 요리했다. 딱정벌레의 유충들은 납작 냄비 안에서 갈색으로 튀겨졌다. 이 튀겨진 유충들은 바삭바삭하고 겉은 약간 어류의 맛이 났다. 아마도 물고기 기름으로 튀겨졌기 때문일 것이다. 그러나 유충의 속은 커스터드의 색깔과 굳기를 지니고 있다. 이것들은 전에 내가 먹었던 어떤 것과도 달랐다. 그리고 그 맛과 가장 가까운 것은 크림색 달팽이의 맛이라고 할 수 있다.

_ 팀 케이힐Tim Cahill, 『버터웜을 통과해라Pass the Butterworms』

아시아의
개고기

중국의 정육점에서 껍질이 벗겨진 채 뒷다리로 걸려 있는, 근골이 발달한 개의 냄새는 멀리서도 탐지할 수 있다. 따라서 '향기로운 고기'는 쓰레기를 운반하는 트럭을 분뇨차와 동일시하는 일종의 완곡어법이다. 상상력이 없는 필리핀인들에게 그 음식은 개고기 스튜(아소 아도보aso adobo)라고 불린다. 그리고 한국에서 보신탕의 주재료는 늘 개고기이다. 개고기는 아시아의 많은 곳과 북극의 고지대에서 먹으며, 태평양의 많은 곳에서 주식이 돼왔다. 제임스 쿡 선장은 타히티의 개고기 요리는 거의 양고기 맛이 난다고 말했다. 서양에서 금지하는 것은 단지 우리를 몸서리치게 하는 애완동물 식용에 대한 금지이며, 식용 개는 결코 애완동물이 아니다.

경험 많은 여행자들은 일반적으로 광둥 지방과 둥베이 지방 사람들이 개고기를 좋아한다고 알고 있다. 그러나 다음과 같은 것은 잘 알려져 있지 않다. 첫째로 개고기는 계절 음식이다. 즉 개고기는 피를 따뜻하게 하기 때문에, 겨울에 가장 많이 먹는다. 둘째로 식용 개는 그 털이 검은색이어야 하지만, 없을 경우에는 흑갈색이어야 한다. 나는 결코 두 번째 조건에 대해 만족할 만한 설명을 듣지 못했지만, 계절 음식으로 개고기를 먹는 첫 번째 조건과 관련이 있을 것이다. 아마도 검은 털을 가진 개가 가장 몸을 따뜻하게 하는 특성을 갖고 있다고 여겨질지도 모른다. 나는 이 이론이 무엇에 근거하고 있는지 모른다. 그러나 다음과 같은 것은 사실이다. 당신이 광둥인에게 혹시 흰 푸들을 먹지 않느냐고 물으면, 그는 충격을 받을 것이다. 그리고 당신은 결국 야만인이라는 그의 신념을 확인시켜주게 될 것이다.

중국 동부 지방의 선양瀋陽에서는 가끔 그리 멀리 떨어지지 않은 북한에서 온 탈북자들이 미국 영사관 벽을 기어오른다. 탈북자들은 탈출의 고통스러운 체험으로 쇠약해져 있다. 그들은 건강을 회복하기 위해 고영양가인 닭고기 수프의 중국식 대체물을 부탁하는데, 그것은 다름 아닌 개고기 수프이다. 영사관 내 식당은 개고기 수프를 제공하지 않았기 때문에, 영사관의 관리는 사람을 보내 사 오게 할 것이다. 나의 정보원은 내게 "중국 동북 지방의 지역들처럼, 선양에도 훌륭한 개고기 수프를 파는 음식점들이 셀 수 없이 많다"고 말했다. 그리고 그는 다음과 같이 덧붙였다. "개고기 수프를 만들기 위해서는 검은 털을 가진 개를 잘게 썰고, 뼈가 붙은 고깃덩어리들을 녹색 양파, 붉은 고추, 된장으로 맛을 낸 물에서 끓인다. 또한 영양가 있는 국물을 내기 위해 국수에 넣을 수도 있다."

에스키모의
요리책

1952년, 시쉬마레프Shishmaref의 주간 학교 학생들은 알래스카의 장애아동협회를 위한 기금을 마련하기 위해 작은 요리책을 펴냈다. 시쉬마레프는 추크치 해Chukchi Sea의 사리셰프Sarichef 섬에 있다. 러시아는 서쪽으로 약 150킬로미터 거리에 있다. 최근에 섬은 기온 변화로 심각하게 위협받았고 가난해졌다. 학생들은 물고기를 잡는 일 등 전통적인 이누이트족의 삶을 살면서, 식량을 찾아 돌아다닌다. 그들은 집에서 가장 좋아하는 조리법을 제공했고, 그 작은 요리책을 50센트에 팔았다. 여기 몇 가지 요리를 소개한다.

버드나무의 속

자작나무의 껍질 안에는 노란 것이 있다. 그것이 버드나무의 속이라고 불리는 것으로 먹기에 아주 좋다. 사람들은 그것을 설탕과 바다표범의 기름과 함께 먹는다. 우선 버드나무의 속으로부터 자작나무의 껍질을 씻어내라. 또한 자작나무의 바깥 껍질 안에는 부드러운 녹색의 자작나무 껍질이 있다. 버드나무에서는 결코 녹색의 것을 먹지 마라. (아우구스틴느 톡투Augustine Tocktoo)

뇌조

뇌조의 깃털을 뜯어내라. 먼지나 깃털이 없도록 고기를 자르고 씻어

라. 물과 소금을 넣은 냄비에 집어넣어라. 때때로 어떤 사람들은 뇌조로 수프를 만드는데, 내 생각에 사람들은 수프 없는 뇌조 요리를 가장 좋아한다. (파울리네 톡투Pauline Tocktoo)

뇌조의 작은 내장

끓는 물에서 약 5초간 작은 내장을 요리해라. 나이 든 남자들과 여자들은 늘 이 내장요리를 먹고 싶어 한다. (알마 나욕푹Alma Nayokpuk)

바다표범의 물갈퀴

요리용 냄비에 바다표범의 물갈퀴를 집어넣어라. 고래의 지방을 뿌리고 털이 빠질 때까지 뜨겁게 두어라. 그런 뒤 바다표범의 물갈퀴를 먹는 시간이다. 바다표범은 요리해서 먹을 수도 있고, 날로 먹을 수도 있다. (파울리네 톡투)

곰의 발

많은 사람들이 곰의 발을 곰의 고기보다 좋아한다. 우리는 곰의 발을 잘 요리해 소금을 뿌린다. 발 네 개에 소금 약 한 티스푼이 든다. 냄비에서 꺼내 차게 식혀라. 그 발들을 바다표범의 기름과 함께 먹어라. (넬리 옥포룩Nellie Okpowruk)

18.

먼 곳을 여행하는
여행자를 위한 규칙

1967년 나는 우간다의 캄팔라Kampala에 있는 스페케Speke 호텔의 로비에서 속기 노트를 쥐고 어떤 외교관을 보고 늑대처럼 웃는 남자를 봤다. 그 머리털이 무성한 남자는 어째서 비아프라Biafra에서 사람들을 죽였는지 대답할 것을 요구했다. 이것이 외국 특파원인 모트 로젠블룸Mort Rosenblum과의 첫 만남이었다. 우리는 둘 다 나이지리아-비아프라의 평화 회담을 취재하고 있었다. 우간다에서 나는 마케레레Makerere 대학의 선생이었지만, 부업으로 『타임 라이프』지의 비상근 기자로 일했다. 모트는 당시, 지금은 킨샤사Kinshasa가 된 콩고의 레오폴드빌Leopoldville에 있는 AP통신 지국장이었다. 우리는 그때 이래 친한 친구가 되었다. 나는 특히 현장에 강한 그의 여행자로서의 삶에 경탄했다.

그는 자신을 '노정에서 나이 든 남자'라고 묘사했다. 그는 내가 아는 한 가장 길고 가장 힘들고 가장 성공적인 경력의 외국 특파원이었다. 그는 스페인어에 능통했고, 부에노스아이레스의 혼란스러운 시기 동안 그곳 AP통신 지국의 수장이었다. 그는 싱가포르에 본거지를 두고, 방글라데시 전쟁과 동남아시아를 취재했다. 그는 한때 『인터내셔널 헤럴드 트리뷴』지의 편집 고문이었다. 그리고 오랜 세월 동안 파리에 본거지를 둔 특별 특파원이었다. 파리에서의 첫째 날, 그는 유창한 프랑스어로 발레리 지스카르 데스탱 Valéry Giscard d'Estaing 대통령을 인터뷰했다. 그는 내가 이름을 댈 수 있는 거의 모든 나라들, 그리고 내가 직접 가지 않고 단지 지도책 위에서 손가락으로 추적했을 뿐인 많은 나라들에 있었다.

게다가 모트는 많은 언론인들이 하겠다고 약속하지만 거의 성공하지 못하는 일을 해왔다. 바로 책을 쓰는 일이다. 그의 『올리브: 어떤 고귀한 과일의 역사Olives: History of a Noble Fruit』는 제임스 비어드 상James Beard Award을 수상했다. 그리고 그의 『초콜릿: 어둠과 빛의 달콤 씁쓸한 전설Chocolate: A Bittersweet Saga of Dark and Light』은 베스트셀러였다. 그는 또한 파리의 지붕이 있는 배 위에서도 살았다. 그때 그는 여행기인 『센의 비밀스러운 삶The Secret Life of the Seine』 외에도 언론, 생태학, 아프리카에 관한 책들을 썼다. 나는 그가 40년 이상 먼 곳들을 여행할 때 도움이 되었던 몇 가지 여로의 규칙들을 제공해달라고 부탁했다.

하나

늘 정오 전에 노상 바리케이드에 도착하라. 왜냐하면 오후에 그곳을 지키는 군인들은 하나같이 취해 있고, 모욕적인 언동을 하기 때문이다.

둘

프랑스어와 스페인어를 배워라. 그런 뒤 몇몇 다른 외국어들을 배워라. 그리고 적어도 열둘을 세기 전에 다음과 같이 말하는 것을 배워라. "쏘지 마세요. 나는 기자입니다." 이렇게 말하는 것은 도움이 되겠지만, 당신의 안전을 보장할 수는 없다.

셋

많은 메모를 하고, 해독할 수 없게 되기 전에 메모들을 재독하라. 아니면 그건 단지 나에게만 해당될지도 모른다. 지금은 녹음기가 신뢰할 만하다. 하나 가지고 다녀라. 당신이 놓치지 않을 거라고 생각했던 것들에 놀랄 것이다.

넷

당신이 왼손잡이라면 이슬람이나 힌두교의 나라에서는 오른손으로 먹는 것을 배워라. 특히 공동으로 사용하는 큰 접시 주위에 모일 때 주의해야 한다. 왼손은 식후의 위생을 위한 것이며, 만약 왼손을 누군가의 점심에 찔러 넣으면, 당신은 왼손을 잃을 것이다.

다섯

　　　　달러나 유로 등 많은 현금을 갖고 다녀라. 그러나 좀도둑이나 강도나 세관원이 볼 수 없도록 현금을 어딘가에 숨겨라. 그들은 양말 속과 주머니 달린 허리띠에 관해서는 알고 있다. 양복점에 가서 바지의 다리 부분이나 재킷에 비밀 주머니를 만들도록 하라.

여섯

　　　　누군가의 음식이나 물을 거부하는 것은 종종 모욕적이다. 그러나 먹는 것이 심각하게 고통스러울 수도 있다. 만일 제공된 음식물이 단지 혐오스럽다면. 그 음식물을 빨아라. 그렇지 않다면, 같이 먹지 않는 것에 대한 재치 있는 변명을 찾아라. 얼굴을 찡그리거나 "어유"라고 말하지 마라.

일곱

　　　　가능한 한 비자를 얻어 국경 검문소를 통과하라. 당신이 기자이거나 스파이이거나 혹은 형식적인 것을 건너뛸 수 있는 결정적인 이유가 있다면, 판단력을 사용하라. 다만 몇몇 나라들에서는 교수형을 시킨다는 점을 기억하라.

여덟

항생제, 응급 처치용 붕대, 소독약을 포함한 구급상자를 준비하라. 로모틸이나 이모디움 같은 설사약을 많이 챙겨라. 장거리 비행이나 버스 탑승, 말을 안 듣는 장, 그리고 화장실이 없는 것만큼 괴로운 일도 없기 때문이다.

아홉

장비에 대해 신중하게 생각하라. 쌍안경은 유용할 수 있지만 당국은 당신이 나쁜 일을 꾸미고 있다고 의심할지도 모른다. 군복과 같은 카키색, 카모플라주 패턴의 옷, 무리 없이 섞이는 것을 방해하는 밝은 옷을 입지 마라. 그리고 무기는 잊어라. 총을 쏘며 곤경을 뚫고 나가는 것은 불가능하다. 특히 무장한 남자들이 당신이 총을 휴대한 것을 알 때는 더욱 그렇다.

열

어떤 먼 곳에 도착하자마자 해야 할 첫 번째 일은 빠져나가는 가장 빠른 길을 알아내는 것이다. 즉 버스나 기차나 비행기 시간표를 체크하라. 어떻게 떠나는지를 미리 알아야 한다.

클로드
레비스트로스의
여행의
지혜

————

　　레비스트로스는 그의 여행기인 『슬픈 열대』를 다음과 같은 인
상적인 어구로 시작한다. "나는 여행과 탐험가를 싫어한다. 그러나 나는 이
책에서 내 탐험에 대한 이야기를 하려고 한다." 약간 다른 도입부를 가진 이
책의 초기 번역본의 제목은 '쇠퇴하는 세계A World on the Wane'였다. 그는 철학자
로 훈련받았지만, 인류학과 언어학의 탁월한 이론가였다. 그는 또한 신화학
의 해설자였고 구조주의의 서술자였다. 브라질에서 여행을 시작한 그는 인
도와 파키스탄을 여행했고, 미국에서 학생들을 가르쳤다. 그는 프랑스 아카
데미의 회원이었고, 백 살이 넘게 살았다. 다음은 『슬픈 열대』로부터 발췌
한 것이다.

…

　　여행은 보통 공간의 이동으로 생각된다. 그러나 이것은 부적절한 개

념이다. 여행은 공간, 시간, 사회 계층에서 동시에 발생한다. 각각의 인상은 이 세 개의 축에 공동으로 연관될 때에만 규정될 수 있다. 그리고 공간은 본질적으로 3차원이기 때문에, 우리가 어떤 여행에 대해 적절한 묘사를 하려면 다섯 개의 축이 필요하다.

...

여행자가 여행을 통해 자신의 문명과 근본적으로 다르고 이상하게 느껴지는 문명과 접촉했던 시대가 있었다. 지난 수 세기 동안 그러한 예는 점점 줄어들었다. 현대의 여행자는 인도를 방문하든 미국을 방문하든, 생각보다 덜 놀란다.

...

아마도 그때의 여행이야말로 진정한 여행이었을 것이다. 그것은 나를 둘러싸고 있는 사막보다는 내 마음의 사막에 대한 탐험이었다.

19.
환영받지 못하는
즐거움

환영받지 못하는 장소는 여행 작가에게는 선물이라고 할 수 있다. 이러한 장소는 항상 존재했는데, 초기의 예로 1325년 세계 여행을 하고 있었던 이븐 바투타가 도착한 튀니지를 들 수 있다. 그는 완전한 무관심과 맞닥뜨렸기 때문에 "서럽게 울었다". "어느 누구도 내게 인사하지 않았고, 나는 거기서 아무도 아는 사람이 없었다." 체리 개러드가 남극에서 겪은 어두운 겨울과 살인적인 추위, 스탠리가 콩고에서 겪은 식인종, 질병, 통상적인 적의, 아라비아 사막에서 "나스라니Nasrani!(기독교도!)"라는 외침과 함께 찰스 다우티를 괴롭힌 열렬한 이슬람교도들 등 이러한 적대적인 상황은 우리에게 위대한 책들을 제공해왔다. 반대로 마음을 따뜻하게 하는 에피소드, 사랑스러운 현지인들, 맛있는 음식은 가장 따분한 내용을 제공해왔다. 희열에 찬 휴가는 바람직하지만, 책에 어울리는 주제는 아니다.

아프리카의 초기 여행자들은 식인종은 선교사보다 나은 주제라는 것을 늘 명심했다. 심지어 높은 교양을 지닌 메리 킹즐리도 이러한 것을 알았다. 그래서 그녀는 서아프리카 여행의 본래 목적이었던 정글에서 즐겁게 식물을 채집하는 것보다, 가봉의 식인종들인 폰Fon 사람들에 대해 과장해서 쓰는 데에 더 많은 시간을 보냈다. 사람들은 여행자의 즐거움에 대해서는 듣고 싶어 하지 않는다. 독자를 계속 읽게 하는 것은 여행자의 고난이나 분노나 죽음 직전의 경험이다. 혹은 그럴듯한 말로 일축하는 것도 읽을 만하다. 예컨대 영국의 여행가 피터 플레밍Peter Fleming은 상파울루를 가까이서 관찰하고, "상파울루는 레딩Reading[1]과 같다. 단 멀리 떨어져 있다"라고 썼다.

'어려움을 찾아서'는 가장 읽을 만하고 가장 인상적인 여행기의 부제일지도 모른다. 레드몬드 오핸론이 『다시 어려움 속에서』를 출판했을 때, 나의 손은 책장으로 뛰어올랐다. 또 다른 즐거운 읽을거리인 『어떤 자비도 없이』는 더 무서웠다. 그래서 그의 책으로 시작하겠다.

보하Boha의 추장과의 거래

추장은 자신의 오른손으로 자신의 오른쪽 넓적다리 안쪽에 창을 대고 움켜쥐었다. 창끝은 땅에 닿았고, 그 날개 달린 날은 그의 머리 높이 위치했다. 그의 왼손은 그의 왼쪽 넓적다리 위에 놓여 있었다. 그의 오른쪽 어깨에는 추정컨대 왕의 물신物神들로 가득한 커다란 열대산 덩굴식물인 리아나로 꼰 가방이 걸려 있었다. ……

그의 앞에는 열두 명의 창을 든 남자들이 원을 그리며 약간의 간격을 두고 서 있었다. 그들은 나란히 놓인 세 개의 의자의 선을 둘러싸고 서 있었다. 갈색의 셔츠, 찢어진 회색 바지, 붉은 플라스틱으로 만든 신발을 신은 노인은 추장의 왼쪽에 서 있었다. 그는 우리 쪽으로 그의 창을 비스듬하게 기울이고 기다리는 자세로 있었다. ……

추장은 그의 머리를 왼쪽으로 기울였다. 그 노인은 그의 말을 전달하는 역할이었다. 그는 자신의 오른쪽 귀가 왕의 입술에 가까워질 때까지 그의 무릎을 구부렸다. 추장은 부드럽게 말했다. 노인은 등을 곧게 펴고 창을 똑바로 세우고 원의 중앙으로 걸어 들어갔다. 그런 뒤 그는 자신의 폐를 공기로 채우며 보미타바Bomitaba어로 노래하듯 말했다. ……

발표의 끝 무렵에 창을 든 몇몇 남자들과 광장 주위의 다른 전사들로부터 외침이 들렸다. ……

노인은 프랑스어로 다음과 같이 외쳤다. "백인은 보하의 추장에게 7만 5,000프랑을 지불할 것이다. 그리고 인민위원회의 부국장에게 2만 프랑을 지불할 것이다. 만일 정부가 우리의 추장을 에페나Epena에 있는 감옥으로 데려가기 위해 군인들을 데리고 온다면, 부국장 또한 데리고 가야 한다. 백인은 우리의 관습을 수호하는 권리에 대해 믿음을 지킬 것이다."

나는 말했다. "너무 지나치다!"

노인은 고개를 끄덕였다. 나의 오른쪽 뒤에 있던 전사가 그의 창을 낮추고, 내 견갑골 사이를 점잖게 찔렀다.

나는 말했다. "그렇게 합시다!"

_ 레드몬드 오핸론, 『어떤 자비도 없이』

미국인들의
위선

내가 미국에서 머무는 동안 내가 그 국민성 속에서 관대함에 대한 그들의 영원한 긍지와 자유에 대한 사랑을 정당화할 수 있는 단 하나의 특징이라도 발견했다면, 나는 그들을 존경했을지도 모른다. 비록 그들의 행동거지나 습관이 나의 취향에 거슬리더라도 말이다. 그러나 보편적인 정직함을 지닌 사람이 그들의 원리와 실천 안에 있는 모순에 혐오감을 느끼지 않는 것은 거의 불가능하다. …… 그들은 한 손으로는 자유의 모자를 게양하고, 다른 손으로는 그들의 노예들을 채찍질한다. 그들은 인간의 파기할 수 없는 권리에 대해 폭도들에게 한 시간 동안 강의한 후, 대지의 어린이들을 그들의 집으로부터 몰아낸다.

_ 패니 트롤럽, 『미국인들의 가정 예의』(1832)

마라케시의 가늠할 수 없는
가격

아랍의 시장에서 첫 번째로 붙여진 가격은 가늠할 수 없는 수수께끼
이다. 심지어 상인을 포함해서 아무도 가격이 얼마일지 미리 알 수 없
다. 왜냐하면 어떤 경우든 다양한 가격이 있기 때문이다. 각각의 가
격은 다른 상황이나 다른 고객이나 하루의 다른 시간대나 한 주의 다
른 날과 관련된다. 한 물건에 대한 가격이 있고, 두 개 혹은 그 이상
에 대한 가격이 있다. 하루 동안 도시를 방문한 외국인을 위한 가격이
있고, 3주간 여기에 있었던 외국인을 위한 가격이 있다. 빈자와 부자
를 위한 가격이 있고, 물론 빈자를 위한 가장 높은 가격이 있다. 세계
에 있는 사람의 종류보다 가격의 종류가 많다는 생각이 들 정도이다.

_ 엘리아스 카네티, 『마라케시의 목소리The Voices of Marrakesh』(1978)

알바니아에서 악마로 몰린
풍경 화가

내가 그림을 그리기 시작하자마자, 엘바산Elbassan[2]의 주민들이 왔다.
하나둘씩 나타나 큰 무리가 됐다. 그리고 곧 80명에서 100명까지의
구경꾼들이 진지한 호기심을 얼굴에 드러내며 모여들었다. 그리고
내가 주된 건물들을 스케치했을 때, 구경꾼들로부터 "샤이탄Shaitan!(사

탄!)"하는 외침이 일제히 일어났다. 설명하기에는 묘하지만 영국 푸 줏간 소년들의 행동을 본 뜬 것 같았다. 많은 폭도들은 손가락을 입에 대고 사납게 휘파람을 불어댔다. 이러한 행동이 나의 마법에 대한 일종의 부적이었는지도 모른다. …… 녹색 터번을 두른 부유한 엘바산 사람들 중에서 한 회교 수도승이 나와서는 내 귀에 대고 모든 힘을 쥐어짜서 소리쳤다. "샤이탄 스크루scroo! 샤이탄!(악마가 그림을 그린다! 악마!)"그는 또한 내 책을 움켜쥐어 덮고는, 끔찍한 주름살을 지으며 하늘을 가리켰다. 그리고 천국은 그러한 불경을 용서하지 않는다고 위협하듯 소리쳤다.

_ 에드워드 리어, 『풍경 화가의 알바니아 여행기』Journal of a Landscape Painter in Albania(1851)

가고 싶은 곳은 하나도 없었다

개성이나 개인성의 부재. 이 구별의 불가능성은 내 여정의 서두에서 나를 너무나 침울하게 했다. 내가 너무나 많은 풍경으로부터 고통받은 것은 바로 이러한 것이었다(나는 일찍이 마타디Matadi에서 어린이들이 모두 비슷하고 똑같이 쾌활한 것 등을 보면서 이 느낌을 경험했다. …… 그리고 첫 번째로 방문한 마을의 오두막들이 모두 똑같고, 같은 얼굴, 취향, 습관, 가능성 등을 지닌 인간 가축들의 무리를 수용하고 있다는 것을 보면서 또 한 번 이 느낌을 경험했다). 보소움Bosoum[3]은 넓게 펼쳐진 시골을 훑어볼 수 있는 장소이다. 그리고 나는 붉은 황토색의 홍토로 만들어진 일종의 테라스에 서서 빛의 놀라운 특성을 응시했다. 그런 뒤 대지의 광대한 파동을 찬양하며 자문했다. 다른 어떤 곳도 아닌 한 장소로 나를 끄는 것이 있는가 하고. 모든 것은 균질하다. 어떤 특별한 장소에 대한 선호가 있을 수 없다. 나는 전혀 방해받고 싶지 않은 심정으로 어제 종일 머물렀다. 내 눈길이 닿는 지평선의 한쪽 끝에서 다른 쪽 끝까지 내가 가고 싶은 곳은 하나도 없었다.

_ 앙드레 지드, 『콩고에서의 여행』(1929)

아비시니아 하라에서의
운 나쁜 날

여전히 매우 따분해요. 사실 저는 저만큼 따분한 사람을 알지 못해요. 어쨌든 비참한 생활이라고 생각하지 않으세요? 가족도 없고 지적인 활동도 없어요. 이용해먹고는 사업을 신속히 정착시키는 것을 방해하는 흑인들 사이에서 완전히 진로를 잃어버렸어요. 그들의 뜻 모를 말을 지껄이고 그들의 더러운 음식을 먹도록 강요당했어요. 그들의 게으름, 배신, 어리석음 때문에 천 번쯤 화가 나요.

그리고 심지어 이런 것보다 더 슬픈 게 있어요. 자신이 점차 백치가

돼가는 데 대한 두려움이에요. 지성적인 동료들로부터 떨어져 오도 가도 못하게 돼서 말이에요.

_아르튀르 랭보, 어머니에게 쓴 편지(제프리 월Geoffrey Wall, 『랭보』, 1886)

어처구니없고 두렵고 슬픈 나라

불가피하게 느끼는 점은 인도가 가난하다는 사실이며, 어떤 인도인들에 대한 깊은 경멸감이다. 이 인도인들은 인도 내에서 하나의 기준을 받아들이며, 인도 밖에서는 또 다른 기준을 받아들이는 데 어려움을 느끼지 않는다. 그리고 이러한 사실을 인식하지도 못한다. 이 인도인들은 이 끔찍한 모욕과 굴욕을 제거하기 위해 밤낮으로 일하지도 못한다. …… 나는 정말로 궁금하다. 인도인들의 대변보는 습관이 그들의 모든 태도의 열쇠가 아닌지. 나는 궁금하다. 만일 사람들이 단지 대변을 보는 일에 있어서 다른 나라들의 기준을 받아들인다면, 그 나라가 정신적·도덕적으로 재건되는 것이 아닌지. ……

그러니 대변보는 일과 청소부들이여 안녕. 모든 것을 '감내하는' 사람들이여 안녕. 행동의 모든 거부여 안녕. 존엄성의 부재여 안녕. 가난이여 안녕. 카스트제도와 그 광대한 나라에 스며든 하찮음이여 안녕. 점성가에게 자문을 구함에도 불구하고, 인간으로서 자신의 운명

에 대해 어떤 이해도 갖고 있지 않은 사람들이여 안녕. …… 인도는
어처구니없고 두렵고 슬픈 나라이다. 아마도 이 모든 것은 바뀌어야
만 한다. 카스트제도뿐 아니라 인도의 그 모든 너저분한 의복들도 사
라져야만 한다. 그 모든 사리sari들과 룽기lungi들은 사라져야 한다. 마
루 위에서 쭈그리고 앉고 먹고 쓰고 상점에서 손님을 맞고 오줌을 누
는 그 모든 것은 사라져야 한다.

_ V. S. 나이폴, 모니 말후트라Moni Malhoutra에게 쓴 편지(패트릭 프렌치Patrick French, 『있
는 그대로의 세계The World Is What It Is』, 1963)

샌 루이스 오비스포San Luis Obispo[4]에서의
과장법

빈약한 어휘를 가진 인간의 자연 언어는 마돈나 여관을 묘사하는 데
충분치 않다. 일련의 건축물로 나눠진 그 외관을 전달하기 위해서, 우
리는 백운석질의 바위로 조각된 주유소로 뻗은 길, 식당, 바, 카페테
리아를 통해 마돈나 여관에 도착한다. 우리는 단지 유추를 시도해볼
수 있을 뿐이다. 가우디에 대한 책의 책장을 급히 넘기는 동안, 알베
르트 스피어Albert Speer[5]는 LSD를 다량으로 삼키고, 라이자 미넬리Liza
Minnelli[6]를 위한 혼례용 지하묘지를 짓기 시작했다고 하자. 그러나 이
것만으로는 전혀 영문을 알 수 없다. 아르침볼디Arcimboldi[7]가 돌리 파

튼Dolly Parton[8]을 위해 사그라다 파밀리아Sagrada Familia[9]를 짓는다고 하자. 혹은 카르멘 미란다Carmen Miranda[10]가 졸리Jolly 호텔 체인을 위해 티파니Tiffany의 장면을 도안한다. 혹은 밥 크라칫Bob Cratchit[11]에 의해 상상된 다눈치오D'Annunzio[12]의 비토리알레Vittoriale[13], 플러시 천으로 만든 인형 산업을 위해 주디스 크란츠Judith Krantz[14]에 의해 묘사되고 레오노르 피니Leonor Fini[15]에 의해 수행된 칼비노의 『보이지 않는 도시들』, 리베라체Liberace의 편곡으로 페리 코모Perry Como가 부르고 마린 밴드Marine Band가 반주하는 쇼팽의 소나타 B 플랫 단조. 아니 이것은 아직 옳지 않다. 화장실에 대해 말해보자. 이것은 석고로 된 바로크식 케루빔을 떠받치고 있는 비잔틴식의 원주를 가진 알타미라Altamira나 루레이Luray와 같이 광대한 지하 동굴이다. 대야는 커다란 인조 자개이고, 요강은 바위로 조각된 벽난로이다. 그러나 오줌이 분출되어(미안하다, 그러나 나는 설명해야 한다) 바닥에 닿을 때, 덮개가 있는 벽으로부터 물이 떨어져 내린다. 그 물은 혹성 몽고Planet Mongo[16]의 동굴처럼 수세식으로 된 인공폭포의 물이다.

_ 움베르토 에코Umberto Eco, 『초현실 속의 여행Travels in Hyperreality』(1995)

흑해에 대한 바이런 경Lord Byron[17]의 시

> 여객이 그 속에 토한 바다는 존재하지 않는다.
>
> 흑해보다 더욱 위험한 파도를 출현시켜라.
>
> _ 바이런, 『돈 후안Don Juan』(1818~1824)

20.
가공의
사람들

꼬리를 가진 사람이나 외눈박이나 용을 묘사한 여행 문학을 고려하는 것은 시시껄렁한 일이 아니다. 초기의 여행기들은 이러한 불가사의한 것들 때문에 주목을 끌었다. 당나라 시대의 여행가이며 지형 묘사를 꼼꼼하게 했던 현장은 종종 용의 존재를 언급했다.

다양한 여행담들은 독자들이 여행에서 발견하고 싶은 것, 즉 이상하고 섹시하고 혐오스럽고 놀라운 것들을 선보인다. 수전 손택은 이러한 매혹과 어리석음을 그녀의 에세이 「여행에 대한 질문Questions of Travel」에서 분석했다. 그녀는 다음과 같이 썼다. "이국적인 장소로의 여행에 대한 책은 늘 '우리'를 '그들'과 대조시켰다. 이 관계는 평가의 제한된 다양성을 산출한다. 고전기와 중세의 문학은 대부분 '우리는 선하고 그들은 악하다'로 되어 있다. 즉 전형적으로 '우리는 좋고 그들은 싫다' 등이다. 이국적이라는 것은 비정상적이고, 종종 육체적인 비정상으로 표현된다. 그리고 괴물 같은 사람들이나, 머리들이 어깨 아래에서 자라는(오셀로의 성공담) 사람들, 인육을 먹는 사람들에 대한 이야기가 전해진다."

오셀로가 봤다고 언급한 이 사람들은 중세에 가장 인기 있는 책 중 하나였던 『맨더빌 여행기』 속에 나온다. 이 책은 바로 이상한 사람들과 장소들을 묘사했기 때문에 인기가 있었다. 맨더빌은 1322년부터 1356년까지 여행했다고 주장했다. 지금까지 알려진 초판은 1371년 프랑스에서 출판됐고, 15세기 초에 그 영역본이 출판됐다. 이 책은 판을 거듭했고, 재판될 때마다 증보됐고 윤색됐다. 맨더빌은 아마도 존재하지 않았을 것이다. 혹은 14세기의 공상하는 프랑스인으로서 존재했다면, 그는 어디에도 가지 않았을 것이다. 또한 맨더빌의 많은 이상한 이야기들은 그 시대의 다른 여행가들의 책에도 실려 있다.

그러한 그로테스크하고 이국적인 내용은 사람들을 계속 매혹시켰다. 심지어 헨리 필딩이 쓴 것처럼 "항해, 여행, 모험, 삶, 회상, 역사의 이름으로 되어 있는 방대한 양의 책들이 있었다는 것이 알려져 있었음에도 불구하고, 단 한 명의 여행가가 많은 책들로 이 중 몇몇을 세상에 내보냈다. 그리고 다른 것들은 현명한 책 판매자들에 의해 2절판으로 방대한 양이 모아졌다. 그들은 마치 이것들이 실로 자신들의 여행인 것처럼 자신들의 이름을 그 안에 적어 넣었다. 따라서 불공평하게 다른 이들의 미덕을 자신들에게 귀속시키고 있었다."

우리는 유사한 구절들을 비교함으로써 초서가 아마도 맨더빌의 책을 읽었으리라는 것을 알 수 있다. 셰익스피어는 확실히 읽었다. 맨더빌의 책에 있는 어떤 부분은 정확한 지리를 묘사하지만, 그 외의 다른 부분은 왜곡되어 있고 공상적이고 터무니없고 기괴하다.

맨더빌의 놀라운
이야기들

자바 근처의 섬들

이 나라와 그 주변의 나라들에는 두 개의 머리를 가진 야생의 거위가 있다. 그리고 전신이 하얗고 황소만큼 큰 사자가 있다. 또한 우리 주변에서는 볼 수 없는 다양한 짐승과 새들이 많이 있다.

한 섬에는 키가 큰 거인들이 있다. 그들은 올려다보기가 겁날 정도로 크다. 그리고 그들은 외눈박이로, 눈은 얼굴 앞면의 가운데에 있다. 그들은 단지 날고기와 생선만을 먹는다.

남쪽에 면한 다른 섬에는 추한 모습을 한 사람들이 있다. 그들은 저주받은 사람들로 머리가 없으며, 눈은 어깨 위에 있다.

또 다른 섬에는 완전히 평평한 얼굴을 지닌 사람들이 있다. 그들은 코와 입이 없다. 그러나 눈 대신에 완전히 둥근 두 개의 구멍을 갖고 있으며, 입은 입술 없이 평평하다.

또 다른 섬에는 너무나 큰 입 위로 입술을 가진 추한 모습의 사람들이 있다. 햇빛 속에서 잠잘 때 그들은 그 입술로 얼굴 전체를 덮는다. ……

또 다른 섬에는 말발굽을 지닌 사람들이 있다. 그들은 튼튼하고 힘이 세며 빠르게 달린다. 그들은 달려서 야생동물을 잡고 그것을 먹는다. 또 다른 섬에는 동물처럼 손과 발로 기는 사람들이 있다. 그들은 모두 피부가 벗겨지고 깃털이 나 있다. 그들은 나무 위로, 나무에서 나무로 마치 다람쥐나 유인원처럼 가볍게 뛰어오른다.

또 다른 섬에는 양성구유의 사람들이 있는데, 한쪽은 여성이고 다른 한쪽은 남성이다. 그들의 몸의 한쪽에는 젖꼭지가 있지만 다른 한쪽에는 젖꼭지가 없다. 그리고 그곳에는 남자와 여자로 된 세대가 있다. 그들은 자신들을 명부에 실을 때 양쪽을 다 사용한다. 즉 한 번은 남성으로 등록하고, 그다음은 여성으로 등록한다. 그들이 남성 쪽의 구성원일 때는 아이를 얻고, 여성 쪽의 구성원일 때는 아이를 낳는다.

또 다른 섬에는 놀랍게도 늘 무릎으로 기는 사람들이 있다. 그들은 길 때마다 넘어지는 것 같다. 그리고 각각의 발에는 여덟 개의 발가락이 있다.

프레스터 존의 왕국에서

그 사막에는 보기에도 끔찍한 야생의 사람들이 많이 있다. 그들은 뿔이 달려 있고 말을 하지 못한다. 그들은 돼지처럼 꿀꿀거린다. 그리고 또한 많은 수의 야생 사냥개들이 있다. 또한 많은 앵무새들이 있는데,

그들은 자신들의 고유의 본성에 대해 말한다. 그리고 사막을 통과하는 사람들에게 인사한다. 그들은 마치 인간인 것처럼 사람들에게 숨김없이 말한다. 그리고 그들은 큰 혀를 갖고 있고, 발 하나에는 다섯 개의 발가락이 있다. 그리고 발 하나에 세 개의 발가락들이 있는 또 다른 종류가 있다. 그들은 말을 하지 않거나 거의 말이 없다. 왜냐하면 그들은 단지 짐승처럼 울음소리만 낼 수 있기 때문이다.

처녀성 빼앗기

다른 섬은 대단히 멋지고 훌륭하고 크며 많은 사람들이 있다. 여기서는 관습이 그러하기 때문에, 결혼 첫날밤에 다른 남자가 신부의 처녀성을 뺏도록 동침을 시킨다. 그런 뒤 높은 보수를 지불하고 크게 감사한다. 모든 마을에는 다른 일은 아무것도 하지 않는 남자들이 있고 그들은 절망적인 바보들이라고 불렸다. 이 나라에서는 여성의 처녀성을 갖는 일을 아주 대단하고 위험한 것으로 여기기 때문에, 첫 번째 처녀성을 갖는 것은 그를 인생의 모험으로 밀어 넣는 듯하다.

인근의 다른 섬의 성적 관습

만일 한 집에 열 명, 열두 명 혹은 더 많은 남자들이 있다면, 그들의 부인은 그 집에서 거주하는 모든 남자들에게 속한다. 그래서 그 남자들 중 한 사람이 부인과 하룻밤 동침하고, 또 다른 남자가 다른 날 밤에 동침한다. 그리고 만일 그녀가 애를 가지면, 그녀는 그 아이를 자신이 좋아하고 교제한 남자에게 준다. 그래서 어떤 남자도 그 아이가 누구의 자식인지 모른다. 그리고 만일 누군가가 그들에게 당신들은 다른 남자들의 아이들을 기르고 있다고 말하면, 그들은 자신들의 아이들이라고 대답한다. …… 나는 그들에게 어째서 그러한 관습을 갖고 있는지 물었다. 그들은 내게 고대에 남자들이 몸에 뱀을 갖고 있는 아가씨들의 처녀성을 빼앗으려다가 죽었다고 말했다. 뱀은 마당에서 남자들을 물었고 그들은 얼마 안 가서 죽었다. 따라서 그들은 죽음의 공포 때문에, 다른 남자로 하여금 자신의 부인과 동침하도록 하는 관습을 지켰다. 외간 남자를 모험 속에 집어넣기보다는, 그를 통해 사태의 추이를 지켜보기 위해서였다.

마르코 폴로가 전하는 기이한 인간들

다음으로 람브리(현재의 수마트라)의 왕국에 대해 말하겠다. 이 왕국에는 왕이 있지만 위대한 칸에게 충성을 공언한다. 이 사람들은 우상숭배자이다. …… 여기에는 실로 언급할 만한 것이 있다. 나는 이 왕국에 손바닥 길이의 꼬리를 가진 사람들이 있다고 맹세한다. 그들은 털이 전혀 없다. 이것은 대부분의 사람들, 즉 도시에 사는 사람들이 아

니라 도시의 바깥쪽에 있는 산들에서 사는 사람들에게 해당한다. 그
들의 꼬리는 개의 꼬리만큼 두껍다. 또한 많은 일각수들(아마도 코뿔소
들)이 있고, 동물과 새 등 야생의 사냥감이 풍부하다.

_『마르코 폴로의 여행기』

안다만Andaman은 대단히 큰 섬이다. 이 사람들에게는 왕이 없다. 그들
은 우상숭배자이고, 야생 동물처럼 산다. 지금 이 책에서 서술할 만한
가치가 있는 인종에 대해 말하겠다. 이 섬의 모든 사람들이 개와 같
은 머리, 이빨, 눈을 갖고 있다는 것은 사실이다. 왜냐하면 장담하건
대 그들의 얼굴 전체는 커다란 마스티프 종의 모습이기 때문이다. 그
들은 대단히 잔인한 인종이다. 그들은 자신들의 인종에 속하지 않은
인간을 잡을 때마다 먹어치운다.

_『마르코 폴로의 여행기』

21.

작가들과 그들이
결코 방문하지 않은 장소들

어떤 장소를 묘사하려는 작가가 실제로 그곳에 방문하지도 않았으며, 그것에 개의치 않는 것은 자기기만이다. 또한 그곳에 사는 사람들과, 실제로 힘들게 그곳에 간 여행자들에게도 대단히 모욕적이다. 게으름, 무관심, 경멸감, 그 장소에 대한 두려움, 여행에 대한 두려움, 망상을 벗어나는 것에 대한 두려움, 그리고 공상에 대한 소설가의 본능 등 이 모든 것은 작가로 하여금 집에 머물기로 결정하고, 이국적인 것을 지어내게 한다. 예컨대 솔벨로Saul Bellow는 뉴욕의 티볼리Tivoli에서 책으로 가득 찬 서재에 앉아 결코 본 적 없는 아프리카를 그려냈다. 그렇다고 해도 그 소설에서 작가의 마음, 특히 작가의 환상을 알 수 있다. 그가 자기 자신, 다른 사람들, 세계에 대해 생각하는 바를 알 수 있다.

그러한 상상력의 비약의 결과는 기묘할 수 있다. 그리고 이러한 악업은 날조된 나라에 대한 소설을 망치는 듯 보인다. 왜냐하면 이러한 작품 중 어떤 것도 인기가 있거나 널리 읽히지 않았기 때문이다. 키플링이 상상한 만달레이는 예외인데, 그것은 실제의 도시를 옮겨 놓은 것처럼 보인다. 어떤 나라를 상상하는 작가들은 과장하는 경향이 있다. 벨로의 『비의 왕 핸더슨Henderson the Rain King』 혹은 타잔에 대한 소설들을 봐라. 조지프 콘래드는 증기선을 조종해 콩고 강을 올라간 후에 『암흑의 핵심』을 썼다. 이 소설은 증기선을 조종해 콩고 강을 올라가는 남자에 대한 것으로 섬세하고 절제돼 있으며 강렬하다.

데이비드 리빙스턴은 1859년에 냐사 호Lake Nyasa에 처음으로 갔다고 주장해 그 호수를 유명하게 만들었다. 그러나 이것은 1846년에 포르투갈 상인인 칸디도 데 코스타 카르도소Candido de Costa Cardoso에 의해 달성됐다. 웨일스의 탐험가 존 페서릭John Petherick은 1858년에 나일 강의 수원을 찾기 위해 바 엘 가잘Bahr-el-Ghazal의 지도를 만들었다. 그는 3년 후 이집트, 수단, 중앙아프리카에서의 여행에 대해 서술했다. 그러나 그의 동료 탐험가인 존 스피크John Speke는 그 지도와 책에 대해 공개적으로 이의를 제기했다. 그는 페서릭이 자신의 여행에 대해 거짓말을 했으며, 그렇게 먼 남쪽이나 서쪽까지 간 적이 없고, 풍문으로 들은 것을 가지고 지도와 여행을 꾸며냈다고 주장했다. 나일 강의 탐험가 새뮤얼 베이커는 그의 일기에 다음과 같이 썼다. "영국에서 출판된 페서릭의 가장된 여행은 전부 소설에 불과하다. …… 페서릭은 조잡한 사기꾼이다."

심지어 면밀하게 관찰하는 여행자조차 종종 사실을 잘못 받아들인다. 리처드 헨리 데이나가 쓴 『선원으로 보낸 2년』에 나오는 하와이인들은 몇 달간의 항해 후 낸터킷 섬을 미국 본토로 오해했다. 왜냐하면 이 섬이 그들이 본 모든 것이었기 때문이다. 미국 본토는 그 섬에서는 보이지 않는다.

메리 킹즐리가 쓴 『서아프리카 여행기』에는 여행자의 무지에 대한 또 다른 예가 드러난다. 그녀는 다음과 같이 썼다. "둑으로부터 강으로 흘러내려가는 목재용 통나무를 얻으려고 하는 원주민 무리들을 주의해서 봐라. …… 그들은 지렛대나 그 비슷한 것에 무지하다. 백인 감독이 없다면 아프리카인은 심지어 열네 번째 등급의 천 조각도 만들 수 없다. 그들은 도기, 기계, 도구, 그림, 조각을 만들 수 없고, 심지어 그림 문자 수준에도 도달하지 못한다는 것을 명심해라."

베냉Benin 청동상들이라는 걸작들이나 그가 앙골라에서의 여행을 통해 알았을지도 모르는 초크웨Chokwe 사람들의 훌륭한 조각은 언급할 필요도 없다. 조금만 연구를 했더라면 아비시니아의 암하라Amhara 문자, 2,000년 된 노크Nok¹ 조각, 아프리카 도기의 방대한 다양성, 혹은 고대의 적갈색의 조상影像 등을 알아냈을 것이다. 그러나 그녀는 자신이 잘 안다고 주장하는 장소에서조차 전혀 주의를 기울이지 않은 것처럼 보인다. 예컨대 가봉의 푸누Punu와 팡Fang 가면과 조각, 바밀레케Bamileke와 그 밖의 다른 장소들에서 발견된 조각의 걸작들, 카메룬에서 발견된 실로 정교한 도기들 말이다.

그러나 나는 존슨 박사가 '낭만적인 부조리와 믿을 수 없는 허구'라고 부른 상상의 풍경에 매혹된다. 특히 내가 본 풍경을 저자가 진짜처럼 들려주는 것에 매혹된다. 나는 가공의 아프리카를 인정하지 않는다. 그리고 카프카의 아메리카는 가장 기묘한 나라이다. 저 무도한 조지 살마나자르 George Psalmanazar는 18세기 초 영국에서 포모사Formosa[2]에 대한 그의 책을 통해 (조너선 스위프트를 제외하고) 거의 모든 독자들을 바보 취급했다.

조지 살마나자르의 포모사
여행기

이 여행 사기꾼의 놀라운 점은 그의 책이 완벽하고 신뢰가 간다는 것이다. 조지 살마나자르는 네덜란드 책들에 의존해서, 그리고 자신의 공상을 통해 포모사의 모든 풍경과 문화를 창조했다. 그는 또한 용법이 까다로워 알아듣기 힘든 말을 표현하는 언어를 만들어냈는데, 심지어 몇 년 후 어떤 학자들은 이 언어를 실제의 아시아 언어로 간주했다. 1704년에 런던에서 출판된 이 책은 크게 성공했다.

조지 살마나자르는 또한 그의 이국적인 이름(아마도 아시리아에서 두 명의 왕의 이름이었던 샬마네세르Shalmaneser) 아래 그의 정체를 숨길 수 있었다. 그의 출생 시의 이름과 출생지는 알려져 있지 않다. 그는 아마도 프랑스인이었고, 1689년경에 태어났을 것이다. 그는 잠시 동안 아일랜드의 순례자라고 주장했다. 그는 또한 여러 번 그가 일본인 혹은 포모사인이라고 말했다. 그는 태양과 달을 숭배한다고 주장했고, 의자에서 똑바로 앉아 잤다(그는 이렇게 자는 것을 포모사 방식이라고 말했다). 그러나 그는 존슨 박사와 친구가 된 사랑스러운 기인 이상의 사람이었다. 제프리 마이어스Jeffrey Myers는 그의 전기『새 뮤얼 존슨: 그의 투쟁Samuel Johnson: The Struggle』에 다음과 같이 썼다. "참회자들을 매우 찬미했던 존슨은 자신의 죄를 고백하고 성격을 고친 뒤, 독실하고 모범 적인 기독교도로 죽은 살마나자르를 존경했다. 살마나자르는 비록 아편 중 독자였지만 오랜 고난을 견뎠다." 그러나 그는 그의 여행기에서 18세기 초 기에 존재한 반反 예수회 수사修士에 대한 증오를 이용했다. 가톨릭 선교사들 에 대한 멸시는 그의 책에 빈번하게 나온다. 이러한 그의 태도는 가톨릭을 현 저히 싫어하는 영국에 대해 호감을 갖는 것으로 보인다.

그는 다음과 같이 썼다. "이러한 나의 시도의 주된 이유는 예수 회 수사들이 대중에게 너무나 많은 이야기들과 조잡한 오류들을 부과했기 때문이다. 그 예수회 수사들은 그들의 비열한 행동에 대해 더 나은 변명을 갖고 있을지도 모른다. 그러한 비열한 행동이 일본에서 그들에게 그토록 무 서운 박해를 불러왔다." 1630년대 가톨릭 신자들에 대한 일본의 박해는 역 사적인 사실로 엔도 슈사쿠의 1966년 걸작『침묵』속에서 소설로 재구성되 었다.

살마나자르의 책은 두 부분으로 구성되어 있는데, 첫 번째 부분 은 '포모사에 대한 역사적이고 지리적인 서술'이라는 제목이 붙어 있다. 그 는 이 첫 번째 부분에서 여행 중 저자에게 어떤 일이 발생했는지와 함께 종 교, 관습, 주민에 대해 서술하고 있다. 특히 유럽의 여러 곳에서 있었던 예수 회 수사들이나 그 밖의 사람들과의 회담에 대해 서술하고 있다. 또한 그가 기독교로 개종한 역사와 그 이유가 서술되어 있다. 또한 (이교 신앙의 옹호하에) 그 전에 행해진 기독교에 대한 그의 반대와 기독교인들의 대답이 함께 서술되어 있다. 두 번째 부분은 그의 여행과 관련되어 있다. "그가 기독교로 개종한 이유와 더불어, 포모사 섬의 원주민인 조지 살마나자르 씨가 유럽의 여러 곳을 여행한 것을 다루고 있다."

　　　　종교에 대한 담화를 제외하면, 이 책은 유괴에 대한 이야기와 다채로운 문화에 대한 묘사로 대단히 재미있다. 조지는 그의 고국에서 예수회 수도사들에게 항의를 하면서 잡혀갔다. 그는 필리핀을 여행했고, 그런 뒤 고아Goa와 지브랄타Gibraltar를 차례로 여행했다. 그는 고아와 지브랄타에서 "기후, 공기, 식사의 변화로 몸이 무척 쇠약해졌다." 그는 건강을 되찾을 필요가 있었다. 그래서 그는 툴롱, 마르세유, 가톨릭적인 아비뇽, 루터파적인 본, 칼뱅파적인 네덜란드를 여행했다. 그는 이 나라들에서 신학적인 논쟁에 휩쓸렸다. 그는 '영국 국교의 가장 충실한 일원'이 되면서 궁극적으로 기독교로 개종했다.

　　　　그는 귀화한 나라와 지배자(1702년 앤 여왕이 계승할 때까지 지배한 윌리엄 3세)에 대한 충성을 굳게 하고, 독자들의 비위를 맞췄다. 그리고 이따금씩 일본을 언급하면서 포모사 섬을 묘사했다. 이 나라는 "아시아의 섬들 중에서 가장 유쾌하고 훌륭한 섬 중 하나이다. 예컨대 이 섬에는 편리한 상황, 건강에 좋은 공기, 풍요로운 토양, 흥미로운 온천, 유용한 강, 금과 은이 풍부한 광산 등이 있다."

그는 그 역사와 군주제, 어떻게 이 섬이 타타르의 황제에게 침략당하고 복속됐는지, 네덜란드인들과 영국 상인들의 도래, 대혼란, 반란, 정부, 그리고 법률 중 보다 인상적인 것 등을 연대순으로 정리했다. 그는 다음과 같이 말했다. "모든 남자는 그의 사유지가 유지되는 한 많은 부인들을 가질 수도 있다." 왜냐하면 어린이들은 대단히 귀중하게 여겨졌기 때문이었다. 간음은 엄하게 벌을 받았다. 만일 부인이 바람을 피운다면, 남자는 합법적으로 그의 부인을 죽일 수도 있었다. "그러나 이 법은 외국인들에게는 적용되지 않는다. 원주민들은 아무 죄의식 없이 그들에게 만족을 주기 위해 처녀나 매춘부를 제공했다."

네덜란드인들이 불교의 영향력을 줄이려고 했던 40년간을 제외하고는, 불교는 포모사에서 성행했다. 그러나 살마나자르는 불교에 대해서는 일절 언급이 없었다. 그는 포모사의 종교를 태양과 달의 숭배라고 설명했다. 그리고 '우상숭배'는 황소, 숫양, 염소의 희생을 요구했다. 만일 그들의 신이 이러한 희생제로도 진정하지 않는다면, 유아들이 죽임을 당했다. 아이들이 수천 명씩 심장을 도려내고 불태워졌다. 그는 이 책에서 이 인간 희생제가 어디서 수행됐는지, 혹은 어디서 사제들이 아기들의 목구멍을 잘라 그들의 심장을 꺼냈는지에 대해 말하며 꼼꼼하게 예들을 제시하고 있다.

거의 모든 것을 너무나 상세하게 다루기 때문에, 이 책은 설득력이 있다. 이 책은 또한 미신, 질병, 무기, 악기, 섬사람들의 음식 등을 다루고 있다. "그들은 또한 뱀을 먹었다." 포모사인들은 비둘기나 자라를 먹지 않았다. 그들은 코끼리, 코뿔소, 낙타 등을 짐을 싣는 동물로 사용하기 위해 사육했다. 그리고 재미 삼아 해마를 사육했다. 시골에는 사자, 멧돼지, 늑대, 표범, 원숭이, 호랑이, 악어 등이 있었다.

조지 살마나자르의 속임수를 누구나 받아들인 것은 아니었다. 그는 심지어 그의 시대를 비웃었다(그는 1763년에 죽었다). 그러나 이 책은 계속 인기가 있었다. 아마도 여행기들이 늘 인기가 있었기 때문일 것이다. (살마나자르 같은) 여행가들이 놀라운 광경을 목격했다고 주장했기 때문에 여행기들은 인기가 있었다. 그리고 이 책이 상세하게 전하는 바로 그 야만성이 이 책은 먼 나라에 대한 참된 내용을 담고 있다는 것을 증명하는 것처럼 보인다.

에드거 앨런 포의 있을 법한 풍경

에드거 앨런 포의 삶은 짧았고 고통스러웠다. 그러나 그의 소설은 외국의 풍경으로 가득 차 있다. 이 풍경 중에는 있을 법한 파리, 스위스, 네덜란드, 노르웨이도 있고, 이름 없는 황무지도 있다. 또한 『아서 고든 핌의 이야기The Narrative of Arthur Gordon Pym』의 말미에 나오는 추운 지역 같은 심지어 이 세상 같지 않은 곳도 등장한다. 나는 사춘기 때 포를 읽었고, 나는 곧 그의 공포, 신비, 기괴함의 세계로 여행했다.

포는 1809년에 배우였던 부모 사이에서 태어났다. 그의 아버지는 집을 나갔고 어머니는 그가 두 살 때 죽었다. 그는 그의 중간 이름을 얻은 앨런 가족에게 입양되어 외국으로 가게 됐다. 그는 열한 살이 되기 전에 스위스와 영국을 보았다. 1820년 이후 뉴욕, 필라델피아, 볼티모어, 리치먼드 등 미국의 도시들을 정기적으로 여행했다. 그리고 그는 40세에 죽었다. 포는 감수성이 예민하고 논쟁적이며 경쟁적이었고, 알코올 중독자였다. 그는 실재와 허구의 세계를 창조하게끔 한 자신의 천재성에 대한 열렬함과 신뢰를 지니고 있었다.

많은 사람들이 그랬듯이, 그는 고딕풍에 매혹됐다. 낭떠러지, 성, 유령이 출몰하는 궁전의 음산한 풍경, 그 '참을 수 없는 우울함에 대한 감각', '그림자 같은 환상'(「어셔 가의 몰락The Fall of the House of Usher」), 황무지와 울부짖는 늑대들의 풍경, '붉은 죽음'과 같은 역병, 교회의 지하 묘지와 지하 납골당(「아몬틸라도의 술통A Cask of Amontillado」), 그리고 '우울한 회색의 전통 홀'(「베레니스Berenice」)에 매혹됐다.

「윌리엄 윌슨William Wilson」 속 고딕풍의 기억은 그 전형적인 예이다. "학창 시절에 대한 나의 가장 이른 기억은 영국의 안개가 자욱한 마을에 대한 것이다. 그 기억은 사방으로 불규칙하게 뻗은 엘리자베스 시대풍의 집과 관련되어 있다. 거기에는 아주 많은 수의 거대한 옹이투성이 나무들이 있었다. 그리고 모든 집들은 극히 오래됐다."

혹은 「어셔 가의 몰락」의 우울한 도입부. "그해 가을 권태롭고 어둡고 소리 없는 낮 동안, 구름은 내내 하늘에 찌무룩하게 낮게 떠 있었다.

나는 말을 타고 시골의 유난히 황량한 지역을 통과하고 있었다. 그리고 저녁의 그늘이 드리울 때, 음울한 어셔 가의 저택이 시야에 들어왔다."

포는 그의 추리소설, 공포소설, 그리고 심지어 그의 초기의 공상과학소설에서 자신이 여행, 역사, 미스터리의 독자임을 드러낸다. 붉은 죽음, 스페인에서의 심문(「톨레도에서의 공포The Horrors at Toledo」), 네덜란드인 자치구에 있는 종루의 악마. 「밀회의 약속The Assignation」은 있을 법한 베니스에서 발생한다.

때때로 「침묵: 우화Silence: A Fable」에서처럼 심각한 지리적 과실도 있다. 이 이야기는 "리비아에 있는 자이르Zaire 강의 경계선에 위치한 무서운 지역에서 발생한다. …… 노란 유령 같은 강 …… 하마들."[3] 그러나 그의 다른 작품은 대단히 정확하다. 포는 결코 프랑스에 간 일이 없지만, 프랑스인들은 보들레르의 번역을 통해 포를 사랑했다. 형사 오귀스트 뒤팽Auguste Dupin은 「도둑맞은 편지The Purloined Letter」, 「마리 로제의 미스터리The Mystery of Marie Roget」, 「모르그 가의 살인 사건Murders in the Rue Morgue」에 등장한다. 「모르그 가의 살인 사건」에서 뒤팽은 화자와 함께 파리를 걷는데, 아래와 같은 단락은 그 정확함을 확신시켜준다.

> 너는 까다로운 성미를 드러내는 표정을 지으며, 포장도로에 있는 여러 구멍과 바퀴 자국을 힐끔 보았다(그래서 나는 네가 여전히 돌에 관해 생각하고 있는 것을 알았다). 그런 뒤 너는 땅에 눈을 고정했다. 우리가 라

마르틴Lamartine이라고 부르는 작은 골목길에 닿을 때까지. 이 골목길은 벽돌을 겹치고 리벳을 박아 붙여 포장되어 있었다. 여기서 너의 얼굴 표정은 밝아졌다. 너의 입술이 달싹거리는 것을 감지하면서, 나는 네가 이러한 종류의 포장도로에 대해 꽤 젠체하며 '스테레오토미stereotomy[4]'라는 단어를 중얼거리는 것을 확실히 들었다.

몇 구의 시체가 끔찍하게 절단된 채 발견되고, 이러한 사건은 "리슐리외 거리Rue Richelieu와 생 로슈 거리Rue St. Roch 사이에 끼어드는 비참한 간선도로 중 하나인" 모르그가로 이어진다. 살인자는 면도칼을 지닌 분노한 오랑우탄으로 밝혀진다. 그러나 (몇몇 다른 작가들과 달리) 포는 오랑우탄이 보르네오 섬에서 왔다는 것을 알고 있었다.

공포소설인 「소용돌이 속으로 떨어지다The Decent into the Maelstrom」의 서두는 실제 풍경에 대한 포의 가장 인상적인 소설적 묘사이다.

"우리는 지금," 노인은 그를 두드러지게 하는 독특한 방식으로 말을 계속했다. "우리는 지금 노르웨이 해안에 가까이 있다. 이곳은 노를란Nordland의 위대한 지방이며, 로포덴Lofoden의 두려운 지역이다. 이곳의 위도는 68도이다. 우리가 그 꼭대기에 앉아 있는 산은 구름이 낀 헬세겐Helseggen이다. 지금 발뒤꿈치를 약간 들어봐라. 아찔한 것을 느끼면 풀을 쥐어라. 우리 밑에 있는 수증기의 띠 너머 바다를 보아라.

나는 현기증을 일으키며 대양의 광대함을 보았다. 그 물은 잉크처럼 너무나 새까매서, 즉시 내 마음에 마레 테네브라룸Mare Tenebrarum에 대한 누비아Nubia[5] 지리학자의 서술을 상기시켰다. 인간의 어떤 상상력도 포착할 수 없을 만큼 전경은 서글프게 황량했다. 세계의 성벽처럼 무시무시하게 시커멓고 불쑥 튀어나온 절벽이 시야에 들어왔다. 그 음울한 성격은 이 절벽에 달려드는 밀려오는 높은 파도에 의해 더욱 두드러졌다. 그 유령처럼 창백한 물마루는 영원히 울부짖고 비명을 지른다. 그 꼭대기에 우리가 위치한 곳의 바로 반대쪽으로, 약 8~10킬로미터의 거리에 있는 작고 황량한 섬이 보였다. 혹은 그 위치는 그 섬을 둘러싼 파도의 광야를 통해 더 잘 식별할 수 있었다. 육지 쪽으로 약 3킬로미터쯤 더 가까이에는 보다 작고 섬뜩할 정도로 바위투성이인 다른 섬이 있었다. 그 섬은 척박하며 어두운 색깔의 바위들에 둘러싸여 있었다.

보다 먼 섬과 뭍 사이의 공간에서 대양은 대단히 비정상적인 모습을 하고 있었다. 그때 강풍이 육지 쪽으로 너무나 세차게 불었기 때문에, 먼 앞바다에서 2단 축범 되어 있는 보조 돛을 펼치고 정박하고 있는 쌍돛대 범선은 그 전체 선체가 끊임없이 시야에서 사라져버리곤 했다. 그럼에도 이 가까운 곳에서는 큰 파도가 일지 않고, 모든 방향에서 단지 짧고 빠르고 성난 물의 엇갈리는 돌진만이 있었다. 바위들과 근접한 거리를 제외하고는, 거품이 거의 일지 않았다.

이러한 묘사는 큰 소용돌이의 출현과 함께 여러 페이지에 걸쳐 나온다. 또한 거의 어떤 곳도 간 일이 없는 포였지만, 이러한 묘사는 그가 독서와 상상력으로부터 있을 법한 풍경을 창조할 수 있었음을 보여준다. 그러나 확실히 이러한 곳은 어디에도 없다.

토머스 잰비어Thomas Janvier가 상상한
사르가소 바다

지금은 잊힌 잰비어는 1849년에 태어나 필라델피아에서 교육받고, 뉴욕에서 살았다. 그는 유럽과 멕시코를 여행했다. 그는 인물, 역사, 그리고 여행에 대해 썼다. 그는 멕시코 안내서와, 프랑스를 배경으로 한 단편소설들을 펴냈다. 한 편을 제외하면, 그는 자신이 간 일이 있던 프로방스와 멕시코를 묘사하는 등 체험을 바탕으로 썼다.

유머 작가인 S. J. 페럴먼S. J. Perelman은 내게 『사르가소 바다에서In the Sargasso Sea』를 추천했다. 그는 이 책이 바다에서 투쟁하는 인간을 그리고 있고, 할리우드에 살면서 쓰는 이야기와 유사하다고 말했다. 페럴먼은 그의 친구인 나다나엘 웨스트Nathanael West로부터 이 책을 소개받았을지도 모른다. 웨스트는 그의 강렬한 할리우드 소설인 『메뚜기의 날The Day of the Locust』에서 잰비어를 언급했다. 웨스트의 주인공인 토드는 영화 세트가 제거된 장소를 다음과 같이 관찰한다.

그는 길을 떠나 반대쪽에서 내려다보기 위해, 언덕의 산마루를 가로질러 올라갔다. 그는 그곳에서 해바라기 군락과 야생의 고무나무들이 흩어져 있는 10에이커에 이르는 우엉 들판을 볼 수 있었다. 들판 가운데에는 그물들, 얇은 용기들, 영화용 소도구들이 거대하게 쌓여 있었다. 그가 보고 있는 동안, 10톤 트럭이 그 쌓인 더미에 다른 더미를 추가했다. 이곳은 쓰레기를 내버리는 마지막 장소였다. 그는 잰비어의 『사르가소 바다에서』를 떠올렸다. 그 상상의 수역이 문명의 역사를 볼 수 있는 바다의 고물 집적소인 것처럼, 영화 촬영소는 문명의 역사를 볼 수 있는 꿈의 쓰레기 폐기장이었다.

사르가소 바다는 실제로 존재한다. 콜럼버스가 최초로 목격했고, 쥘 베른이 묘사한 바 있다(『해저 2만 리』에서 노틸러스 호는 이 바다를 통과해서 항해했다). 대양의 여러 조수의 합류점으로, 사르가소 바다는 "큰 해초가 자유롭게 떠다니는 타원형의 거의 대륙만큼 큰 바다의 초원이다"(브리태니커 백과사전). 그리고 이 바다는 천천히 시계 방향으로 돌고 있다. 버뮤다에 근접해 있기 때문에, 버뮤다 삼각지대와 관련된 미스터리의 일부이기도 하다. 바다 안에 있는 이 바다는 뱀장어의 사육 장소이고, 서쪽으로 멕시코 만류에 접하고 있다. 그 이름은 그 표면에서 볼 수 있는 부유하는 다량의 갈색 모자반 속genus Sargassum 해초에서 따왔다.

사르가소 바다는 배들을 침몰시킨다고 여겨졌고, 이러한 오해는 배를 삼킨다는 생생한 신화를 낳는 데 기여했다. 아래의 인용문은 잰비어가 그의 소설에서 아주 효과적으로 사용하는 공상으로 이루어져 있다.

나는 조타실에서 나와 증기선의 선교船橋에 서 있었다. 선교는 물의 바로 위에 위치했기 때문에, 나는 직접 내 눈으로 해초로 덮인 바다를 볼 수 있었다. 내 눈은 부드러운 황금빛 안개를 뚫고, 단지 해초로 뒤덮인 물을 봤을 뿐이다. 이 해초로 뒤덮인 물은 파선된 조각들 혹은 그 위로 창백한 햇빛이 빛나는 작은 열린 공간에 의해 여기저기 갈라져 있었다. 큰 파도가 아주 온화하게 일어났기 때문에, 대양은 키 큰 풀들이 순풍에 고르게 기울어지는 기묘한 초원처럼 보였다. …… 이 세계와 관련된 한 나는 이미 죽었다고 할 수 있다. 내 배는 소용돌이 치는 느린 조류 속으로 빠져나갈 가망 없이 빨려 들어갔다. 결국 나의 폐선은 난파선들로 꽉 찬 사르가소 바다의 중심부로 상당히 깊이 빠져버렸다.

그리고 뒷부분의 한 단락은 다음과 같다.

나는 세계에서 가장 이상한 광경을 눈앞에서 목격했다. 내가 본 것은 4세기에 걸쳐 모여 있는 많은 난파선들로, 파도와 태풍에 의한 잔해였다. 선원들이 대서양에 처음 진출했을 때부터, 난파선들은 사르가소 바다의 빠른 중심부 속으로 천천히 모였고, 지금도 더욱 천천히 부패하고 있다.

여행가 잰비어는 지금으로부터 단지 1세기 전이었던 그의 시대에 광범위하게 독서했다. 그가 죽었을 때 『뉴욕 타임스』 부고란의 안목 있는 필자는 "우아한 아이러니와 점잖은 무관심" 때문에 그를 칭찬했다. 그리고 다음과 같이 덧붙였다. "여행에 대한 그의 다양한 책들은 한결같이 날카롭고 면밀한 관찰, 호기심 어린 공감을 지닌 이해, 생생한 제시 등의 미덕을 지니고 있다."

가보지 않은 장소에 대해 더 잘 쓸 수 있다

나를 비롯한 많은 사람들이 에드거 라이스 버로스Edgar Rice Burroughs의 저작, 특히 타잔에 대한 책, 영화, 연재 만화로부터 아프리카에 대한 최초의 인상을 얻었다. 이러한 것이 상상의 모험이란 것을 알면서도, 특히 젊은 독자들은 비할 바 없는 스릴을 느꼈다. 비록 원시적인 생활에 대해 얼마간 알긴 했지만, 버로스는 아프리카에 발을 디딘 적이 없었다. 그는 카우보이였고, 제7기병대의 군인이자 아이다호의 금광 채굴자였다.

그는 트웨인과 함께 사변적인 계획으로 가득 찬 미국 작가 중 한 사람이었다. 그들은 이러한 계획을 자신들의 소설에서 활용했다. 버로스는 가난한 학생이자 실패한 사업가였다. 그가 36세에 『모든 이야기All-Story』지에 『유인원들의 타잔Tarzan of the Apes』을 연재했을 때는 작가로서 다소 절박한 상태였다. 그는 민속학의 전시물(원주민의 춤, 풀로 만든 치마, 아프리카의 전사)뿐만 아니라, 1893년 '세계의 컬럼비아 전시회World's Columbian Exhibition'가 열릴 때 시카고에서 본 동물원의 동물들에 매혹됐다. 그는 아프리카에 대한 버턴과 스탠리의 책들뿐 아니라, H. 라이더 해거드H. Rider Haggard의 모험 소설들과 키플링Kipling의 『정글 북Jungle Book』도 읽었다.

그는 어떻게 타잔의 아이디어가 떠올랐는지에 대해 여러 번 질문을 받았다. 그는 자신은 모른다고 주장했다(타잔의 양육은 키플링의 책에 있는 모글리Mowgli의 양육과 비교될 수 있다. 그리고 키플링은 자신의 자서전인 『나 자신에 대한 것Something of Myself』에서 타잔을 호의적으로 언급했다). 그러나 그는 타잔이 그가 영위한 지루한 삶으로부터 탈출하는 데 일조했다고, 다음과 같이 말했다. "내 마음은 긴장이 풀린 채, 내가 결코 몰랐던 장면이나 상황을 부유하는 것을 선호했다. 나는 내가 가본 장소보다 가보지 않은 장소에 대해 더 잘 쓸 수 있다는 것을 알았다."

『유인원들의 타잔』(1914)에서 타잔은 그레이스토크 경Lord Greystoke의 아들인 존 클레이톤John Clayton이다. 그레이스토크 경의 부인은 서아프리카의 벽지에 있는 오두막에서 사는 동안 죽었다. 암컷 유인원인 칼라Kala는 자신의 새끼가 죽은 것을 슬퍼하며, 그레이스토크 경을 죽이고 어린 클레이톤을 유괴한다. 그녀는 그를 타잔(유인원의 언어에서 '흰 피부')이라고 부르며 자신의 자식으로 키운다. 또 다른 표류사인 제인 포티Jane Porter는 사악한 적들과 함께 이 첫 번째 소설 속에 모습을 나타낸다. 타잔은 자신이 누구인지 알지 못한다. 그러나 그의 기술과 힘은 그를 정글의 왕으로 만든다. 버로스는 독자들의 열렬한 호응에 힘입어, 1년 후 『타잔의 귀환The Return of Tarzan』을 썼다(두드러진 점은 제인과 타잔의 결혼이었다). 그리고 그는 전부 합쳐 스물다섯 권의 타잔에 대한 책들, 아프리카를 배경으로 하는 다른 이야기들, 많은 서부 소설들과 공상과학 작품들을 썼다.

모험소설 작가로서 다작을 한 뒤 꽤 부유해진 버로스는 하와이에서 살며, 자신이 잊혀가는 것을 느꼈다. 그는 66세에 진주만이 폭격당하는 것을 목격했고, 즉시 통신원의 업무를 맡아 태평양을 두루 여행했다. 그는 전쟁이 끝날 때까지 하와이에 남아 있었다.

그가 타잔에 대한 책들을 쓰며 아프리카에 대해 벼락치기 공부를 한 것은 확실하다. 타잔 이야기들의 배경은 뒤 샤이유의 『적도 아프리카에서의 탐험과 모험』의 배경인 가봉이다. 그는 버턴의 책에서 스와힐리어를 발견했을 것이다. 왜냐하면 타잔의 와지리Waziri 사람들은 물룽구Mulungu(신), 아스카리askari(군인), 쉬프타shifta(산적) 등 정확한 스와힐리 단어들을 구사하기 때문이다. 타잔은 그들의 우두머리가 아랍 노예 상인들과의 전투에서 죽은 후, 그들의 우두머리가 된다. 『타잔: 잃어버린 모험Tarzan: The Lost Adventure』 속에 나오는 사랑스러운 아프리카 소녀의 이름은 니아마Nyama이다. 이것은 고기를 뜻하는 스와힐리어일 뿐만 아니라, 사냥감을 뜻하는 일반적인 단어이다(또한 낮은 계층의 여성을 가리키는 동아프리카의 속어이다). 비록 타잔의 진짜 가족인 유인원들과 비교될 수는 없지만, 타잔에 관한 모든 책들에서 아프리카인들은 원시적이다(타잔은 보통 그들을 조롱한다). 그리고 문명인들은 가장 나쁘다. "그들은 잔인한 족속들보다 더 잔인하다." 타잔의 먼 가족에 속하는 거대한 유인원들인 망가니Mangani들은 자신들의 완전한 언어를 갖고 있다. 버로스는 이 언어를 발명했거나, 여행서들의 어휘로부터 고안했을 것이다. 독자는 타잔이 여행서들을 탐독했으나 실제의 경험이 없는 여행자의 창조물이라는 것을 쉽게 알아볼 수 있다.

불행한 작가의 도피에 대한
환상

솔 벨로는 『비의 왕 핸더슨』(1959)을 쓰기 전에 아프리카를 본 일이 없었다. 이 소설은 유진 핸더슨이라는 전설적인 인물에 대한 것이다. 그는 전쟁 영웅이며 돼지 사육자이고 호언장담하는 사람이다. 핸더슨은 대단히 키가 크고 힘이 세며 꾀가 많다. 핸더슨은 자신을 "백만장자 방랑자이자 도보 여행가"로 묘사한다. 그는 다음과 같이 덧붙인다. "세계로 내몰린 잔인하고 폭력적인 남자 …… 마음이 '나는 원해, 나는 원해'라고 말하는 녀석."

벨로는 자신의 작품 중에 이 소설을 가장 좋아하지만, 이것은 그의 가장 설득력이 약한 소설이기도 하다. 그리고 아마도 그 점 때문에, 그의 소설들 중 가장 적나라할 것이다. 태만한 창작은 폭로로 가득 차기 마련이다.

공처가인 벨로는 몹시 화가 나 있었고, 상상 속에서나마 기분 전환이 필요했다. 이 소설을 구상하고 쓸 때, 그는 불행한 결혼 탓에 궁지에 몰렸다고 느꼈다. 아프리카라는 배경, 방랑하고 고함치는 핸더슨의 자유, 허구적 글쓰기가 허용하는 변용은 벨로에게 위안이었을 것이다. 그는 자신의 불행을 남겨두고 아프리카에 갈 수는 없었지만, 적어도 그러한 도피에 대해 환상을 가질 수는 있었다.

"나는 단지 여행자일 뿐입니다"라고 핸더슨은 다푸Dahfu 왕에게 말한다. 그러나 족장인 이텔로Itelo에게는 다음과 같이 말한다. "전하, 저는 사실 뭔가를 탐색 중입니다." 내게는 이 말이야말로 문제의 핵심으로 보인다. 벨로는 경이, 기묘한 관습, 하렘, 레슬링 경기, 사자 사냥으로 가득 차지 않은 아프리카를 상상할 수 없다. 또한 타잔이 『타잔의 귀환』에서 와지리의 우두머리로 추대되는 것과 같은 방식으로, 핸더슨이 비슷하게 들리는 와리리 사람들의 왕으로 추대되는 신비스러운 비의 의식을 빼놓을 수 없다.

여행하지 않는 소설가의 상상의 세계에는 보통 기괴한 것과 정형화된 것이 하나로 모인다. 핸더슨과 타잔의 비교가 적절치 않은 것은 아니다. 그 차이는 버로스가 싸구려 소설을 쓰고 있다는 것을 인정한 반면, 매우 지적인 벨로는 우화 작가라는 역할에 대해 자의식이 강하고 종종 재미 삼아 그 역할을 한다는 데에 있다. 이 소설은 긴장된 희극이고, 간헐적으로 소극笑劇이며, 때때로 노골적인 광대 짓이다. 이 소설은 아프리카 마을에서 살아본 경험이 있는 사람에게는 설득력이 부족하다. 그러나 벨로가 노벨상을 수상했을 때, 이 소설은 그의 '가장 상상력이 풍부한 탐험'으로 찬사를 받았다.

핸더슨은 버턴의 『동아프리카에서의 첫 발자국First Footsteps in East Africa』을 떠올리게 한다. 그러나 그 여행의 고루한 성격과 벨로가 창작한 부족들로 미루어 보아, 1861년에 출판된 뒤 샤이유의 『적도 아프리카에서의 탐험과 모험』에 영향을 받은 것으로 생각된다. 이 책에서 프랑스계 미국인인 뒤 샤이유는 가봉의 아펭기족의 왕으로 추대된다.

뒤 샤이유는 다음과 같이 썼다. "라만지는 말했다. '당신은 우리가 본 적이 없는 사람이다. 우리가 당신을 봤을 때, 우리는 단지 불쌍한 사람들이었다. 당신은 우리가 종종 들었던 사람들, 아무도 모르는 곳에서 오는, 우리가 보리라고는 꿈도 꾸지 못했던 사람들에 속해 있다. 당신은 우리의 왕이며 지배자이다. 늘 우리와 함께 머물러라. 우리는 당신을 사랑하고 당신이 원하는 것을 할 것이다.' 그 뒤로 환성과 기쁨이 뒤따랐다. 대관식의 정통적인 방식에 따라 종려주가 나왔고, 통상적인 잔치판이 벌어졌다. 따라서 나는 이날부터 자신을 아펭기의 왕인 뒤 샤이유 1세라고 불렀다."

핸더슨은 유사한 방식으로 비의 왕이 된다. 벨로는 이 소설 속의 현실을 꼬집은 질문자에게 다음과 같이 대답했다. "나는 몇 년 전에 고故 허스코비츠Herskovits 교수에게서 아프리카 민속학을 공부했다. 그는 후에 『비의 왕 핸더슨』 같은 책을 쓴 것에 대해 꾸짖었다. 그는 이 주제가 그러한 바보짓에는 너무나 진지하다고 말했다. 나는 내 바보짓이 꽤 진지하다고 느꼈다. 직 헤주의나 사실주의는 상상력을 완전히 질식시킬 것이다." 이러한 대답은 벨로 쪽의 망상으로 보인다. 여행하지 않는 작가의 또 다른 망상이다.

상상의 나라에서 더욱
행복했다

아서 웨일리Arthur Waley(1889~1966)는 『도와 권력The Way and the Power』, 『도덕경Tao Te Ching』, 『공자어록The Analects od Confucious』, 『무라사키의 겐지 이야기Murasaki's Tale of Genji』 등을 포함해서 20권이 넘는 중국 및 일본 책의 번역서를 출판했다. 그러나 그는 중국이나 일본을 여행한 일이 없었다.

웨일리는 시나 산문에서 그토록 매혹적으로 묘사된 실제 장소들을 봄으로써 실망하는 위험을 감수하고 싶지 않다고 주장했다. 정말 그랬을까? 예일 대학의 중국학자인 조너선 스펜스Jonathan Spence는 『번역Renditions』이라는 학술지에서 다음과 같이 썼다. "웨일리가 아시아에 가지 않은 것에 대해 온갖 추측을 할 수 있다. 이상과 현실을 혼동하고 싶지 않았다는 추측, 고대의 문어체 언어에 흥미를 가졌을 뿐, 현대의 구어체 언어에는 흥미가 없었다는 추측, 혹은 단순히 여행을 할 수 없었다는 추측 등이 있을 수 있다. 확실히 우리는 여행이 그를 혼란스럽게 했을지도 모른다고 추정할 수 있다."

현대의 중국은 확실히 그를 당황하게 했을 것이다. 웨일리는 그가 상상한 당나라에서 더욱 행복했다. 아래에 있는 시는 그의 위대한 번역 중 하나로, 당나라 시인 백거이의 자연에 대한 멋진 긍정이다.

산에서 미친 듯이 노래하다

사람들 중에는 특별한 실패를 하지 않은 사람이 없다.

나의 실패는 시가를 짓는 데에 있다.

나는 삶의 천 개의 매듭을 끊어버렸다.

그러나 이 결점은 여전히 뒤에 남는다.

멋진 풍경을 볼 때마다

경애하는 친구를 만날 때마다

나는 목소리를 높여 시의 한 연을 낭송한다.

그리고 마치 신선이 나의 길을 건넌 것처럼 기쁘다.

선양으로 추방된 날 이래

나는 언덕에서 반생을 지냈다.

그리고 종종 새로운 시를 지을 때마다

홀로 동쪽 바위로 가는 길을 오른다.

나는 흰 돌로 된 제방에 몸을 기댄다.

손으로는 초록색 계피의 가지를 꺾는다.

나의 미친 노래는 계곡과 언덕을 깜짝 놀라게 한다.

원숭이와 새들은 모두 엿보기 위해 온다.

세상의 웃음거리가 되는 것을 두려워하며

나는 인적이 드문 곳을 택한다.

브라질에 관한 진실을
만들어내다

　　V. S. 프리쳇은 그가 마지막으로 브라질을 여행하기 몇 년 전인 1937년에 브라질을 무대로 한 소설 『죽은 자가 이끄는Dead Man Leading』을 썼다. 이 소설은 정글에서 실종된 몇몇 탐험가들을 찾는 과정을 묘사하고 있는데, 프리쳇은 1925년의 포쳇 탐험the Fawcett expedition에서 영감을 받았다고 말했다. 이 탐험대는 마토 그로소Mato Grosso[6] 깊숙한 곳에 있는 잃어버린 도시를 찾는 동안 실종됐다(아마도 살해당했을 것이다).

　　프리쳇의 책이 설득력 있는 이유 중 하나는 그가 아주 친숙한 이미지들을 만들었기 때문이다. 그는 강한 차와 흡사한 어떤 브라질 강의 갈색과 거대한 푸른 집 같은 하늘에 대해 말한다. 숲은 '멀리 있는 울타리'처럼 희미하다. 다른 곳의 정글은 오염된 물에 의해 더러워져 있고, '마치 트럭이 들이받은 것처럼' 망가져 있다. 또한 '오물로 꽉 찬 도랑 같은' 시내와 '기계의 견딜 수 없는 윙윙거림'을 만드는 강한 폭풍우, '숨을 싫어하는 정령의 냄새 같은' 숲의 냄새가 있다.

　　프리쳇은 브라질을 방문하고 한참이 지난 후에, 자신이 진실을 만들어냈다고 결론지었다. 그러나 전적으로 그런 것은 아니었다. 『죽은 자가 이끄는』에 나오는 짖는 짐승 중 하나는 오랑우탄이다. 이 소설에는 이 녀석의 '눈물을 꾹 참고 있는 리어 왕 같은 웃음'에 대한 언급이 있다. 그러나 브라질에는 오랑우탄이 없다. 오랑우탄은 1만 6,000킬로미터 떨어진 보르네오 섬에서 발견된다. 그리고 어떤 경우든 이 동물은 거의 소리를 내지 않는다.

정말로 카프카적인

미국

프란츠 카프카의 소설 『아메리카Amerika』의 제목은 적당치 않다. 미완성이었던 이 소설은 그의 사후, 친구이자 유언 집행인이었던 막스 브로트Max Brod에 의해 출판됐다. 이 제목은 브로트가 지은 것이다. 카프카는 보통 이 소설을 『실종자Der Verschollene』라고 불렀다. 문제의 남자는 미국으로 갔다.

카프카는 프라하에 있는 그의 집으로부터 서쪽으로 프랑스 이상 간 일이 없었다. 그러나 그가 브로트에게 보낸 편지들을 보면, 남미, 스페인, 아조레스Azores를 포함한 먼 곳을 여행하는 것에 대해 환상을 품고 있었음을 알 수 있다. 삶의 끝 무렵에 그는 펠리스 바우어Felice Bauer와 도라 디아만트Dora Diamant라는 두 여성에게 보낸 애정 어린 편지에서, 팔레스타인을 함께 여행하자고 청했다. 그는 팔레스타인에서 창작을 중단하고 건강을 회복하여 웨이터로 일하기를 꿈꾸었다. 이 웨이터에 대한 환상은 그가 죽기 전해인 1923년에 생겨났다. 카프카는 자신이 '여행 불안증'을 겪고 있다고 주장하며, 어떤 먼 장소도 가지 않았다. 그의 진짜 두려움은 여행을 함으로써 자신의 방, 책상, 책들로부터 떠나 글쓰기를 그만둘지도 모른다는 것이었다. 그가 지어낸 미국은 그의 독서를 기초로 한 것이었다. 또한 그는 헝가리인 아서 홀리처Arthur Holitscher의 『미국의 오늘과 내일Amerika Heute und Morgan』에서 영향을 받았다고 화자된다. 홀리처는 회의적인 관광객으로서 미국을 여행했다. 카프카의 『아메리카』에서처럼, 이 책에는 잘못 표기된 이름인 '오클라하마Oklahama'가 자주 나온다.

이 소설은 초현실적이다. 격조 높은 첫 단락에서 주인공 칼 로스만Karl Rossmann은 뉴욕항으로 항해하며 자유의 여신상을 본다. "칼을 쥔 팔은 높이 올려져 있고, 그녀의 주위로 자유로운 바람이 분다." 카프카는 아마 고의적으로 횃불을 칼로 바꾼 것 같다.

혼돈스럽고 알아볼 수 없는 뉴욕에 대한 충격과 그의 삼촌인 에드워드 야콥Edward Jakob과의 에피소드 후, 칼은 부유한 폴룬더Pollunder 씨와 도시의 외곽에 있는 미궁 같은 저택에서 얼마 동안 지낸다. 시골에 대한 묘사가 별로 없지만, 우리는 카프카에게 나팔수선화나 그늘진 협곡을 기대하지 않는다. 우리는 불안한 꿈들을 기대하고, 이야기는 기대한 대로 불안한 꿈처럼 전개된다. 심지어 야콥 아저씨는 뚜렷한 이유 없이 칼을 떠나보낸다. 칼은 직업을 찾고, 두 명의 뜨내기들과 어울려 길을 떠난다. 도시의 바로 외곽에서 그들은 뒤돌아서 다리를 본다. "뉴욕과 보스턴을 잇는 다리는 허드슨 강 위로 섬세하게 매달려 있다. 그 다리는 마치 눈을 가늘게 뜨는 것처럼 떨었다. 그것은 교통량을 견딜 것처럼 보이지 않았다. 길고 부드럽고 활기 없는 물의 단면은 아래로 뻗어 있었다."

칼은 중부 유럽풍의 큰 도시에 있는 옥시덴틀 호텔의 엘리베이터 조작자가 되고, 결국 두 명의 뜨내기들과 다시 연결된다. 이 뜨내기들은 매우 뚱뚱한 오페라 가수 겸 매춘부인 브루넬다Brunelda와 함께 살며 그녀를 돌본다(그들의 일과 중 하나는 그녀를 목욕시키는 일이다). 이 소설은 미완성인 채로 남았지만, 사업번호 25라는 이름의 매춘굴과 '오클라하마의 자연 극장' 등 흥미를 북돋는 부분들로 가득 차 있다. 이 미국은 프라하의 방에 있는 결핵에 걸린 천재의 병적인 꿈이며, 실로 카프카적이다.

에벌린 워는 운 나쁜 처지, 심지어 가혹한 시련을 서술한 여행기가 큰 즐거움을 준다는 것을 누구보다 잘 알았다. 여행은 청년인 그에게 명성을 가져다주었다. 그는 자신이 책을 쓸 자료를 모으기 위해 여행한 것은 아니라고 말했다. 그러나 초기작인『검은 해악Black Mischief』부터 거의 최후작인『길버트 핀폴드의 시련』까지, 그의 소설은 여행에 의해 풍부해졌다. 많은 여행 이론가들은 워의 여행기들이 이 장르의 최고 수준을 대표한다고 주장해왔지만, 이것은 명백히 사실이 아니다. 그렇지만 워의 여행기는 개인적이고 자부심이 강하며, 수준 높은 희극의 에피소드를 갖추고 있다. 안락함과 상류 사회에 신경 쓰는 사람이 아프리카와 남미에서 불편함과 하층민들로 구성된 일행을 감내하는 것은 놀라운 일이다. 그러나 그는 자신이 말했던 것보다도, 더 배짱 좋고 더 부지런하고 더 공평한 마음을 지닌 여행자였다.

...

여행을 한다는 것은 사랑에 빠지거나 자료를 모으는 것 이상의 것이 아니다. 그것은 단지 삶의 일부분일 뿐이다. 나를 비롯해 나보다 나은 많은 사람들은 멀고 야만스러운 장소에 매혹된다. 그리고 특별히 상호 충돌하는 문화의 경계지에 매혹된다. 또한 사상이 전통으로부터 뿌리 뽑혀, 이식 과정 속에서 기묘하게 변화된 제3세계에 매혹된다. 문학적 형태로 바꿔야 할 생생한 체험을 발견하는 곳은 바로 이곳이다.

_『92일』(1934)

...

내가 그랬듯이, 많은 여행을 하며 성년기의 최초의 12년간을 이동하며 보낸 것은 이만큼 불리하다. 누군가는 35세에 달이나 그 비슷한 장소에 갈 필요성을 느낀다. 칼레Calais[1]에 최초로 상륙한 사람의 흥분을 상기하기 위해서.

_『떠나는 것이 바람직할 때When the Going Was Good』(1947)

...

나는 내가 일몰 시의 에트나 화산의 광경을 잊으리라고는 생각하지 않는다. 분홍색 빛으로 빛나는 수평선 전체를 배경으로 삼고 있는 한 움큼의 회색 연기 속에서, 산은 마치 반사된 것처럼 보였다 보이지 않았다를 반복했고, 파스텔 색조의 회색 하늘로 천천히 스러지고 있었다. 예술이나 자연 속에서 내가 본 어떤 것도 그토록 불쾌감을 일으키지는 않았다.

_ 『꼬리표Labels』

...

내 여행의 나날은 지나가버렸다. 나는 가까운 장래에 많은 여행기들을 볼 것을 기대하지도 않는다. 내가 비평가였을 때 기억하건대 4~5주 단위로 여행기들이 세상에 나오곤 했다. 이 여행기들은 매력과 기지가 넘치고, 라이카 카메라로 찍은 확대된 스냅 사진을 담고 있었다. '일탈된 사람들'의 세계에 관광객을 위한 공간은 없다. 우리는 결코 내 신용을 보증하는 편지와 여권(즉 우리를 둘러싸고 있는 커다란 구름의 최초의 희미한 그림자)을 갖고, 이국의 땅에 상륙하지는 않을 것이다. 그리고 세계가 우리 앞에 활짝 펼쳐져 있다고 느끼지도 않을 것이다.

_ 『떠나는 것이 바람직할 때』

...

우리가 외국에서 돌아와서 1~2주간 집에 있을 때, 친구들은 정중한 질문을 연이어 했다. 우리는 이에 대한 답변으로, 우리의 경험을 되풀

이해 말했다. 우리는 훌륭한 이야기를 만들 때까지 표현을 점차적으로 다듬었다. 우리가 만난 비정상적인 사람들은 회상 속에서 아주 멋지고 환상적인 사람들이 되었다.

_『벽지의 사람들』(1931)

22.

여행자들의
환희

환희는 여행담에서 희귀하다. 활자화된 행복은 어떤 경우든 인간의 조건으로부터 상당히 유리된 채, 늘 과장되고 불가능한 것처럼 보인다. 그러나 여행자는 때때로 '위대하고 선한 장소'에 도달하고는 그의 행운에 감사한다. 그리고 여행travel이라는 단어에 그 형태를 준 '신고travail'는 현현epiphany으로 귀결될 수 있다는 것을 독자에게 보여준다. 마치 다우티의 삼중 무지개나 비크람 세스Vikram Seth[1]의 포탈라 궁Potala Palace에 대한 장면처럼 말이다. 그 첫 번째 여행자는 윌리엄 바트람으로, 그는 남부 아메리카 원주민들 사이에서 4년을 지냈다. 그리고 그들의 호전성과 야만성을 알리는 모든 기록들과는 대조적으로, 그는 그들에게서 단지 우호, 선의, 지혜를 발견했을 뿐이다. 그는 후에 『눈물의 흔적Trail of Tears』에서 고향에서 추방당하고 서쪽으로 여행한 사람들을 묘사했다.

무스코굴지Muscogulge[2]들의 훌륭한 매너

한 무스코굴지 남자가 장사나 부업 때문에 출타해서 다른 읍에 잠깐 들렀다. 만약 그가 음식이나 휴식, 또는 사회적인 대화를 원한다면, 그는 자신이 선택한 첫 번째 집의 문에 당당하게 다가가서 말한다. "내가 왔소." 그러면 선량한 남자나 여자가 대꾸한다. "당신이 왔다니 좋소." 즉시 음식과 마실 것이 준비된다. 그는 조금 먹고 마신 후 담배를 피운다. 그리고 개인적인 일이나 공적인 이야기 혹은 그 읍의 소식에 관해 이야기를 나눈다. 그는 일어나서 말한다. "갑니다." 상대방은 대답한다. "가는군요." 그런 뒤 그는 계속해서 그가 좋아하는 다음 집으로 들어가거나 공동 광장으로 향한다. 거기서 사람들은 낮에 늘 담소를 나누고, 밤새 춤을 춘다. 혹은 그가 원하면 좀 더 개인적인 모임에 간다. 그들의 기호품을 즐기고 저녁 노래로 좋아하는 여성을 즐겁게 하기 위해 열매가 많이 열리는 숲으로 갈 때, 그는 자신을 소개할 누군가가 필요하지 않다. 만일 그들이 정당한 평가를 받는다면, 이것은 사실임에도 불구하고 놀랄 만하고, 백인들에게는 날카로운 질책이기도 하다. 그리고 나는 이 사람들을 인류 중 가장 높은 등급으로 격상시키는 것을 인정해야 한다.

_ 윌리엄 바트람, 『북부와 남부 캐롤라이나로의 여행Travels Through North and South Carolina』 (1791)

아라비아에서 삼중 무지개를
보다

오후 늦게 찌푸린 하늘에서 커다란 빗방울이 떨어지기 시작했다. 그러고 나서 휘몰아치는 비가 날카로운 소리를 내고 소용돌이치며, 거친 자갈땅에 쏟아졌다. 비는 너무나 심하게 쏟아져서 몇 분 만에 모든 평지가 분류하는 물웅덩이로 변했다. ……

30분 후 최악의 상황은 지나갔고, 우리는 다시 낙타 위에 올라탔다. 전에는 본 일이 없는 작은 새들이 젖은 광야 위로 짹짹거리며 즐겁게 날아다녔다. 낮게 뜬 태양이 보였고, 환희에 찬 둘도 없는 광경이 나타났다! 하늘에 삼중의 무지개가 그려진 것이다. 이 삼중 무지개는 태양의 건물에 속한 천공의 아치였고, 아라비아의 사막에서 폭풍우가 맹위를 떨친 후 현현하는 천국의 평화였다.

_ C. M. 다우티, 『아라비아 사막에서의 여행』

포탈라 궁의 비현실적인
아름다움

우리는 이미 라싸Lhasa 강 유역의 넓은 평야에 있었다. 밀과 보리의 들판, 키 큰 나무들, 시멘트로 된 건물들, 그리고 멀리 포탈라 궁의 위압적인 수직면이 보였다. 포탈라 궁은 일체식 구조로, 광대한 장엄함을 지녔고, 흰색과 연분홍색과 붉은색과 황금색을 띠고 있었다.

이 늦은 오후의 햇빛 속에서 포탈라 궁은 너무나 아름다워서, 나는 아무 말도 할 수 없었다. 나는 일어나서 트럭의 후미에 있는 받침대 중 하나에 기댄 채, 포탈라 궁을 응시했다. 그리고 우리가 여행할 방향을 바라봤다. 포탈라 궁이 위치한 언덕과 그 궁의 두껍고 약간 경사진 벽들은 큰 안정감을 주었다. 그리고 흰색과 황금색은 그 구조를 이루는 거대한 널빤지에 거의 비현실적인 아름다움을 덧붙였다.

_ 비크람 세스, 『천공의 호수로부터From Heaven Lake』(1983)

나일 강 위에서 느낀
환희

우리가 테베Thebes[3]를 떠날 때 선원들은 다라부케darabukeh[4]를 두드려댔다. 항해사는 또한 플루트를 불었고, 카릴Khalil은 캐스터네츠를 치며 춤을 췄다. 그러는 동안 그들은 육지에서 멀어졌다.

내가 이러한 것들을 즐기며, 우리 뒤에서 바람 아래 구부러지는 파도의 세 꼭대기를 본 것은 바로 그때였다. 나는 내가 보고 있는 것 쪽으로 다가오는 신성한 행복의 파도를 느꼈다. 그리고 이런 기쁨이 가능하도록 만드신 신께 진심으로 감사했다. 그러나 한편으로는 내 자신이 아무것도 생각하고 있지 않은 것처럼 느꼈다. 이것은 내 전 존재에 퍼지는 감각적인 기쁨이었다.

_ 귀스타브 플로베르, 『이집트에서의 플로베르』

터키의 하키아리Hakkiari에서 평화 속에
잠기다

공작의 색깔과 비밀스러운 성좌들을 지닌 천국의 높은 돔은 윤곽이
뚜렷한 바위들 주위를 회전하고 있었다. 나는 한 시간 이상 거기에 앉
아, 달빛이 바위로 된 요새로부터 물러나는 것을 지켜봤다. 그것은 무
한한 장엄과 평화의 과정이었다. 나는 피르다우시Firdausi[5]가 말한 대로
사자의 발에 있는 먼지가 된 것 같은 기분이었다.

_ 프레야 스타크, 『암살자들의 계곡』

23.

장소의 의미에 관한 고전들

어떤 여행서들에는 구체적인 일정이나 답사 등 여행에 관한 것 보다는 특별한 장소에서의 강렬한 경험이 더 많이 담겨 있다. 소로의 메인 주 처럼 황야에 있는 지역일 수도 있고 모리츠 톰센Moritz Thomsen의 아마존처럼 강 일 수도 있다. 혹은 존 맥피의 알래스카처럼 미국의 주일 수도 있다. 또한 조 너선 라반의 동부 몬태나의 '나쁜 땅'처럼 주의 일부일 수도 있다. 혹은 잰 모 리스처럼 전 웨일스일 수도 있고, 프리쳇처럼 스페인 전역일 수도 있다. 차우 두리Chaudhuri[1]처럼 반생半生을 위한 인도일 수도 있다. 카를로 레비Carlo Levi[2]는 그 의 반파시스트적 견해 때문에 남부 이탈리아로 유형에 처해져서, 1935년에 알리아노Aliano의 언덕에 있는 마을로 추방됐다. 그는 1년간 이 마을을 어슬렁 거렸고, 의사로서 환자들을 돌봤다. 그리고 그는 후에 이 사실에 대해 감회 깊게 썼고 거기에 묻혔다. 이러한 것 또한 여행이었다. 그는 마치 달 위에 있 는 것 같았다고 말했다. 나는 이것을 내적이고도 외적인 여정으로 여긴다. 여 기서 드러나는 것은 풍경과 사람들이며, 여행자나 여행보다는 장소이다. 아래의 대부분의 경우에서처럼 저자들은 어딘가에 거주하고 있다.

여행자나 여행보다는
장소이다

헨리 데이비드 소로의 『메인 숲』

1846년 소로는 콩코드에 있는 그의 집에서 단 며칠 동안만 떠나 있었다. 그는 자신이 찾던 야생의 장소를 메인 주에서 발견했다. 그는 '크타든'이라는 표제를 가진 장에서 황야의 본질을 정의했다. 그는 "인간이 거주하지 않는 지역은 생각하기 힘들다"고 온건하게 시작했다. 그런 뒤 그는 망치로 일격을 내리치듯 다음과 같이 말했다.

이곳의 자연은 아름답지만 야만스럽고 끔찍하다. 나는 경외심을 가지고 어떤 힘이 거기에 작용했는지 확인하기 위해, 내가 밟은 땅을 살펴보았다. 나는 그 작용의 형식, 모습, 재질을 살펴보았다. 이것은 우리가 들은 혼돈과 먼 옛날의 밤으로부터 만들어진 땅이었다. 여기에 인간의 정원은 없었고, 누구도 손대지 않은 땅이었다. 이것은 잔디밭, 목장, 목초지, 삼림지, 초원, 경작지, 혹은 황무지가 아니었다. 이것은 영구적으로 만들어진 것처럼, 지구라는 행성의 신선하고 자연적인 표면이었다.

이 책은 그의 사후 출판되었고, 메인 주의 오지로 떠난 꽤 짧은 세 번의 여행에 대해 소로가 쓴 세 편의 소품을 바탕으로 한다. 소로는 1857년에 그의 마지막 여행을 했다. 그는 그때 40세였고, 그의 산문으로 보건대 색다른 여행자였다. 즉 그는 그의 첫 번째 방문 이래, 11년 동안 본 여러 변화에 직면한 겸손한 여행자였다. 그는 더 이상 밀턴을 인용하거나, 벌목꾼을 찬양하거나, 신비로운 인디언들에 대해 과장해서 말하지 않았다. 이제 그는 벌목 산업을 규탄하는, 통찰력을 지닌 일기 작가였다. 미국 원주민들은 소로를 매혹시켰고, 메인 주로 떠난 세 번째 여행은 그에게 그들을 연구할 절호의 기회를 제공했다.

조가 다시 불렀을 때, 우리는 큰 사슴의 소리를 듣고 있었다. 그때 이끼 낀 통로를 지나 멀리서부터 희미하게 소리를 울리며, 살금살금 오는 것 같은 소리를 들었다. 그 소리는 고체의 알맹이를 지닌 둔탁하고 메마르고 서두르는 소리였다. 그것은 마치 울창한 숲의 지배 아래, 반쯤 질식된 것 같은 소리였다. 그것은 축축하고 초목이 무성한 황야의 먼 입구에 있는 문을 닫는 것 같은 소리였다. 우리가 거기에 없었다면, 어떤 사람도 그 소리를 듣지 못했을 것이다. 우리가 조에게 무엇이냐고 속삭이듯이 말했을 때, 그는 다음과 같이 대답했다. "나무가 쓰러지고 있다."

소로는 비순응성이라는 점에서 두말할 나위 없이 미국인이었다. 에머슨은 이러한 비순응성을 그에게 고취시켰다. 소로의 열정은 지역화되는 것이었고, 미국에서 여행자가 되는 것도 거기에 포함되었다. 또한 그 지역에 어떤 관심을 갖고, 어떤 어조를 사용하고, 어떤 주제를 다룰 것인가 하는 것이었다. 그는 자신의 길에서 이러한 태도를 취하고 다듬었다. 그는 최초이자 가장 섬세한 환경주의자가 되었다. 메인 주에서의 그의 주제는 그가 편지에서 열거한 것처럼, '큰 사슴과 소나무와 인디언'이었다. 그가 죽을 때 내뱉은 마지막 말은 "큰 사슴 …… 인디언"이었다.

V. S. 프리쳇의 『스페인 기질』

프리쳇은 스페인을 여행한 여행가로, 그는 이 나라의 상당 부분을 도보로 여행했다. 그는 이 경험을 그의 첫 번째 책인 『스페인을 전진하며Marching Spain』(1928)에 썼다. 그는 1920년대에 저널리스트였고, 스페인 작품들의 열정적인 독자였다. 그는 이 태양이 내리쬐이며 구식이고 수수께끼에 가득 찬 나라와 사람들을 요약하는 데 적합한 인물이었다. 그는 그의 청춘시절의 책이 불만스러웠다. 중년이 됐을 때, 그는 『스페인 기질』을 썼다. 이 책은 내게 스페인에 대한 궁극적인 책이었다. 두껍지는 않지만, 그 안에는 현명함과 어떤 깨달음이 존재한다. 또한 기지가 넘치고 훌륭한 지각력을 드러내고 있다. 프리쳇은 단편소설 작가로서 압축의 대가였다(그의 「스페인의 악The Evils of Spain」은 이 책과 함께 읽을 수 있다). 스페인 음식, 프랑코, 투우, 『돈

키호테』, 그리고 스페인의 다양한 풍경에 관해 쓸 때, 그는 늘 독창적이었고 도발적이었다. 그는 스페인 내전에 관해 말하면서, 엉킨 피, 폭력, 대량학살을 설명했다. 그는 "스페인 사람들은 야만성이 강하다"라고 쓰고 곧바로 투우를 언급했다.

투우와 관련된 스페인 취향에 대한 가장 신랄한 비판은 다소 색다르다. 투우의 희생물이 늘 변하지 않는다는 점이다. 그것은 반복적이고 변치 않는 것에 이상하게 탐닉하는 스페인 사람들의 특성을 보여주는 또 하나의 예이다. 스페인을 잘 아는 많은 외국인들은 한결같음에 대한 이러한 취향에 주목해왔다. 투우의 드라마는 이미 결론이 내려진 드라마이다. …… 황소의 운명은 이미 정해져 있다.

남부 스페인의 과딕스Guadix에서, 그는 바위와 산으로 된 광대한 조망에 경탄했다.

이곳은 풍경의 감식가를 위한 땅이다. 왜냐하면 유럽의 어떤 나라에도 이만한 다양성과 독창성은 없기 때문이다. 여기서 자연은 광대한 공간, 놀랄 만한 수단, 환상의 자유로움을 드러내고 있다. 누군가는 이 바위들로 이루어진 건축과 기묘한 색채, 특히 쇠의 색채, 푸른 강철, 보라색과 황토색의 광석, 금속성의 자줏빛, 그리고 햇빛을 받아

빛나는 모든 식물들의 색소를 지켜보면서 일생을 보낼지도 모른다. 이 일련의 풍경은 그 규모, 오래된 연대를 암시하는 땅의 깊은 주름, 지리학적인 광기, 적의, 장엄함에 의해 보는 사람을 두렵게 만든다.

잰 모리스의 『웨일스의 물질 The Matter of Wales』

모리스의 1984년작인 이 책은 지형학, 언어, 국민성, 여행이 결합된 문화적인 연구이자 역사이며, 그 분석이 훌륭하다. 또한 이 책은 '단절된 국가뿐만 아니라, 완전히 단절되고 격렬한 사상'도 서술한다. 다음은 웨일스의 바위와 돌에 관한 모리스의 글이다.

웨일스의 자연의 실체는 대체로 바위이다. 왜냐하면 웨일스의 약 5분의 4는 단단한 고지이기 때문이다. 토양은 너무나 얇기 때문에, 돌은 항상 끊임없이 제멋대로 널려 있는 것처럼 보인다. 그리고 마치 심한 폭풍우가 잔디밭을 일소해버린 것처럼 느껴진다. 계곡의 부드러움과 낮은 농토의 고요함은 이 지방의 특성에서 부차적인 것일 뿐이다. 지배적인 실체는 단단하고 헐벗고 회색이고 돌투성이라는 것이다. 가장 웨일스다운 곳은 시각적인 경험만큼이나 촉각적인 경험도 제공한다. 왜냐하면 모든 곳에는 사람이 쓰다듬고 굴리고 앉는 돌들이 있기 때문이다. 석기시대부터의 드루이드교도이거나 생존자라면, 돌들을 숭배할 것이다. 언덕 꼭대기에는 뾰족한 모서리를 지닌 소름끼치는 돌들이 밀집해 있다. 또한 황무지에 있는 길의 옆에는 황량하고 고독한 돌들이 놓여 있고, 개천의 물 튀기는 소리와 함께 영속적으로 반짝이는 돌들이 있다.

모리츠 톰센의 「가장 슬픈 기쁨The Saddest Pleasure」

"만족을 얻기 위해 여행한 지 어느덧 40년이 지났다." 모리츠 톰센은 에스메랄다스의 에콰도르 해변 지역에 있는 그의 농장으로 떠나기 전에 이렇게 썼다. 그 농장은 『에메랄드의 강 위에 있는 농장The Farm on the River of Emeralds』에서 언급했던 곳이다. 나이가 들어 평화봉사단에 지원했을 때 그는 이미 50세였는데, 이것은 드문 경우였다. 그는 결코 고향으로 돌아가지 않았다. 그는 아마존 강을 따라 아래로 여행하기로 결정했다. "내 삶에는 공허가 있기 때문이다. 나는 이 공허를 신선하고 적당히 강렬한 것으로 채울 필요가 있다."

그는 여행에서 자신을 위한 규칙을 만들었다. "가능하면 1달러짜리 식사를 발견하도록 하라. 그리고 아직 그런 곳이 있다면, 5달러짜리 호텔에 묵는다. 안내자가 붙은 여행은 하지 않는다. 또한 역사적인 기념물이나 오래된 교회는 방문하지 않는다. 택시를 이용하지 않고, 비싼 바에서 칵테일을 마시지 않는다. 영어로 소통하는 곳에 어슬렁거리지 않는다."

그는 여러 강을 배로 떠돌며 마나우스Manaus와 벨렘Belém의 아마존 항구들에서 멈췄다. 그는 최종적으로 해안에 있는 바히아Bahia에 도착했다. 온갖 나쁜 음식, 불편함, 질병을 겪고, 고통과 가난, 아마조니아Amazonia라는 추락한 세계를 목격한 후, 그는 다음과 같이 결론지었다. "더 이상 어떤 해결책도 없다. 이 대륙은 결코 회복하지 못할 것이다." 완곡하고 인간적이며 자기비하적이었던 그는 이상적인 안내자였다. 비록 그는 책 제목을 나의 소설『픽처 팰리스Picture Palace』의 한 대목에서 가져왔다고 하지만, 이 인용문은 사실 슈타엘 부인의『코린느 혹은 이탈리아』에서 가져온 것이다. "여행은 삶의 가장 슬픈 기쁨 중 하나이다."

존 맥피의『그 땅으로 들어가다』

　　알래스카에 관한 이 책은 1977년에 처음 출판되었는데, 30여 년이 지난 후에도 여전히 그 광대한 땅과 적은 인구에 대한 최고의 책이다. 맥피(1931년생)는 오지에 있었고, 여러 강과 개천을 카누로 노를 저어 여행했다. 그의 여행은 오솔길에 흰 표적들이 생기거나, 알래스카 횡단 송유선이 공식적으로 개통되기 전에 수행됐다. 맥피는 일군의 과학자들과 환경론자들과 함께 여행했다. 그래서 이 책은 부분적으로 황야에 대한 경험이다. 그리고 새로운 알래스카인들과 원주민들과의 만남, 환상과 모순의 검토 등 부분적으로 사회적인 실험에 대한 것이다. 가장 인상적인 것은 맥피가 얼마나 깊이 이 지방의 심장부를 관통했는가이다. 그는 늘 무뚝뚝하고 상상력이 부족하며, 사실에 기반해 이야기하고 어떤 경박함도 받아들이지 않았다. 그러나 불규칙하게 전개되는 그의 이야기는 이 책에 영속적인 가치를 부여했다. 심지어 회색 곰과 맞닥뜨렸을 때조차도, 맥피의 발은 항상 땅을 디디고 있었다(회색 곰과의 만남에 대한 서스펜스와 정보는 이 책에서 열두 쪽에 이른다). 알래스카의 지방색에 관해 그는 다음과 같이 썼다.

알래스카에서의 대화는 알래스카에 대한 것이다. 알래스카인들은 대체로 외부에서 어떤 일이 진행되는지 거의 모르고, 따라서 외부에 대해 거의 말하지 않는다. 그들은 자신들의 땅, 곰, 물고기, 강에 대해 말한다. 그들은 생계형 수렵, 밀렵, 무법의 삶에 대해 말한다. 그들에게는 그들만의 어휘가 있다. 연로한 시민은 '선구자'이고, 눈[雪]은 '종국의 먼지'이다. 알래스카를 지칭하는 이름들은 너무나 아름다워서, 하루 종일 마음속에서 분수처럼 흐른다. 예컨대 물차트나Mulchatna, 칠리카드로트나Chilikadrotna, 우날라스카Unalaska, 우나라클릿Unalakleet, 키발리나Kivalina, 키스카Kiska, 코디악Kodiak, 알라카켓Allakaket 등이다. 또한 아니악착Aaniakchak, 칼데라Caldera, 논달톤Nondalton, 아나크툽북Anaktubvuk, 앙코라게Anchorage 등이다. 알래스카는 거주자들의 상당수가 미국인들인 외국일 뿐이다. 영어는 그 언어들 중 하나이다. 그러나 그 자연은 자신만의 것이다.

조너선 라반의 『나쁜 땅 Bad Land』

라반은 한때 이 책을 서술하며 다음과 같이 말했다. "나는 늘 미국으로 간 이주민들의 축소 모형과 같다고 느꼈다. 이 책은 하나의 특정한 풍경 속에서 쓴 미국에 대한 이야기였다." 그는 『나쁜 땅』의 서두에서 자신을 이주민으로 묘사했다. 그는 "자신의 장소를 서구의 풍경과 역사 속에서 발견하려고 했다." 그리고 그는 동부 몬태나의 메마르고 평평하고 광대한 지역을 택했는데, 이곳에 관해 쓰는 것은 거의 불가능하며, 쓴 사람도 거의 없었다. 이것은 어떤 미국인도 쓸 수 없었던 미국의 일부에 대한 책이다. 우리 미국인들은 라반의 객관성, 정열, 소외된 느낌을 갖고 있지 않다. 그는 또한 광범위하게 독서했고 강렬한 호기심을 갖고 있었다. 그의 호기심은 미국에 있는 지적인 외국인이 갖는 그러한 것이었다. "나는 마치 풍경을 그림이나 게시된 장면인 것처럼 봤다. 집 안에 틀어박혀 있던 사람이 눈을 뜰 수 없게 밝은 도시의 광장을 가로질러 자신의 첫 번째 산책을 하는 것처럼, 나는 대초원에 반응하고 있었다. 그 안에서 일체는 주변적이었고 이렇다 할 중심이 없었다."

1996년에 출판된 이 책은 여행과 역사에 대한 책이다. 이것은 또한 전기이자 자서전이다. 이것은 대초원으로서의 미국에 대한 대단히 독창적으로 그려진 초상화이다. 또한 대초원을 여행한 사람들에 대한 책이기도 하다. 그들은 가혹한 기후와 단단한 땅에 익숙해졌다. 그들은 광대한 대양과 같은 공허에 길들여졌다. 라반은 이 공허를 통해 이 풍경을 내륙의 바다로 보았다. 이주민들은 이 내륙의 바다에서 고독한 항해자들 같았다. 라반은 그들을 알게 됐다. 그는 강한 관찰력을 가지고 있었고, 꼬치꼬치 캐물을 정도로 호기심이 많았다. 그는 그들의 가족사, 꿈, 이 땅에 관한 그림, 사진, 여행 안내서들을 검토했다. 그리고 그는 그들의 여정, 즉 새로운 환경에 직면한 사람들로 꽉 찬 이주민 기차를 묘사했다.

추위는 두려웠다. 그러나 몬태나의 사나운 날씨 레퍼토리 중 추위는 가장 파괴적인 요소가 아니었다. 여름에는 북쪽의 평원들 위로 거친 대기가 존재한다. 그 대기는 격렬한 기류와 소용돌이 같은 토네이도와 함께, 맹렬히 선회한다. 이곳에는 북서부의 알래스카와 북극권으로부터 북서풍이 불어온다. 이 대기의 흐름은 멕시코 만과 미국의 남부 내륙 지방으로부터 불어오는 따뜻한 남동풍과 충돌한다. 대초원은 나무가 없이 노출되어 있기 때문에, 낮에는 태양빛에 의해 뜨겁게 달구어진다. 그러나 오후에는 급격히 냉각된다. 대초원은 또한 대기의 움직임을 더 증대시킨다.

이곳은 엄청난 뇌우가 쏟아지는 지역이다. 내가 살아오며 정말로 번개를 두려워한 유일한 때가 있었다. 그것은 동부 몬태나의, 어느 곳에서나 수 마일 떨어져 있는 먼지 가득한 길 위에서였다. ······ 먼 폭풍은 깜빡이고 또 깜빡였다. 시 광장의 안쪽에서 어떤 저명인의 얼굴 앞에서 터지는 카메라 플래시처럼, 이 흰빛의 광점은 나하고는 아무 관계도 없는 것 같았다. 나는 차를 몰았다. ······ 점차 가까워오는 번개의 섬광은 양치식물의 말라비틀어지고 뒤집힌 잎 같았다. 천둥이 쳤을 때, 개스킷이 폭발하고 피스톤이 부러졌는지 차의 엔진 내부가 확 타올랐다.

그런 뒤 번갯불이 땅을 제멋대로 찌르고 있었다. 그것은 너무나 가까이서 발생했기 때문에 불안해졌다. …… 번개의 일격과 바위가 굴러 떨어지는 것 같은 천둥 사이에 작지만 인식할 수 있는 간격이 생겼다. 그리고 폭풍이 부는 쪽으로 우박이 쏟아졌다. 우박은 자동차의 방풍 유리를 깨며 설탕을 뿌린 듯이 길에 떨어졌다. 우박은 단지 1~2분간 계속됐을 뿐이었다. 그런 뒤 사라졌던 태양이 되돌아왔고, 대초원은 말끔히 씻겨 다시 녹색이 되었다. 증기를 뿜는 덩굴손은 잔디밭에서 일어났다. 그리고 어두운 뇌운雷雲은 북부 다코다를 향해 동쪽으로 흘러갔다.

패트릭 리 퍼머의 『여행자의 나무 The Traveller's Tree』

이 책이 인상적인 것은 그 완전함과 우아함, 그리고 카리브 해의 섬들과 그 주민들에 대한 인정 넘치는 평가 때문이다. 또한 이 책은 이 광대한 지역을 마음속에 환기시키는 재미있는 감상이기도 하다. 이 책이 출판된 지 어언 60여 년이 됐다. 그래서 이 책은 지금과는 달랐던 장소들의 예쁜 사진이 실려 있는 앨범이기도 하다. 어떤 장소들은 많이 변했고, 더 이상 아름답지 않은 장소들도 많다. 아이티Haiti[3]가 떠오른다. 리 퍼머는 아이티가 구식이고 긍지 높고 사랑스럽고 아름답고 문화적이고 약간 엄격하다는 견해를 갖고 있었다. 그의 견해는 오늘날 끔찍하게 가난하고 황폐화된 나라와는 딴

판이다. 아이티는 독재, 허리케인, 기근, 질병, 그리고 최근에는 인류 역사에서 최악의 지진 중 하나를 겪기도 했다.

따라서 『여행자의 나무』는 시대에 뒤떨어졌다고 할 수 있다. 이 책에는 지금은 잘 쓰지 않는 '니그로Negro', '비행장aerodrome', '오찬luncheon' 같은 단어들이 나온다. 그러나 그렇기에 더욱 가치가 있다. 왜냐하면 어느 지역의 풍속과 관습, 언어와 요리 등을 기록한 역사의 역할을 하는 것이 여행기의 본질이기 때문이다. 특히 이 책과 같이 광범위한 책은 더욱 그렇다. 그는 1947~1948년에 트리니다드Trinidad를 여행했다. 이때 V. S. 나이폴은 고등학생이었고, 그레이엄 그린은 아이티에 가기 전이었다. 그때쯤에 이언 플레밍Ian Fleming⁴은 자메이카의 거주자가 되었다. 많은 여행 작가들의 눈에 패트릭 리 퍼머는 여행 작가로서의 모든 자질을 갖추고 있는 것으로 비친다. 그는 도시적이고 박식하며 재기가 넘친다. 그는 또한 관대하고 여행 경험이 풍부하고 꼼꼼한 관찰자였다. 그의 저작은 마술적이다. 그의 눈과 귀는 인간의 언어, 음악, 바다의 소리, 새의 노랫소리, 어떤 장소에 대한 느낌에 있어서 정확했다. 그리고 그의 독설은 다음과 같이 우아했다. "트리니다드 섬에 있는 호텔의 요리는 너무나 끔찍해서, 저녁으로 들것이 동시에 주문될지도 모른다."

아이티에 상륙한 후, 리 퍼머는 낡은 사륜차를 끌고 포르토프랭스Port-au-Prince 쪽으로 주도主道를 따라 여행했다. "이 검고 낡은 차량을 말들과 아주 나이 많은 노인들이 죽을힘을 다해 끈다." 그는 계속해서 다음과 같이 말했다.

사탕수수 밭과 사바나는 수도의 변두리로 바뀌었다. 초가지붕을 한 오두막들은 야자수들이 서 있는 시골로 흩어졌다. 그리고 교외에서 그 수는 몇 배가 되었다. 길은 그 오두막들을 지나 직선으로 끝없이 나 있었다. 마을은 약 1.6킬로미터 정도에 걸쳐 전부 럼주 가게, 이발소, 마구 제작소로 이루어져 있었다. 수백 개의 안장이 햇빛 아래 쌓여 있었다. 재갈, 말굴레, 안장주머니들이 꽃줄에 걸려 있었다. 그리고 도처에 말이 있었다. 우리의 사륜차는 흑인들이 탄 말들과 노새들을 뚫고, 강의 상류로 길을 재촉했다. 그 흑인들은 커다란 짐 사이에 양다리를 걸치고 앉아 있었다. 이 흑인들은 모두 크리스마스를 위해 산 물건들을 가지고 자신들의 마을로 가는 중이었다. 한두 명이 아이티의 노래를 불렀고, 몇몇은 싸움닭을 팔에 껴안고 있었다. 그들이 지나갈 때, 싸움닭들의 깃털은 아름답게 펄럭였다. 파이프를 뻐끔뻐끔 피우는 늙은 아낙들이 안장 위에 옆으로 앉아 말을 몰고 갔다. 그들은 태양빛을 가리기 위해 챙이 넓은 밀짚모자를 쓰고 있었다. 주홍색과 푸른색의 손수건들을 다소 해적풍으로 아무렇게나 머리에 동여맸다. 그러나 그 손수건들은 밀짚모자에 의해 반쯤 가려졌다. 길의 양옆은 럼주를 마시며 한담을 나누는 시골 사람들로 우글거렸다. 또한 카드놀이를 하고, 나무 아래로 주사위를 던지는 사람들도 있었다. 공기는 먼지로 혼탁했다. 이해할 수 없고, 귀를 멍멍하게 하는 크리올Creole식 프랑스어가 울려 퍼졌다. 나는 내가 아이티를 좋아할지도 모른다고 느꼈다.

헨리 제임스의 「이탈리아에서의 시간 Italian Hours」

　"베니스는 제임스가 살면서 가장 애정을 가졌던 지역 중 하나였다"라고 그의 전기 작가인 레온 에델Leon Edel은 썼다. 베니스는 헨리 제임스가 먼 도시에서 원했던 모든 것을 갖추고 있었다. 베니스에는 운하를 마주본 별장, 르네상스 시대의 걸작들로 가득 찬 교회, 훌륭한 음식, 달변인 사람들이 있었다. 게다가 그의 시대에는 물가가 별로 비싸지 않았다. 그는 베니스를 '위안의 저장소the repository of consolations'라고 불렀다. 그의 여러 소설들이 베니스를 무대로 하고 있다. 『애스펀의 러브레터The Aspern Papers』도 그중 하나였다. 그는 그의 몇몇 소설들을 베니스에서 썼는데, 특히 『여인의 초상The Portrait of a Lady』이 그러했다. 이 소설은 영국, 로마, 피렌체를 무대로 하고 있다. 아래의 빽빽한 단락에서 보는 것처럼, 『이탈리아에서의 시간』(1909)은 이탈리아, 특히 베니스에 대한 제임스의 사랑을 요약하고 있다.

　　베니스에서는 아무것도 읽지 않고도 행복할 수 있다. 비판하거나 분석하거나 열심히 생각하지 않고도 행복할 수 있다. 짐작건대 베니스는 열심히 생각하는 것과는 거리가 먼 것 같다. 그러나 거의 고통만큼 많은 행복이 있다는 것은 확실하다. 베니스의 고통은 전 세계가 볼수 있도록 거기에 우뚝 서 있다. 그 고통은 스펙터클한 광경의 일부이다. 현지의 특색을 열성적으로 찬양하는 사람들은 그 고통이 즐거움의 일부라고 끊임없이 말할지도 모른다. 베니스 사람들은 자신들의 것을 거의 요구하지 않는다. 그들은 가장 아름다운 도시에서 삶을 보내는 최소한의 특권 이상을 요구하지 않는다. 그들의 주거지는 붕괴하고 있고 세금은 무겁다. 또한 그들의 주머니는 가볍고 기회랄 것은 거의 없다. 그러나 삶은 이러한 일련의 빈약한 혜택으로는 설명되지 않는 매력을 그들에게 제공한다는 인상을 받는다. 그리고 더 나은 거래를 한 많은 사람들보다 그들이 삶과 더 나은 관계를 맺고 있다는 인상을 받는다. 그들은 태양빛 아래 눕는다. 그들은 바다에서 물장난을 한다. 그들은 밝은 누더기를 걸친다. 그들은 밝은 인생관과 조화에 익숙하다. 그들은 영원의 대화에 일조한다. 누군가 그들을 다른 사람들로 만든다는 것은 쉽지 않다. 그들이 더 잘 먹으면 확실히 큰 차이가 있을 것이다. 충분히 먹지 못한 베니스 사람들의 숫자는 고통스러울 정도로 크다. 그래도 우리는 관대한 기질을 지닌 베니스 사람들이 개를 기르는 것을 좋아한다는 사실을 잊지 말아야 할 것이다. 자연은 베니스에 관대했다. 햇빛, 여가, 대화, 아름다운 전망은 단순한 생계유지보다 더 중요하다. 성공적인 미국인을 만드는 것은 꽤 힘든 일이다. 그러나 행복한 베니스 사람을 만드는 것은 단지 약간의 감수성만으로도 충분하다. 이탈리아인들은 행운과 불운을 동시에 갖는 것을 욕심이 적은 것으로 생각한다. 그래서 오늘날의 보편적인 의견에 따라 어떤 사회의 문명도가 수요품들의 수로 측정된다면, 일련의 비교표에서 이 석호潟湖의 자식들은 가엾은 존재들로 보일 것이다. 그러나 그들의 고통이 아니라, 고통을 피하는 그들의 방식이 감상적인 관광객을 기쁘게 하는 것이다. 관광객은 상상력에 힘입어 사는 아름다운 인종을 봄으로써 즐거워진다. 베니스를 즐기는 방법은 이 사람들의 본보기를 따라, 가능한 한 단순한 즐거움을 향유하는 것이다. 이곳의 거의 모든 즐거움은 단순하다. 심지어 교묘한 역설을 적용하더라도 이것은 사실이다. 틴토레토의 뛰어난 그림을 보거나, 창문이 없는 어둠 속에서 빛에 지친 눈을 쉬면서 산마르코 대성당 안을 한가로이 거니는 것 외에는, 티치아노의 뛰어난 그림을 보는 것보다 더 단순한 즐거움은 없다. 혹은 곤돌라를 타거나, 발코니에 나오거나, 카페 플로리안Florian에서 커피를 마시는 것보다 더 단순한 즐거움은 없다. 베니스의 나날은 이러한 얄팍한 유희들로 구성된 것이다. 그리고 그 즐거움은 그 유희들이 충족시키는 감정들에 있다. 다행히 이 유희들은 최상의 것이다. 그렇지 않으면 베니스는 견딜 수 없을 정도로 단조로울 것이다. 러스킨⁵을 읽는 것은 좋지만, 옛날 기록을 읽는 것이 더 나을지도 모른다. 그러나 모든 것 중 최고는 단순히 머무는 것이다. 베니스를 충분히 사랑하는 유일한 방법은 가능한 한 이 도시와 접촉하는 것이다. 떠나기를 망설이고, 그대로 주저앉고, 다시 돌아오는 것이다.

니라드 C. 차우두리Nirad C. Chaudhuri의 『익명의 인도인의 자서전The Autobiography of an Unknown Indian』

차우두리는 '전 인도 라디오All-India Radio'의 대본 작가였다. 그는 50세에 어떤 계시를 받았는데, 그때까지 책을 출판한 일이 없었다. 그는 다음과 같이 썼다. "계시는 내게 이렇게 왔다. 나는 1947년 5월 4일에서 5일로 넘어가는 밤에 깨어 있었다. 그때 갑자기 어떤 생각이 떠올랐다. '역사책을 쓸 수 없는 것을 유감으로 여기지 말고, 네 눈으로 목격한 역사에 대해 써라.'" 이 각성은 인도 독립 3개월 전에 발생했다. 그는 즉시 착수했고 몇몇 장들을 힘들게 썼다. 그런 뒤 본격적으로 쓰기 시작했다. 그 결과는 특정 장소와 시간에 존재하는 남자에 대한 『익명의 인도인의 자서전』(1951)이라는 걸작이었다.

그때까지 인도에 관해 이보다 더 나은 책은 없었다. 차우두리가 동부 벵골의 키쇼간즈Kishorganj라는 마을 출신이었기 때문에 더욱 가치가 있다. 그는 빅토리아 여왕의 즉위 60주년인 1897년에 태어나, 1999년 영국에서 죽었다. 그는 그 긴 세월 동안 인도의 가장 극적인 변화들을 목격했다. 그러나 이 책에는 음식, 카스트제도, (칼리 사원에서의 동물 희생제에 대한 충격적인 묘사를 포함한) 종교 등 삶의 세부가 상세하게 서술되어 있다. 이 책에는 또한 시골과 도시에서의 삶에 대한 묘사가 탁월하다. 차우두리는 콜카타와 델리에서 살았다. 이 책은 차분한 어조라기보다는, 논쟁적이고 비판적으로 쓰여 있다. 그리고 그 후의 저서들에서 그랬듯이 차우두리는 때때로 맹비난을 하기도 한다. 그러나 그는 보기 드문 사람으로, 자신의 나라를 여행한 여행가였다. 그에게는 그 나라의 사람들, 땅, 계절에 대한 감각이 있었다. 그때도 지금처럼 동부 벵골은 비와 홍수로 유명했다.

키쇼간즈에서 우기 동안 모든 것은 뼛속까지 젖었다. 우리든 옷이든 영원히 마르지 않을 것 같았다. 질척질척하지 않을 때에는 눅눅했다. 나무껍질은 물에 불어서 이끼처럼 한 움큼씩 찢을 수 있었다. 약 60센티미터 간격으로 놓인 벽돌들 위나 대나무로 만든 통로 위를 걷지 않는 한, 우리는 우리의 침대이자 거실인 오두막으로부터 걸어 나갈 수가 없었다. 그리고 식사는 때 아닌 소나기로 자주 지연되었다. 실개천들은 작은 협곡을 가로질러 길 밖으로 흘렀다. 하인들은 늘 젖어 있었고, 그들의 갈색 피부는 늘 빛났다.

비에 흠뻑 젖은 채 오가는 아버지와 방문객들을 통해, 특히 새들을 보고 우리는 비의 엄청난 힘을 깨달았다. 우기에 까마귀들의 우스꽝스러울 정도로 가엾은 모습은 악명 높았다. 그래서 벵골어로 '더러운 물로 더럽혀진 까마귀'는 지저분하고 머리가 헝클어진 사람을 가리키는 말이 되었다. ……

그러나 우기에 가장 매력적이고 기분 좋은 광경 중 하나는 우리 집 안뜰에서 볼 수 있었다. 특히 심한 호우가 쏟아질 때였다. 비는 마치 유리로 된 엄청나게 긴 연필들처럼 빽빽하게 쏟아졌고, 맨 땅을 두드려

댔다. 먼저 그 연필 모양의 것들은 모래땅을 움푹하게 팠다. 그러나 주위의 물이 모이자마자, 그것들은 물의 표면 위를 튀어 오르기 시작했다. 그런 뒤 갑자기 아주 작은 꼭두각시 인형들의 형태로 나타났다 사라지곤 했다. 그 작은 인형들은 모두 땅을 한 칸씩 차지했다. 물에 잠긴 뜰은 어지럽게 움직이는 무늬로 나뉘었다. 우리가 베란다 위에 앉아 있을 때, 물에 젖은 수많은 꼭두각시들의 발아래에는 작은 동심원들이 그려지고 있었다. 그리고 꼭두각시들은 실생활에서 보리라고는 꿈도 꾸지 못한 춤 공연을 우리에게 선보였다.

카를로 레비의 『에볼리에서 멈춰 선 예수 그리스도 Christ Stopped at Eboli』

이 책은 내가 읽고 나서 그 장소에 직접 가서 보고 싶은 충동을 느낀 중요한 책들 중 하나이다. 나는 남부 이탈리아의 루카니아Lucania 주에 있는 알리아노Aliano를 방문했다(레비는 갈리아노Gagliano로 부른다). 그때 나는 지중해 지역을 여행하고 있었다. 나는 해안으로부터 우회해야 했지만 기억에 남는 여행이었다. 나는 『헤라클레스의 원주』에서 이 여행에 대해 썼다. "그는 이탈리아인이 아니었지." 한 노인이 알리아노에서 이탈리아어로 내게 말했다. "그는 외국인…… 그래, 러시아인이었지." 나는 이 말이 무슨 뜻인가 물었다. 노인은 "브레오Breo"라고 말했다. 처음에 나는 이해할 수 없었지만, 나중에 에브레오Ebreo, 즉 유대인으로 추측했다. 레비가 1935년에 경험하고 1943년에 쓴 모든 것은 1995년에도 여전히 사실이었다. 이들은 실로 정신적으로도 지리적으로도 지도 밖에 있는 벽촌 사람들이었다.

레비는 이 책에서 교육받은 피렌체인으로서의 자신의 기묘함을 묘사했다. 그는 이탈리아 최남부에 있는 벽지 마을의 농부들과 같이 있었다. 그들은 잊힌 사람들이었고, 거의 기독교인이라고 할 수도 없었다. 그들은 그에게 그리스도는 알리아노에 도착하지 않았다고 설명했다. 그리스도는 수 마일 떨어진 에볼리에서 멈췄다. 그들은 말했다. "우리는 기독교인이 아닙니다." 그들은 미신적이고 폭력적이고 정열적이고 쾌활하고 비밀스럽고 어떤 성인聖人보다도 용에게 더 큰 믿음을 갖고 있었다.

나는 농부들의 체격에 놀랐다. 그들은 키가 작고 까무잡잡했다. 그들은 둥근 머리, 큰 눈, 얇은 입술을 갖고 있었다. 그들의 고대풍 얼굴은 로마인들, 그리스인들, 에트루리아인들, 노르만인들, 혹은 그들의 땅을 지나간 어떤 침략자들로부터도 파생된 얼굴이 아니었다. 그러나 그들의 얼굴은 이탈리아에서 가장 오래된 얼굴의 유형을 상기시켰다. 시간이 시작된 이래 그들은 정확히 똑같은 삶을 영위하고 있다. 그리고 역사는 아무 흔적도 남기지 않고 그들을 스쳐 지나갔다.

이 책은 무엇보다도 현대 유럽 농부의 삶에 대한 위대한 연구 중 하나이다. 그리고 대단히 지적이고 호의적인 외지인이자, 이 시골 마을에 거주한 사람이 쓴 책이다. "마을에는 변기가 단지 하나밖에 없었다. 그리고 아마 반경 80킬로미터 내에는 다른 변기가 하나도 없었을 것이다." 마을 사람들은 늑대 인간들이 근처에 숨어 있다고 말했다. 문자화되지 않았지만, 비밀스러운 법이 남자들과 여자들의 행동을 지배했다. 레비의 누이가 방문했을 때, 그녀는 그와 함께 사는 것이 금지되었다. 어떤 남자도 혼자서는 자신의 부인이 아닌 여자와 같이 있을 수 없었다. 레비는 마을에서 그림을 그리고 글을 쓰고 병든 사람을 치료하며 지냈다.

그리스도뿐만 아니라 시간, 개인, 희망, 원인과 결과 사이의 관계, 이성, 역사도 이 먼 곳에 온 적이 없었다. 로마인들이 오지 않은 것처럼, 그리스도는 결코 이곳에 오지 않았다. 로마인들은 산과 숲을 뚫고 나가지 않고, 주요 도로들에만 수비대를 배치했다. 그리스인들도 결코 오지 않았다. …… 적, 정복자, 이해심이 결여된 방문객을 제외하고는, 아무도 이 땅에 오지 않았다. 그리스도보다 3,000년 전에 그랬던 것처럼, 계절은 오늘날에도 농부들의 토양 위를 지나간다. 인간의 것이든 신성한 것이든, 어떤 메시지도 이 강고한 가난에는 도달하지 못했다.

1975년에 레비는 죽기 전 자신을 알리아노의 묘지에 묻어달라는 유언을 남겼다. 그는 지금 소나무들 사이에 있는 먼지 속에서 쉬고 있다.

어니스트 헤밍웨이의 『파리는 날마다 축제 A Moveable Feast』

이 책에는 두 종류의 판본이 있다. 1964년에 출판된 첫 번째 판본은 헤밍웨이의 네 번째 부인이자 미망인인 메리에 의해 아주 많이 편집되고 짜 맞춰진 것이다. 2009년에 출판된 두 번째 판본은 그의 손자인 숀 헤밍웨이가 편집했다. 이 책은 어니스트 헤밍웨이가 남긴 사본에 보다 충실해서, '복원판'이라는 부제가 붙어 있었다. 이것은 헤밍웨이가 쓴 마지막 책이었다. 그는 이 책을 끝낸 후 오래지 않아 자살했다. 물론 두 판본 모두 읽을 가치가 있다. 첫 번째 판본은 비록 임의적으로 조직되었지만, 더 훌륭하게 구성되고 조직되어 있다고 할 수 있다. 복원된 판본은 보다 길고 명상적이다. 그러나 헤밍웨이는 이 판본에서 다양한 등장인물들에 대해 보다 관대한 입장을 취하고 있다. 특히 스콧 피츠제럴드Scott Fitzgerald와 1964년 판본에서 부당하게 제외된 자신의 두 번째 부인인 폴린Pauline에 대해 그러하다.

이 책의 주제는 1920년대의 파리이다. 헤밍웨이는 이 도시를 잘 알고 있었다. 그는 1921년이 저물어갈 무렵에, 첫 번째 부인 해들리Hadley와 함께 파리에 도착해서 1928년까지 일종의 의존적인 삶을 보냈다. 그는 1928년 키 웨스트Key West에서 그의 새 부인인 폴린과 함께 지내기 위해 파리를 떠났다. 이 파리 회고록의 주제는 쪼들리지만 행복한 생활, 헤밍웨이가 해들리와 그의 아들에게 품었던 사랑, 글쓰기에 대한 열정이었다. 거의 항상 가난하고 배고팠던 헤밍웨이는 음식이라는 주제, 즉 풍미, 향, 간식, 훌륭한 와인 등 먹고 마시는 즐거움에 대한 얘기로 끊임없이 되돌아가곤 했다. 이 책은 육체적인 감각과 파리에서 겪은 그러한 육체성의 강렬함에 관한 책이다.

이 책은 다음과 같이 시작한다. "그런 뒤 나쁜 기후가 시작됐다. 이 나쁜 기후는 어느 날 가을이 끝날 때 시작될 것이다. 밤에는 비 때문에 창들을 닫아야 한다. 차가운 바람은 콩트레스카르프 광장Place Contrescarpe에 있는 나무들의 잎들을 벗겨버리곤 한다."

거리, 공원, 교회, 아파트는 너무나 자주 언급되기 때문에, 친근한 이름이 된다. 헤밍웨이는 이 책에서 레스토랑, 선술집, 바, 그리고 그곳들의 간판 음식과 술을 상세히 묘사하고 있다. 특히 『파리는 날마다 축제』의 보다 긴 판본을 읽은 후에는 상상만으로도 파리의 지도를 그릴 수 있다. 그리고 헤밍웨이와 이 책의 페이지들에서 활보하고 있는 문학적인 사자들, 즉 제임스 조이스James Joyce, 포드 매독스 포드Ford Madox Ford[6], 피츠제럴드, 에즈라 파운드Ezra Pound, 거트루드 스타인Gertrude Stein[7] 등이 오가는 것을 볼 수 있다. 이 책의 결점이자 장점은 오래전에 쓰였다는 것이다. 파리는 더 이상 헤밍웨이가 묘사하는 곳이 아니다. 그러나 여전히 이 책은 1920년대에 보고 냄새 맡고 맛본 도시에 대한 생생한 초상화이다.

이 도시에서 헤밍웨이는 삶의 면밀한 관찰자였다. 그는 이 책의 한 부분에서 여행 작가들의 글을 반박한다.

여행 작가들은 센 강에서 낚시하는 사람들에 대해 마치 그들이 미친 사람들이고 아무것도 잡지 못한 것처럼 썼다. 그러나 사실 그것은 진지하고 생산적인 낚시였다. 대부분의 낚시꾼들은 적은 연금을 받으며 그것이 인플레이션 때문에 가치가 없어지리라는 것을 모르는 남자들이거나, 아니면 종일 혹은 한나절 일을 쉬고 낚시에 열중하는 남자들이었다. …… 나는 낚시를 면밀하게 관찰했다. 그것은 흥미롭고 유익했다. 그리고 도시에서 이처럼 낚시하는 사람들이 있다는 사실은 늘 나를 행복하게 했다. 그들은 건전하고 진지하게 낚시를 하며, 튀김용 생선들을 가족에게 주려고 집으로 조금 가져갔다.

낚시꾼들과 강 위의 상태, 즉 그들의 삶이 적재된 아름다운 거룻배들, 거룻배를 끌고 가며 다리 아래를 지날 때 굴뚝이 접히는 예인선, 돌로 된 둑 위에 있는 크고 평범한 나무들, 느릅나무들과 드문드문 서 있는 미루나무들을 바라보며, 센 강변에서 나는 결코 외롭지 않으리라는 것을 알았다.

피터 비어드 Peter Beard[8]의 『게임의 종말 The End of the Game』

거의 50년 전에 아프리카로 간 피터 비어드는 침범당한 에덴 속에 있는 자신을 발견했다. 아프리카는 우리의 조상들에 대해 궁금해하는 누구에게나 그러하듯이, 그를 사로잡았다. 그들은 가장 영웅적인 인간들이자 사냥꾼들이었다. 그가 본 아프리카는 몇 년 후에 나를 비롯해 많은 다른 사람들을 변화시킨 아프리카였다. 조지프 콘래드는 "나는 콩고에 가기 전에 단지 동물이었을 뿐이다"라고 썼다. 비어드 자신의 각성에 대한 획기적인 내용을 담고 있는 『게임의 종말』은 그 잊을 수 없는 이미지들을 통해 '선견지명prescience'이라는 단어에 새로운 의미를 부여했다. 이 책은 같은 공간을 차지한 인간과 동물에 대한 명확한 경고를 담은 고전이다. "백인의 침입이 가져온 비극적인 역설. 그가 아프리카에 더 깊이 들어갈수록, 생명은 더 빠르게 아프리카로부터 흘러나온다. 생명은 평원이나 숲으로부터 흘러나와 도시로 흘러 들어간다."

동아프리카는 아름다운 장소는 아니다. 그레이트 리프트 밸리Great Rift Valley 주위에 펼쳐진 그 원시적이고 힘찬 풍경은 지구 상에 남아 있는 화산 활동에 관한 기념비적 증거 중 하나이다. 이곳에는 거대한 평원, 가파른 급경사면, 깊은 호수가 있다. 비어드가 본 아프리카는 그때 이미 거의 감지할 수 없는 붕괴의 초기 단계에 있었지만, 동물들이 가득하고 인구가 적었으며, 거의 도시화되지 않고 자급자족적이었다. 수년 후 늘어난 인구가 동물들의 삶과 땅을 압박했다. 아프리카는 마치 몰락 후의 비틀거리고 연약한 상태인 것처럼 보였다. 1960년에 소말리아의 끝자락에 있었던 비어드의 즉흥적인 사파리 여행은 반복될 수 없는 역사의 한 조각이었다. 그는 동아프리카의 '조화와 균형'이 교란되었다는 것을 상당히 일찍 이해했다.

비어드는 개인사와 아프리카의 역사를 뒤섞으며, 몸바사-나이로비 철도 건설을 생생하게 환기시켰다. 테디 루즈벨트Teddy Roosevelt는 그의 『아프리카의 사냥감의 흔적African Game Trails』에서 이 철도에 대해 언급했다. 그는 "홍적세를 통과하는 철도A Railroad through the Pleistocene"라고 이 철도의 원시성을 강조했다. 루즈벨트는 성경에 나오는 노아의 악한 쌍둥이 같은 인물이었다. 그는 케냐의 해안에서부터 남부 수단의 늪지대에 이르는 곳까지 모든 종의 동물들(512종)을 사냥해서 두 마리씩 죽였다. 그러나 그는 때때로 열여덟 마리나 죽이기도 하였다. 그는 다음과 같이 썼다. "이 땅은 추적할 수 있는 동물들로 가득 차 있다. 숫자상 무한하다."

'무한'은 많은 아프리카 여행자들을 현혹시킨 과장된 단어이다. 『게임의 종말』의 강력한 메시지는 동물들은 유한하고, 도시화는 서서히 다가오는 어두운 그림자이며, 무질서한 상태가 임박해 있다는 것이다. 비어드가 예언한 것의 대부분은 지나가버렸다. 그러나 그는 동아프리카의 도시들이 얼마나 끔찍하게 됐는지 상상할 수조차 없었을 것이다. 이 도시들은 보기 흉하게 뻗은 빈민가들이 밀집해 있고, 범죄가 너무 심해 거의 거주할 수가 없을 정도이다.

『게임의 종말』은 인간의 망상에 대한 책으로, 야생의 생활은 덜 다루고 있다. 이 책은 지금도 처음 출판됐을 때만큼 중요한 의미를 지닌다. 비어드는 아프리카를 방문한 사람들 중에서는 드물게 단지 배우고 성장하기 위해 갔다. 왜냐하면 그는 본질적으로 참을성이 강하고 통찰력이 있는 관찰자이지, 잘난 척하며 떠드는 사람이 아니었기 때문이다. 그는 사람과 동물의 합류점에서 많은 사람들이 놓친 변화의 과정을 볼 수 있었다. 이 책의 큰 장점과 영속적인 가치는 정치에 전혀 주목하지 않은 데에 있다. 이 책은 오로지 살아 있는 것과 죽은 것, 약탈자와 먹잇감을 다루고 있다. 비어드는 그가 본 것에 충실했다. 그리고 그 진실성은 이 책을 일종의 예언서로 만들었다.

W. G. 제발트W. G. Sebald[9]의 『토성의 고리The Rings of Saturn』

1992년, 잉글랜드에 거주하던 독일인 교사이자 작가인 W. G. 제발트는 배낭을 꾸리기로 결정했다. 그리고 서퍽Suffolk의 평평하고 특징 없는 작은 지역을 맴돌았다. 그 결과는 『토성의 고리』라는 명상적인 책이었다. 이 책은 자유연상과 함께 불가사의한 전설로 가득 차 있다. 이 책에는 '단지 약간의 사람들만이 이것을 안다!'라는 숨겨진 뜻이 있다. 제발트는 이 책이 '산문소설'이고(채트윈 또한 그의 『송라인』에 대해 똑같은 주장을 폈다), 토머스 브라운 경Sir Thomas Brown의 『납골 항아리Urn Burial』에서 영감을 받았다고 주장했다. 이러한 주장은 독단적이지만, 여러 일화들을 엮은 이 책은 경청할 만한 점이 있다. 그 메시지는 의도적이 아니었겠지만 강력하다.

서퍽에서 눈에 띄는 것에 대해 쓴다면, 그것은 지형학 혹은 사회의 역사에 대한 책이 될 것이다. 그러나 제발트는 발로 뛰면서 자신의 방랑을 묘사했다. 로스토프트Lowestoft에서는 무엇이 발견되나? 별로 많지는 않다. 조지프 콘래드는 로스토프트를 항해와 관련시켰다. 그리고 제발트는 이 작은 연결 고리로부터 콘래드, 벨기에의 레오폴드 왕, 지옥 같은 콩고, 아일랜드의 독립운동가 로저 케이스먼트Roger Casement, 그리고 세상을 떠들썩하게 한 케이스먼트의 일기 등을 포함한 역사적 공상을 발전시켰다. 이러한 것이 이 책의 주된 구조이다. 그러나 책에는 독일인들이 특히 싫어하는 벨기에인들과 콩고에 대한 편협한 내용도 있다. "실로 오늘날까지 벨기에에는 식민지 콩고가 갈취당할 때부터 내려온 두드러진 추함이 있다."

그는 비유적인 추함을 말하고 있을까? 물론 아니다. "1964년 겨울 처음으로 브뤼셀을 방문했을 때, 나는 보통 1년 내내 만날 수 있는 수보다도 더 많은 꼽추들과 미치광이들을 만났다. 심지어 어느 날 저녁 로드 생 제네스Rhode St Genèse에 있는 바에서 경련성 뒤틀림으로 고통받는 불구자가 당구를 치는 모습도 봤다."

그는 던위치Dunwich에 왔다. 던위치는 대부분이 바다에 잠겼기 때문에, 거의 존재하지 않는 상태였다. 그래서 제발트는 그 마을의 역사, 모든 가라앉은 교회와 수도원의 이름, 그리고 던위치를 가슴 아픈 정착지로 만든 폭풍에 대해 상세히 서술했다.

그러나 여기에는 주목할 만한 점이 있다. 원 거주자는 외지인이 보는 것을 거의 보지 못하며, 그들이 당연한 것으로 여기는 것을 언급하지 않는다. 노퍽Norfolk에서 로스토프트까지 가는 첫 번째 기차를 탄 제발트는 승객들이 얼마나 조용한지를 서술했다. "그들은 일생 동안 단 한 마디의 말도 입 밖에 내지 않았을지도 모른다." 그러나 이러한 말은 공허한 과장이다. 영국인, 특히 지방의 영국인은 공공의 교통수단에서 거의 떠들지 않는다. 이 독일인은 그렇게 말하지 않고, 영국인을 독일인과 비교하고 있었다. 그럼에도 이 책의 독창성은 단지 외국인만이 할 수 있는 진술에 있다. 그러한 관찰은 심지어 오해와 왜곡일 때조차도 가치가 있다.

24.

여행자를 유혹하는
이름들

어떤 장소의 이름은 여행자를 매혹시킬 수 있다. '싱가포르'라는 이름은 1960년대에 에어컨 없이 거기서 3년 동안 살 때까지 내게 마법을 걸었다. 그러나 내가 싱가포르 다음에 살았던 곳과 가까운 영국 서부의 버즈무어 게이트Birdsmoor Gate 마을은 그 이름처럼 아름다운 곳이었다. '퍼시픽 그로브Pacific Grove'나 '월넛 크리크Walnut Creek'나 '사우전드 팜스Thousand Palms' 등 캘리포니아의 여러 이름들은 유혹의 손짓을 하는 것처럼 보인다. 그러나 필라델피아의 켄징턴 대로Kensinton Avenue와 서머싯 거리Somerset Street의 구석은 위험한 빈민가이다. 이곳들은 살기 좋은 이 도시에서 마약 거래가 가장 활발하게 이루어지는 곳이다. 켄징턴 대로나 서머싯 거리는 보통의 영국 숭배자의 귀에는 음악처럼 들리는 멋진 이름들이다.

에벌린 워는 『벽지의 사람들』에서 이름의 속임수에 대해 다음과 같이 말했다. "사실이 밝혀졌을 때, 여행에 관한 나의 모든 선입견은 얼마나 틀렸던가. 낭만적인 암시로 가득 찬 이름인 잔지바르와 콩고는 내게 아무것도 주지 않았다. 그러나 내게 가장 흥미로웠던 장소들은 케냐나 아덴Aden[1]처럼, 내가 싫어할 것으로 예상했던 곳들이었다."

순진한 여행자를 오도해온 장소들의 목록

셰퍼즈 부시Shepherds Bush

서부 런던의 칙칙하고 악취를 풍기고 인구가 과도하게 밀집된 지역으로, 그 이름과 극명하게 대조된다. 이러한 진실을 잘 모르는 여행자는 슬쩍 보고는 중얼거린다. "이곳이 어디지?" 그는 기름이 잔뜩 낀 카페, 케밥 가게, 호주식 메가 펍, 할인 백화점, 경적 소리로 시끄러운 교통을 지켜본다. 셰퍼즈 부시는 상점 주인들로 유명하다. 그들은 비가 오지 않을 때 관능적으로 자기 몸을 긁으면서 자신의 상점 입구에 서 있다.

카사블랑카Casablanca

"카사블랑카에는 익명의 고층 건물들이 밀집돼 있다. 현대적인 도로들은 너무나 직선적이고 가늘어서, 거기에는 시드니 그린스트리트Sidney Greenstreet[2]를 위한 공간은 없다."(피코 아이어)

바그다드Baghdad

제임스 C. 시먼스는『열정적인 순례자들』에서 다음과 같이 썼다. "『아라비안 나이트Arabian Nights』로 유명한 바그다드는 천 년 전에 아시아의 위대한 도시 중 하나였다. 그곳은 예술, 문학, 학문의 중심지였다. 리처드 버턴은 바그다드를 '19세기의 파리'라고 불렀다."

프레야 스타크는 바그다드를 '사악한 먼지의 도시'라고 불렀다. 그리고 1930년에 바그다드를 방문했던 로버트 케이시Robert Casey는 이 도시를 "먼지 더미. 악취가 나고 볼품없고 무덥다. 기념물은 거의 없고, 그 환경은 지저분함과 빈곤으로 둘러싸여 있다"라고 폄하했다. 이는 미국의 침략, 사담 후세인의 몰락, 그리고 온갖 폭탄들 전의 일이다.

만달레이

침울하고 억압된 미얀마인들이 살고, 군사 정권의 폭정에 의해 감시되는, 먼지로 꽉 찬 거리들로 이루어진 광대한 쇠창살이다.

타히티

무뚝뚝한 식민지 주민들이 사는 곰팡이 핀 섬. 격노한 프랑스 군인들, 분개한 주민들, 지나치게 비싼 호텔들, 세계에서 가장 열악한 교통 문제들, 마실 수 없는 물이 있는 곳이다.

팀북투Timbuktu

먼지, 끔찍한 호텔, 신뢰할 수 없는 교통수단, 식객들, 성가시게 구는 사람들, 도처에 널린 쓰레기 더미들, 해로운 음식.

마르세유

이 아름다운 항구로부터 조금만 걸으면 공영 주택의 뚱한 사람들, 다세대 주택, 난민들, 갈팡질팡하는 이민자들이 있다. 그리고 아무도 '환영합니다'라고 하지 않는다.

사마르칸드Samarkand

회교 사원의 첨탑과 돔으로 된 실크 로드의 환상이 아닌, 우즈베키스탄의 악취를 풍기는 산업도시이다. 사마르칸드는 화학 공장, 비료 공장, 통제 불가능한 음주로 악명이 높다.

과테말라시티

재건축 남발과 지진들로 끊임없이 평평해지고 있는 장소. 인구의 대부분은 빈민가 주민들이고, 그중 많은 사람들은 자신들의 실패한 국가로부터 이민 가기를 원한다.

알렉산드리아

나는 삶의 대부분 동안 알렉산드리아를 꿈꿔왔다. 삶에서 실망
스러운 것들의 대부분은 꿈속에서 시작된다. 세계의 위대한 도시들처럼, 이
집트의 알렉산드리아는 한때 그 안에서 사는 모든 사람에게 속했다. 그리고
로렌스 더럴Lawrence Durrell이 『저스틴Justine』에서 쓴 것처럼, 알렉산드리아는 "다
섯 인종, 다섯 언어, 열두 개의 교리에 의해 공유됐다." 그러나 오늘날 알렉산
드리아는 하나의 언어만 사용하는 하나의 인종, 즉 아랍어를 말하는 아랍인
들의 도시이다. 그리고 단 하나의 강령, 즉 금욕적인 이슬람이 있을 뿐이다.

쿤밍Kunming

한때는 중국 남부의 작지만 모든 것이 갖춰진 농업을 주업으로
하는 마을이었다. 역사가 오래됐고, 시각적으로 매혹적이었으며, 고요한 공
원들로 유명했다. 지금은 자동차, 버스, 콘크리트, 주택들로 황폐하게 된 거
대하고 끔찍한 도시이다. 쿤밍은 또한 미얀마에서 들어오는 마약의 중요한
루트 중 하나이다.

상파울루

추한 건물들, 나쁜 공기, 2000만이 넘는 인구로 유명한 봄베이,
도쿄, 로스엔젤레스처럼, 상파울루는 지구 상에서 최악의 도시 계획이 낳은
재난의 예이다. 혹은 어떤 상파울루 사람이 말하는 것처럼 '무계획'이었는

지도 모른다.

비아리츠Biarritz

절벽에 맞닿은 작은 도로나 아름다운 경치는 별도로, 그로테스크할 정도로 비싼 호텔 뒤 팔레Hôtel du Palais가 있다. 이곳은 시멘트로 된 방갈로, 미궁 같은 도로, 평범한 식당, 차갑고 위험한 파도와 돌투성이 해변이 있는, 프랑스의 붐비는 도시이다.

폴
볼스의
여행의
지혜

———

　　폴 볼스(1910~1999)에 대한 정형화된 이미지는 황금의 사나이, 수수께끼의 망명객, 우아하게 차려입고 손가락에 담배를 쥔 모습으로 알려진, 모로코의 태양을 즐기고 송금된 돈으로 살며, 때때로 드넓은 세상에 경각심을 일으키고, 아주 세련된 소설을 쓰는 인물이다. 이러한 묘사는 조금의 진실을 담고 있지만, 그에 대해 알아야 할 더 많은 것들이 있다. 확실히 볼스는 독자적인 문체를 가졌고, 한 권의 책, 『셸터링 스카이』로 성공을 거뒀다. 그러나 아무리 인기가 있어도 단 한 권의 책으로는 정기적인 수입이 보장되지 않는다. 그리고 돈과는 별도로, 볼스의 삶은 감정적으로나 성적으로나 지리적으로, 또한 의심할 여지 없이, 창조적으로도 꽤 복잡했다.

　　망명자나 국외로 추방된 사람이 대개 그렇듯이, 볼스는 지모가 풍부했다. 또한 그에게는 상상력을 배출하는 많은 통로들이 있었다. 그는 영화와 연극을 위한 음악을 쓰면서 작곡가로 알려졌다. 그는 민족음악학자였고, 모로코와 멕시코의 벽지에 있는 여러 마을에서 전통적인 노래와 선율을 기록한 초창기의 기록자였다. 그는 장편소설과 단편소설, 시를 썼다. 그는 또한 스페인어, 프랑스어, 아랍어로 된 소설과 시를 번역했다. 따라서 수상쩍고 열의가 없는 사람이라는 그에 대한 고정관념은, 바쁘고 매우 다작이며 꾸준하게 일하는 사람인 것으로 판명됐다.

그는 잘생기고 흔들리지 않으며 주의 깊고 고독했다. 그는 자신의 마음을 잘 알았다. 심지어 숙명론이라고도 할 수 있는 수용의 정신은 그를 이상적인 여행자로 만들었다. 그는 그다지 미식가가 아니었다. 그의 소설에서 보듯이, 정상적인 음식보다 혐오스러운 음식(예컨대 토끼 스튜 속의 솜털)에 훨씬 흥미가 있었다. 그는 풍경과 그것이 여행자에게 미치는 영향에 대해 큰 관심이 있었다. 볼스는 옛날이라고는 할 수 없지만, 지금은 가버린 시대에 글을 쓴 만큼 운이 좋았다. 그때는 여행 잡지에서 길고 깊이 있는 에세이들을 기꺼이 받아주었다.

그는 미국의 잡지 『휴일Holiday』을 위해 썼다. 그 잡지의 시시한 이름은 그 진지한 문학적 사명을 가리고 있었다. 영국의 소설가인 V. S. 프리쳇과 로렌스 더럴도 이 잡지를 위해 여행했다. 존 스타인벡도 노벨 문학상을 받은 후 동참했다. 그는 자신의 개와 함께 미국을 종횡으로 누볐다. 볼스는 『휴일』에 그가 열정을 기울이는 또 다른 대상인 마리화나에 대해 기고했다. 그는 평생 마리화나를 피웠다.

그는 자신이 여행에서 무엇을 즐기고, 무엇을 지겨워하는지 알고 있었다. "만일 내가 서커스와 성당, 카페와 공공 기념물, 혹은 축제와 박물관 중에서 어느 쪽을 방문할지 결정해야 한다면, 나는 보통 서커스, 카페, 그리고 축제를 택할 것이다." 다음의 인용들은 『그들의 머리는 초록색이고, 그들의 손은 파란색이다Their Heads Are Green and Their Hands Are Blue』(1963)에서 가져온 것이다.

...

전에 본 일이 없는 장소에 갈 때마다, 나는 그곳이 이미 알고 있는 장소들과 가능한 한 다르기를 희망한다. 여행자는 다양성을 찾기 마련이고, 가장 큰 차이를 느끼게 하는 것은 인간적인 요소일 것이다. 만일 사람들과 그들의 삶의 방식이 모든 곳에서 같다면, 한 장소에서 다른 장소로 움직일 필요가 전혀 없을 것이다.

...

사용한 경비에 비해 불편한 것으로는 아마도 지구 상에서 사하라보다 더한 곳은 거의 없을 것이다. 그래도 그 위에 누울 만한 평평한 것이나 약간의 순무, 모래, 국수, 잼, 완곡히 말해 '식용 닭'이라고 불리는 어떤 것의 힘줄, 밤에 옷을 벗기 위한 양초 토막 등을 발견하는 것은 가능하다. 자신의 음식과 요리용 화로를 가지고 다녀야 하는 점을 고려하면, 호텔에서 제공되는 식사에 신경 쓸 필요가 전혀 없어 보인다. 그러나 전적으로 통조림 식품에 의존한다면, 그것은 너무 빨리 바닥이 날 것이다. 커피, 차, 설탕, 담배 등 모든 것은 결국 사라진다. 그리고 여행자는 이런 것들이 전혀 없는 삶에 적응한다. 밤에 더러워진 옷가지 더미를 베개로, 두건 달린 겉옷을 담요로 사용하면서.

아마도 이 점에 관한 논리적인 질문은 "어째서 가는가?"일 것이다. 그 답은 누군가 거기에 가서 고독의 세례를 겪는다면, 스스로를 도울 수 없다는 데에 있다. 한번 광대하고 빛나고 조용한 나라의 마법 아래 있었다면, 어떤 장소도 그에게는 충분히 강력하지 않다. 어떤 환경도 절대적인 것의 가운데에서 존재하고 있다는 최고로 만족스러운 감각을 대신할 수 없다. 그는 편안함과 돈의 손실이 얼마이든 되돌아갈 것이다. 왜냐하면 절대적인 것에는 가격을 매길 수 없기 때문이다.

25.
위험한 장소들,
행복한 장소들,
매혹적인 장소들

위험한
장소들

"여행을 가치 있게 만드는 것은 두려움이다"라고 알베르 카뮈 Albert Camus는 썼다(『노트북』, 1935~1942). "사실 우리는 자신의 나라로부터 한참 멀리 떨어져 있는 순간 …… 막연한 두려움과 함께, 오랜 습관을 지키려는 본능적인 욕망에 사로잡힌다. 이것이야말로 여행으로부터 얻을 수 있는 가장 큰 혜택이다. 우리가 경험하는 가장 사소한 접촉조차도 우리의 존재를 깊이 전율케 한다. 우리는 빛의 폭포와 조우하기도 하는데, 거기에는 영원함이 존재한다. 이것이 우리가 즐거움을 위해 여행한다고 말해서는 안 되는 이유이다. 여행에 즐거움은 없다."

얼마나 감동적인 발언인가? 하지만 우선 명심해야 할 것은 소심한 여행자였던 카뮈는 결코 멀리 여행한 적이 없다는 점이다. 카뮈는 자동차를 타는 것에 대해 병적인 불안을 느끼는 자동차 공포증에 시달렸다. 그런 그가 자동차 충돌 사고로 죽었다는 것은 아이러니가 아닐 수 없다. 카뮈의 책들을 출판했던 출판입자였던 미셸 길리마르Michel Gallimard는 카뮈에게 자신의 고급 스포츠카인 파셀 베가Facel Vega로 프로방스에서 파리까지 같이 가자고 했다. 이유인즉 그것이 파리로 가는 가장 빠른 방법이라는 것이었다. 그러나 속도를 내어 달리던 갈리마르의 차는 빌르블레뱅Villeblevin이라는 마을에서 균형을 잃으며 그와 카뮈를 죽음으로 몰고 갔다. 당시 카뮈의 호주머니에서는 아직 사용하지 않은 파리행 기차표가 발견됐다. 카뮈는 그런 기묘한 현학자였고, 여행자라기보다는 여행에 대한 이론가였다. 하지만 그의 논법은 훌륭하다. 왜냐하면 어느 장소의 위험스러운 분위기는 마법을 걸 수 있기 때문이다.

언젠가 나는 로버트 영 펠턴Robert Young Pelton과 함께 텔레비전 쇼에 출연한 적이 있었다. 그는 위험한 장소들의 연대기 작가라고 스스로 떠벌리는 캐나다의 여행가이자 저널리스트였다. 그는 『세계에서 가장 위험한 장소들The World's Most Dangerous Places』이라는 처녀작으로 어느 정도 유명해진 인물이었다. 그는 대중에게 '위험의 사나이'로 알려져 있지만, 개인적으로는 호감이 가며 또 호감을 사려고 애쓰는 인물이었다. 비록 그가 공포소설 같은 자신의 여행담을 이야기할 때, 손가락을 까딱거리는 것이 신경 쓰이긴 했지만. 그런데 그의 이야기는 대부분 내가 간 적이 있고, 특별히 위험하게 여겨지지 않는 장소들에 대한 것이었다. 체첸과 아브카지아Abkhazia[1], 알제리……. 과연 누가 공습으로 폐허가 된 이런 장소들에 가기를 원할까? 그가 캄보디아, 콜롬비아, 파키스탄, 짐바브웨, 필리핀에 관해 언급할 때("필리핀의 최근 가면에 속지 마라. 필리핀은 부유하면서도 가난한 나라이다. 외국인들은 이 나라에서 벌어지는 잔인함과 불법 행위에 거의 해를 입지 않는다"라고 자신의 웹사이트 ComeBackAlive. com에서 말한다), 나는 말했다. "로버트. 우리는 지금 뉴어크Newark의 교외에 있네."

인접한 곳에 썩어가는 습지대가 있는 뉴어크는 마치 늪 속의 도시처럼 축축하고 고립되고 불길해 보인다. 이 도시는 1년에 무려 100여 명이 살해되어 지역 신문 「스타 레저Star-Ledger」지에서 '뉴저지의 살인 수도'라고 광고할 정도였다. 펠턴은 이 점에 동의했다. 그는 또한 어떤 나라들이 특별히 폭력적이라기보다는 어떤 사람들이 폭력적이라는 나의 의견에 동의했다. 또한 뉴어크의 어떤 지역은 아마도 체첸의 어떤 지역만큼 위험하다는 데도 동의했다.

'당신에게 마지막 여행지가 될지 모르는 곳들'이라는 기분 나쁜 제목이 붙은 펠턴의 여행 목록에는 아프가니스탄, 이라크, 소말리아, 파키스탄, 멕시코, 러시아 전역, 뉴기니, 미얀마, 스리랑카, 수단이 열거되어 있다. 나는 전쟁터인 이라크와 아프가니스탄이 목록에 포함된 것에 대해 트집 잡을 마음은 없다. 소말리아에는 정부가 존재하지 않고, 부족장들, 군벌들, 해적들에 의해 무정부 상태가 계속되고 있다. 그러나 나는 각별히 조심스럽게 행동함으로써, 캄보디아, 멕시코, 미얀마, 스리랑카, 러시아, 그리고 심지어 수단에서도 멋진 시간을 보냈다(나의 저서 『아프리카 방랑』을 보라). 그런데 펠턴은 수단을 '호전적이며 극단적인 이슬람 정부가 막무가내로 나라 전체의 목을 조르는 크고 악하며 추한 장소'라고 묘사하고 있다.

필리핀은 세계에서 가장 저평가된 여행지이지만, 손님을 환대하며 대단히 아름다운 나라이다. 나는 여행자에게 민다나오Mindanao의 일부 지역을 주의하라고 당부하고 싶다. 이것은 뉴어크에서 115킬로미터쯤 떨어져 있고, 미국에서 가장 위험한 도시로 손꼽히는 뉴저지 캠던Camden의 일부 지역에 대해 주의하라고 말하는 것과 같다.

세계에서 가장 위험한 10대 도시를 꼽은 한 목록에서는 살해율(10만 명당 살해당한 사람들의 수로 계산함)을 근거로 시우다드후아레스Ciudad Juárez(130명이 살해됨)를 가장 위에 올려놓고 있다. 이 목록의 나머지 도시들은 카라카스Caracas[2], 뉴올리언스, 티후아나Tijuana[3], 케이프타운, 산살바도르San Salvador[4], 메델린Medellin[5], 볼티모어, 바그다드이다. 또 다른 목록에는 모가디슈Mogadishu[6], 디트로이트, 세인트루이스, 리우데자네이루, 요하네스버그가 포함되곤 한다.

나는 남아프리카공화국에서 안전하게 여행한 경험밖에 없지만, 공식 통계는 끔찍하다. 1년 동안(2007년 4월~2008년 3월)에 1만 8,148명이 살해당한 것으로 보고되었는데, 짐작건대 보고되지 않은 실종자도 많을 것이다. 강간과 폭행을 포함해 보고된 성범죄 수는 7만 514건이었다(2009년 『뉴욕 타임스』 보도). 남아프리카공화국에서 폭력은 점점 증가하는 추세이다. 그러나 이런 뉴스가 사파리 여행자들, 축구 팬들, 새 관찰자들뿐만 아니라, 서부 케이프의 디저트 와인이나 피노 누아Pinot Noir 와인의 견본을 구하려는 많은 와인 전문가들의 발길까지 돌려놓지는 못했다.

　　모가디슈, 바그다드, 카불 같은 몇몇 뚜렷한 지옥 구덩이들은 제쳐놓더라도, 어떤 도시에든 위험한 이웃들은 있다. 고립된 기회주의자들, 표절하는 예술가들, 강도들이 출몰하는 땅이라는 것이 도시의 본성이다. 나는 한때 샌프란시스코에 있는 유니언 스퀘어 근처의 큰 호텔에서 안내인에게 아시아 미술 박물관으로 가는 길을 물었다. 걸을 수 있는 거리였는데도 그는 내게 택시를 타라고 간곡히 말했다. 왜냐하면 택시는 나를 태우고 거지들, 부랑자들, 정신분열증 환자들, 주정뱅이들의 거리를 신속히 지나칠 수 있기 때문이었다.

　　얼마 전까지만 해도 아프가니스탄과 파키스탄은 여행하기 즐거운 곳들이었다. 그리고 다시 그렇게 될 것이다. 인도는 테러 단체들로 가득 차 있는데, 뭄바이에서 총격을 가한 카슈미르 분리주의자들뿐만 아니라 더욱 폭력적인 모택동주의 낙살라이트Naxalite들이 있다. 후자는 정기적으로 폭탄을 터뜨리고 여객 열차를 탈선시켜, 과거 12년 동안 6,000명 이상의 사람들을 죽였다. 그들은 인도의 오른쪽에 형성돼 있는 줄 모양의 소위 '붉은 회랑' 지대에서 이러한 테러들을 일으켰다. 그러나 폭력과 무질서에도 불구하고, 인도는 여전히 세계에서 가장 매력적인 여행지들 중 하나이다.

　　나는 아프리카의 지역들에서 군인과 민병대원들이 노상 바리케이드에서 총구를 겨누고 돈을 요구한 일을 여러 번 겪었다. 북부 케냐에서 유랑하는 강도단으로부터 총격을 받은 일도 있었다. 그러나 이러한 장소들은 도시에서 멀리 떨어져 있었기 때문에 얼마든지 문제가 생길 수 있었다.

내가 경험한 아래의 가장 위험한 열 개의 장소들에서, 나는 눈에 띄는 이방인이었다. 나는 공격에 취약하고 안전하지 않다고 느꼈고, 그래서 빨리 걷곤 했다.

파푸아뉴기니의 모레스비 항구Port Moresby

세계에서 가장 위험하고 범죄에 찌든 곳으로 현지에서 '악당들'로 알려진 떠돌이들, 불법 거주자들, 전문적인 범죄자들이 거주하고 있다. 이 전문적인 범죄자들 중 많은 수는 양털로 만든 모자를 쓰고 있고, 고산지대에서 와서 먹잇감을 찾고 있다.

나이로비

심지어 대낮에도 도심에 강도들이 넘쳐난다.

일리노이 주의 동부 세인트루이스

미국에서 가장 가난하고 가장 강도가 많고 가장 위협적으로 보이는 도시들 중 하나.

블라디보스토크

이유 없이 파괴된 건물, 낙서가 휘갈겨진 벽, 형편없는 급료를 받는 선원들, 심심치 않게 만나는 주정뱅이들과 스킨헤드들의 축축하고 추운 항구 도시.

영국

토요일 오후 축구 경기 후의 불량배들.

리우데자네이루

카니발 폭도들의 악취 나는 주변에 있는 좀도둑들, 주정뱅이들, 공격적인 참가자들.

아디스아바바Addis Ababa

소매치기와 도둑들로 가득 찬 메르카토Merkato 시장.

솔로몬 군도[7]

외국인 혐오증으로 유명하며, 몇몇 현지인들은 해변에 상륙한 외지인들에게 큰돈을 요구한다.

카불

도시의 바로 외곽에 있는 마을을 혼자 걸을 때, 나는 열두 명쯤의 여자들과 마주쳤다. 내가 화나게 하지 않았음에도 불구하고, 그들은 내 머리에 돌을 던지기 시작했다.

뉴어크

비행기를 놓치고 밤새 붙박인 채, 저녁 무렵 먹을 곳을 찾기 위해 황량한 호텔에서 나와 걸어야만 했다. 그리고 어느 지점에서 나는 차량들을 피하며 죽은 개를 뛰어넘었다. 그런 뒤 내게 욕지거리를 해대며 괴롭히는 적대적인 소년들과 맞닥뜨렸다.

행복한
장소들

정말로 행복한 장소들이 있을까? 나는 행복이란 특정 장소에서의 특정 시간으로, 결국 위로나 유감으로 남는 일종의 통찰이라고 생각하곤 한다. 구세대들은 많은 행복한 시절들을 회상한다. 왜냐하면 구식이라는 것은 권태의 마지막 요새이며, 추억담은 그 찬송가이기 때문이다. 1950년대에 식당에서 음식을 주문하며 윌리엄 버로스는 말했다. "내가 저녁 식사로 원하는 것은 1927년에 휴론 호에서 잡은 농어이다."

홍보가 잘된 행복한 장소들의 목록이 있다. 이 목록은 덴마크를 맨 위에 두고 스위스, 오스트리아, 핀란드, 호주, 스웨덴, 캐나다, 과테말라, 그리고 룩셈부르크의 순이다.

작고 빈약한 과테말라를 제외하고, 이 나라들에 공통된 것은 무엇인가? 이들은 세계에서 가장 발전되고 도시화되고 부르주아적인 나라들이다. 또한 가장 자부심이 강하지만 약간 따분한 나라들이다. 과연 이 나라들이 광고에서처럼 행복한 곳들인지 심히 의심스럽다. 춥고 어두운 1월의 핀란드는 명랑함과 연결될 수 있는 곳이 아니다. 사실 핀란드는 '가장 자살률이 높은 나라들'의 순위에서도 꽤 높은 위치를 차지하고 있다. 또한 오스트리아는 '미소의 나라'로는 보이지 않는다.

통가의 군도_{Tonga's archipelago}는 비공식적으로는 '친절한 섬들_{Friendly Isles}'로 알려져 있다. 이 이름을 처음 생각한 사람은 쿡 선장이었다. 그러나 세월이 지남에 따라 이 이름은 마치 눈과 얼음의 땅에 그린란드라는 이름을 부여한 것처럼, 방문자들을 현혹하는 경박한 별명처럼 되었다. 통가인들은 위계질서와 계급에 집착하며 경쟁적이다. 그리고 대부분의 섬사람들처럼 영토에 민감하며 이방인들을 의심한다.

'우호적인'이라는 단어에는 어떤 의미가 함축되어 있지만, 일반적으로 단지 관광산업의 유혹일 뿐이다. 나는 『신선한 공기의 마니아』에서 "내 경험에 의하면, 태평양의 섬들에서 가장 우호적인 사람들은 당신이 곧 떠나리라고 확신하는 사람들이다"라고 썼다.

언젠가 달라이 라마는 설교에서 이렇게 말했다. "행복의 진정한 적이자 파괴자는 우리 내부에 있다." 똑같이 행복의 진정한 창조자도 우리 내부에 있다. 세계에는 만족도가 높은 사람들이 있다. 그들의 여유 있는 태도와 선량한 쾌활함은 여행자로 하여금 자신이 행복한 나라에 있다고 생각하게끔 만든다. 행복한 시간은 잊을 수 없고, 때때로 순간보다 오래 지속된다. 나는 특정 시기에 많은 장소들에서 즐거운 경험을 했다. 나는 버로스의 물고기 이야기에 동의한다. "행복은 보통 회고적이다."

또 다른 요소가 있다. '이곳에서 살고 싶다'가 아닌 '이곳에서 죽어도 좋다'라는 생각이 들어야 한다. 다음에 아홉 개의 예가 있다.

발리

나는 1970년대에 발리 섬을 여행했다. 우부드Ubud에서 일주일을 지낸 후, 일을 그만두고 싱가포르에 있는 아내와 두 아이를 불러 이 향기로운 섬에서 여생을 보내고 싶어졌다. 나의 작은 가족은 저항했다.

태국

나의 되풀이되는 환상은 사라지고, 남은 기간을 북부 태국의 시골에서 돈을 지불한 손님으로 호의적인 마을 사람들과 함께 지냈다.

코스타리카

과나카스테Guanacaste의 북부 시골 지역의 만에서 나는, 베란다가 있는 집을 짓고 거기 앉아 온두라스에서의 오 헨리처럼 글을 써야겠다고 생각했다.

오크니 군도 Orkney Islands[8]

이 군도는 작고 자부심이 강하며 궁벽하고 자급자족적이다. 신석기 시대의 유적과 전통적인 축제들이 남아 있다. 사람들은 열심히 일하며, 그들의 집은 잘 지어졌다. 나는 한 번 이곳에 다녀온 뒤로 이 군도와 그 신선한 물고기들을 늘 꿈꾸었다.

이집트

카이로가 아닌 어딘가 다른 곳. 아마 나는 아스완 쪽에 있는 나일 강 상류에 정박하고, 지붕 있는 배에서 살지도 모른다.

트로브리앤드 군도

이곳의 사람들은 비타협적이지만, 나는 평화롭게 지내며 작은 외부의 섬에 정착할 것이다. 그리고 1990년대 초에 한 것처럼, 밀네 만Milne Bay 주위를 항해할 것이다.

말라위 Malawi[9]

나는 1964년 말라위 남부 시골의 시레 고원Shire Highlands에 있을 때보다 행복한 적은 거의 없었다. 그해는 우풀루ufulu, 즉 말라위의 독립의 해였다. 나는 작은 집과 교사라는 만족스러운 직업을 가졌고, 근처 마을에서 사는 이웃들은 내게 선의를 베풀었다. 후에 나는 내 삶에서 모든 것이 잘못되면,

언제든 말라위로 돌아갈 수 있다고 생각했다.

메인 주

나는 메인 주의 해안이 일관되고 아름다우며 잘 배열되어 있다고 생각한다. 또한 내가 아는 한 가장 기품 있고 신뢰할 수 있는 사람들이 그곳에 산다고 생각한다.

하와이

아마도 하와이는 여행용 소책자에 나오는 관광객들의 낙원일 것이다. 나는 하와이에서 가장 오래 살았다. 깨끗한 공기, 꽃향기, 파도타기, 하늘에 흔히 걸려 있는 무지개 등이 있는 아름다운 날 현지 사람과 함께 있으면, 그는 미소를 짓고 이렇게 말할 것이다. "다행히 우리는 하와이에 사는군요."

매혹적인
장소들

내 마음속에는, 결코 본 일이 없지만 늘 방문하기를 원했던 장소들의 목록이 있다. 나는 이 장소들에 대해 읽고 지도를 들여다보고 안내서와 사진이 수록된 책을 모은다. 내 상상은 매력적인 이미지들로 가득 차 있다.

간 적이 없는 장소나 미래의 여정에 대한 생각은 마음에 생기를 불어넣고 즐거움을 약속한다. 다음은 많은 장소들 중 열 곳이다.

알래스카

거대하지만 인구가 희박하며, 세계에 남아 있는 최후의 진정한 황야 지역 중 하나이다. 알래스카에는 데날리Denali 국립공원과 북미 대륙에서 가장 높은 해발 7,000미터에 이르는 데날리 산이 있다. 나는 카누를 타고 해안을 따라 여행하거나, 매년 열리는 그레이트 알류샨 펌프킨 런Great Aleutian Pumpkin Run 대회까지 페리를 타고 가거나, 작은 마을들과 사람이 살지 않는 장소들을 바라보는 것을 상상한다.

스칸디나비아

나는 노르웨이, 스웨덴, 핀란드에 간 일이 없다. 나는 이 나라들을 겨울의 어둠 속에서, 그곳들이 가장 우울하고 자살 충동이 강하게 일어나는 때에 보고 싶다. 또 이 나라들에서 스키로 국토 횡단을 하고 싶다. 그런 뒤 스웨덴에서 잉마르 베리만Ingmar Bergman[10]의 영화 「여름밤의 미소Smiles of a Summer Night」를 회상하고, 북부 노르웨이에서 야생의 진들딸기를 따고 라프Lapp족[11]을 방문한다. 그리고 여름에는 이 나라들에서 또 다른 여행을 한다.

그린란드

그린란드(그린란드어로 칼라알릿누나앗Kalaallit Nunaat)는 마음을 끄는 곳이다. 다양한 원주민들이 광범위한 지역에 흩어져 사는데, 이 중 많은 사람들이 전통적인 기술을 보유하고 있다. 프리드쇼프 난센Fridtjof Nansen은 1883년에 스키로 그린란드를 횡단했다. 이 쾌거는 최초로 기록된 스키에 의한 횡단이었다. 그는 그린란드 원주민들 사이에 머물렀고, 한겨울에 어떻게 집에서 그들이 벌거벗고 앉아 불 주위에서 땀을 흘리는지를 설명했다. 나는 또한 세계에서 가장 큰 피요르드인 스코레스비 순트Scoresby Sund를 보고 싶다. 그리고 북극곰의 방광으로 만들어진 북을 가볍게 두드리는 소리를 듣고 싶다.

티모르Timor

해방되고 독립적이며 혼란스러운 동티모르가 있는 반면, 인도네시아의 영토인 서티모르가 있다. 나는 양쪽 다 보고 싶다. 한쪽에서 다른 쪽으로 가서, 사람들과 이야기하고 싶다. 그리고 그들의 발효한 쌀과 찐 물고기를 먹고, 새를 관찰하고 싶다.

앙골라

포르투갈인들은 1575년에 앙골라에 상륙해 그곳을 식민지화한 뒤, 일부 사람들을 개종시켰다. 그리고 그들은 특히 다이아몬드를 포함한 광물들을 수탈했다. 지금 자신들의 정당을 갖고 있는 내륙 지방의 초크웨인들은 아프리카의 가장 훌륭한 예술가, 조각가, 댄서의 반열에 든다. 거의 30년 동안 앙골라는 내전에 시달렸고, 지금은 재건 중이다. 앙골라는 매장된 석유 덕분에 독립을 성취하고 번영할 수 있는 돈이 있다. 나는 번영이 멈추기 전에 이 나라를 보고 싶다.

뉴브리튼 섬New Britain Island

파푸아뉴기니의 커다란 섬으로 소수의 원주민들이 살고 있다. 이곳에는 온화한 날씨와 더불어 비밀 결사들과 희귀한 새들이 있다. 만일 이곳을 여행하는 것이 여의치 않다면, 마거릿 미드Margaret Mead[12]가 연구하고 글을 썼던 마누스 섬Manus Islan 일대와 뉴아일랜드를 여행하고 싶다.

사할린

나는 일본의 가장 북쪽에 있는 항구인 와카나이稚內에서 회색의 평평한, 바람이 몰아치는 해협을 건너, 사할린으로 갈 수도 있었다. 페리를 탈 수도 있었지만 남쪽을 여행해야 했기 때문에, 이곳을 보고 싶은 곳으로 마음속에 간직했다. 체호프는 1890년에 한때 감옥을 위한 식민지였던 사할린을 방문하고, 그곳에 관해 썼다. 내게는 어떤 매력이 있을까? 적막함, 이렇다 할 도시가 없다는 것, 강인한 사람들, 그리고 철도.

다리엔 협곡

나는 그 주위를 여행한 적은 있지만, 파나마와 콜롬비아 사이에 놓여 있는 이 정글을 통해 육로로 간 적은 없다. 이 길은 신뢰할 수 없으며, 장벽까지는 아니더라도 지리학적 장애라고 할 수 있다. 그 점이 내가 행복하게 사라질 장소로서 이곳을 유혹적으로 만든다.

스와트 계곡Swat Valley

오래전 폐샤와르에서 스와트 계곡을 향해 내륙으로 데려가주겠다고 제안하는 현지 부족민 몇 명을 만났다. 그들은 고대의 간다라와 헬레니즘 예술로 이루어진, 폐허가 된 불교 사원들과 타실라를 보여주겠다고 했다. 나는 "다음에 가지요"라고 했다. 지금 이곳은 탈레반이 출몰하는 곳이지만 언젠가는…….

미국의 남부

나는 플로리다부터 뉴올리언스까지 전체 멕시코 만의 해안 주위를 장시간 차를 몰며 얼핏 봤을 뿐이다. 그러나 그 얼핏 본 것과 내가 만난 사람들 때문에, 미시시피의 시골, 앨라배마, 조지아, 루이지애나, 그리고 테네시와 남북 캐롤라이나까지 6개월 정도 여행하고 싶어졌다. 고속도로를 벗어나 소나무 숲으로 들어가, 붉은 흙길로 내려가고 싶었다.

26.

여행에서 얻은
다섯 가지 통찰

때때로 여행 중 여행자에게는 그 여행의 전체적인 성격을 변화시키는 예기치 않은 사건이 발생한다. 그리고 그것은 여행자에게 영구히 남는다. 버턴은 장난쯤으로 생각하며, 변장하고 메카를 여행했다. 그러나 결국 그가 카바에 가까이 갔을 때, 이 회의론자는 깊이 감동했다. 때때로 나에게 여행에서의 근본적인 추구는 예기치 않은 것의 탐색이라고 할 수 있다. 예기치 않은 만족감은 삶을 변화시킬 수 있다.

여기 내가 여행 중 경험한 잊을 수 없는 다섯 가지 통찰이 있다. 바로 이러한 이유로 이것들은 나를 인도해주었다.

하나

나는 팔레르모Palermo에 있었고, 퀸 프레데리카Queen Frederica호를 타고 뉴욕으로 갈 배표를 구하기 위해 돈을 다 써버렸다. 1963년 가을의 일이었다. 나는 아프리카에서의 임무를 위한 훈련을 하며 평화봉사단으로 들어 갔다. 떠나는 날 밤에 내 이탈리아 친구들이 베푼 작별 파티는 꽤 시간이 걸 렸다. 그래서 우리가 항구에 도착했을 때, 시칠리아의 밴드는 '닻은 감아올려 지고'를 연주하고, 방금 전에 퀸 프레데리카호는 부둣가를 떠나버렸다. 나는 일순간 모든 활력을 잃어버렸다.

내 친구들은 다음 날 나폴리에서 배를 따라잡을 수 있도록 나폴 리까지 가는 항공권을 사주었다. 내가 비행기에 오르는 바로 그 순간, 항공 사 직원은 내가 출국세를 지불하지 않았다고 말했다. 나는 그에게 돈이 없 다고 말했다. 내 뒤에 있던 밤색 양복을 입고 밤색 보르사리노Borsalino 모자를 쓴 남자가 다음과 같이 말했다. "이봐요. 돈이 좀 필요한가요?" 그리고 내게 20달러를 건넸다.

이렇게 문제는 해결됐다. 내가 말했다. "돈을 갚고 싶습니다."

그 남자는 어깨를 움츠렸다. 그가 말했다. "아마 또 보게 되겠지 요. 세상은 좁은 곳입니다."

둘

1970년 8월의 3일 동안 나는 작은 화물선에 있었다. 배의 이름 은 MV 케닌가우Keningau로 싱가포르에서 북부 보르네오까지 항해했다. 나는 키나발루Kinabalu 산에 오르기 위해 북부 보르네오로 가고 있었다. 나는 배에서 독서를 하며 말레이인 농장주 그리고 한 유라시아 여성과 함께 카드놀이를 했다. 그녀는 자신의 두 아이를 데리고 여행하고 있었다. 배에는 개방된 선미 갑판이 있었는데, 약 100명가량의 승객들이 해먹에서 잤다.

이때는 몬순이 부는 계절이었다. 나는 비, 열기, 우스꽝스러운 카드놀이를 저주했다. 어느 날 말레이인이 다음과 같이 말했다. "내 부하의 부인이 어젯밤 애를 낳았소."

나는 아기를 보고 싶다고 말했다. 그는 갓 태어난 아기를 보러 나를 아래로 데려갔다. 아기의 부모는 자부심에 차 있었다. 나의 여행은 근본적으로 변했다. 그 아기가 배에서 태어났기 때문에 모든 것, 즉 비, 열기, 타인들, 심지어 카드놀이와 내가 읽고 있던 책도 변화했고, 다른 의미를 갖게 됐다.

셋

'성 데이비드의 머리St. David's Head' 주위에 있는 웨일스의 해안은 대단히 빠른 급류와 급작스러운 안개로 유명하다. 우리 네 사람은 램지섬Ramsay Island으로 바다용 카약을 저어 갔다. 육지로 돌아오는 도중, 너무 짙은 안개 때문에 육지를 볼 수 없었고, 우리는 소용돌이 때문에 주위를 맴돌았다.

"어디가 북쪽이지?" 나는 나침반을 갖고 있는 사람에게 물었다.

"저기." 그는 나침반을 가볍게 두드리며 말했다. 그런 뒤 그는 나침반을 찰싹 때리더니 말했다. "저기." 그린 뒤 더 세게 나침반을 때리고는 말했다. "모르겠어. 이거 망가졌어."

어둠이 깔렸고, 4월의 날은 추웠다. 우리는 지쳤고, 성 조지 해협의 검은 수면 외에는 아무것도 볼 수 없었다.

누군가가 말했다. "잘 들어봐. '말 바위Horse Rock' 소리가 들려." 말 바위에 부딪히는 조류는 뚜렷한 소리를 냈다. 그러나 그는 틀렸다. 그것은 바람 소리였다.

우리는 함께 뭉쳤다. 공포가 우리의 동작을 둔화시켰다. 나는 우리가 오늘 밤 혹은 영원히 되돌아갈 희망이 없다고 확실히 느꼈다. 추위와 피로는 죽음의 전조 같았다. 우리는 계속 노를 저었다. 긴 시간이 흘렀다. 우리는 탐색했다. 아무도 말하지 않았다. 죽음이란 이런 것이구나, 나는 생각했다.

나는 보기 위해 눈을 긴장시켰고 무언가를 봤다. 곶과 같은 것 위로 구름이 언뜻 보였다. 내가 눈을 부릅뜨고 봤을 때 땅이 나타나고, 땅은 다시 크고 어두운색 바위로 고체화되었다. 나는 소리를 질렀고, 마치 새로 태어난 것처럼 육지에 도착했다.

넷

       우리는 아프리카의 드높은 하늘 아래 서부 케냐에서 차를 몰고 있었다. 아내는 내 옆에 있었고, 우리의 두 아이들은 뒷자리에 있었다. 내가 이 예쁜 영국 여성과 만나 결혼한 곳은 여기서 멀지 않았다. 우리의 첫째 아들은 캄팔라에서 태어났고, 둘째 아들은 싱가포르에서 태어났다. 우리는 여전히 엘도레트Eldoret로 차를 모는 유목민들이었다. 몇 년 전 우리는 곧 결혼할 커플로서 그곳에서 밤을 보냈다.

       아이들은 빈둥거리며 말다툼하고 조롱하고 웃고 내 주의를 산만하게 했다. 아내가 말했다. "이 길이 확실해요?" 그녀는 남부 아프리카를 3개월간 홀로 여행한 일이 있었다. 우리는 낡은 렌터카를 타고 있었다. 가축들은 가시나무들 아래 숨은 채 언덕 여기저기에 흩어져 있었다. 우리는 먼 여행을 떠난 가족일 뿐이었다.

       그러나 우리는 엘도레트 쪽으로 여행하고 있었고, 과거와 아프리카 깊숙이 그리고 미래로 여행하고 있었다. 우리는 함께 있었고, 태양은 비스듬하게 우리 눈으로 들어왔다. 땅 위의 모든 것은 초록색이었다. 나는 이 여행이 영영 끝나지 않았으면 좋겠다고 생각했다.

다섯

       니아살랜드가 말라위가 된 1964년 독립기념일 바로 전에, 교육부 장관인 마사우코 치펨베레Masauko Chipembere는 그 나라의 남부에 있는, 내가 가르치고 있는 학교에 나무를 심었다. 그 직후 그는 수상인 헤이스팅스 반다Hastings Banda 박사를 내쫓으려고 음모를 꾸몄다. 그러나 치펨베레 자신이 쫓겨나고 말았다.

세월이 지나 CIA의 연금 수령자로서 망명 중에 있던 치펨베레가 로스엔젤레스에서 죽었다고 들었을 때, 나는 그가 삽으로 땅을 파서 심은 작은 나무에 대해 생각했다. 학교를 떠난 지 25년 뒤 나는 다시 말라위를 여행했다. 그 나라에서 두 가지가 나를 놀라게 했다. 대부분의 나무들은 연료를 위해 벌목됐고, 더 이상 아무도 자전거를 타지 않았다. 대부분의 건물들은 노후했다. 반다 박사는 여전히 권력을 쥐고 있었다.

옛날의 내 학교까지 가는 데는 1주일이 걸렸다. 학교는 더 커졌지만 황폐했다. 유리창들은 깨졌고 책상들은 쪼개졌다. 학생들은 불쾌해 보였다. 교장은 나를 무례하게 대했다. 도서관에는 책이 전혀 없었다. 그 나무는 12미터 높이까지 자랐으며, 크고 무성했다.

27.

당신만의
여행을 위하여

하나

집을 떠나라.

둘

혼자 가라.

셋

가볍게 여행하라.

넷

지도를 가져가라.

다섯

육로로 가라.

여섯

국경을 걸어서 넘어라.

일곱

일기를 써라.

여덟

지금 있는 곳과 아무 관계가 없는 소설을 읽어라.

아홉

굳이 휴대전화를 가져가야 한다면 되도록 사용하지 마라.

열

친구를 사귀어라.

──────── 감사의 말

나는 다양한 시사, 개선, 도덕적인 지지에 대해 진 오Jin Auh, 래리 쿠퍼Larry Cooper,
로저 에버트Roger Ebert, 패트릭 프렌치Patrick French, 포레스트 퍼먼Forrest Furman, 하
비 골든Harvey Golden, 테드 호글랜드, 피코 아이어, 팀 질Tim Jeal, 조엘 마틴Joel Martin,
제프리 무어하우스, 잰 모리스, 더블라 머피, 제프리 마이어스, 사이먼 프로서
Simon Prosser, 조너선 라반, 모트 로젠블룸, 고故 올리버 색스Oliver Sacks, 안드레아 슐
츠Andrea Schulz, 니컬러스 셰익스피어, 알렉산더 서루Alexander Theroux, 루이 서루Louis
Theroux, 마르셀 서루Marcel Theroux, 줄리엣 워커Juliet Walker, 앤드루 와일리Andrew Wylie
에게 감사한다. 그리고 나의 아내 쉴라Sheila에게 사랑을 담아 특별히 감사한다.

1.

여행이란

무엇인가

1　1924~1987. 미국의 소설가이자 에세이 작가, 극작가, 시인, 사회비평가이다.

2　아프리카 수단의 서부에 위치한 지역으로 2003년 내전이 발발했다.

3　태평양 캐롤라인 제도 서쪽에 있는 섬나라로 정식 명칭은 팔라우공화국이다.

4　1803~1882. 미국의 시인이자 사상가.

5　1848~1907. 프랑스의 소설가. 대표작인 『거꾸로』는 세기말의 데카당스를 그린 소설이다.

6　1857~1924. 폴란드 출신의 영국 소설가. 대표작으로 『로드 짐Lord Jim』, 『노스트로모 Nostromo』 등이 있다.

7　1843~1926. 영국의 시인, 소설가, 여행가.

8　나일 강 서쪽에 위치한 이집트 룩소르 주의 도시.

9　1900~1997. 영국의 작가이자 비평가.

10　こだま. 일본의 고속철도 노선 도카이도/산요 신간센 중 하나로, 모든 역에 정차하는 가장 느린 신간센이다.

11　허먼 멜빌Herman Melville(1819~1891). 미국의 소설가로 『모비 딕Moby Dick』으로 가장 잘 알려져 있다.

12　존 업다이크John Updike(1932~2009). 미국의 소설가, 시인, 예술 비평가, 문학

비평가.

13   1917~1993. 영국의 소설가, 시인, 극작가, 작곡가. 대표작으로 소설 『시계태엽 오렌지』가 있다.

14   1891~1980. 미국의 소설가이자 화가. 작품으로 『북회귀선』, 『남회귀선』 등이 있다.

15   1932~2001. 미국의 배우, 예술가, 작가.

16   조지프 러디어드 키플링Joseph Rudyard Kipling(1865~1936). 『정글 북The Jungle Book』으로 유명한 영국의 소설가이자 시인이다.

17   1957년 출생한 영국의 에세이 작가이자 소설가, 여행 작가.

18   1910~1999. 미국의 작가이자 작곡가.

2.

세계의 중심

1   태평양에 위치한 폴리네시아의 섬.

2   북아메리카의 소노라 사막에 주로 거주했던 아메리카 인디언의 한 종족.

3   페루 남부의 도시. 12~16세기 잉카 제국의 수도였다.

3

기차 여행의

즐거움

1   미국 미주리 주 남서부에 위치한 도시 이름.

2   1922~1998. 미국의 소설가.

3   1899~1985. 미국의 작가이다. 대표작으로 『작은 스튜어트Stuart Little』 등이 있다.

4   비트를 넣고 끓여 붉은색을 띠는 러시아식 수프.

5   1923년 장거리 특급열차로, 영국의 북동부 철도를 위해 만들어졌다.

6   1892~1983. 영국의 작가, 저널리스트, 문학평론가, 여행 작가이다.

7   키플링의 소설 『킴Kim』.

8   파키스탄령 펀자브의 수도.

9   1903~1966. 영국의 소설가, 여행 작가, 전기 작가. 작품으로 『쇠퇴와 타락』,
『한 줌의 먼지』 등이 있다.

10   케냐에서 두 번째로 큰 도시.

11   아프리카에 있는 탄자니아에서 가장 큰 도시이다.

12   파키스탄령 펀자브의 라왈핀디 지역에 있으며, 간다라 유적들이 남아 있다.

13   1903~1989. 벨기에의 소설가. 추리 소설 매그레 시리즈로 유명하다.

14   콜롬비아 북부 해안에 위치한 작은 마을. 마르케스가 태어난 곳이다.

15   1926년 출생한 웨일스의 여행 작가로, 여성으로 성전환 수술을 하기 전인
1970년대까지 제임스 모리스라는 이름으로 책을 출판했다.

4.
완벽한 현실 도피를 위한
여행의 규칙

1   파키스탄 북부 지역.

2   13세기 몽골제국의 수도.

3   페루 북서부에 있는 카하마르카 주의 주도이다.

4   에티오피아의 언어.

5   남미의 중앙 안데스에 사는 사람들이 쓰는 언어.

5.
여행기를
쓴다는 것

1   조지 앤슨George Anson(1697~1762). 영국의 해군 제독이었으며 4년에 걸친
     세계 일주 항해로 유명하다.

2   1709~1784. 영국의 시인, 에세이 작가, 문학 비평가.

3   사우디아라비아의 중앙부 지역.

4   1813~1873. 영국의 선교사이자 탐험가.

5   1831?~1903. 프랑스계 미국인 여행가이자 인류학자.

6   1815~1882. 영국의 빅토리아 시대의 소설가.

7   1881~1919. 러시아의 항해가.

8   1886~1959. 남극을 탐험한 영국의 탐험가로 테라 노바 탐험의 생존자이다.

9   1899~1984. 벨기에 출신의 프랑스 시인, 소설가, 화가.

10   1893~1993. 영국의 탐험가이자 여행 작가. 아라비아, 이란, 아프가니스탄
        등을 여행하고 책을 썼다.

11   1894~1987. 영국의 작가로 오랜 세월을 스페인에서 지낸 스페인 전문가이다.

12   1904~1991. 영국의 소설가, 극작가, 문학 비평가. 대표작으로는『권력과 영
        광·The Power and the Glory』등이 있다.

6.
얼마나 오래
여행하는가

1   미얀마의 전 수도.

2   미얀마에서 두 번째로 큰 도시.

3   1304~1368/1369. 모로코 출신으로 30년이 넘는 기간 동안 북아프리카, 서
        아프리카, 남부 유럽, 동부 유럽 등을 포함해 당시 이슬람 세계의 대부분을

여행했다.

받았다.

19   1874~1922. 아일랜드 출신의 극지방 탐험가.

20   1721~1771. 스코틀랜드의 시인이자 소설가.

21   1888~1935. 영국군 장교로, 오스만 제국에 대한 아랍의 저항운동에 참여한
      것으로 유명하다.

22   1927~1989. 환경문제로 잘 알려진 미국의 작가. 미국 서부의 '소로'라고 불
      리기도 한다.

23   1932년 출생한 인도계 영국인 작가. 2001년 노벨문학상을 수상했다.

24   1821~1890. 영국의 지리학자, 탐험가, 작가, 군인이다. 그는 아시아, 아프리
      카, 남미, 북미 등에 걸친 여행이나 탐험으로 잘 알려져 있다. 일설에 의하면,
      그는 29개의 유럽, 아시아, 아프리카의 언어들을 말할 수 있었다고 한다.

25   1931~2009. 영국의 저널리스트이자 작가.

26   1940~1989. 영국의 소설가이자 여행 작가.

27   1907~1973. 영국 출신의 미국 시인. 20세기 가장 위대한 시인 중 한 사람으
      로 꼽힌다.

28   1907~1963. 영국의 시인, 극작가.

29   1939년 출생한 미국의 여행 작가.

30   1882~1971. 미국의 화가이자 작가.

31   1857~1903. 영국 후기 빅토리아 시대의 소설가.

32   1945~1985. 인도계 영국 소설가이자 저널리스트.

33   아프가니스탄 북동부에 위치한, 힌두쿠시 산맥 남동쪽에 있는 지역이다.

34   1919~2006. 영국의 여행 작가.

35   1910~2003. 에티오피아에서 태어난 영국의 탐험가이자 여행 작가.

36   1927년 출생한 미국의 소설가이자 논픽션 작가.

37   태평양에 위치한 군도.

38   1905~1994. 불가리아에서 태어난 유대계 소설가, 극작가, 논픽션 작가이
      다. 1981년 노벨문학상을 받았다.

39   미국 메사추세츠 주 남동부에 위치한 반도.

40   1917~1977. 미국의 시인. 1947년과 1974년 풀리처 상, 1977년에 전미 도
      서 상을 받았다.

41   서아프리카에 있는 시에라리온의 수도.

42   미얀마 옛 수도 랑군의 북쪽 언덕에 있는 거대한 불탑.

새뮤얼 존슨의

여행의 지혜

1   에티오피아의 옛 이름.

2   영국 북아일랜드 앤트림Antrim 주의 북쪽 해안을 따라 뻗어 있는 주상절리.
      1986년 유네스코 세계자연유산으로 지정되었다.

7.

여행자의

가방 속

    1   1812~1888. 영국의 시인, 아동문학가, 화가.

    2   메디나Medina라고도 함. 사우디아라비아 헤자즈 지방에 있는 내륙 도시이다.

    3   아프리카 남동부의 옛 영국 보호령. 1964년 이래 말라위Malawi라고 불린다.

    4   승려가 장삼 위에 입는 법의를 뜻하는 가사袈裟.

    5   출가하여 수행 중인 남자 승려를 뜻하는 비구比丘.

8.

불행하고 병약한

여행자들

    1   1776~1839. 영국 사교계의 명사이자 모험가, 여행가이다.

    2   1823~1893. 미국의 역사학자.

    3   1815~1882. 미국의 변호사이자 작가.

    4   1757~1798. 영국 해군의 선장. 1791에서 1795년까지 미국 북서해안의 탐험대 대장으로 활약했으며, 밴쿠버 섬 지역을 상세히 조사하였다. 밴쿠버 섬과 밴쿠버 시는 그의 이름을 딴 것이다.

    5   1942년 출생한 영국의 여행 작가이자 소설가.

6   1868~1912. 영국의 해군 장교이자 남극 탐험을 이끈 탐험가이다.

7   1861~1930. 노르웨이의 탐험가, 외교관, 과학자로 1922년 노벨평화상을 수
        상했다.

8   스코틀랜드 북서쪽에 있는 약 500개의 섬으로 이루어진 제도.

9   1868~1926. 영국의 작가이자 고고학자, 탐험가, 지도 제작자. 그녀는 시리
        아, 요르단, 이라크 등을 누비며 아랍어를 익혔고, 영국의 첩보원으로 활동하
        기도 했다. '이라크 건국의 어머니'로 불린다.

10   1843~1916. 미국의 소설가 겸 비평가. 저작으로는 '영어로 쓴 가장 뛰어난
        소설' 중 하나로 평가받는 장편 『여인의 초상The Portrait of a Lady』, 『이탈리아에
        서의 시간Italian Hours』 등이 있다.

11   1844~1909. 캐나다에서 태어난 미국의 선원이자 모험가, 작가. 혼자서 배를
        이용해 세계를 일주한 최초의 사람이다.

12   1884~1942. 폴란드에서 태어난 영국의 인류학자. 트로브리앤드 군도에서
        주로 현장 연구를 수행했다.

13   파푸아뉴기니의 밀네 만 지역에 위치하고 있다.

9.
여행의
동반자들

1 　고대 예루살렘의 외곽에 위치한 장소로, 구 예루살렘을 둘러싼 두 개의 주된
　　계곡들 중 하나이다.

2 　호텐토트는 남서부 아프리카 원주민들로 유럽의 이주민들이 그들에게 붙인
　　이름이다. 그들의 원래 이름은 코이코이Khoikhoi이다.

3 　과거 인도에서 사회적 신분이 어느 정도 있는 유럽 남자에게 쓰던 호칭.

4 　펠 멜과 피커딜리는 런던의 거리 이름이다.

5 　중앙아프리카에 있는 공화국. 1960년 프랑스에서 독립하였다.

6 　1947년 출생한 영국의 작가이자 학자.

7 　1931년 출생한 미국의 퓰리처상 수상 작가이다. 그는 창의적인 논픽션의 선
　　구자로 잘 알려져 있다.

8 　1900~1964. 캐나다의 작곡가이자 음악학자. 주로 발리의 민속음악을 연구
　　한 최초의 서구 작곡가로 알려져 있다.

9 　1915~2011. 영국의 작가, 학자, 군인.

10 　아편과 동성애를 말하는 듯하다.

11 　1894~1982. 미국의 감독, 영화 프로듀서, 시나리오 작가.

12 　브라질 아마존 원주민의 이름이다.

프랜시스 골턴 경의

여행의 지혜

> 1   1771~1806. 아프리카 대륙을 탐험한 스코틀랜드의 탐험가.
>
> 2   1821~1893. 영국의 탐험가이자 작가.
>
> 3   1820~1857. 19세기 초반 미국 해군의 군의관이었다.

10.

시련으로서의

여행

> 1   1924~1992. 스코틀랜드의 작가이자 선원. 그의 표류 경험을 쓴 『흉포한 바다에서 생존하라』는 1991년 동명의 영화의 근거가 되었다.
>
> 2   1954년 출생한 미국의 산악인이자 작가.

11.

영국을 탈출한

영국의 여행자들

> 1   스페인 남부의 지역 이름.
>
> 2   동아프리카에서 남자 윗사람을 부를 때 쓰는 호칭으로 '주인어른', '나리'에

해당하는 말이다.

3   극동 러시아에 있는 반도.

4   프랑스령 폴리네시아에서 가장 큰 섬.

5   1911~1963. 영국의 첩보원이자 소련의 이중첩자였다. 소련으로 망명하여
     52세에 알코올 중독으로 사망했다.

12.

당신이

이방인일 때

1   뉴질랜드 원주민들이나 그들이 쓰는 언어의 이름이다.

2   남태평양에 있는 섬나라.

3   태평양 상에 있는 나라로 정식 명칭은 통가 왕국이다.

4   오세아니아에 있는 섬나라.

5   그리스 신화에 등장하는 100개의 눈을 가진 거인.

13.

걸으면

해결된다

1   1834~1903. 영국의 작가로 많은 여행서들을 편집했다.

2 '허풍쟁이 남작'으로 알려진 18세기 독일의 실존 인물. 그의 이름에서 따온 뮌히하우젠 증후군은 병적으로 거짓말을 하고 자신도 그 이야기에 도취해버리는 증상이다.

3 아르헨티나에 있는 지역 이름.

4 보통 푸에르토 마드린으로 불리는 아르헨티나의 도시.

5 1942년 출생한 독일의 영화감독, 프로듀서, 시나리오 작가, 오페라 연출가.

6 카메라를 수평으로 이동시키는 패닝 기법으로 촬영한 장면.

7 1933년 출생한 미국의 동물학자, 환경 보호 활동가, 작가.

14.
위업을 이룬
여행들

1 무슬림 여성이 공적인 장소에서 전통적으로 입는 길고 좁은 얼굴을 가리는 베일이다.

2 북부 모로코의 도시.

15.

집에 머물기

1   1915~1968. 미국의 가톨릭 작가이자 신비주의자.

2   터키 이스탄불에 위치한 만.

3   너새니얼 호손Nathaniel Hawthorne(1804~1864). 미국의 소설가로 대표작으로는 『주홍 글씨The Scarlet Letter』가 있다.

4   1783~1859. 미국의 소설가, 에세이 작가, 전기 작가, 역사가.

프레야 스타크의

여행의 지혜

1   윌리엄 글래드스톤(1809~1898). 영국의 자유주의 정치가로 영국의 가장 나이 많은 수상이었다.

16.

상상 여행

1   1864~1936. 스페인의 에세이 작가, 소설가, 시인, 극작가, 철학자.

17.

그곳에서만 먹을 수 있는
음식들

1   11세기에 출현한 시리아, 레바논, 이스라엘, 요르단에서 주로 발견되는 종교 공동체이다.

2   스페인 남부의 지방.

3   스페인 서부의 지방. 서쪽으로 포르투갈과 인접해 있다.

4   스페인 에스트레마두라 지방에 있는 도시.

5   남미의 초원 지대에 사는 목동으로 대부분 스페인 사람과 인디언의 혼혈이다.

6   스페인 안달루시아 지방에 있는 도시.

7   모로코 북부의 리프에 사는 베르베르족의 한 부족.

8   야행성 포유류로 몸길이는 40~70센티미터 정도이며, 골질의 등딱지로 덮여 있다. 북아메리카 남부와 중남 아메리카의 건조 지대에 분포한다.

9   몸길이 40~50센티미터의 설치류. 저습지의 밀림이나 건조한 초원에서 바위 밑이나 나무뿌리 밑에 구멍을 파고 산다. 멕시코, 브라질, 베네수엘라 등지의 삼림에 분포한다.

10   1838~1914. 스코틀랜드에서 출생한 미국의 자연주의자로 미국에 있는 황야의 보존을 역설했다.

19.

환영받지 못하는

즐거움

1   잉글랜드 버크셔Berkshire 주의 주도.

2   중앙 알바니아의 도시.

3   카메룬의 강.

4   미국 캘리포니아 주의 도시. 로스앤젤레스와 샌프란시스코의 중간에 위치
     해 있다.

5   1905~1981, 독일의 건축가로 전쟁 말기 나치 정권의 군 수상을 지냈다.

6   미국의 여배우이자 가수.

7   1527?~1593. 이탈리아의 화가.

8   미국의 가수, 작가, 배우.

9   바르셀로나에 있는 안토니 가우디가 건축한 거대한 로마 가톨릭 성당.

10   1940년대와 1950년대를 풍미한 포르투갈 태생의 브라질 삼바 댄서, 브로드
     웨이 여배우, 할리우드 스타.

11   찰스 디킨스의『크리스마스 캐롤』에 나오는 인물.

12   가브리엘레 다눈치오(1863~1938). 이탈리아의 시인, 소설가, 저널리스트,
     극작가.

13   롬바르디아 주에 있는 언덕에 위치한 저택.

14   1928년 출생한 미국의 소설가로 로맨스 소설을 썼다.

1907~1996. 아르헨티나의 초현실주의 화가.

16 몽고는 소설 속의 혹성으로 원래는 만화였지만 후에 영화 시리즈로도 제작되었다.

17 조지 고든 바이런George Gordon Byron(1788~1824). 영국 낭만주의를 대표하는 시인이다.

21.

작가들과 그들이

결코 방문하지 않은 장소들

1 서아프리카 나이지리아 중부의 노크촌에서 출토된 테라코타상을 표준으로 하는 미술을 말한다.

2 지금의 타이완.

3 리비아는 아프리카 북부 해안에 위치한 국가이고, 자이르 강은 아프리카 중부 적도 부근을 흐르는 강이다. 또 하마는 사하라 사막(아프리카 대륙 북부에 위치)이남에서 서식한다.

4 돌과 같은 고형 물질을 특정한 크기와 모양으로 절단하는 기술.

5 아프리카 수단 북동부를 가리키는 지명.

6 브라질의 주의 이름.

에벌린 워의

여행의 지혜

    1   프랑스 북부 노르파드칼레 주에 위치한 항구 도시.

22.

여행자들의

환희

    1   1952년 출생한 인도의 소설가, 시인, 여행 작가.

    2   미국 남동부에 살았던 크리크 인디언들이 스스로를 지칭하는 말. 무스코기 Muscogee라고도 한다. 현재는 오클라호마 주에 주로 살고 있다.

    3   나일 강가에 위치한 고대 이집트의 수도.

    4   다라부카, 다르부카, 고블린 드럼 등으로도 불리는 술잔 모양의 북.

    5   940~1020. 페르시아의 유명한 시인.

23.

장소의 의미에 대한

고전들

    1   1897~1999. 지금의 방글라데시에서 태어난 인도 작가.

2   1902~1975. 유대계 이탈리아의 화가, 작가, 의사, 반파시즘 활동가.

3   북아메리카 카리브 해 히스파니올라 Hispaniola 섬의 서쪽 부분에 위치하며 동
       쪽으로 도미니카 공화국과 국경을 접하고 있는 도시국가이다.

4   1908~1964. 제임스 본드 시리즈로 유명한 영국의 소설가, 저널리스트, 해군
       첩보 장교.

5   존 러스킨 John Ruskin (1819~1900). 영국의 미술·건축 평론가. 『건축의 칠등
       The seven lamps of architecture』, 『베니스의 돌 The Stone of Venice』 등의 저서가 있다.

6   1873~1939. 영국의 소설가이자 시인.

7   1874~1946. 미국의 소설가이자 시인으로 대부분의 생애를 프랑스에서 보
       냈다.

8   1938년 출생한 미국의 사진가, 화가, 작가.

9   1944-2001. 독일의 작가. 그는 생전에 유력한 노벨 문학상 후보였다.

24.

여행자를 유혹하는

이름들

1   예멘의 항구 도시.

2   영화 「카사블랑카」에서 블루 패럿 Blue Parrot 바의 주인을 연기한 배우.

25.
위험한 장소들,
행복한 장소들,
매혹적인 장소들

1 흑해의 동부 해안에 있는 공화국.

2 베네수엘라의 수도.

3 멕시코 서북쪽 끝, 태평양 연안에 있는 도시.

4 엘살바도르의 수도.

5 콜롬비아에서 두 번째로 큰 도시.

6 소말리아에서 가장 큰 도시.

7 오세아니아의 영연방 국가.

8 북부 스코틀랜드에 있는 군도.

9 과거 니아살랜드라고 불린 동남부 아프리카에 있는 내륙국.

10 1918~2007. 스웨덴의 세계적인 영화감독.

11 스칸디나비아 반도 북부 라플란드Lapland에 주로 살고 있는 소수 민족.

12 1901~1978. 미국의 문화인류학자로 사모아 섬, 발리 섬, 마누스 섬 등의 원
    주민과 함께 생활하며 연구를 했다.

옮긴이   홍익대학교 영어교육과를 졸업하고 일본 쓰쿠바 대학교에서 비교사상학으로 석사, 미국 위
이 용 현   스콘신 매디슨 대학교에서 불교학으로 박사 학위를 받았다. 현재 성균관대학교 학부대학 초
          빙교수로 재직하고 있다.

여행자의 책

초판 1쇄 발행 | 2015년 10월 19일
초판 7쇄 발행 | 2017년 3월 2일

지은이 | 폴 서루
옮긴이 | 이용현
발행인 | 노승권

주소 | 서울시 중구 무교로 32 효령빌딩 11층
전화 | 02-728-0270(마케팅), 02-728-0240(편집)
팩스 | 02-774-7216

발행처 | (사)한국물가정보
등록 | 1980년 3월 29일
이메일 | booksonwed@gmail.com
홈페이지 | www.daybybook.com

● 책읽는수요일, 라이프맵, 비즈니스맵, 마레, 사홀, 생각연구소, 지식갤러리, 피플트리,
  스타일북스, 고릴라북스, B361은 KPI출판그룹의 단행본 브랜드입니다.